FOLIO BIOGRAPHIES

collection dirigée par

GÉRARD DE CORTANZE

Maria Callas

par

René de Ceccatty

Gallimard

Crédits photographiques :

1, 2 et 18 : Coll. part. 3 : Archivio Editoriale Gli Olmi. 4, 7 et 16 : Leemage/Aldo Liverani. 5 et 6 : René de Ceccatty. 8 : Willy Martens, Hamburg D.R. 9 : Scoop/Paris Match/Willy Rizzo. 10, 11 et 12 : Teatro alla Scala/Erio Piccagliani. 13 : Getty Images/Time Life Pictures/Gordon Parks. 14 : Leemage/Lebrecht. 15 : Akg-images/Ullstein Bild. 17 : Eyedea/Gamma/Camera Press/Elio Sorci.

René de Ceccatty est l'auteur de nombreux romans parmi lesquels : *L'Extrémité du monde* (1985) chez Denoël, *L'Or et la Poussière* (1986), *Babel des Mers* (1987), *L'Accompagnement* (1994), *Aimer* (1996), *L'Éloignement* (2000) et *L'Hôte invisible* (2007) parus aux Éditions Gallimard ; *La Sentinelle du rêve* (1988) chez Michel de Maule ; *Fiction douce* (2002) et *Une fin* (2004) aux Éditions du Seuil ; et plus récemment *Raphaël et Raphaël* (2012), *Objet d'amour* (2015) chez Flammarion et *Enfance, dernier chapitre* aux Éditions Gallimard (2017). Traducteur du japonais et de l'italien, il a consacré plusieurs essais à la littérature italienne (Sibilla Aleramo, Pétrarque, Pasolini, Alberto Moravia). Il a également publié un recueil d'entretiens avec Adriana Asti, *Se souvenir et oublier* (Portaparole, 2011) et de nombreux essais dont *Un renoncement* (Flammarion, 2013) et *Mes Argentins de Paris* (Séguier, 2014). Enfin, il est l'auteur de pièces de théâtre et de livrets de comédie musicale. Dans la collection « Folio Biographies », il a publié *Pasolini* en 2005.

Comprendre

L'accumulation de superlatifs a découragé les meilleures volontés, quand il s'est agi de connaître la personnalité de Maria Callas. C'est sur un mélange douteux de stratégie promotionnelle et commerciale, de stéréotypes concernant le « malheur », le « génie », le « destin » et de curiosité morbide que s'est édifié le monument consacré à celle qui fut incontestablement une très grande interprète lyrique, mais qui eut une existence tronquée — et faussée par les commentaires journalistiques. Sa vie fut assurément brève, puisque Maria Callas est morte à deux mois et demi de son cinquante-quatrième anniversaire. Mais sa carrière fut relativement longue, quoique irrégulière et fortement perturbée par de longs arrêts dans les dernières années. Si l'on s'en tient aux représentations intégrales d'opéras, c'est à quinze ans qu'elle monta pour la première fois sur une scène lyrique dans le rôle de Santuzza, le 2 avril 1939 (dans une représentation d'étudiants du conservatoire grec de *Cavalleria rusticana,* au Théâtre Olympia d'Athènes) et à quarante et un ans qu'elle en sortit pour la dernière fois dans le rôle de Floria Tosca, le 5 juillet 1965 (à Londres). Vingt-six années, donc, si l'on excepte les récitals qui précèdent et suivent cette période. Il y eut des carrières plus brèves. Et bien sûr de moins pleines.

Le style vocal et surtout dramatique de Maria Callas a bouleversé les conventions, au moment où il s'imposa (non sans difficulté dans un monde dominé par une certaine inertie ou par des maniérismes gratuits et inexpressifs, surtout en Italie). Mais il n'a pas exercé, à vrai dire, d'influences visibles ou audibles sur d'autres artistes : en revanche, de sa singularité, témoignent ses enregistrements sonores ou, plus rarement, visuels. Maria Callas, en cela, demeure un phénomène unique, car elle n'a pas fait école. Même si son nom symbolise à lui seul l'opéra du XXe siècle, sa personnalité a rarement servi de modèle et, quoi qu'on en ait dit, n'a pas changé le cours de l'histoire lyrique. Certaines chanteuses, après elle, ont tenté de l'imiter, soit par une parenté de timbres (comme Lucia Aliberti ou la Hongroise Sylvia Sass, que Leonard Bernstein lui présenta), soit par une volonté d'expression dramatique exacerbée (Cecilia Bartoli), soit par une conscience spectaculaire de leurs qualités vocales ou de leur beauté physique, se transformant en afféteries ou en produit commercial mélangeant vie privée, vie professionnelle et couvertures de magazines (Angela Gheorghiu ou Anna Netrebko), soit par l'intensité et la crédibilité psychologique de leur jeu ou même une vie singulière (Teresa Stratas). Mais aucune n'a suivi ses conseils strictement musicaux ou dramatiques (dispensés dans de très nombreux entretiens et dans ses cours de la Juilliard School, auxquels a assisté toutefois Barbara Hendricks, sans grand plaisir). Ces conseils contredisent l'image superficielle de vedette fragile, ombrageuse et capricieuse qui a faussé sa mémoire : ils montrent une immense culture musicale, une finesse remarquablement approfondie dans l'analyse des partitions, une attention unique au lien entre l'écriture musicale, l'expression psychologique et le travail vocal. Chaque signe est traduit et des solutions d'interprétation sont proposées. Le compositeur est le maître que l'interprète doit servir, ne cesse de répéter Maria Callas. Chaque choix musical et chaque parole du livret doivent être respectés. Il suffit de suivre la partition. Encore faut-il savoir la lire et avoir les moyens vocaux de lui donner forme sur scène.

De manière générale, les musicologues sont plutôt réservés ou nuancés sur la couleur de son timbre, qui est souvent présenté comme assez disgracieux et disparate (par rapport aux voix suaves et homogènes que l'on connaît désormais, de Montserrat Caballé à Renée Fleming, en passant par Kiri Te Kanawa, Teresa Stich-Randall, Katia Ricciarelli ou Margaret Price, et à des timbres exceptionnels comme ceux de Victoria de Los Angeles, Janet Baker ou Jessye Norman ou à des couleurs très émouvantes comme celles d'Agnès Baltsa, de Kathleen Ferrier, de Marian Anderson, de Mitsuko Shirai, de Vasso Papantoniou ou de Shirley Verrett), sur son agilité vocale (il existe de bien plus grandes virtuoses et il en a existé avant elle, mais encore faut-il — et c'est là que la singularité de Maria Callas pose un problème dans la mesure où son registre est « polyvalent » — déjà distinguer entre les virtuoses sopranos coloratures, comme Beverly Sills, Joan Sutherland, Rita Streich, Sumi Jo ou Natalie Dessay, les virtuoses mezzos ou contraltos, comme Conchita Supervia, Marilyn Horne, Yvonne Minton, Lucia Valentini-Terrani, Christa Ludwig, Teresa Berganza ou Cecilia Bartoli, les virtuoses sopranos dramatiques, comme Lotte Lehmann, Leonie Rysanek, Inge Borkh ou Astrid Varnay, etc.), sur sa musicalité (mais elle a bien des rivales : de Rosa Ponselle à Régine Crespin, en passant par Germaine Lubin, Anna Moffo, Josephine Veasey, Sena Jurinac ou, bien entendu, Renata Tebaldi), sur sa puissance vocale (Birgit Nilsson ou Kirsten Flagstad furent des chanteuses, de ce point de vue, plus exceptionnelles), sur sa beauté (Elisabeth Schwarzkopf en joua plus qu'elle, en manipulant avec encore plus d'adresse son image physique et vocale, avec des moyens pourtant réduits au minimum), sur son tempérament dramatique (mais une Grace Bumbry, qui lui voue une grande admiration, semble n'avoir rien à lui envier), sur la crédibilité psychologique de son jeu même (mais de grandes interprètes wagnériennes ou verdiennes semblent désormais insurpassables comme Gwyneth Jones, Waltraud Meier ou Teresa Stratas), sur l'étendue de son répertoire qui va de Massenet à Wagner, de *Lucia de Lammermoor* à *Samson et Dalila*, de Gilda à Isolde, de Bellini à Puccini, de Donizetti à Cilea (avec deux grandes lacunes : Mozart dont elle n'enregistra que quelques airs des *Noces* et de *Don Juan* et n'interpréta en entier sur la scène de la Scala que le rôle de Constance de *L'Enlèvement au sérail,* et Richard Strauss qu'elle ne chanta pas, contrairement à Leontyne Price dont la variété de répertoire est encore plus ahurissante). Elle ne s'aventura ni dans la musique religieuse (à l'exception de Haendel et de Pergolèse, en concert, non enregistrés, durant la période grecque, et de Stradella) ni dans le lied (sauf dans des récitals, à Thessalonique, où en septembre 1943, elle interpréta des lieder de Schubert et de Brahms). Elle refusa de chanter des langues qu'elle ne parlait pas, ce qui lui interdisait Bach, Mahler, Schumann, Schubert ou même l'opéra russe ou tchèque où l'on a lieu de penser qu'elle aurait excellé. Elle s'en tint donc à l'opéra italien et français. Wagner, Beethoven, Weber, elle les chanta en anglais ou en italien. Elle ne chanta que la Marguerite de *La Damnation de Faust*, mais Georges Prêtre enregistra les deux rôles féminins des *Troyens* avec Régine Crespin plutôt qu'avec elle, qui se contenta du plus attendu *Carmen* de Bizet. Mais voilà. Aucune chanteuse avant et après elle n'a été remarquée dans autant de domaines et pour autant de qualités.

Si chaque année, chaque mois peut-être, émergent de nouvelles voix, aussitôt repérées et exploitées par des jurys de concours, par des organisateurs de concerts, par des maisons de disques, ou simplement par d'excellents chefs d'orchestre ou directeurs d'opéra, et certaines admirables d'intelligence musicale, de dons naturels et de sensualité, de force dramatique, si des carrières sont également menées avec beaucoup d'art, en fonction de l'évolution de la réception mondiale de la musique, au gré des festivals, des enregistrements, des concerts, suivant la popularisation régulière du chant, on n'assiste pas à un destin aussi frappant que celui de Maria Callas. Callas demeure un nom magique, une référence inévitable lorsque l'on parle de la voix humaine. Elle a effacé le mythe de la Malibran, à laquelle toutefois elle rendit hommage en se recueillant sur sa tombe et dont des portraits ornaient les murs de son appartement parisien. Et il y a peu de chances qu'une chanteuse à l'avenir puisse jamais se substituer à elle dans ce rôle symbolique. La Callas signifie la voix humaine. D'Ingeborg Bachmann à Michel Foucault en passant par Marguerite Duras, Hector Bianciotti et Hervé Guibert, les écrivains de la deuxième moitié du XXe siècle, et par conséquent contemporains de son ascension, ont rarement échappé à cette mythologie ou, du moins, à cette figure de rhétorique, connue sous le nom de « catachrèse par synecdoque » — le nom propre d'une personne ou d'un personnage utilisé pour représenter une de ses caractéristiques les plus frappantes —, avec plus ou moins d'engouement ou d'ironie. Cela va du clin d'œil à la vénération quasi religieuse. Michel Foucault, dans son cours au Collège de France du 2 mars 1983, s'exclame en corrigeant la sonorité de son micro qui vibre trop : « Et comme ça ? Parfait ? La Callas[1] * ! » Ingeborg Bachmann écrivit de son côté : « Elle a été la dernière fable, la dernière réalité à laquelle un specta-

* Les notes bibliographiques de fin de volume sont regroupées p. 351.

teur espère participer[2]. » Roland Barthes, plus réservé, dans un entretien avec Hector Bianciotti, dit après avoir fait l'éloge de Gundula Janowitz, alors que Maria Callas est encore vivante : « C'est un grain tubulaire, à la résonance un peu fausse (une voix peut être juste et son grain peut être faux), que je n'aime pas[3]. » Enfin, Marguerite Duras s'exprime au moment où Maria Callas abandonne la scène, après sa dernière *Tosca*, sans doute dans un mouvement de solidarité intellectuelle et de grande confusion journalistique face à un phénomène artistique incontrôlé qui est en train de s'effondrer — mais on le sent, sans le savoir encore — définitivement : « Je crois que son secret, c'est d'avoir été prévenue, d'avoir su, avant son heure, qu'elle avait la puissance requise pour porter son art, l'art tout court, à son apogée[4]. » Les ventes aux enchères organisées, quelques mois après sa mort, puis à Montaigne-Drouot vingt-trois ans plus tard et le jour de son anniversaire, les 2 et 3 décembre 2000, sont équivalentes à celle que décrivit Alexandre Dumas fils, dans *La Dame aux camélias*, pour Marguerite Gautier (la Violette Valery de *La Traviata*, à laquelle, comme on sait, elle s'était profondément identifiée). Ses sous-vêtements et ses moindres breloques sont vendus à prix d'or, comme des reliques sacrées. Mais l'on découvre en même temps qu'elle tenait, dans des albums reliés où elle collait soigneusement les coupures de presse ou assemblait les couvertures de magazines, dans toutes les langues, une sorte de registre de tous les échos journalistiques de ses exploits et de ses frasques, autrement dit qu'elle avait, elle-même, constitué son propre musée, préparant son culte futur, dont elle était à la fois la déesse et la vestale. Elle était sa propre archiviste, rassemblant, sans hiérarchie, tous les témoignages de sa gloire et toutes les traces de ses scandales, le plus fallacieuses et vulgaires aient-elles été. Et, mais cela on ne le découvrait pas, elle avait une garde-robe de mannequin ou de femme de chef d'État. De ce point de vue, des ventes semblables furent organisées pour Jackie Onassis et pour la princesse Diana Spencer, qui avaient le même souci de suivre ou d'imposer une mode. Une nouvelle mise aux enchères eut lieu le 7 décembre 2007, à Sotheby's. Mais d'autres encore furent organisées chez Christie's à Rome (en 2003) ou Sotheby's de Genève (en 2004). Certains bijoux vendus pour cette dernière vente atteignaient des sommes fabuleuses. Il s'agissait de présents de Meneghini ou de bagues et broches portées sur scène ou dans des bals masqués (dont une célèbre robe de la pharaonne Hatshepsout, décorée d'émeraudes véritables, pour un bal au Waldorf Astoria de New York en 1957). Le plus beau diamant avait 11,7 carats. Les expositions de ses reliques (personnelles et professionnelles) se multiplieront à partir de 1979, où eut lieu l'exposition « L'Opéra secret de Maria Callas » au musée Carnavalet de Paris (organisée par Simone Benmussa et commentée dans *Le Monde*, par Hervé Guibert, le 11 avril 1979[5]). Cette exposition révéla que la Callas tenait une sorte de « journal parlé », qu'elle enregistrait elle-même pour commenter et tromper sa solitude et la cessation de son activité artistique.

Tout artiste qui atteint une renommée analogue

à celle de Maria Callas doit allier son don naturel à la volonté de se représenter publiquement et de contrôler son image, à une détermination et un travail artistiques considérables. Dans le cas de Callas, s'y sont ajoutés des éléments historiques très importants. Née en 1923 à New York, dans une famille d'émigrés grecs, elle est retournée dans le pays de ses ancêtres alors qu'elle était tout juste entrée dans l'adolescence et dans la période difficile de l'entre-deux-guerres marquée, aux États-Unis, par une énorme crise économique. La guerre a éclaté en Grèce, ce qui a accéléré son entrée dans le monde professionnel. Dans d'autres conditions, si exceptionnelle qu'ait été sa voix, si passionnée qu'ait été son enseignante, Elvira de Hidalgo, convaincue d'être en présence d'une personnalité susceptible de renouveler l'art du bel canto, elle n'aurait certainement pas été propulsée aussi vite sous les projecteurs. Son incapacité à s'imposer aux États-Unis, lors de sa première tentative de retour au pays, immédiatement après la guerre, quand elle était déjà la cantatrice grecque la plus connue de son pays et qu'elle avait, à son répertoire, de nombreux grands rôles qui lui auraient permis d'accepter des engagements immédiats, laisse assez présager des difficultés qu'aurait rencontrées sa carrière américaine si elle n'avait pas suivi sa mère en 1937 à Athènes et si elle était restée avec son père à New York.

Maria Callas, elle-même, a minimisé la part naturelle de son don vocal dans la constitution de sa gloire. Son style dramatique et son magnétisme en scène ont toujours été plus remarqués que son timbre et sa musicalité, même si sa virtuosité, dans sa jeunesse, a été soulignée dans les rôles de colorature du répertoire de bel canto (Donizetti, Bellini). En 1958, elle déclarera :

> Il faut apprendre à la perfection chaque rôle musical et l'exécuter comme Heifetz, Paderewski et tant d'autres grands artistes. Nous autres chanteurs, nous devons moduler nos phrases exactement comme eux. Si notre voix ne peut pas se plier à la même discipline que les instruments, nous ne savons pas chanter. J'ai cette faculté par nature. Je l'ai toujours eue. [...] Je ne suis pas parfaite, je ne prétends pas l'être. Mon seul désir est de lutter pour l'art, quoi qu'il doive m'en coûter[6].

Elle a toujours rappelé ce qu'elle devait à son travail personnel, à son sens de la discipline et du respect des partitions (ainsi qu'à l'analyse minutieuse du livret et de la psychologie des personnages), et à l'amitié professionnelle de son professeur, Elvira de Hidalgo, du chef d'orchestre Tullio Serafin (secondé par sa femme, Elena Rakowska, ancienne cantatrice wagnérienne), du metteur en scène Luchino Visconti. Ce sont ces trois figures tutélaires qui l'ont aidée à concevoir et à pratiquer son art. Ainsi qu'un imprésario redoutable, en la personne de son mari Giovanni Battista Meneghini. Mais la part professionnelle n'était pas ce qui occupait seule Maria Callas.

Car elle entendait construire sa vie affective et sexuelle selon la même détermination. Et pensa que cette deuxième vie, longtemps discrète ou, tout au plus, ironiquement commentée de remarques cyniques ou compassionnelles, méritait de passer au premier plan. Il suffit d'examiner le calendrier de ses concerts et opéras : sa rupture avec son riche et vieux mari, Giovanni Battista Meneghini, et sa liaison avec Aristote Onassis eurent pour conséquence immédiate la raréfaction des représentations lyriques. Celle qui devait une grande partie de sa renommée à sa capacité exceptionnelle d'incarner ses personnages (Norma, Violetta, Floria Tosca, Médée, pour ne citer que les rôles qu'elle a le plus souvent tenus avec éclat) devenait progressivement une concertiste, qui laissait admirer ses prouesses, malheureusement de plus en plus douteuses, comme dans un numéro de music-hall. De 1959 à 1965, le rythme de ses participations à des opéras se ralentit. Puis le chant s'arrête.

Presque définitivement, puisque Maria Callas se contentera de quelques enregistrements, de ses *master classes*, de la mise en scène, cosignée avec Giuseppe Di Stefano, à Turin des *Vêpres siciliennes* avec pour interprète Raina Kabaivanska et de la série désastreuse de ses duos avec le même Di Stefano, durant deux années (1973 et 1974) de Hambourg à Sapporo. L'image de cette déchéance précoce, mais presque explicable quand on se tourne vers l'intensité de ses productions (entre 1949 et 1959), a coloré de romantisme tragique la vie entière. L'épisode du tournage du *Médée* de Pasolini donnera lieu à des interprétations souvent malveillantes et fallacieuses. Nous y reviendrons longuement, car il ne s'agit pas, selon nous, d'une erreur de carrière, mais bien au contraire d'un tournant fondamental dans sa vie, tournant qui permet de comprendre rétrospectivement nombre de ses choix précédents.

La vie et l'œuvre de Maria Callas ont suscité une quantité énorme de commentaires, sous forme d'articles, de livres, de pièces de théâtre, de ballets (notamment de Micha van Hoecke, *Maria Callas, la Voix des choses*), de romans, de tableaux (de Julian Schnabel), de films (documentaires ou fictionnels), d'émissions, de sites Internet, d'associations diverses qui se disputent sa mémoire et son héritage. Elles font l'objet d'un marketing et d'une vénération, comme celles de Marilyn Monroe ou de Greta Garbo. Contrairement à la première, elle n'a pas été happée en pleine gloire, contrairement à la seconde, elle n'a pas survécu longuement à sa gloire. Elle a vécu assez longtemps après ses triomphes pour souffrir de les voir s'éloigner et constater qu'ils ne reviendraient pas. Mais pas assez pour vivre une autre vie. Bien que ses faiblesses physiques inopinées et ses chutes de tension fussent notoires, la brutalité et la précocité de sa mort ont fait naître un doute sur ses conditions : se serait-elle tuée ?

Les informations sur sa vie, même quand elles sont signées de son nom (dans des entretiens, des enregistrements de radio ou de télévision, dans des « déclarations », recueils de « pensées », dans des lettres aussi), sont presque toujours sujettes à caution. Car, outre le risque de distorsion présenté par ces propos quand ils sont reproduits, elle changeait d'avis, présentait, selon les circonstances, sa vie et ses activités sous des angles variables. Elle se taisait ou se livrait parfois de manière étonnamment directe, en révélant des éléments très intimes de sa vie privée. Elle réglait, à travers la presse, des comptes conjugaux ou familiaux, puis s'enfermait dans un silence arrogant, ressemblant en cela à de nombreux personnages publics qui tantôt sollicitent les journalistes tantôt les fuient, dans un va-et-vient enivrant qu'ils croient pouvoir contrôler et dont ils finissent presque toujours par être victimes. Beaucoup de proches ont parlé d'elle et même en son nom : sa mère Evangelia, sa sœur Jackie, son mari Giovanni Battista Meneghini. Les biographes de ceux qui ont croisé la vie de Maria Callas (d'Onassis, de Jackie Kennedy, de Visconti, de Pasolini, de Giuseppe Di Stefano, de Giovanni Battista Meneghini entre autres) ont porté souvent des jugements définitifs et ont surinterprété tel ou tel événement en négligeant le contexte ou en le soumettant au point de vue partial de leur propre sujet d'analyse ou aux circonstances particulières de telle ou telle rencontre avec elle.

La notoriété de Maria Callas est allée s'amplifiant de 1959 à nos jours. Elle ne concerne donc pas réellement son travail artistique proprement dit, mais la construction de sa légende une fois que ce travail devenait presque impossible. Son timbre et son style, identifiables par les plus sourds et les plus profanes, sont devenus un logo ou une marque de produit, comme la jupe de Marilyn soulevée par la soufflerie de *Sept ans de réflexion*. Ils ont été surutilisés pour signifier l'émotion lyrique, pathétique et larmoyante, dans des contextes cinématographiques ou publicitaires. Sa silhouette même ou son visage, abondamment photographiés, comme ceux d'un mannequin, ont été détournés pour servir les causes commerciales les plus diverses. Elle s'est, de son vivant, prêtée à ce jeu qui a fini par devenir un objectif central, durant une certaine période. L'enjeu financier considérable de ses enregistrements (en studio, en *live* ou pirates de diverses origines) mis sur le marché dans des conditions plus ou moins frauduleuses et finalement récupérés dans une grande opération commerciale, a fait d'elle une icône monnayable et s'est appuyé sur l'imagerie, poétique, mais facile, d'une artiste géniale et malheureuse, ayant perdu son amant et sa voix. L'abus de cris d'enthousiasme sur son étendue vocale (selon certains, trois octaves du sol grave au contre-sol), sur sa transformation physique et sur son talent tragique, s'est aisément renversé en son contraire. Le refus de la comparer à qui que ce soit (refus alimenté par Maria Callas elle-même, qui exprimait rarement la moindre admiration à l'égard de ses consœurs ou partenaires — sinon pour Rosa Ponselle, mais qui était de la génération précédente ou pour la Malibran sur la foi des commentaires du passé, Maria Malibran qu'elle imita peut-être inconsciemment, puisque la grande cantatrice du XIXe siècle avait épousé un banquier... —, contrairement à nombre d'entre eux et d'entre elles qui, de son vivant et après sa mort, n'ont pas tari d'éloges et reconnaissent souvent encore ce qu'ils lui doivent, en demeurant toutefois assez vagues sur ce qu'ils ont appris d'elle, à l'exception peut-être de Giulietta Simionato, de Teresa Berganza, de Vasso Papantoniou, de Raina Kabaivanska et de Montserrat Caballé) a faussé les échelles de valeurs.

Mais une idée s'est ancrée. Celle selon laquelle

elle se serait détruite dans l'exercice même de son art, dans la tentative de vivre à la mesure de ce qu'elle attendait de l'art. Et, bien entendu, à la suite de certaines erreurs, professionnelles (plus qu'artistiques) et psychologiques. De Meneghini, pour justifier son divorce, elle disait qu'il l'empêchait de vivre, en la réduisant à une machine à chanter sinon à signer des contrats. D'Onassis, une fois qu'il l'eut quittée pour Jacqueline Bouvier, qu'il l'empêchait de chanter. Les deux reproches étaient probablement fondés. Mais il aurait été, de sa part, plus honnête d'avouer qu'elle avait eu besoin, à une période de sa vie, de s'appuyer sur un homme qui lui faciliterait matériellement et psychologiquement l'ascension artistique, en organisant impeccablement sa carrière lyrique et en l'assurant d'une solidité affective et conjugale. Et, à une autre période de sa vie, de se donner l'illusion qu'elle pouvait rivaliser, grâce à sa renommée mondiale, avec les vedettes que et qui convoitent les couvertures de magazines. L'objectif était, d'une certaine manière, plus facile à atteindre, mais plus lourd à payer. En effet, un milliardaire n'était pas inutile. Quant au prétendu bonheur de l'amour, il n'avait de sens qu'à être attendu ou clamé, non à être atteint.

Elle devenait désormais une figure de la trahison. Traîtresse elle-même et trahie. Pasolini exploitera admirablement cette thématique dans sa vision du mythe de Médée, qui était déjà profondément intériorisé par Maria Callas sur le plan lyrique et personnel.

Sa mort peu à peu s'éloignant dans le temps, on

glisse volontiers de l'analyse strictement esthétique à la reconstitution psychologique, sinon à l'hagiographie. Que Maria Callas ait dû, dans la plupart de ses entretiens, quand ils n'étaient pas strictement musicaux, comme avec John Ardoin, lord Harewood, Micheline Banzet-Lawton, Jacques Bourgeois, Kenneth Harris ou Bernard Gavoty, se défendre de ses choix personnels et partir en guerre, tantôt contre la presse à scandale (qu'elle avait pourtant elle-même utilisée, en acceptant d'innombrables reportages, du temps où elle conquérait le monde de la *jet-set*, du yacht *Christina* au rocher de Monaco), tantôt contre les metteurs en scène d'opéra et la décadence de l'art du chant, rend souvent pénibles la lecture ou l'écoute de ces dialogues partiaux, amers, agressifs, d'une feinte courtoisie. Mais Maria Callas s'est sentie presque constamment agressée par la presse. Rapidement, dès le milieu des années cinquante, des photographies ont circulé, la représentant en train de grimacer vers l'objectif, au cours d'altercations avec les photographes ou les reporters. Souvent surprise à la descente d'un avion ou à la sortie d'un hôtel, elle esquisse un sourire méprisant en cherchant toutefois l'œil de la caméra. Plus touchants, sont évidemment les clichés pris dans les coulisses à la sortie du plateau. Plus vulnérable, plus offerte, elle est encore habitée par les sentiments exaltés qu'elle vient de ressentir et d'exprimer musicalement sur scène et réconfortée par l'enthousiasme du public.

De sa voix même, Maurice Fleuret dans les jours

qui suivirent sa mort donna une description assez précise :

C'est une loi statistique : il n'y a jamais plus de deux ou trois grandes cantatrices d'opéra par génération. Or, il n'y a eu qu'une seule Callas dans tout le siècle. Pourquoi ? D'abord la voix, le donné vocal si l'on peut dire. N'oublions pas qu'il s'agit d'une voix grecque, d'une voix d'héritage oriental et populaire, dont le métal, les contrastes, la raucité n'ont rien à voir avec le velours de soie à la Tebaldi, prôné par l'école italienne. De plus, et sans doute à cause d'une pose de la voix contraire à la tradition de l'Occident, les trois registres demeurent étonnamment différenciés : un grave « de marin ivre » disait Paola Novikova, poitriné, volontaire ; un médium de clarinette, légèrement voilé, comme évidé de l'intérieur ; un aigu clair et très facile, à la grande époque avec, cependant, des notes tenues toujours un peu instables et une tendance au cri dans les passages dramatiques — cela même avant la fameuse cure d'amaigrissement qui n'a pas eu les fâcheuses répercussions qu'on a dites. En fait, c'est certainement parce que Maria Callas avait débuté trop tôt dans la carrière [...] qu'elle ne put atteindre l'égalité, l'unité, la continuité quasi instrumentales de la voix, qu'on exige d'ordinaire pour la pratique du chant savant. Mais justement, elle sera contrainte pour remonter ce handicap, de gravir les plus hauts sommets de l'art, en compensant de beaucoup la disparité naturelle des registres par la pureté du style et par la puissance du tempérament[7].

Les documents filmés de ses interprétations d'opéras sont très rares : la dernière *Tosca* de Zeffirelli, à Londres, quelques images volées du *Médée* de Cherubini ou de répétitions à Épidaure, ou encore quelques scènes d'une *Traviata* à Lisbonne et le deuxième acte de *Tosca* pour le gala de la Légion d'honneur, le 19 décembre 1958, à l'Opéra de Paris. On doit s'en tenir en général aux récitals des années soixante et à la tournée des années soixante-dix. L'élégance, le maquillage, les coiffures, la pose, la gestuelle sont soumis aux normes des modes de ces époques. Maria Callas n'a pas caché qu'elle avait pour modèle Audrey Hepburn. Mais elle y a ajouté sa touche : le port de tête, la dureté du regard, la crispation des gestes, l'expression involontaire ou non de la souffrance ou de la morgue se substituant à la charmante séduction, toujours adolescente, de Sabrina. Ce qu'on a appelé le sang grec.

De la même manière, hélas, l'apparence de Maria Callas dans le film *Médée* de Pasolini, malgré le travail de Piero Tosi — le costumier légendaire qui l'a déjà habillée en 1955 pour *La Somnambule* de Visconti à la Scala et auquel on doit les costumes de *Rocco et ses frères*, du *Guépard* et les maquillages de *Satyricon*, autrement dit celui qui a presque entièrement supervisé l'esthétique des trois génies du cinéma italien : Pasolini, Visconti et Fellini — est trop proche de son image sociale. On sent que la cantatrice ne veut pas renoncer à l'apparence qu'elle avait construite dans sa vie « civile » et que le cinéaste s'est accommodé de cette apparence à laquelle il n'a pas vraiment touché. Ce n'est pas nécessairement une faiblesse, si l'on considère que ce film permet de mieux comprendre la psychologie de Maria Callas, comme femme et comme artiste. C'en est une du point de vue de la reconstitution du mythe de Médée.

Peu avant de mourir, confondant sa carrière et sa vie, elle disait ne plus aimer Puccini, ne plus comprendre des personnages qu'elle avait pourtant animés d'une extraordinaire passion (Floria Tosca, Ciociò-san, Turandot), ne plus vraiment s'identifier à la Médée de Cherubini. Seules la Norma de Bellini et, de Verdi, Violetta étaient rescapées dans son souvenir. Elle qui avait été une Isolde et une Kundry bouleversantes, ne jurait plus que par Donizetti (Lucia) et Bellini, et se détournait donc également de Verdi et des véristes. Tout en ayant une conception très précise de la lecture des partitions, de la manière d'incarner les rôles et d'utiliser l'instrument vocal, elle ne pouvait pas se donner en exemple. Elle avait perdu à quarante ans à peine passés le contrôle de sa voix, dont le médium avait été presque détruit, dont les aigus ne possédaient plus leur agilité bouleversante, mais devenaient des cris à la justesse flottante et au vibrato si fort que, les harmoniques finissant par étouffer la note principale, on entendait une sorte de sirène ou de houle sonore parfois informe et désagréable, dont le grave, trop poitriné et trop nasal, n'exprimait plus, comme autrefois, l'émotion dramatique. Elle considérait sa propre voix comme une amie peu fiable. Elle s'estimait psychologiquement et physiquement fragile. « Depuis mon enfance, dira-t-elle en 1970 à la journaliste France Roche dans un entretien télévisé, je suis passée pour *costaud*. Je ne le suis pas. » Les confidences intimes, dont elle n'était pas avare, et les témoignages personnels d'amis proches qui l'ont observée (de Dacia Maraini qui a voyagé avec elle en Afrique, en compagnie de Moravia et de Pasolini, à Nadia Stancioff qui fut son attachée de presse sur le tournage de *Médée,* en passant par plusieurs de ses partenaires ou collègues, réguliers ou occasionnels, Tito Gobbi, Giulietta Simionato, Mirto Picchi, Teresa Berganza, Joan Sutherland, Giuseppe Di Stefano, Raina Kabaivanska) le confirment. C'était une personnalité divisée et contradictoire, dont l'unité ne fut probablement assurée qu'au cœur du travail, dans les années cinquante. Mais ce travail, auquel elle ne se déroba pas et pour lequel elle avait des capacités et une exigence rarement partagées, lui avait été imposé par une mère ambitieuse. Une fois lancée dans cette voie, elle ne pouvait s'y soustraire, mais comprit rapidement dans quel piège elle se trouvait saisie. Elle ne s'attendait, certes pas, à une telle solitude. Vouloir être la meilleure, oui, mais contre tous ? Devoir travailler avec des artistes moins exigeants qu'elle la faisait évidemment souffrir, comme la plupart des créateurs de sa trempe. Admettre qu'elle sacrifiait une partie de sa vie était également une source de tourment. Que sacrifiait-elle ? Il n'est pas sûr qu'elle l'ait vraiment su au moment où elle acquérait son nom. Elle décida de le comprendre en se séparant de son mari, aimant, complice, mais rustre et peu flatteur, et surtout devenu désormais inutile et encombrant, et en faisant la connaissance d'un autre univers, à travers la personne d'un magnat qui, sans aimer ni l'opéra ni sa voix, la réconciliait avec ses origines grecques ou qui, illusoirement, la vengeait de dures années de privation et d'humiliation quand elle s'était formée à Athènes. Elle crut, à tort, que la conséquence de ses qualités artistiques obtenues par son travail acharné et par ses dons pouvait devenir une fin en soi : célébrité, richesse, visibilité, sentiment d'appartenir à une élite. Mais quelle élite et selon quels critères ? Son appartenance à ce monde-là était éphémère. Elle l'apprit à ses dépens, en étant rejetée rapidement dans la solitude et l'amertume. La vie que lui avait offerte Aristote Onassis n'était pas celle qu'elle croyait avoir sacrifiée en étant l'épouse de Giovanni Battista Meneghini. C'était seulement une autre vie, où le personnage que son art avait construit n'avait pas sa place, sinon à être défiguré.

Parlons maintenant de sa transformation physique. On a dit Maria Callas plus laide qu'elle n'était, du temps de sa jeunesse. « Cette magnifique laideur n'appartient qu'à elle [8] », écrit Duras, avec sa tranquille et paradoxale cruauté. On l'a dite aussi plus belle qu'elle ne l'était après son amaigrissement spectaculaire, à partir de décembre 1952 où commença son régime dont les résultats furent totalement visibles en 1954 quand elle est dirigée par Luchino Visconti dans une série d'opéras à la Scala. Jusqu'au cours de l'année 1953, Maria Callas était une jeune femme assez ronde, au visage extrêmement expressif, aux traits forts — nez trop long, bouche trop large, sourcils trop épais —, à la peau fatiguée, mais aux yeux immenses et profonds. Ces traits toutefois n'avaient jamais été ni vulgaires ni communs. Les chanteuses, à l'exception de Jessye Norman, de Leontyne Price, de Shirley Verrett (trois Noires, on le remarquera) et de Kathleen Ferrier portent rarement, sur leur visage, une noblesse naturelle, à l'image de celle de leur timbre.

Maria Callas n'avait jamais été grosse au point

de devenir figée. La plupart des chanteuses de son envergure étaient aussi ou plus grasses qu'elle. Elle n'était pas le monstre que l'on prétend. Elle-même expliquait son poids par la mauvaise alimentation dont elle avait souffert en Grèce pendant la guerre, désordre nutritionnel qui aurait entraîné un dysfonctionnement hormonal. Lorsqu'elle décida de maigrir, elle se dessina une silhouette de plus en plus fine (et même squelettique dans *La Vestale*). Ce n'est pas ce qui lui fit perdre sa voix, car les enregistrements entre 1953 et 1959 maintiennent les qualités de la plupart de ceux qui précèdent (si l'on excepte les quelques enchantements insurpassables que furent ceux des *Aïda* de Mexico en 1950 et 1951, ou ses interprétations wagnériennes, qui atteignent des sommets de raffinement auxquels elle n'aura plus jamais accès par la suite). Son visage ne gagna pas en finesse. Il n'eut jamais, même dans sa dernière période, la beauté d'une Kiri Te Kanawa, d'une Anna Moffo ou d'une Elisabeth Schwarzkopf. Mais il n'avait jamais eu la laideur d'Anita Cerquetti, de Martina Arroyo, de Françoise Pollet, de Montserrat Caballé, d'Edita Gruberova ou de Birgit Nilsson. Cependant son expression se modifia. Elle apprit à se laisser photographier. À sourire, à regarder, à se tenir. Ses poses, ses mimiques ne relèvent plus de l'esthétique lyrique. Mais de celle d'un mannequin *new look*.

Inévitablement, elle prenait pour modèles des actrices de cinéma sophistiquées. Il n'est pas étonnant que sa liaison avec Onassis l'ait rapprochée de Grace Kelly. Néanmoins, elle refusa les propositions cinématographiques qui lui étaient faites.

Propositions qui n'étaient pourtant pas superficielles et irréfléchies. Les trois plus sérieuses émanaient de Carl Dreyer — une *Médée*, qui ne se fit pas à cause de l'âge du réalisateur et des assurances de la production, mais dont le cinéaste avait écrit un synopsis en 1962 —, de John Huston — le rôle de Sarah dans la Bible, rôle qui revint à une autre amie de Grace Kelly, Ava Gardner — et de Joseph Losey — le personnage finalement interprété par Elizabeth Taylor dans *Boom*. Ces propositions montrent assez qu'il y avait une cohérence dans la représentation que se faisaient les producteurs de Maria Callas.

En ne passant à l'acte qu'avec le film de Pasolini, Maria Callas cédait aux pressions de l'amitié (le producteur Franco Rossellini, qui est le neveu de Roberto, le cinéaste, et le fils de Renzo, le compositeur, et Marina Cicogna, aristocrate mondaine, femme d'affaires et distributrice de cinéma, qui produisit plusieurs films, commerciaux ou intellectuels, à la fin des années soixante et se lia à l'entourage des armateurs, des couturiers, des réalisateurs, des photographes et des comédiens, qui gravitaient autour du rocher de Monaco et de Cinecittà, qu'elle photographia), mais surtout à l'instinct de se trouver en présence d'un artiste aussi singulier qu'elle. Marina Cicogna, qui fréquentait le milieu mondain d'Onassis, avait travaillé, l'année précédente, sur *Théorème* de Pasolini et Franco Rossellini proposait divers films depuis quelques années à Maria Callas, et notamment un *Macbeth*, qui aurait dû être réalisé par Antonioni ou Bolognini. C'est le 19 octobre 1968 que *Médée* sera officiellement proposé à Maria Callas qui accepte, car (du moins le lien de cause à effet est-il tentant) elle a appris le jour même qu'Onassis épouserait Jacqueline Bouvier-Kennedy le lendemain. Ce film n'ayant pas obtenu de succès, ni critique ni public, et n'ayant pas ouvert une nouvelle carrière à Maria Callas, on y vit un peu vite une erreur ou un échec. La coproductrice Marina Cicogna, qui avait eu une liaison avec le milliardaire vénézuélien Reinaldo Herrera, le jeune amant de Tina Onassis, fit de Maria Callas un portrait dur, mais qui donne une idée assez exacte de l'image que le monde d'Onassis se faisait d'elle :

> La voix parlée était commune, âpre, empesée par des accents désagréables en grec, en anglais, en italien. La voix chantée, la plus enchantée de l'histoire, par une oreille musicale sans pareille. Quand la Divine Diva était en réalité une femme bourgeoise : robes, bijoux, vie mondaine, un corps mince. Et un espoir : le Grand Amour auquel elle a sacrifié sa carrière magique. Après avoir tant gagné et perdu, elle a sublimé ses jours, émouvante, digne et lointaine*.

La carrière de Maria Callas aurait pu être tout autre, ne peut-on s'empêcher de penser. À entendre deux des trois rôles wagnériens qu'elle a tenus (Isolde et Kundry, car on n'a pas de trace discographique de la *Walkyrie*), on imagine l'interprète qu'elle aurait été de ce répertoire (que, contre certains préjugés régnants, elle estimait infiniment musical et plus facile que celui du bel canto). Il est

* Ce texte accompagne une photo de Maria Callas, en maillot de bain et lunettes noires, sur le *Christina, où* Marina Cicogna avait également photographié Greta Garbo. Exposition « Snap shots », Galerie du Passage, passage Véro-Dodat, Paris, juillet 2008.

certain qu'elle aurait été une grande Sieglinde. Sans doute aussi, une Senta (rôle qu'elle travailla) et une Vénus marquantes. Ortrud semble écrit pour elle. À entendre son interprétation de Dalila ou de Carmen, on se dit parfois qu'elle était plutôt contralto et aurait dû persévérer dans ces rôles et s'y tenir. À l'entendre dans *Lakmé* et *Lucia* ou dans la cavatine des *Vêpres*, on pense au contraire que son agilité dans les vocalises la prédisposait à la haute virtuosité dans ce registre hyperaigu. À l'entendre dans les rôles véristes, on se prend à la rêver dans Janaček. Comme aimait souvent à le faire remarquer drôlement Régine Crespin, qui regrettait de n'avoir pas chanté Isolde ou Elisabeth de Valois dans *Don Carlos*, mieux vaut qu'on dise : « Quel dommage qu'elle ne l'ait pas chantée » plutôt que « Quel dommage qu'elle l'ait chantée » ! Ainsi, en effet, on déplorera que Maria Callas n'ait interprété ni Didon ni Cassandre chez Berlioz. Ni la Reine de la Nuit, ni la Comtesse des *Noces* (dont elle a toutefois enregistré *Porgi amor*, en 1964) ni Fiordiligi. Ni l'Elektra de Strauss, ni l'Elettra de Mozart. Ni Marie dans *Wozzek* ni la deuxième prieure du *Dialogue des Carmélites*. Deux opéras que pourtant elle vit sur scène (respectivement, à Naples et à la Scala).

C'est probablement de Leontyne Price que Maria Callas était vocalement le plus proche, par tempérament dramatique, par complexité de couleur vocale, par intelligence musicale, par étendue de registre. Mais l'instrument de Leontyne Price, ainsi que l'a prouvé sa longévité, était infiniment plus solide et a été utilisé plus prudemment dans le registre aigu. Leurs *Aïda* sont comparables, leurs *Rigoletto*, leurs *Carmen*, leurs *Macbeth*, leurs *Trouvère*. Mais leurs voix divergeaient en deux zones : l'une ne pouvait pas être égalée dans Bellini et Donizetti, et l'autre dans Richard Strauss. Et surtout, Leontyne Price a su arrêter la représentation à la sortie des artistes.

Maria Callas n'eut pas cette sagesse. Et c'est la raison pour laquelle tant de biographes se sont penchés sur sa vie, en tentant de trouver la clé d'un mythe et les éléments d'un mélodrame.

Naître

La mère de Maria Callas joua un rôle déterminant dans l'orientation musicale de sa fille. Elles ne s'aimèrent jamais et donnèrent des versions contradictoires des premières années. Enfant prodige, comme la plupart des musiciens, Maria Callas eut probablement en commun avec de nombreux autres solistes l'expérience d'une enfance mutilée, entièrement dédiée à sa formation musicale, à ce destin qu'on avait décidé pour elle. Maria Callas n'exprima aucune reconnaissance envers sa mère, Evangelia, pour l'avoir poussée, soutenue, propulsée sur ce chemin auquel elle dut sa gloire. Elle estima avoir été un jouet entre les mains d'une femme irresponsable, arriviste, égoïste.

Je ne pourrai jamais pardonner à ma mère de m'avoir dépouillée de mon enfance. Pendant toutes les années où j'aurais dû ne me soucier que de grandir et de jouer, j'ai été contrainte à chanter et à rapporter de l'argent. Ce que j'ai fait pour eux a été presque toujours le bien : ce qu'ils m'ont fait a été presque toujours le mal. Je n'oublierai jamais combien ils m'ont exploitée. Ils attendaient de moi, qui étais la plus jeune de leurs filles, que je les entretienne. Ma mère préférait ma sœur. Elle avait en effet essayé de détruire ma carrière, en me poussant à devenir chanteuse de bastringues, pour que je gagne plus vite de l'argent[1].

La plupart des entretiens qui évoquent négativement sa mère sont une reprise des termes dont elle a usé dans le premier, publié en 1956 par l'hebdomadaire américain *Time*, au faîte de sa gloire que le journal confirme en faisant de « *big-eyed Callas* » (« Callas aux grands yeux ») sa couverture, le 29 octobre. L'article résume l'impression que donne la voix et le personnage : « *a sword and a caress* » (« une épée et une caresse »).

Pourtant elle ne se rebiffa pas dans son enfance et son adolescence et, au contraire, fit ce que l'on attendait d'elle. Et certainement un peu plus. À cette mère s'ajouta une sœur aînée, plus belle, plus aimée, plus charmeuse, plus sociale qu'elle. Musicienne elle aussi, cette sœur que Maria détesta aussi violemment que sa mère, une fois devenue adulte, portait un prénom destiné à revenir dans la vie de la Callas : Jackie. « Ma sœur était une belle fille, mais moi, j'étais, vraiment, grosse et couverte d'acné. J'étais toujours trop mûre pour mon âge et je n'étais pas heureuse. Je n'avais pas d'amis jeunes, mais j'avais cette sœur si jolie que j'étais, indubitablement, le vilain petit canard[2]. » De sa famille, du trio névrotique qu'elle formait avec Evangelia et Jackie, et auquel s'adjoignait la personnalité plus faible du père, Georges, elle ne se détourna jamais, quoiqu'elle s'en fût éloignée. Maria Callas soutint financièrement les siens de son vivant : elle versait à sa mère, à son père et à sa sœur une mensualité.

Cette famille (réduite, à ce jour, à son beau-frère) héritera de la moitié de ses royalties et sera l'unique ayant droit moral. L'autre moitié ira aux héritiers de son veuf, puisqu'elle n'a eu, elle-même, aucun descendant.

C'est sous les prénoms de Sophia Cecilia Anna Maria et le patronyme de Kalogeropoulou (tantôt transcrit Kalogheropoulou ou Kalogheropoulos, tantôt Kaloyeropoulou, plus proche de la prononciation réelle) que naquit, le 2 décembre 1923, une petite fille au Flower Hospital de New York (au coin de la 5e Avenue et de la 105e rue) dans une famille grecque arrivée depuis peu aux États-Unis. Sur sa date de naissance, un certain flou fut entretenu, du vivant de Maria Callas, par sa mère et par elle-même. Sa mère, Evangelia, dite Litsa, Dimitriadou (anglicisé en Demes), prétendait que la date de naissance était le 4, mais inscrivit le 3 sur les registres scolaires de l'enfant. Et Maria Callas disait aimer cette date du 4 : « C'est le jour de la Sainte-Barbara, disait-elle en 1957 à Anita Pensotti, journaliste de l'hebdomadaire *Oggi*, la patronne de l'artillerie, une sainte fière et combative que j'affectionne particulièrement[3]. » Son nom fut toutefois simplifié par son père en Kalos, puis en Kallas, Calas ou Callas, ainsi qu'en avait le droit tout immigrant pour rendre plus aisée la prononciation par des anglophones.

Cet enfant arrivait dans un foyer en difficulté, qui venait de perdre un bébé et où ne régnait pas l'harmonie. Le père, Georges Kalogeropoulos, est pharmacien. Il a plus d'une quarantaine d'années. Il est né, en 1886[4], dans une famille modeste, à

Neokhorion, près de Meligalas, en Grèce, à la pointe sud-ouest du Péloponnèse. La mère, Elmina Evangelia, avait une dizaine ou même une quinzaine (selon Leonidas Lantzounis, le médecin new-yorkais qui fut le parrain de Maria Callas) d'années de moins que lui — ou plus exactement, elle était née en 1898 selon Michael Scott. Il l'a rencontrée en 1915, à Athènes, au cours de ses études de pharmacie. Originaire d'une famille de riches propriétaires terriens de Stylis, au nord d'Athènes, Evangelia avait pour père un militaire amoureux d'opéra et ténor amateur. Et elle eut, elle-même, des ambitions lyriques. Sa vocation artistique contrariée, qu'elle avoue dans ses Mémoires, fut l'origine non dissimulée de celle qu'elle imposa à sa fille. Elle espérait être comédienne, elle joua de la mandoline.

Après leur mariage, en août 1916, Georges et Evangelia s'installèrent à Meligalas où ils ouvrirent une pharmacie et découvrirent, selon Evangelia, qu'ils ne seraient jamais heureux ensemble. Jackie, la sœur aînée de Maria Callas, naît le 4 juin 1917. Elle se prénomme alors encore Yakinthi (Jacinthe). Et le garçon qui vient trois ans plus tard, Vassilis, meurt à deux ans, en 1922, d'une méningite (selon Jackie Callas) ou d'une typhoïde selon d'autres versions, en tout cas d'une des maladies infantiles meurtrières et courantes dans ces années-là. Pour faire renaître ce petit mort, Evangelia est à nouveau enceinte, au printemps 1923. Ils décident alors d'émigrer à New York, où les attend un ami médecin, qui sera le parrain de Maria, Leonidas Lantzounis.

Malgré les mises en garde de ce dernier, malgré la grossesse d'Evangelia qui attend donc Maria qu'elle espère être un garçon, ils décident de tenter l'aventure. Plusieurs hypothèses familiales furent avancées pour expliquer ce voyage. La mésentente conjugale, la mort du bébé, une infidélité de Georges qui aurait mis enceinte une jeune femme de Meligalas ? Fuient-ils un scandale ? Espèrent-ils un miracle à partir d'une situation nouvelle ?

Leur paquebot arrive de Patras à Ellis Island le 2 août 1923, jour de la mort du président des États-Unis, le conservateur Harding, dont on soupçonne qu'il ait été empoisonné, dans le climat de grande corruption qui a suivi la guerre de 14-18. La jeune famille s'installe dans l'appartement que lui a loué le docteur Leonidas Lantzounis, chirurgien orthopédiste originaire du même bourg que la famille Kalogeropoulos, dans le quartier grec Astoria de Queens, au 87 de la 6e Avenue, sur Long Island, dans ce qu'on appelait « Little Athens ». C'est lui qui non seulement deviendra donc le parrain et jusqu'à la fin le confident le plus proche de Maria Callas (qui lui écrira durant sa tournée catastrophique, pour se donner courage et croire, avec lui, en une illusion qui ne trompait personne), mais qui accompagnera Evangelia au Flower Hospital de Manhattan, pour qu'elle y accouche, le 2 décembre. Le baptême aura lieu deux ans plus tard.

Maria Callas s'est durant toute sa vie confiée amèrement sur les différends qui l'opposaient à sa mère et à sa sœur et n'a cessé de revenir sur sa naissance. En 1970 encore, elle disait à l'attachée de presse bulgare Nadia Stancioff, devenue, après le tournage de *Médée*, une amie intime, si l'on en croit le livre de cette dernière :

> Ma mère ne m'a jamais aimée. Quand je suis née, elle voulait un garçon, parce que mon frère, Vassilis, était mort ; en fait, c'est la raison pour laquelle mes parents ont émigré aux États-Unis. Tu sais que ma mère ne se souvient même pas de ma date de naissance ? Une fois c'est le 3, une autre, le 4. Si tu ne me crois pas, lis le livre qu'elle a écrit sur moi. Elle présente les choses comme ça l'arrange. C'est un tissu de mensonges humiliants[5].

Le livre dont parle Maria Callas a été publié en 1960 à New York (chez Fleet) et réimprimé en 1967 à Londres (chez Leslie Frewin) : *My Daughter Maria Callas*[6]. En revanche, les livres de sa sœur[7] et de son mari[8] n'ont pas paru de son vivant. La violence de cette publication de la part d'Evangelia était d'autant plus douloureuse à l'égard de Maria Callas qu'elle fut réitérée : non seulement au moment où sa fille commençait à envisager d'abandonner sa carrière, mais quand elle avait définitivement quitté la scène lyrique. Selon Vassilis Vassilikos, elle poursuivit ses commentaires, en donnant des conférences « à cinquante dollars la conférence[9] », malgré les protestations de Leonidas Lantzounis. Dans ces conditions, la deuxième publication apparaissait comme une cruauté délibérée contre laquelle Maria Callas s'est à juste titre révoltée.

Sur les premières années américaines de Maria Callas, on bénéficie de trois sources de témoignages directs, plus ou moins crédibles, parce que animés de rancœurs diverses et rendus incertains par l'éloignement temporel qui incite à la reconstruction légendaire : la mère, la sœur et l'intéressée elle-même. Toutes les trois convergent en tout cas pour décrire une atmosphère pénible de conflit conjugal. Les difficultés financières obligent Georges Kalogeropoulos à enseigner le grec avant d'obtenir une licence de pharmacien. Probablement, les prédispositions vocales de Maria ont-elles été remarquées immédiatement et exploitées par Evangelia, au cours de réunions rituelles de la communauté grecque orthodoxe. Maria Callas s'est plainte d'avoir été trop tôt contrainte de chanter (des chansons populaires grecques ou américaines et des airs de comédies musicales popularisées par le cinéma ou par Broadway) au cours de ces assemblées amicales ou religieuses et d'avoir été exhibée comme un animal de cirque... alors que précisément, elle aurait préféré elle-même aller au cirque. Mais Maria Callas enfant ne se contentait pas de chanter. Elle apprit le piano. Sa parfaite connaissance de l'écriture musicale sera évidemment un atout essentiel dans sa carrière, fait paradoxalement assez rare chez les chanteurs pour qu'on le signale. Il suffit de voir comment, dans ses *master classes*, elle commente les partitions pour comprendre la maîtrise qu'elle avait du langage des compositeurs et de leurs caractéristiques stylistiques, conventionnelles ou originales. Quand elle travaillait un rôle, elle apprenait la totalité de l'opéra, qu'elle était en mesure de diriger et où elle était en mesure de venir à l'aide de tous ses partenaires.

Dans les réponses aux questions concernant son enfance, Maria Callas a donné peu de crédit aux anecdotes sur sa précocité (vocalises au berceau, disait sa mère, enchantement des voisins, capacités phénoménales d'interprétation ou de lecture de partition, don inné pour l'improvisation au piano, etc.). Elle n'aimait pas se présenter elle-même comme un enfant prodige, car elle avait souffert d'avoir été élevée comme telle, tout en ayant la conviction de ne pas en être une et devant travailler dur pour acquérir une maîtrise qu'elle n'estimait pas naturelle et dont elle ne croyait pas qu'elle pût jamais l'être chez quiconque. Elle ne souhaitait à personne une enfance analogue à la sienne. Sa mère, dans ses Mémoires [10], raconte qu'à New York il y avait à la maison un pianola que Maria adorait écouter dès l'âge de quatre ans et dont elle actionnait les pédales avec les mains, trop petite pour s'asseoir sur le tabouret. « Ce fut peut-être alors que j'entrevis pour la première fois que Maria avait un don pour la musique, mais elle atteignit ses dix ans avant que je m'aperçoive qu'elle était douée d'une voix splendide [11]. »

Dans une conversation avec Dacia Maraini, la chanteuse disait : « Je viens d'une excellente famille de militaires qui aimaient beaucoup la musique et le chant. Ils chantaient tous, ces militaires, à en croire mes parents [12]. » Elle parle donc ici exclusivement de sa famille maternelle, bien entendu. Et sur sa mère : « Ma mère est très nerveuse. Elle râle tout le temps. Quand j'étais petite, je me rappelle qu'elle se plaignait toujours d'être notre esclave, de nous avoir sacrifié sa vie. Pour ne pas l'entendre, je m'enfuyais. Mais il ne faut pas dire du mal de ses parents. Ils nous ont donné la vie et l'amour qu'ils pouvaient nous donner [13]. » C'est-à-dire pas grand-chose, si l'on suit son raisonnement. « Ma mère, continua-t-elle, m'a forcée à étudier. Je n'étais pas convaincue de ma valeur [14]. » Comment considérait-elle sa voix ? lui demande son interlocutrice : « Sombre, changeante. Elle ne me plaisait pas. Aujourd'hui encore, je pense parfois que ceux qui m'applaudissent tant ont bu [15]. » Pour qualifier le caractère insaisissable de sa voix, Maria Callas utilise l'adjectif italien *duttile*, qui est rare et désigne la malléabilité, la souplesse (des métaux, entre autres). Mais il est évident que, dans le contexte, elle l'emploie dans un sens péjoratif. De la même manière, quelques années plus tard (dans un entretien radiophonique avec Philippe Caloni, sur France-Musique, en 1976), elle dira, à propos de sa voix qu'elle avait entendue pour la première fois dans une retransmission d'un des rares oratorios (baroques de surcroît) auxquels elle ait prêté son concours (le *San Giovanni Battista* d'Alessandro Stradella, enregistré à Pérouse, le 18 septembre 1949 et où elle incarnait Salomé) : « Je n'aime pas mon type de voix. Je déteste ça ! J'ai horreur de ça ! On m'a fait écouter la bande entre deux parties… J'ai pleuré — vous ne savez pas — je ne voulais pas continuer ! »

Et il est, en tout cas, symptomatique que son entretien avec Dacia Maraini, qui avait entrepris une enquête sur l'enfance de nombreux artistes italiens, passe très vite sur les premières années et, contrairement aux interviews des autres personnalités, prenne un tour beaucoup plus général sur des considérations de l'âge adulte. Maria Callas est d'ailleurs, dans ce dialogue, très vague sur les dates qu'elle mélange ou présente de façon ambiguë ou négligente. À la question finale : « Regrettes-tu ton enfance ? », elle répond fermement : « Non, parce que ce n'a pas été une enfance heureuse [16]. »

Georges dépensa, à en croire le docteur Leonidas Lantzounis, rapidement le capital de la vente de sa pharmacie de Meligalas, recommença ses études de pharmacie et en rouvrit une en 1928 seulement, à cause de ses difficultés financières que Lantzounis l'aida à résoudre et de sa lenteur à maîtriser l'anglais. La famille quitta Long Island pour s'installer à Manhattan, dans différents appartements. Selon les sources diverses [17], dans une dizaine d'immeubles, pour la plupart au nord de Central Park. Mais certains, plus bas, jusqu'à la 24ᵉ rue. La pharmacie de Georges Kalogeropoulos, Splendid Pharmacy, était située au 483 de la 9ᵉ Avenue, au coin de la 37ᵉ rue, dans le quartier de Hell's Kitchen (rebaptisé à présent Clinton et devenu un quartier plutôt branché, de studios d'enregistrement et de galeries d'art). La famille, selon Nadia Stancioff, aurait habité au coin de la 34ᵉ rue et de la même 9ᵉ Avenue. Selon Michael Scott, la famille aurait vécu au 465 Columbus Avenue, au 64 West 135ᵉ rue, au 520 West 139ᵉ rue, au 609 West 137ᵉ rue, au 561 West 180ᵉ rue. La dernière adresse connue de Maria Callas et de sa famille à New York avant son départ pour la Grèce aurait été au 520 West de la 183ᵉ rue. Mais ils habitèrent également Washington Heights, quartier habité par la communauté de Saint-Domingue, au 569 de la 192e rue.

Sur sa sœur (qui alors n'a pas encore publié son livre), Maria Callas est, en s'adressant à Dacia Maraini, relativement indulgente, mais plus que froide :

> Nous nous sommes aimées. Mais nous n'avons jamais été proches. Moi, en tout cas, je ne crois pas au lien du sang. Mes problèmes, j'ai dû les résoudre toute seule et quand j'étais triste ou abattue, personne dans ma famille ne m'a tendu la main. Ma sœur était frivole. Elle étudiait le piano, mais elle n'avait aucun talent. Elle n'a même pas réussi à avoir son diplôme. Et elle ne s'est pas mariée. Au fond, tous les quatre, dans cette famille Kalogeropoulos, nous sommes très différents et incapables de vivre ensemble[18].

En juillet 1928, peu avant que Georges n'ouvre sa pharmacie, Maria est renversée par une voiture, en se précipitant vers sa sœur qu'elle allait chercher à la sortie de l'école (de la 189e rue) avec leur mère et qui jouait à la balle sur le trottoir. Son corps est traîné sur plusieurs mètres par le véhicule. En 1956, dans l'interview publiée par *Oggi*, Maria Callas affirmera être restée douze jours dans le coma au Saint Elizabeth's Hospital de Fort Washington Avenue, événement qui fut commenté dans les journaux qui la surnommèrent, dit-elle, quand elle en réchappa : « *Lucky Mary* ».

Le krach du 24 octobre 1929 causa la faillite de la Splendid Pharmacy Kalogeropoulos et Georges devint représentant de produits cosmétiques à travers les États-Unis. Evangelia fit un séjour au service psychiatrique de l'hôpital Bellevue, sur la

1re Avenue (à la suite probable d'une tentative de suicide, liée soit aux difficultés économiques, soit aux infidélités de son mari, soit à ce tempérament hystérique que n'ont cessé de dénoncer ses deux filles). Bien que les deux filles aient entrepris le procès de leur mère, une fois devenues adultes, et que celle-ci se soit exprimée dans ses Mémoires de manière très amère à leur égard, c'est d'elle qu'elles ont été le plus proches. Le père désormais s'absente de plus en plus souvent. Ses escapades sont notoires, à en croire le témoignage de Leonidas Lantzounis. Mais Maria Callas reviendra vers lui à deux reprises : quand elle tentera de faire carrière aux États-Unis, après la guerre, et à la fin de sa vie au moment où il se réinstalle à Athènes.

Cette figure paternelle, séductrice et fuyante, n'a pas pu ne pas jouer un rôle déterminant dans l'évolution de la vie affective de la chanteuse qui s'attachera à deux hommes puissants et plus âgés qu'elle : l'entrepreneur Giovanni Battista Meneghini et l'armateur Aristote Onassis. La pauvreté ou, en tout cas, les difficultés économiques que sa famille connut à New York et, plus tard, à Athènes, avant et pendant la guerre de 39-45, expliquent, en partie du moins, son goût du luxe et l'âpreté au gain que peut-être elle ne ressentait pas personnellement, mais qu'elle favorisa dans son entourage professionnel auquel elle permit de l'exploiter sans mesure. Elle accepta qu'on la transforme en source inépuisable de revenus astronomiques.

La différence d'origine sociale et de formation culturelle de son père et de sa mère qui lui rappelait, semble-t-il, souvent que ce n'était qu'un paysan, a probablement influé sur la volonté de métamorphose de Maria Callas, qui a toujours déploré de n'avoir fait que peu d'études, sinon musicales. Elle regrettait de n'avoir pas eu de formation intellectuelle et donc, d'une certaine manière, de n'avoir pas pu s'affranchir des limites de son milieu d'origine. Toutefois la musique faisait partie naturellement de l'environnement quotidien de son enfance. Maria Callas l'a toujours reconnu, dans ses divers entretiens. Le besoin que la communauté grecque avait d'entretenir ses références culturelles dans un contexte étranger a dû également encourager cette tendance aux fêtes qui permettaient aux enfants de se familiariser avec les danses, les chansons, les exhibitions publiques, d'autant que la famille Kalogeropoulos quitta le quartier grec de Long Island pour s'installer au nord de Manhattan.

L'intégration américaine n'a pas pu être, en si peu de temps, totale. Maria Callas, au moment de sa gloire, parlait bien anglais, puisque c'était la langue de ses études primaires, mais avec un accent du Bronx, mâtiné d'échos vénitiens et grecs. Ses écoles se trouvaient, de toute façon, dans un quartier populaire d'immigrés hispaniques : la Public School 189, tout au nord-est de l'Amsterdam Avenue, près de Harlem River, puis la Junior High School 164, sur Edgecomb Avenue. Le grec, qu'elle devait avoir l'occasion de pratiquer par la suite (entre 1937 et 1945, où elle vécut à Athènes, puis entre 1959 et 1968, durant sa liaison avec Onassis), resta toutefois sa langue de référence. Les trois autres langues qu'elle maîtrisera plus tard et parlera couramment avec des nuances de vocabulaire et de formulations (l'italien, le français, l'anglais) conserveront toujours des inflexions grecques, à la fois nasales et projetées. La voix de Maria Callas porte la marque de cette langue maternelle, car les voyelles, qui déterminent l'ouverture du larynx, sont les sons que la volonté, la culture, la pratique, l'entourage, l'apprentissage ne permettent jamais de modifier une fois qu'ils ont été acquis en priorité. Ne pas pouvoir faire oublier cette origine grecque sera l'occasion de déboires dans sa carrière italienne, où le public chauvin acceptera parfois mal que la plus célèbre des chanteuses « italiennes » soit une Gréco-Américaine. Tullio Serafin s'en apercevra tout de suite, après l'avoir dirigée dans sa *Gioconda* de Vérone : elle avait une manière de projeter sa voix et de prononcer l'italien, qui la singularisait trop par rapport aux chanteuses italiennes. Les producteurs du film *Médée* contraindront Pasolini, pour la version distribuée en Italie, à faire doubler Maria Callas, dont l'accent, auquel s'ajoutaient les inflexions septentrionales de Vénétie, que lui avaient communiquées son long séjour à Vérone et son mariage avec Meneghini, risquait de la rendre ridicule dans un contexte tragique. Nous aurons l'occasion de revenir sur le crépuscule précoce de la carrière de Maria Callas, mais l'on peut, d'ores et déjà, noter qu'elle reviendra en Grèce, pour un récital à l'Odéon d'Hérode Atticus (en 1957) au pied de l'Acropole, puis dans le théâtre antique d'Épidaure, pour de « tardives » représentations de *Norma* (août 1960) et *Médée* (août 1961), comme si, constatant que sa voix maintenant lui résistait, elle avait, avant de devoir renoncer à la scène lyrique, cherché dans le public grec une ultime reconnaissance, qu'elle obtint, du reste.

La voix naturelle de Maria Callas, donc. Sa mère et elle-même, dans une interview de 1957[19], reconnurent, avec plus ou moins d'exagérations ou de réticences selon le contexte, que son don était manifeste, dès l'âge de dix ans. Douée pour le piano, Maria Callas chantait, nous l'avons dit, aisément les chansons populaires (*La Paloma*, par exemple) ou des airs de comédies musicales qu'elle entendait à la radio ou avait vues au cinéma. Comme sa sœur, elle étudiait le piano et avait les plus grandes facilités à reproduire les rengaines.

Dans un climat culturel composite, où se mêlaient donc des opéras, des opérettes, des comédies musicales de Broadway, des chansons populaires, Maria Callas et sa sœur Jackie se sont accoutumées à mémoriser certains airs, à les interpréter en s'accompagnant au piano et à tenter leur chance dans des auditions et des concours. Maria n'avait alors qu'une dizaine d'années.

Le document retrouvé de radio-crochet où elle aurait interprété *Madame Butterfly* à onze ans, le 7 avril 1935, pour l'émission radiophonique « Major Bowes Amateur Hour Festival », sous le nom de Nina Foresti, prouve qu'elle avait des capacités mimétiques (alors sans aucune formation lyrique) remarquables : elle imite, comme l'enfant qu'elle est encore, une chanteuse d'opéra, plus qu'elle ne met en pratique une technique dont elle ignorait les rudiments, mais qu'elle sent intuitivement. Si c'est bien la voix de la future Maria Callas, comme John Ardoin et d'autres le supposent (contre l'avis de Jackie Callas-Stathopoulos qui estime cette hypothèse infondée et contraire à ses souvenirs), cela prouve du moins que la détermination familiale était déjà grande d'exploiter un phénomène sur le plan non plus de la variété, mais du lyrique. Maria Callas affirmait, selon John Ardoin [20], ne jamais avoir chanté sous pseudonyme. Mais, continue le musicologue, si la voix chantée, encore beaucoup trop faible et aiguë, n'annonce guère celle que nous connaissons, sa voix parlée (dans la brève présentation de la candidate), plus grave et mieux timbrée, évoque vaguement celle de la chanteuse confirmée adulte. Et surtout dans sa déclaration au micro, la toute jeune fille dit que son père, ancien pharmacien, a dû vendre son magasin. L'adresse (dans la 164ᵉ rue West) est celle de la famille Kalogeropoulos. C'est, du reste, Jackie Callas elle-même qui confirma les suppositions sur la participation de sa sœur à différents concours radiophoniques. Depuis, il semble établi que la frêle voix qui égrène avec une expressivité artificielle « *Un bel dì vedremo* » est celle de Maria Callas à onze ans, quoique Jackie, répondant à Nicolas Petsalis-Diomidis et à Nadia Stancioff, dise n'avoir gardé aucun souvenir de ce nom précis de Nina Foresti.

Rappelons que c'est également ainsi que débuta Rosa Ponselle, modèle de Callas qui l'écouta sans doute souvent (encore qu'elle l'ait nié dans certaines interviews, mais sa mémoire n'était pas nécessairement fiable alors et peut-être avait-elle le souci de ne se reconnaître aucune influence), s'il est vrai qu'elle était une auditrice fidèle des retransmissions radiophoniques d'opéra. Finalement, tout en clamant, après coup, son admiration pour cette artiste à laquelle on ne pouvait manquer de la comparer, elle prétendait l'avoir découverte tardivement, sur l'insistance de Tullio Serafin et d'autres, frappés par l'analogie de leurs interprétations. De même qu'on a attribué à la gloire naissante de la Française Lily Pons, récemment engagée au Metropolitan Opera, une influence sur Maria Callas dans sa décision de devenir soprano colorature, mais il ne s'agit que d'hypothèses liées aux programmations de cet établissement en cette période, dans la mesure où Callas ne s'est jamais exprimée là-dessus et que la famille Kalogeropoulos, totalement ruinée, n'avait pas les moyens d'assister à des représentations réservées à une autre classe sociale. C'est en Grèce que Maria (alors rebaptisée Marianna) Kalogeropoulou assistera pour la première fois à une représentation (de *Traviata*, en l'occurrence).

Quoi qu'il en soit, aucun des concours de chant ne fut concluant pour l'avenir de Maria Callas, qui, tout en chantant de plus en plus à la maison (la « Habanera » de *Carmen* et « Je suis Titania la blonde » de *Mignon*) et dans des remises de diplôme d'école, interrompit ses études au collège, en prenant, peut-être, des cours de chant avec un chanteur suédois. Mais Maria Callas, dans ses entretiens, disait n'en avoir gardé aucun souvenir. Les rapports conjugaux ayant empiré entre Georges et Evangelia (son père avait une liaison avec la fille d'un ami de la famille, qui deviendra sa deuxième femme, Alexandra Papajohn), le couple décide de se séparer. Jackie, que sa mère avait vainement tenté de convaincre d'épouser le jeune propriétaire de leur appartement de la 183e rue, devance Evangelia et Maria en prenant le bateau pour la Grèce, à la mi-décembre 1936. Maria travaille quelques semaines dans un magasin de partitions, et s'embarque avec sa mère le 20 février 1937, à bord du luxueux paquebot *Saturnia*, à destination de Patras.

Durant la traversée, elle aurait chanté dans des soirées organisées par le commandant du bord, d'après les témoignages de sa mère dans ses Mémoires et d'une future compagne de conservatoire, Hypatia Louvi-Maratou qui assure que Maria le lui aurait raconté. À leur arrivée, elles s'installent chez la mère d'Evangelia, Frosso, qui vit dans la banlieue d'Athènes, à Sepolia, avec sa famille nombreuse (trois filles et deux garçons), puis déménagent dans plusieurs endroits, pour loger finalement au 70 de la rue Harilaou Trikoupi (dans un petit immeuble à deux étages, au pied du Lycabette, dans un quartier petit-bourgeois, assez populaire et central, non loin du conservatoire et très proche de l'Olympia, l'opéra d'Athènes) et, deux ans plus tard, au 61 de l'avenue Patission (une très large artère), au centre de la ville, dans un immeuble beaucoup plus imposant et bourgeois dont les trois femmes (Evangelia, Yakinthi et Maria) occupent le dernier étage.

Le premier logement est à présent au cœur du quartier éditorial d'Athènes. Il donne sur la petite rue Dervenion qui est arborée. Aucune plaque n'indique que la chanteuse y a vécu, mais la construction est relativement préservée, quoique vétuste et peu entretenue. L'édifice de la rue Patission a été endommagé, en revanche, par un récent séisme et il est inhabité, en réfection, protégé par des échafaudages. La cantatrice Vasso Papantoniou espère y installer l'Académie d'arts lyriques Maria Callas qu'elle entend fonder.

Les premières tentatives d'Evangelia pour inscrire sa fille, malgré son jeune âge, de trois ans inférieur à la limite autorisée, au conservatoire municipal d'Athènes (*Odeon Athenon*) échouèrent. L'audition ne convainquit pas le professeur qui l'écouta : manque de technique, voix mal placée, ignorance théorique. Un jeune ténor, Yannis ou Zani Kambanis, aurait alors entendu durant l'été 1937 Maria chanter dans un restaurant du Pirée. Et après l'avoir félicitée, il lui aurait parlé de son propre professeur, au Conservatoire national (*Odeon Ethnikon*), Maria Trivella qui se trouvait être la belle-sœur d'un ami de l'oncle de Maria, Efthymios Dimitriadis.

L'Italienne Maria Trivella n'avait qu'une quarantaine d'années et menait une carrière lyrique fort modeste, mais c'est elle qui permit à Maria Callas d'entrer au Conservatoire national et d'obtenir une bourse qui assurerait la gratuité des cours. Incertaine sur sa tessiture, Maria Callas travaillait à la fois en contralto et en soprano. L'équipe des enseignants fut rapidement convaincue d'être en présence d'un jeune phénomène autodidacte, très décidé à apprendre tous les secrets de la technique et jamais satisfait de ses progrès. Le monde environnant commençait donc à accepter d'aider un rêve, celui d'Evangelia Dimitriadou Kalogeropoulou de faire de sa fille une chanteuse, à devenir réel. Maria Callas (redevenue Marianna Kalogeropoulou à son arrivée en Grèce) était admise pour la première fois par des professionnels de l'art lyrique, disposés à l'instruire, à la former, à l'inciter à devenir une cantatrice, en dépit d'une apparence pour l'instant disgracieuse, mais attribuée à son jeune âge.

Il n'avait donc pas fallu une année pour que Maria trouve sa place à Athènes dans le monde musical. Certes, elle renonçait à des études normales. Elle n'apprendra jamais méthodiquement à lire et à écrire en grec. Elle ne fera pas d'études scolaires. Mais elle est accueillie dans un système institutionnel d'instruction musicale et tout porte à croire qu'elle fera du chant son métier.

Apprendre

Le succès que remporta Marianna Kalogeropoulou, dès le concert de la fin des cours de la première année, au début de l'été 1938, ne la satisfaisait pas. Elle chantait déjà des airs de *Tosca* et du *Freischütz*. Elle avait quatorze ans. Même si elle est encore confinée dans un milieu scolaire, entre des professeurs, des étudiants et leurs parents, sa singularité apparaît éclatante. Mais cette singularité, comme dans tout début de ce qui peut être un destin exceptionnel ou une vie marginale et finalement ratée, ne porte pas nécessairement des signes prometteurs ou positifs. Les vies marquées par l'échec et celles qui servent d'exemple se ressemblent dans leurs premiers pas. Il est donc difficile de décrire ces périodes d'initiation car elles sont ambiguës. Marianna Kalogeropoulou aurait pu rester obscure. Et la manière dont sa famille l'entourait, dans un environnement économique et historique difficile et avec des rapports assez névrosés, n'était, en réalité, pas très engageante. Combien d'apprentis chanteurs ont connu des difficultés analogues, tout en étant poussés par leurs proches et parfois convaincus d'apporter une bouleversante nouveauté dans l'histoire de l'interprétation ! On raconte, dans la plupart des biographies de Maria Callas, qu'elle assurait tout le monde qu'elle deviendrait célèbre, dès l'âge de quatorze ans. Mais quel artiste ne l'a-t-il pas affirmé, à lui-même et à son entourage ? Elle avait participé à des concours, elle avait préparé des auditions, elle avait été applaudie dans des restaurants ou sur un paquebot, elle avait séduit un jeune chanteur, puis un professeur de chant, mais elle avait été aussi repoussée par un jury conventionnel. C'est un cheminement très commun à des artistes médiocres ou sans talent et à des génies. Jugés, exposés, humiliés ou flattés, ils peinent à rencontrer les conditions qui leur seront favorables. Sur cette période, obscure et préliminaire, anonyme et pourtant essentielle, qui est celle de la formation et de la mise à l'épreuve, dans le cas de Maria Callas particulièrement délicate, parce que correspondant à un retour, régressif, dans un pays où l'art lyrique n'est pas porteur et qui ne prédispose pas à une gloire mondiale, on a deux types de témoignages : ceux de la chanteuse elle-même, vingt ans plus tard, et donc chargés de rancœur à l'égard de sa famille et faussés par le besoin d'oublier son aspect pénible et presque honteux et ceux de sa famille ou de ses confrères et maîtres grecs, déconcertés par la métamorphose qui a suivi le retour aux États-Unis, puis l'installation définitive en Italie.

Ce que l'on pourra donc dire des cinq années dans les deux conservatoires grecs qu'elle aura fréquentés n'a rien de très représentatif de ce que sera le destin de Maria Callas. Elle a, bien entendu, bénéficié d'un enseignement rigoureux, de la part de Maria Trivella puis, dès la deuxième année, de la part d'Elvira de Hidalgo à laquelle elle demeurera non seulement reconnaissante, mais profondément attachée. Assurément, toutes les deux étaient d'excellentes enseignantes et Maria Callas a été une élève extraordinairement disciplinée et curieuse. Ses anciens condisciples ont tous raconté qu'elle venait assister à tous les cours, même à ceux qui s'adressaient à d'autres types de voix que la sienne et à des élèves très médiocres. Elle pensait pouvoir bénéficier des erreurs des autres, pour apprendre à ne pas commettre les mêmes. Elle était bien décidée à profiter au maximum de l'enseignement dispensé par ses professeurs. En cela, elle ressemblait à tous les grands esprits, qui, toujours, manifestent une parfaite humilité devant le savoir et un sens aigu du travail. Elle était consciente que sa précocité et la particularité de sa voix, que beaucoup trouvaient masculine, empâtée, raide, et qu'elle-même disait trop sombre et trop lourde, réclamaient d'elle une plus grande attention que la moyenne. La puissance de sa voix avait frappé les professeurs, mais cela pouvait manifester des difficultés de contrôle d'émission. Elle ne savait pas quel était son répertoire et s'essayait à tout. Ses capacités expressives et la rigidité du timbre, son peu de velouté, semblaient indiquer qu'elle serait soit un mezzo, soit un soprano dramatique, c'est-à-dire wagnérien. La lourdeur des deux rôles choisis pour le concert de la première année, dont Floria Tosca qui sera, du reste, celui qu'elle tiendra trente ans plus tard pour ses adieux à la scène, prouve que ses professeurs la pensaient probablement plutôt soprano dramatique. Et on la distribuera très rapidement, d'ailleurs, dans le rôle de Léonore (*Fidelio*). Ses débuts italiens, dix ans plus tard, seront également marqués par des rôles de soprano dramatique (Brünnhilde, la Gioconda, Turandot et Isolde).

Elle était dans une situation fragile. L'obstination maniaque de sa mère à la faire auditionner, son insistance, couronnée de succès, à l'inscrire au Conservatoire national malgré son âge présentaient un grand risque. Le recul du jury du conservatoire municipal d'Athènes quelques mois plus tôt pouvait être interprété dans un sens et son contraire. Ou trop peu préparée ou trop originale pour se fondre dans la masse des élèves. Malheureusement, ce sont les mêmes professeurs qui jugent d'une voix de soliste et d'une voix de choriste. Normalement, en effet, l'apprentissage musical est le même et réclame, apparemment, les mêmes qualités. Mais on le sait : un bon choriste n'est pas un bon soliste et un bon soliste est rarement un bon choriste, car son timbre et sa puissance se détachent de la masse et la déséquilibrent. Être refusé par un jury de conservatoire n'est donc pas un signe que l'on interprète aisément : il se peut, en effet, que le candidat chante faux ou mal, qu'il ne soit ni compétent musicalement ni agréable à entendre, mais il se peut aussi qu'il soit trop original. Et, pour les mêmes raisons, être accepté ne signifie pas que l'on puisse imposer, par la suite, sa musicalité. Et pourtant, futurs choristes et futurs solistes doivent surmonter exactement les mêmes épreuves. Maria Callas, en quelques mois, fit l'expérience d'un refus et d'une acceptation devant deux jurys à quelques mois d'intervalle. La bizarrerie de sa voix fut successivement attribuée à une insuffisante préparation et à des prédispositions exceptionnelles. Et comme toujours, certaines oreilles ne sont attentives qu'aux défauts qui interdisent de se mêler dans la masse tiède, mais uniforme, d'autres savent percevoir la nouveauté qui sera acclamée comme un apport déterminant à l'art.

Toujours est-il qu'une fois au Conservatoire, Maria Callas dut se soumettre à la même discipline que ses camarades. Mais elle les surpassa en assiduité et en volonté. Pensait-elle avoir des faiblesses plus graves à surmonter, ce qui exigeait de sa part un engagement encore plus radical ? C'est probable. Comment aurait-elle oublié qu'elle attendait depuis déjà trois ou quatre ans d'être prise au sérieux ? Le faisait-elle pour sa mère ? Oui et non. Oui, parce qu'elle était harcelée par Evangelia depuis toujours et qu'elle n'ignorait pas que le retour en Grèce avait pour objectif premier de lui garantir des études musicales. Non, parce que désormais la force, Maria Callas ne devait la trouver qu'en elle-même. Méprisait-elle déjà sa mère de vouloir l'exploiter en faisant d'elle un petit monstre ? Ou lui était-elle reconnaissante de la soutenir avec une telle passion ? On ne le saura jamais, car, une fois devenue célèbre, Maria Callas accablera Evangelia de reproches rétrospectifs et n'exprimera pas la moindre reconnaissance, tout en disant qu'elle lui était « attachée » (*stuck*), sans qu'on sache s'il y avait dans ce terme la moindre nuance affective. Plutôt une convention sociale ou alors la reconnaissance d'une fatalité familiale.

Était-elle aussi solitaire qu'elle le prétendit plus tard ? On en doute. Elle avait des soutiens et des amitiés. Mais la supériorité de dons et de volonté isole en situation d'apprentissage collectif. Elle dut donc paraître farouche et même antipathique. La moyenne des étudiants comprend toujours mal le mélange d'orgueil et d'humilité des tempéraments habités par le génie. Parmi ces étudiants, se trouvait celui qui, l'ayant entendue dans un restaurant du Pirée, l'avait mise en contact avec leur professeur, Maria Trivella, et avait donné l'idée de la rencontre organisée par Efthymios Dimitriadis et le beau-frère de l'enseignante. Il se nommait donc Yannis Kambanis et c'est avec lui, qui, bien sûr, était plus âgé qu'elle (il était en dernière année de conservatoire) que Maria Callas, alors Marianna Kalogeropoulou, interpréta, en fin d'année le duo du troisième acte de *Tosca*, « *O dolci mani mansuete e pure* ». Ce rôle écrasant pour une fillette de quatorze ans comptera, comme on le sait, dans la carrière de Maria Callas qui l'interprétera intégralement quatre années plus tard, en août et septembre 1942, à l'Opéra national d'Athènes, et qui terminera sa carrière lyrique sur scène avec lui. Elle ne l'aimait pas, elle n'aimait ni le personnage de Floria Tosca ni le langage musical de Puccini, lui préférant celui de Bellini et de Donizetti. Mais, pour l'instant, la scène qu'elle interprète avec son camarade n'est rien d'autre qu'un tremplin destiné à prouver ses capacités vocales et sa force d'expression. Il faut croire que ses professeurs et le public seront suffisamment convaincus par sa prestation pour que lui soit confié le rôle en entier. Elle-même, malgré les analyses critiques qu'elle a formulées à l'égard du compositeur et du rôle, s'est tout de même attachée à cette partition qu'elle a interprétée cinquante-cinq fois dans sa carrière. Et ce fut, dès 1950 — où, dans une quasi-prise de rôle (car elle ne l'avait plus chanté depuis 1942), elle débuta à Mexico, avant d'en faire un de ses rôles-fétiches dans ses tournées —, un triomphe constant. Mais le fait est qu'en 1968, dans ses conversations avec le musicologue lord Harewood (George Henry Hubert Lascelles, né en 1923, cousin germain de la reine Elizabeth et directeur du Royal Opera House, ainsi que du festival d'Édimbourg), elle donne du personnage de Floria Tosca une description psychologique très négative. Mais on est en décembre 1968, au moment de sa rupture avec Aristote Onassis (après le mariage avec Jacqueline Bouvier-Kennedy) et quand Maria Callas a cessé, depuis trois ans, de chanter, en faisant précisément, malgré elle et à son insu, ses adieux à la scène lyrique avec ce rôle. « Elle va et vient, elle est nerveuse et angoissée, et elle est même plutôt exaspérante. [...] En réalité, elle perd. Elle est seulement terrorisée. Elle se laisse dépasser par les circonstances. Non, elle ne gagne pas [1]. » Et, curieusement, la Callas poursuit sur un mode plus général et plus personnel en même temps, car c'est d'elle-même, comme chanteuse et comme femme, qu'elle parle alors au cousin de la reine :

Il faut faire face à la réalité et considérer toutes les données. Comme de dire que deux plus deux font quatre. Quelle joie quand on parvient à surmonter tous les facteurs impondérables et à contrôler un instrument aussi difficile que l'appareil vocal ! Car il faut aussi considérer le sentiment humain, le climat, les circonstances et des millions d'autres bêtises qui conjurent contre vous. Quand on parvient à contrôler un tel instrument et à en transmettre toutes les colorations... C'est comme une drogue [2].

Dans ses *master classes* du Curtis Institute de Philadelphie et de la Juilliard School de New York (le 2 janvier 1971 et du 11 octobre 1971 au16 mars 1972), elle ne fait, malheureusement, pas travailler le rôle de Tosca, mais seulement un air de Cavaradossi. Or, dans le prologue de ses *Leçons de chant* [3], elle parle allusivement de son apprentissage grec et de sa précocité, mais en insistant sur la nécessité d'alléger la voix (ce qu'elle dira également à propos de l'interprétation des rôles wagnériens) :

J'ai commencé à travailler le chant très tôt, tout comme mon professeur Elvira de Hidalgo. En général, je crois que les femmes commencent tôt. N'oubliez pas que je suis grecque et qu'Hidalgo est espagnole. Nous sommes donc méditerranéennes ; dans ces pays, les filles grandissent et mûrissent plus tôt. [...] Il ne suffit pas d'avoir une belle voix. Cette voix, il faut la prendre et la mettre en mille morceaux pour qu'elle devienne capable de servir les besoins de la musique, de l'expression. [...] J'abordai Tosca environ un an et demi après être entrée à l'Opéra. Ces rôles étaient lourds pour une fille de mon âge, mais Hidalgo m'apprit que, si lourd que soit le rôle, il faut garder la voix légère, ne jamais la surcharger, la maintenir aussi souple que le corps d'un athlète *.

* Ce texte est, en réalité, repris des entretiens avec lord Harewood, *op.cit.*

Elvira Juana Rodríguez Roglán, dite de Hidalgo (née le 28 décembre 1891 et morte le 21 janvier 1980), était une soprano colorature espagnole dont la carrière s'était interrompue à quarante-six ans, quelques mois avant que Maria Callas ne la rencontre. Elle avait interprété, avec les plus grands partenaires (Caruso, Chaliapine, Schipa) et les chefs les plus renommés, sur les scènes les plus prestigieuses, du Metropolitan Opera de New York à la Scala de Milan, la plupart des premiers rôles de sa tessiture, des *zarzuelas* et des chansons, avec une voix homogène, souple, merveilleusement timbrée et d'une extrême agilité. C'est cette agilité qu'elle enseigna à Maria Callas et, finalement, c'est cet enseignement qui accentua la particularité de la technique de la cantatrice, qui, tout en travaillant comme un soprano dramatique au répertoire lourd, ainsi qu'en témoignent ses débuts, allégea sa voix, en l'étendant considérablement dans l'aigu et en mettant au point une expressivité unique dans la haute virtuosité, souplesse qui fera d'elle une Lucia, une Violetta, une Ophélie, une Manon, une Gilda, une Amina, une Rosine incomparables. Elvira de Hidalgo fut, entre autres, à l'Opéra Garnier, à Paris, le 19 mai 1912, la première interprète, en ce lieu, de Rosine dans *Le Barbier de Séville* de Rossini, rôle qu'elle avait tenu le 6 mars 1910 au Metropolitan à New York. Elle avait à peine dix-huit ans à New York : c'est la raison pour laquelle, dans ses *master classes*, Maria Callas rappelle son extraordinaire précocité. Raison aussi pour laquelle Elvira de Hidalgo, à Athènes, pouvait s'intéresser à un aussi jeune prodige, sachant qu'il ne fallait pas perdre de temps pour la propulser sur la scène, si elle en jugeait par sa propre expérience. Toutefois, l'interprétation de Rosine par Elvira de Hidalgo avait été assez durement épinglée par le critique du *New York Times*, qui, le 8 mars 1910, se plaignait d'un « mince filet de voix » avec des « aigus désagréables frôlant le couac » et ne présentant pas le « niveau requis au Metropolitan », en dépit de son aisance dramatique, de sa jeunesse et de sa beauté.

Durant l'été 1938, Evangelia décide sa fille à changer de professeur et donc à aller auditionner auprès d'Elvira de Hidalgo dont elle a entendu des élèves particulièrement doués. Elle a obtenu d'autres auditions (auprès de Nicola Moscona, une basse grecque de passage à Athènes, et qui sera bien plus tard son partenaire à Mexico, Philadelphie et New York), elle a chanté le 4 juillet pour l'ambassade américaine (« *Casta diva* », semble-t-il, déjà). Elle chante à la fin de l'été « *O patria mia* », d'*Aïda* devant Elvira de Hidalgo qu'elle convainc aussitôt. À la fin de sa vie, la cantatrice espagnole devait commenter ironiquement l'apparence embarrassée de la jeune fille. Mais elle ne pouvait ignorer son âge et son inexpérience. Comment s'étonner qu'une enfant de quatorze ans soit à la fois audacieuse dans son chant et timide et empotée dans son comportement, mal faite et mal habillée, mal coiffée et lunettée ? La voulait-on, en 1938, alors qu'elle vivait dans une Grèce économiquement pauvre et appartenait à une famille à peine revenue des États-Unis, sophistiquée et déjà habillée *new look* ? Comme la plupart des élèves de conservatoire, Marianna Kalogeropoulou s'attaque à des rôles trop difficiles, exprime des sentiments dont elle n'a aucune expérience dans sa vie, lit des partitions dont elle ne connaît pas encore la clé et elle n'a pour ainsi dire jamais vu de représentation d'opéra ! À New York, il semble qu'elle n'ait jamais pu aller au Metropolitan, malgré son parrain, et à Athènes, elle aurait assisté, grâce au riche fiancé de sa sœur Jackie (qui a maintenant vingt ans), Miltiadis (dit Milton) Embirikos, à une *Traviata*, en février 1938. Mais cette inexpérience est la loi de tout apprentissage. C'est aux professeurs de décrypter dans cet ensemble confus et contradictoire d'ignorances et d'intuitions, de lourdeurs et de fulgurances, ce qui peut être corrigé et ce qui peut être exploité. Elvira de Hidalgo, comme, avant elle, Maria Trivella et d'autres, a compris qu'elle pouvait compter sur la détermination de la jeune fille et sur sa volonté d'apprendre auprès du maître pour le surpasser.

Elvira de Hidalgo est installée en Grèce depuis une vingtaine d'années, pour des raisons personnelles : elle s'est liée, en 1930, au cours d'une tournée où elle interprète *Rigoletto* et le *Barbier*, avec le directeur du Théâtre Olympia (l'Opéra d'Athènes), Panayis Karandinos, auprès duquel elle a décidé de vivre. Sa carrière s'est donc modifiée et limitée depuis une dizaine d'années à la Grèce, où elle est devenue également professeur de chant (au conservatoire municipal d'Athènes qui avait refusé Maria à son arrivée de New York). Il s'agissait, par conséquent, d'un parcours international triomphal, mais assez vite tronqué (de 1910 à 1930). Exemple, malgré tout, dangereux pour la future Maria Callas.

En attendant de devenir officiellement son élève (une fois qu'elle aura passé avec succès l'examen d'entrée au conservatoire municipal d'Athènes), Maria chante, pour une soirée unique de spectacle d'élèves du Conservatoire national, le 2 avril 1939, Santuzza dans *Cavalleria rusticana* (rôle auquel, curieusement, elle restera fidèle en le choisissant pour son programme de tournée avec Giuseppe Di Stefano, en 1973-1974) et présente en fin d'année, entre autres, « *Ocean, thou mighty monster* » de l'*Obéron* de Weber, air qu'elle intégrera à ses récitals par la suite et enregistrera. Mais aussi des extraits de *Thaïs* et d'*Aïda*. C'est durant cette deuxième année avec Maria Trivella que Maria Callas s'initie au chant français. « Elle m'a appris, en gros, à chanter du nez », dira-t-elle drôlement à John Ardoin.

Quand elle entre donc dans la classe d'Elvira de Hidalgo, la Seconde Guerre mondiale a éclaté. Et cet événement considérable va avoir des conséquences sur la fin des études (accélérées) et le début de la carrière (précipité) d'une chanteuse sur laquelle toute l'attention des mélomanes grecs, puis allemands et italiens, dans un pays occupé, va désormais se porter.

La voix de Maria Callas est à présent considérée comme un bien assez précieux pour être préservé et entretenu, non plus seulement par sa mère et par elle-même, mais par plusieurs professeurs qui vont l'entourer et l'aider à émerger. Elle s'est affrontée au public. Elle s'est essayée à des répertoires très différents. Elle a montré ses possibilités et ses limites, même si la technique n'est pas encore acquise et contrôlée. Tous conviennent de sa puissance et de sa dureté. Sa manière de projeter cette voix appartiendra à Callas seule. D'autres chanteuses (Régine Crespin, Leontyne Price, Birgit Nilsson) auront des instruments aussi peu souples et corrigeront leur timbre dit métallique par une musicalité suave, un art du legato, un vibrato et un souffle parfaitement tenu, en variant l'émission vocale, en maîtrisant le départ et l'arrêt du son. Maria Callas aura toujours des difficultés à trouver d'emblée la justesse et à la maintenir. Le registre aigu sera rarement couvert : le plus souvent exposé, à la limite de ses forces, si bien que l'on sent la voix sur le point de se briser ou de sortir de la tonalité. Néanmoins, ses vocalises, dont elle a probablement appris le secret avec Elvira de Hidalgo, ne posent pas de problèmes. Sa Lucia di Lammermoor restera inégalée. Avec un instrument aussi riche, dont la sonorité rappelle souvent la soufflerie d'un orgue et, dans les instants les plus harmonieux, d'un hautbois ou d'une clarinette, on est stupéfait qu'elle soit parvenue à autant de grâce et de légèreté dans le répertoire du bel canto, qu'elle aimait tant, mais où elle avait, de façon évidente, moins de prédispositions qu'une Montserrat Caballé ou qu'une Joan Sutherland. Quoi qu'elle ait dit, elle y était infiniment moins à l'aise que ses deux consœurs plus jeunes, qui du reste l'admiraient et qu'elle admirait. En revanche, les rôles de Lady Macbeth et de Médée étaient écrits pour sa voix. Dans les cas de *Norma* et de *La Vestale*, il est certain que Maria Callas atteignait à une noblesse où elle fut peu égalée et liée à la nature même des personnages. Mais il s'agit d'une noblesse consciente, construite, artificielle. Dans son entretien avec lord Harewood, mais à de nombreuses autres occasions, elle a dit combien le personnage de Norma, qu'elle travailla dès 1939 avec Elvira de Hidalgo (qui lui écrit le 3 janvier 1949, quand enfin elle chante *Norma* en Italie : « Je suis vraiment heureuse de lire dans les journaux ton triomphe surtout dans *Norma* que nous avons étudié avec tant d'amour[4] »), mais dont elle avait chanté déjà auparavant l'air « *Casta diva* », la satisfaisait plus que tout autre.

Je préfère le personnage de Norma. Je ne veux pas dire qu'il me ressemble, mais peut-être que oui, au fond. Très fort, parfois très féroce... mais en réalité, il ne l'est pas du tout... il est très... enclin au pardon. Elle rugit comme une lionne, mais à vrai dire, ce n'en est pas une. [...] Elle domine, comment dire, ces troglodytes qui ne sont pas exactement des troglodytes, mais de véritables sauvages, des gens brutaux. Ils sont contre les Romains. Ils font du vacarme, parce qu'ils veulent vraiment se rebeller, mais elle, elle ne l'entend pas de cette oreille, parce qu'elle aime un Romain et qu'elle en est profondément amoureuse. Elle lui a même donné deux fils. Alors comment apaiser son propre peuple ? Tout en veillant sur les rites. Prophétise-t-elle vraiment quand elle dit : Je lis dans l'avenir des Romains, ce qui finalement se réalisera ? Elle dit : Ce n'est pas nous qui les détruirons, mais ils se détruiront eux-mêmes. Je me demandais si c'est simplement une façon de gagner du temps, ou si elle est vraiment sincère. J'en doute. Aurait-elle quelque chose de philosophique en elle ? Sincèrement, je crois qu'il s'agit plutôt d'une femme angoissée par le temps. Et qui ne veut pas que la guerre éclate, parce qu'elle a peur... de toute évidence. Mais imaginez un peu combien elle doit être forte et puissante pour dominer son peuple[5] !

La description psychologique qu'elle propose de ce rôle est évidemment, comme le soulignera du reste Franco Zeffirelli dans un entretien pour le documentaire produit par EMI, *Maria Callas : une vie d'art et d'amour* d'Alastair Mitchell et Alan Lewens (1987), très suggestive pour la compréhension de sa propre personnalité qui s'identifiait totalement avec cette prêtresse passionnée, amoureuse, solitaire, soucieuse de maintenir chez son peuple le sens du sacré et désireuse de le soumettre à son système. Une métaphore utopique de l'artiste.

Elle n'avait pas une technique unique, mais plusieurs, même si elle s'en tenait à des principes qui demeuraient toujours les mêmes. Mais il s'agissait de principes très généraux d'interprétation musicale, de lecture de partition, de cohérence psychologique, de compréhension de situation, de rapport avec le public, le personnage, le chef, la musique, l'histoire, la gestuelle, d'intériorisation et d'organisation dramatique. Elle se référait toutefois toujours au bel canto et rappelait, par exemple, à propos de *Norma* que les chanteuses de la génération précédente, qui étaient des sopranos légers même dans ce rôle, avaient des « aigus de poitrine », ce qui était conforme à la technique du bel canto et ne sera à vrai dire pratiqué que par elle dans ce rôle, ses consœurs (à l'exception peut-être de Vasso Papantoniou, dont les aigus sont toutefois beaucoup plus naturels et faciles que ceux de la Callas) préférant changer de registre pour avoir des pianissimi plus aériens.

Ses faiblesses vocales sont probablement liées à ses qualités très singulières : la puissance, l'émission, le timbre, la durée de la dynamique, la longueur de la ligne et un vibrato très appuyé non pas dans le grave (comme Gwyneth Jones), mais dans l'aigu (vibrato si large qu'il finit par donner l'impression que la chanteuse, ne contrôlant plus du tout ni la justesse ni l'intensité ni le souffle, détonne). Car il est évident que Maria Callas n'a pas les ressources d'une Leontyne Price, dont les réserves de puissance paraissent inépuisables : chaque note, dans le cas de cette dernière, peut être rechargée en cours d'émission. Chez Callas, en revanche, l'absence de réserve de puissance, le « découvert » des notes toujours fragiles même quand elles sont lancées avec une redoutable énergie, la délicatesse inattendue du timbre qui souvent s'appauvrit pour devenir un fil déchirant, ce qui donnera à sa version de *La Traviata* un caractère particulièrement émouvant, expliquent qu'elle ait dû chanter, ainsi que le soulignait son dernier partenaire sur scène, Tito Gobbi, avec le maximum d'engagement et donc le plus de risque pour la santé de sa voix, comme le font les plus grands comédiens, ou plutôt les plus grandes comédiennes, car cette façon de jouer est réservée aux femmes. Elle chante parfois « à plein volume », comme le font certains amateurs.

On a souvent décrit et décrié la surcharge d'épaisseur de la voix de Maria Callas dans son médium, qui donne l'impression qu'elle a quelque chose dans la bouche ou dans le gosier en chantant. Probablement son larynx avait-il une constitution particulière, qui enveloppait, dans le médium uniquement, les notes, en revanche assez nasales dans le grave poitriné, sans la chaleur chamarrée et soyeuse des grands contraltos ou mezzos (Janet Baker, Marian Anderson, Shirley Verrett, Marilyn Horne ou même Jessye Norman, si on estime qu'elle aborde certaines pages avec une voix de mezzo plutôt que de soprano dramatique) et très criantes dans l'aigu, mais sans la sûreté de sabre de Leontyne Price, sans l'épanouissement à la fois chatoyant, moiré et laiteux de Joan Sutherland, sans la transparence de glace de Régine Crespin et, bien entendu, sans la volupté satinée de Montserrat Caballé, pour ne lui comparer que les chanteuses qui ont abordé une partie de son répertoire et qui lui sont en splendeur comparables. On devrait, à vrai dire, mettre de côté les mezzos, bien que Callas ait pu passer pour telle. Leurs limites leur donnent une force que n'avait pas Callas, même si elle a excellé dans les quelques rôles ou simples airs de cette tessiture : Carmen, Dalila, Kundry, Iphigénie, Rosine (rôle de mezzo colorature). Callas n'a hélas pas interprété les plus grands rôles de ce répertoire grave (non seulement ceux de Berlioz qui confiait aux mezzos les premiers rôles, mais la Didon de Purcell, l'Orphée de Gluck ou les altos de Bach ou de Haendel, compositeurs qu'elle a pourtant travaillés avec Hidalgo durant l'année 1941-1942).

Quel professeur, est-on en droit de se demander, était capable d'aider un pareil phénomène ? Une colorature comme Elvira de Hidalgo ne pouvait que lui apprendre à lire une partition, à écouter la musique, à comprendre un rôle, à alléger sa voix. Mais pas à résoudre les problèmes spécifiques à un instrument assez ingérable. Il n'est pas sûr que Maria Callas ait jamais acquis une technique très fiable. « Hidalgo était-elle vraiment un bon professeur ? se demande Nicolas Petsalis-Diomidis. La plupart de ses élèves estiment que non, tout en se souvenant d'elle avec beaucoup d'affection. Tous sont unanimes à reconnaître qu'elle s'entendait mieux à développer leurs talents qu'à enseigner les bases[6]. »

Plus tard, Maria Callas voudra évacuer les problèmes strictement techniques et placera ses analyses toujours sur un plan général, revendiquant le travail et le respect de la partition. À Kenneth Harris, qui l'interviewe en février 1970, sur son travail avec Pasolini (le film *Médée* vient de sortir), elle dit (comme si elle chantait encore, alors qu'elle a cessé depuis cinq ans, du moins en public) :

> Je ne pense pas : comment la Callas chante ou joue cela ? Je pense : comment cet air doit-il être chanté ? Comment ce texte doit-il être dit ? Et ensuite je travaille dur pour tenter d'y parvenir. [...] Pour vivre de manière à se supporter, on doit travailler. Travailler très dur. Je ne crois pas avec Descartes : Je pense donc je suis. Avec moi, c'est : Je travaille donc je suis[7].

Mais quel artiste aurait un autre credo ? C'est à la fin de l'année scolaire, en juin 1940, que Maria Callas est engagée dans les chœurs du Théâtre national d'Athènes, après avoir chanté dans une représentation d'élèves d'Elvira de Hidalgo de *Suor Angelica*. Elle a seize ans. Sa famille est entretenue à la fois par Georges Kalogeropoulos qui envoie des mensualités des États-Unis et par l'amant de sa sœur Jackie, Miltiadis Embirikos. Mais cela ne suffit pas à financer ses leçons. C'est évidemment Elvira qui l'a fait engager pour qu'elle puisse poursuivre ses études en étant autonome financièrement et en préférant qu'elle chante dans les chœurs, afin de ne pas fatiguer trop tôt sa voix, avant d'être en mesure d'être soliste. Mais dès l'automne, l'Italie déclare la guerre à la Grèce et le Théâtre national, après deux représentations de *Madame Butterfly,* ferme ses portes, pour les rouvrir quelques semaines plus tard et reprendre ses activités. Maria se voit offrir un rôle dans une opérette de Frantz Suppé, *Boccace,* en janvier 1941. Les répétitions et les représentations sont interrompues ou annulées par les bombardements italiens sur le Pirée. Dès avril 1941, l'armée allemande, qui s'est jointe à l'Italie, envahit Athènes et le drapeau nazi flotte sur le Parthénon.

Maria Callas devait souvent évoquer cette période atroce : son entrée officielle dans le monde lyrique coïncida avec l'un des pires moments de la Grèce. L'année 1941 fut extrêmement confuse, étant donné qu'Athènes, souffrant de famine, accueillait à la fois des Allemands, des Italiens et des officiers anglais (dont, semble-t-il, deux trouvèrent refuge chez les Kalogeropoulos). Evangelia aurait eu un amant italien. Et Maria aurait chanté pour l'armée italienne en échange de vivres. Elle le confirma dans ses confidences à son dernier pianiste, Robert Sutherland. L'armée d'occupation changea le directeur de l'opéra, en mettant un collaborateur qui ne renouvela pas le contrat de Maria en juin 1941. Il se passe donc plusieurs mois où elle se contente de ses cours au Conservatoire et ne participe à aucune représentation. Toutefois, elle apprend des rôles, dont celui de Constance, pour être éventuellement la doublure du soprano pour des représentations de *L'Enlèvement au sérail*, à la fin 1941 (mais on ne l'appellera pas). Bien que ses examens se soient assez mal passés dans la partie théorique, ses épreuves lyriques sont excellemment notées sur un programme composite réunissant ses futurs succès « *La mamma morta* » d'*Andrea Chénier*, qui sera rendu célèbre un demi-siècle plus tard dans le film hollywoodien *Philadelphia*, et *Sémiramis* de Rossini, à l'« *Et incarnatus est* » de la *Messe en ut* de Mozart. Et, entraînée par Evangelia et son amant de l'armée italienne, elle va chanter, avec une partie de la troupe de l'opéra, dans un concert Rossini destiné à l'occupant italien, à Thessalonique, le 7 juin 1942. Tout de suite après, le 10 juillet 1942, elle est engagée pour son premier grand rôle : Floria Tosca, pour la saison d'été. Seule à pouvoir chanter le rôle en grec et en italien (langue qu'elle a apprise depuis quelques années grâce à l'amitié d'étudiants en médecine grecs qui avaient travaillé en Italie) et soutenue par Hidalgo qui est proche du programmateur, elle est enfin propulsée sur scène pour le rôle qui sera à la fois l'aurore et le crépuscule de sa carrière. Pour survivre pendant les répétitions, elle chante le soir dans une boîte de nuit des arcades de la place de la Constitution voisine de son appartement : connue et acclamée dans un répertoire populaire et léger, elle y rencontre un parachutiste italien, Angiolo Dondoli, avec qui elle a une brève liaison, la première qu'on lui connaît. Elle avait dix-huit ans et devenait cantatrice professionnelle.

C'est donc en pleine atmosphère de collaboration avec les occupants italiens et allemands que Maria Callas fit ses débuts officiels à l'Opéra d'Athènes, dans le théâtre en plein air de la place Klafthmonos, grâce au ténor Ulysse Lappas, ami d'Elvira de Hidalgo, et bénéficiant de la confiance de l'ennemi qui dirigeait depuis quelques mois le pays, abandonné par son gouvernement parti en Crète. Plus tard, Maria Callas devait dire que si elle avait tardé à apprendre l'italien, c'est qu'elle avait refusé de fréquenter, au début de la guerre, le centre culturel (la Casa d'Italia) pour ne pas susciter la malveillance de ses condisciples. C'est pourtant, entre autres raisons, à la maîtrise de cette langue qu'elle dut son engagement. Mais surtout protégée par un certain nombre d'artistes qui crurent à ses capacités vocales et dramatiques, portée par des succès locaux mais incontestables et par une réputation de travailleuse acharnée au conservatoire, aidée par ses facilités à apprendre de nouveaux rôles et à décrypter les partitions les plus différentes, stimulée par le soutien obstiné de sa famille et désireuse de gagner enfin sa vie après cinq années de privations et de difficultés économiques, elle imposa sa voix par tous jugée étrange, imparfaite et virtuose et son jeu dramatique exacerbé.

Elle n'avait derrière elle que quatre années d'études, mais, déjà, une grande expérience des représentations publiques et diverses exhibitions. Les nombreux témoins des répétitions et de la première absolue de cette *Tosca*, le 27 août 1942, à l'Opéra d'Athènes, commentent l'assiduité de la prima donna, contrainte par sa myopie à connaître à la perfection la direction orchestrale, son amitié pour le chef, Sotos Vassiliadis, pour le metteur en scène Dino Yannopoulos (lui-même alors très jeune — il n'avait que vingt-deux ans), pour son Cavaradossi, Antonis Dellendas (orthographié également Thellentas). Tous trois ont par la suite reconstitué ces débuts, en les réinterprétant, bien sûr, à la lumière de la gloire ultérieure de Maria Callas et des anecdotes qui circulaient sur sa manière de travailler, sur ses scrupules, sur ses défauts, sur son perfectionnisme. Les descriptions de ses confrères rappellent celles des débuts d'Isabelle Adjani. Les artistes qui commencent très jeunes sont auréolés immédiatement d'une réputation de fougue instinctive, d'audace dans l'interprétation, de volonté de dévorer la scène et d'asservir le public. Cette réputation commune est du reste, en général, fondée.

Dino Yannopoulos remettra en scène Maria Callas dans la même *Tosca* (sous la baguette de Dmitri Mitropoulos) en 1956 (et en 1965, sous celle de

Fausto Cleva) au Metropolitan, à New York, où, après avoir quitté Athènes pour entrer quelques mois dans le maquis, il s'est alors installé depuis 1945. De mère américaine, Yannopoulos fera toute sa carrière aux États-Unis où il assurera de nombreuses mises en scène avec les plus grands chanteurs (de Lotte Lehmann à Pavarotti, en passant par Leontyne Price et Jon Vickers), mais il reviendra épisodiquement en Grèce pour diriger le festival d'Athènes à partir de 1955.

Les premières représentations étaient chantées en grec (mais on prétend que Maria Callas devait bisser son « *Vissi d'arte* », toujours ovationné, en italien, après l'avoir chanté une première fois en grec) et la série suivante en italien à partir du 8 septembre 1942 devant un public de militaires qui reconnaissaient leur patrimoine lyrique. Ces Italiens la savaient-ils américaine ? Est-ce parce qu'elle était américaine qu'elle fut choisie à la place d'une chanteuse grecque expérimentée qui aurait eu des scrupules à chanter devant un tel public et dans de telles circonstances ? Au contraire, y avait-il encore plus de provocation à faire chanter une Américaine devant des Allemands et des Italiens ? Ces considérations politiques passèrent probablement au second plan, comme dans la plupart des activités artistiques en temps de guerre. Toujours est-il qu'on est en présence d'un cas flagrant de collaboration (artistique et non politique, bien entendu). Mais Maria Callas, tout en ayant des difficultés après la guerre avec ses collègues grecs qui lui reprocheront toujours de tels débuts, ne sera pas officiellement inquiétée pour la poursuite de sa carrière, qu'elle aura toutefois la prudence (et l'ambition) de vouloir continuer en Italie, puis aux États-Unis.

Les réactions de la presse et du public, dans cette période extraordinairement perturbée, puisqu'on est en pleine guerre, sont plutôt favorables à la découverte d'un jeune talent dont la présence scénique et le jeu surexpressif sont partout soulignés. Mais la qualité du chant paraît moins évidente. La voix dure surprend, comme elle surprendra toujours. Cela dit, il s'agissait d'une série de représentations d'été dans des conditions exceptionnelles, en pleine guerre, avec des inconnus, en alternance avec des représentations de *La Traviata* (qui bénéficiait d'une distribution moins hasardeuse pour le public athénien). Ce n'est que rétrospectivement que l'on voudrait que cette première apparition de Maria Callas soit apparue comme un événement. Les critiques parues dans les quotidiens manifestent de la condescendance pour une jeune chanteuse à la voix mal affirmée et au jeu excessif et maladroit, mais à la personnalité frappante.

Il est difficile de reconstituer cet été 1942, où Maria Callas aurait pour la première fois rencontré son public, aurait également eu sa première expérience sexuelle avec un parachutiste italien, se serait rapprochée d'un vieux médecin, Ilias Papatestas, auquel elle demeurera attachée et d'un jeune bourgeois Takis Sigaras, qu'elle fréquentera pendant tout l'hiver suivant et qui aidera matériellement sa famille, aurait découvert les difficultés de la scène (même si elle avait déjà l'expérience de *Cavalleria rusticana*, de *Suor Angelica*, de *Boccace* et de diverses participations), aurait sympathisé avec un metteur en scène talentueux destiné à l'entraîner à New York, puis à l'y accueillir quinze ans plus tard, aurait tenté en vain de s'écarter de sa famille qui continue de l'entourer de très près, de la surprotéger et de l'étouffer, tout en la contraignant à chanter dans des soirées mondaines. Dans les mois qui suivent, Maria doit se contenter du chœur de l'opéra et de concerts organisés par les officiers fascistes en place, dirigés par Attilio De Stasio, qu'elle va fréquenter régulièrement avec sa mère. Sa carrière grecque rencontre, de toute façon, d'immédiates difficultés : une troupe italienne est imposée, pour interpréter *Adriana Lecouvreur* et *Lucia di Lammermoor*, en remplacement de *La Gioconda* que Maria espérait interpréter. Elle continue, néanmoins, à étudier au Conservatoire et se fait auditionner par la colorature qui chante Lucia, Augusta Oltrabella, mais sans conclusion.

L'été suivant, *Tosca* est repris en juin au même endroit pour trois représentations, qui sont interrompues à cause des échauffourées dans les rues d'Athènes entre l'occupant et les résistants. C'est à la fin de cet été 1943 que Maria, après la chute de Mussolini et le débarquement allié en Sicile, prend contact avec le correspondant allemand de la propagande, qui écrit dans les *Deutsche Nachrichten in Griechenland* (*Nouvelles allemandes en Grèce*), grâce à l'influence duquel elle va pouvoir chanter deux opéras allemands, *Tiefland* d'Eugen d'Albert et *Fidelio*. L'opéra de d'Albert avait inspiré en 1940 un film à Leni Riefenstahl et passait pour un des préférés d'Hitler. Maria va, à la fin 1943, répéter simultanément *Cavalleria rusticana*, également prévu pour le printemps suivant. Au cours des répétitions et des représentations de *Tiefland*, opéra vériste et paysan d'un élève de Liszt, Maria s'attache au baryton Evangelos Magliveras, avec qui, quoiqu'il soit marié et père de famille, qu'il ait déjà une maîtresse et qu'il soit de vingt-cinq ans son aîné, elle a une liaison qu'elle rompra deux ans plus tard pour partir seule aux États-Unis. « Tu le savais bien, Evangelos, que nos vies étaient différentes, même si je t'aimais, au détriment et pour le plus grand malheur de deux femmes qui ne m'avaient fait aucun mal », lui écrira-t-elle de New York, le 2 janvier 1946 *.

Mais avant cela, Maria poursuit sa carrière, avec pour chef de chant la jeune mezzo franco-grecque Irma Kolassi. Après son triomphe dans *Tiefland*, qu'elle reprendra l'année suivante en mars 1945, elle interprète *Cavalleria rusticana* et *O Protomastoras*, autre opéra vériste du grec Kalomiris, sur un livret de Kazantzakis, pour lequel, deux ans auparavant, elle n'avait été jusqu'ici que choriste. Elle chante surtout *Fidelio* à l'Odéon d'Hérode Atticus à la fin de l'été 1944. Ce qui est l'occasion d'une querelle avec une autre soprano, pressentie, plus âgée et glorieuse qu'elle, mais à laquelle les Allemands l'ont préférée à la suite de sa prestation dans *Tiefland*. Maria triompha dans les onze représentations en grec de *Fidelio*, dont l'une fut retransmise à la radio, entre le 14 août et le 10 septembre

* Cité par Nicolas Petsalis-Diomidis dans *La Callas inconnue* (traduit du grec par Anne-Fleur Clément et Jeanne Roques-Tesson, Plon, 2002) qui recopie là une lettre qu'il possède et qui est rédigée en grec.

1944. Son assurance dans ce répertoire la fit programmer dans *Le Vaisseau fantôme* pour la saison suivante, mais les événements militaires en voulurent autrement. Car dès octobre, l'armée anglaise débarquait et les résistants grecs envahissaient la capitale, faisant fuir les Allemands et, avec eux, la direction de l'Opéra.

Marianna Kalogeropoulou était considérée par ses collègues comme une collaboratrice et fut conspuée quand elle voulut se joindre, le 12 octobre 1944, à une manifestation pour fêter la Libération. Elle ne participa donc pas au concert de gala qu'ils organisèrent pour célébrer leur nouvel Opéra affranchi de la tutelle allemande. Mais, parlant anglais, Maria fut, grâce à Evangelia, aussitôt engagée par le quartier général des forces alliées anglaises entrées deux jours plus tard dans la ville : Maria, qui s'occupait du courrier, noua une amitié amoureuse avec un jeune officier gallois de vingt-quatre ans, Ray Morgan, qui toutefois la délaissa pour une autre jeune femme avec qui il se maria. Maria Callas revit le couple, le 18 novembre 1952, dans sa loge londonienne du Covent Garden, où elle venait de triompher dans une mythique *Norma*.

L'atmosphère politique s'envenime cependant dans la Grèce libérée où la guerre éclate entre les deux factions, de droite et de gauche, des armées de résistance. La visite de Churchill participe à pacifier le pays et les activités lyriques peuvent retrouver leur entrain. Après une tiède reprise de *Tiefland*, Maria s'adapte aux nouveaux occupants et chante le répertoire de chansons anglo-saxonnes pour les armées anglaise et américaine. Et du reste, pour la première fois depuis 1937, récupère son nom de Mary Callas. Elle était alors d'autant plus prête à retraverser l'Atlantique, qu'elle apprenait que, sur la pression de ses collègues, elle était rétrogradée dans la hiérarchie des salaires de chanteurs de l'Opéra, tout en étant toutefois réintégrée dans la troupe.

Sa décision est prise : elle ne signe pas le contrat humiliant qui lui est proposé. Elle suit une fois encore sa mère à Thessalonique où elle donne un récital avec le pianiste Tonis Georgiou, mais devant un maigre public de militaires alliés. Remarquée par le premier altiste de l'orchestre philharmonique de Thessalonique, elle accepte sa proposition de redonner le concert avec orchestre trois jours plus tard. C'est déjà le programme de ses derniers récitals et de ses disques de compilation composite : de « *Una voce poco fa* » à « *Abscheulicher* », de « *O mio babbino caro* » à « *Casta diva* » en passant par « *Or sai chi l'onore* ».

À son retour à Athènes, son départ pour New York étant décidé, elle loue le Théâtre Rialto pour donner un récital d'adieux qui financera son voyage en paquebot, mais, par un étrange revirement, l'Opéra fait pression sur elle pour qu'elle chante le premier rôle d'une opérette viennoise de Karl Millöcker, *Der Bettelstudent* (*L'Étudiant pauvre*). Elle cède, quoique le rôle, de soprano léger, ne corresponde pas à ses habitudes vocales et diffère son récital au 3 août 1945 dans une autre salle, le Rex. Le programme est composé d'airs lourds (*Le Trouvère, Aïda, Sémiramis, Obéron, Don Juan*) et légers (des chansons grecques et espagnoles) accompagnés au piano. Trois jours plus tard, le génocide perpétré au Japon, à Hiroshima, et réitéré trois jours plus tard encore à Nagasaki, fait des États-Unis une puissance destructrice, en prétendant terminer une guerre. Cela ne décourage pas Maria de vouloir s'installer dans ce pays et y rejoindre son père. Elle assura toutefois les représentations prévues pour l'opérette viennoise, après une série de grèves du personnel de l'Opéra et un ultime coup de théâtre. Le directeur de l'opéra voulut la remplacer *in extremis* et l'obligea à se soumettre, en cours de répétitions, à une nouvelle audition en même temps que sa protégée, à laquelle elle fut finalement préférée. Elle se paya le luxe d'annuler la dernière représentation programmée (le 13 septembre 1945) afin de mettre dans l'embarras le directeur qui l'avait inutilement humiliée et qu'elle insulta dans son bureau. Et elle embarqua sur le *Stockholm* le 14 septembre, armée de son passeport américain qui n'avait été renouvelé que pour six mois. En même temps qu'elle, partait la famille du metteur en scène Dino Yannopoulos qui lui-même dut se rabattre sur un cargo, faute de place.

Sa formation grecque avait été déterminante, par sa précocité, sa rapidité, son désordre, sa violence, ses difficultés économiques, ses conflits incessants, tant dans le cocon familial que dans le milieu du Théâtre national de l'Opéra et surtout dans le monde environnant, déchiré par l'occupation italienne et allemande, par l'arrivée des Alliés qui provoquèrent puis arrêtèrent une guerre civile. Elle allait se présenter à New York avec un bagage à la fois très sûr et très léger. Sûr, parce qu'elle avait travaillé de nombreux rôles, qu'elle avait pu évaluer l'impact contradictoire de sa voix sur un public difficile, dans un répertoire déjà très varié, mais qui comportait un des personnages qui allaient faire sa gloire, celui de Floria Tosca. Léger parce que sa célébrité dans un petit pays n'était pas un sésame pour celui de sa naissance : elle l'avait conquise non sans mal et constatait bien qu'elle devait se battre pour l'imposer et la maintenir, quelles qu'aient été les raisons de l'antipathie qu'elle avait pu susciter chez ses collègues. Son carriérisme ? Son opportunisme politique ? Son orgueil ? La singularité d'une voix difficile à maîtriser, mais en même temps d'une incontestable richesse ? Elle se savait capable de chanter des partitions jusque-là incompatibles, qui allaient du répertoire très léger à l'écriture musicale réclamant les instruments les plus solides. Elle était consciente de pouvoir apprendre vite et bien, d'être en mesure de s'adapter à des musiques disparates, à des personnalités revêches et envieuses, à des circonstances hostiles. Mais avait-elle, pendant ces huit années, forgé ou détruit son instrument ? À la fin de sa carrière, quand elle cherchait vainement à reconstituer les moyens qu'elle avait dilapidés, elle était convaincue qu'elle avait perdu non les notes elles-mêmes, mais le secret du souffle. Que la voix était intacte, mais qu'elle ne savait plus l'émettre. Son étrange et unique technique serait donc une des explications à la fois de l'émotion qui naissait de son chant et du peu de longévité de sa voix. Renée Fleming estimera, de même, que les difficultés que rencontra Maria Callas tenaient à sa perte, trop brutale et trop importante, de poids qui ne lui permettait plus, faute de muscles appropriés de substitution, de soutenir les sons. Elle corrigeait, selon Renée Fleming, ce grave handicap par une pression sur le diaphragme : en effet, très souvent, Callas chantait en serrant ses deux bras autour de la base de sa poitrine.

Les témoins de ses débuts grecs affirmaient que les problèmes avaient été immédiatement audibles. Non de puissance, non d'agilité, non de musicalité, non de justesse alors, mais d'homogénéité. Tous déploraient qu'elle ne fût pas capable de contrôler sa force, son intensité. Tous étaient stupéfaits qu'elle ait pu passer, dans ses exercices, de *Rigoletto* à *Obéron*. Les coloratures qui l'admiraient pensaient que c'était bel et bien une soprano colorature, comme elles, qui avait construit habilement mais artificiellement une voix de soprano dramatique, qui ne lui appartenait pas. Mais, en même temps, c'est, en Grèce, son *Fidelio* qui fit l'unanimité. Et, en Italie, c'est en wagnérienne qu'elle s'imposera, avant de révéler son génie dans le bel canto. Ses détracteurs alors estimeront, au contraire, que c'était une mezzo dont les aigus étaient trop durs pour lui permettre de s'aventurer sans risque dans le répertoire belcantiste. Mais comment expliquer dans ces conditions ses sublimes *Lucia di Lammermoor*, *Somnambule* et autres *Traviata* du début des années cinquante ? Faut-il parler d'illusion à ce niveau de perfection ?

Sa décision de retourner à New York avait dû être mûrement réfléchie et discutée, en présence de sa mère, bien entendu, mais aussi à la suite d'un échange de lettres avec son père qui l'attendait et avec son parrain, et sur les conseils d'un autre émigrant, Dino Yannopoulos. Elle se trouvait, à Athènes, dans une impasse évidente. Trop jalousée par ses collègues, elle ne pouvait s'éterniser dans un Opéra qui à ses yeux ne constituait qu'un tremplin. L'exemple d'Elvira de Hidalgo, avec laquelle il est vrai elle avait pris depuis quelques mois, des distances, comptait nécessairement : c'est le Metropolitan qui avait consolidé la carrière de la chanteuse espagnole. Quant aux liaisons sentimentales de Maria Callas, elles avaient été brèves, superficielles ou vouées à l'erreur, comme la plus sérieuse, avec Evangelos Magliveras. Aucun homme ne méritait de menacer son élan. En revanche, elle prouverait, par la suite, qu'elle devait s'appuyer sur un amour pour faire entendre sa voix et affirmer son art. Seule, elle devenait muette ou ressassait aigrement ses échecs.

À vingt et un ans, elle a déjà atteint la plus grande notoriété parmi les chanteurs grecs. Mais elle n'est pas bien traitée par la hiérarchie lyrique et elle n'est pas aimée de ses confrères et consœurs. Elle dira, plus tard, qu'Elvira de Hidalgo lui a enseigné les bases du bel canto, mais, pour l'instant, elle n'a pas fait ses preuves, n'ayant chanté en public aucune œuvre de ce répertoire-là, sinon en extraits. Si Elvira de Hidalgo a revêtu à ses yeux une telle importance, c'est moins par ce qu'elle a appris auprès d'elle en technique que par ce que son passé représentait pour elle. Aucun grand critique ne l'a encore entendue ni jugée. Elle n'a pas encore rencontré de créateur à sa mesure. Mais elle a travaillé, parfois, avec des artistes scrupuleux et attentifs, comme Dino Yannopoulos ou Evangelos Magliveras. Beaucoup d'entre eux ont perçu ce qu'elle avait de rare et l'ont déjà aidée. Elle s'est compromise avec plusieurs régimes, elle a privilégié, dans ses relations, celles qui pourraient lui être utiles, sans doute, entraînée dans cette voie par sa mère, dont plusieurs témoins décrivent le cynisme et la dureté. Elle a surtout connu la privation. Cela expliquera bien entendu sa vie commune avec deux hommes riches. Ne plus connaître la pauvreté et l'humiliation. Les heures perdues et peut-être même la voix abîmée à chanter dans des bars ou dans des soirées mondaines devront être rattrapées et réparées, par une organisation minutieuse et exigeante de carrière. Elle a, jusqu'ici, rarement eu l'occasion de choisir. Elle a pu, tout au plus, refuser.

Attendre

À son arrivée à New York, Maria Callas s'installe à l'Hotel Times Square (devenu, depuis 2002, le Westin New York at Times Square), au 270 West 43ᵉ rue. Son père, qui est venu la chercher à sa descente du *Stockholm*, vit, lui, avec Alexandra Papajohn au 544 West de la 157ᵉ rue où il tient toujours une pharmacie. Elle retrouve une ville qui lui est familière, mais qu'elle a quittée enfant et très pauvre. Elle a vécu près du Bronx où demeure encore son père et où il exerce le même métier, avec une nouvelle compagne, que Maria Callas connaît puisque c'était une amie de la famille. Il est évident que cette vie populaire d'immigré grec, inchangée depuis vingt ans, Maria Callas ne veut plus la partager. Les épreuves de la pauvreté à Athènes et de la guerre ont été assez dures pour qu'elle ne veuille pas les agrémenter d'une régression, surtout dans un foyer dont elle ne serait plus le centre. Elle revient à New York avec une expérience de vedette de la scène lyrique, mais cette réputation, en temps de guerre, n'est pas parvenue jusqu'au Metropolitan. Avec le Metropolitan, elle n'a probablement que deux contacts : le jeune Dino Yannopoulos et la basse Nicola Moscona. Ce dernier est un des rares chanteurs grecs (également formé au Conservatoire d'Athènes) à avoir atteint une renommée internationale avant elle. Il a chanté sous la direction d'Arturo Toscanini et, surtout, il a entendu à deux reprises Maria Callas, en 1938 et en 1939, lors de séjours à Athènes, dans une audition organisée pour lui par l'oncle de Maria, Efthymios Dimitriadis, et dans un concert d'étude. Il a été immédiatement conscient de ses capacités vocales et a prédit une carrière. Son jugement professionnel ne pouvait être indifférent à la jeune fille qui s'en est souvenue à New York. Ils chanteront ensemble au Mexique et aux États-Unis, à plusieurs reprises quand elle sera au sommet de sa gloire (entre 1950 et 1958). Bien que l'on n'ait aucune trace de leur rencontre à New York en 1945, il est probable qu'il a servi, avec Dino Yannopoulos qui lui-même est rapidement engagé comme metteur en scène, de lien avec Edward Johnson qui accepte d'auditionner la cantatrice grecque dès le 3 décembre 1945, le lendemain de son vingt-deuxième anniversaire.

Elle n'arrivait pas dans la ville en immigrée obscure. Ses lettres à Evangelos Magliveras, rédigées sur le papier à en-tête de l'Hotel Times Square, manifestent une certaine bonne humeur, en tout cas une assurance psychologique, qui ne trahit pas la moindre angoisse. Maria Callas a toujours été très directe, très franche, très frontale dans ses lettres, déclarations, différends, affrontements, prises de position. Elle s'adresse, dans ces lettres, à un ancien amant manipulateur et polygame, auquel la retient un reste de nostalgie, compréhensible dans ces circonstances, mais sans la moindre rancœur et avec la détermination d'une femme qui voit s'ouvrir devant elle une nouvelle vie. Pour ses premières dépenses, alors qu'elle n'a aucun revenu, elle compte sur l'aide de son parrain, Leonidas Lantzounis. Et, quoi qu'elle ait raconté, plusieurs décennies plus tard, elle avait probablement un pécule accumulé grâce à ses derniers cachets en Grèce. Elle venait tout de même de jouer une dizaine de fois l'opérette de Millöcker et avait donné un récital qui avait été un triomphe. Il n'y a aucune raison qu'elle ait tout laissé à sa mère et à sa sœur qui vivaient confortablement, elles-mêmes entretenues par leurs riches amants. Son voyage avait été financé par le consulat des États-Unis (le fisc américain, plus tard, lui en demandera le remboursement) et elle aurait également bénéficié de l'aide de Takis Sigaras.

Maria Callas (dans ses Mémoires recueillis par Anita Pensotti pour *Oggi*, en janvier 1957, et reprises par David A. Lowe[1]), Evangelias et Dino Yannopoulos donneront de ces premières auditions (celle du 3 décembre 1945 fut assez concluante pour en susciter une deuxième le 21 décembre — à moins que Paul Breisach, qui était chef à San Francisco, ne l'ait entendue pour cet opéra, alors que Frank St. Leger, chef adjoint au Met, avait donné son opinion pour New York, tout restant fort vague dans les informations glanées à ce propos) une version dont les archives du Metropolitan ne gardent pas de trace : la chanteuse, sa mère et le jeune metteur en scène affirment que le directeur du Metropolitan, Edward Johnson, lui aurait proposé *Fidelio* et *Madame Butterfly*. Et qu'elle aurait refusé, pensant que le premier rôle, chanté en anglais, ne mettrait pas sa voix en valeur dans cette langue et que le second serait avec elle peu crédible, à cause de son apparence physique, car elle avait encore grossi à son arrivée aux États-Unis, où elle pouvait enfin manger à sa faim. Le directeur du Metropolitan avait, en 1958, un autre souvenir, plus vraisemblable, des conclusions de ces deux auditions. Les deux signataires des commentaires, après l'avoir entendue dans « *Vissi d'arte* », « *Casta diva* » et « *D'amore sull'ali rosee* », avaient bien signalé une « voix exceptionnelle » qui méritait d'être « bientôt entendue sur scène », mais pensaient qu'un travail préparatoire était encore nécessaire. Et, comme c'est la tradition, ce qui avait été offert à la très jeune cantatrice, malgré son expérience dans son propre pays, était un engagement pour de petits rôles la première année, avec la promesse d'une distribution plus ambitieuse les années suivantes. On imagine mal que Maria Callas, qui venait d'accepter de chanter un rôle fade dans une opérette niaise, ait fait la fine bouche devant *Fidelio* où elle avait eu un triomphe à Athènes, même si c'était en anglais qu'elle devait maintenant le chanter. Après tout, elle maîtrisait parfaitement cette langue qui convenait tout de même mieux à Beethoven que le grec, langue dans laquelle elle venait de chanter son rôle de Leonore. On a lieu de penser qu'elle n'avait pas envie, en 1957, où elle publie le long entretien qui présente ainsi les choses, de faire savoir que le Metropolitan lui avait proposé d'entrer presque anonymement dans la troupe. Autrement dit que ses compétences avaient été, bien sûr, reconnues, mais sans bouleversement : on ne l'avait pas refusée, ce qui signifie que son originalité n'était pas si grande qu'elle ait pu décourager la direction du Met, et on ne lui avait pas proposé un premier rôle. Maria Callas ne pouvait pas s'accommoder d'une version tiède de la réalité, qui faisait d'elle une débutante talentueuse, sans plus. Les plus grandes cantatrices ont pourtant accepté de pareils contrats encore modestes, avant de s'imposer dans les rôles auxquels elles devront leur gloire. Joan Sutherland a commencé comme Clotilde, dans une des *Norma* de Callas (à Londres). Yvonne Minton a été également une des Clotilde de Sutherland en Norma, etc. Or l'on n'a aucune trace de rôles secondaires tenus par Maria Callas. On sait qu'elle refusera de chanter, pour cette raison, la Reine de la Nuit que lui proposera Rudolf Bing, plus tard. Maria Callas aurait également, selon ses « Mémoires », auditionné auprès du maître de Rosa Ponselle, Romano Romani, avec une recommandation d'Elvira de Hidalgo. Il l'aurait renvoyée à ses études.

Il faut noter que durant les deux saisons où Maria Callas se trouvait à New York (1945-46 et 1946-47), le Metropolitan interrompit ses auditions organisées par le chef Wilfrid Pelletier à la radio, dans une série d'émissions intitulée « Metropolitan Opera Auditions of the Air ». C'est une chance qui lui était retirée d'être remarquée. Enfin, pour expliquer les relatives réserves de ses juges lors de ses deux auditions, il faut prendre conscience que les voix applaudies au Met étaient en général très naturelles, très homogènes, très mélodieuses. La prochaine Salomé (en février 1949) serait Ljuba Welitsch. Le *Ring* en préparation, sous la direction de Toscanini que Maria Callas avait vainement espéré rencontrer par l'intermédiaire de Nicola Moscona, mais qui ne l'entendra en audition qu'en septembre 1950, alors qu'elle est déjà extraordinairement connue, aurait dans sa distribution Helen Traubel. Les chanteuses vedettes sont Jennie Tourel, Eleanor Steber. Autant de voix élégantes et naturelles à l'opposé du style passionnel de Maria Callas.

C'est une chanteuse, la contralto Louise Caselotti, et son mari, l'avocat Richard Eddie Bagarozy qui vont prendre en main le destin de Maria Callas aux États-Unis. Maria, en effet, doit entretenir sa voix, même si elle n'a aucun engagement. Jamais elle n'est restée aussi longtemps sans se produire en public. Elle a probablement suivi toutes sortes de cours, à New York, notamment avec Louise Taylor que, selon Michael Scott, Maria aurait rencontrée dans la pharmacie de son père et qui, précisément, lui présente le couple. Ce professeur, quelques années plus tard, tombée dans la misère, le 12 mars 1954, lui réclamera son aide et finira par lui intenter un procès, en lui rappelant ce que Callas lui devait, puisqu'elle l'avait présentée à ceux qui allaient permettre sa carrière non pas américaine, mais italienne. Selon Frank Hamilton, Maria Callas aurait enregistré des disques dans le studio de Louise Taylor durant l'année 1946. Au cours de cette même année, selon Bruno Tosi *, Maria Callas aurait été la baby-sitter (ce qui paraît assez invraisemblable) de l'enfant d'un couple de musiciens italiens, les Failoni, avec qui elle aurait travaillé. Nelly Failoni corrobora ce témoignage dans différents entretiens publiés dans des magazines italiens. Son mari, le chef d'orchestre véronais Sergio Failoni, avait été l'assistant de Toscanini à la Scala, dans les années vingt et il y fit ses débuts à la direction d'orchestre dans les années trente. Il avait fait carrière en Hongrie. Et il devait, en effet, diriger des opéras au Met et à Chicago l'année suivante, avant de mourir brutalement en Hongrie, où sa veuve deviendra imprésario. Nelly Failoni prétendit qu'il avait été le vrai découvreur de la Callas. Leur fille, la pianiste Donatella Failoni, affirmera, dans des interviews, avoir eu Maria Callas pour baby-sitter. Quels que soient les fondements de ces allégations, il est, en effet, possible que, vu ses liens avec le Met, Chicago, la Scala, Toscanini et Vérone, Sergio Failoni ait joué un rôle dans la formation de Maria Callas au cours de ces deux années qui précèdent les débuts de sa carrière italienne.

Bagarozy, avec qui semble-t-il, Maria Callas aura une liaison sentimentale (selon le témoignage de Meneghini, rapporté par Renzo Allegri), a pour projet de créer une troupe européenne qui interpréterait *Turandot*, pour la réouverture de l'Opéra de Chicago, en janvier 1947. Et, dans la foulée *Aïda*, si l'on en croit une lettre de Maria Callas à

* Dans son livre désormais introuvable, *Casta Diva, l'incomparable Callas*, Azzali, Parme, 1993, contesté violemment par Jackie Callas.

Evangelos Magliveras (du 12 janvier 1947[2]). Maria apprend donc et commence même à répéter (peut-être avec Sergio Failoni, du reste) le rôle de Turandot qu'elle interprétera finalement en Italie, à partir de février 1948, à Venise, Udine, Vérone, Rome, Naples. Si elle ne le chante pas à Chicago (les syndicats se sont opposés à la formation d'une troupe exclusivement européenne et réclament, de toute façon, des garanties financières), elle l'enregistrera plusieurs fois et participera à plusieurs productions au cours de ses tournées italiennes. En répétant *Turandot*, elle rencontre la jeune basse Nicola Rossi-Lemeni (il a vingt-cinq ans), né à Istanbul et d'origines russe et italienne, qui parle d'elle au ténor Giovanni Zenatello, créateur du rôle de Pinkerton dans *Madame Butterfly*, professeur de Lily Pons et directeur artistique du festival de Vérone, en quête d'une voix nouvelle pour interpréter dans les arènes, en août 1947, *La Gioconda* de Ponchielli. Rossi-Lemeni connaît Zenatello parce que juste après la guerre qu'il a faite sur le front russe avec son père qui est militaire de carrière, il a chanté à Vérone pour les Alliés. Et il a épousé Vittoria Serafin, fille unique du chef Tullio Serafin. Selon le témoignage de Giovanni Battista Meneghini, la chanteuse initialement prévue (Herva Nelli, qui, plus âgée que Maria d'une dizaine d'années, aura le même répertoire qu'elle et chantera souvent dans les mêmes endroits, avec les mêmes partenaires ou sous les mêmes baguettes) était trop chère pour le budget de Vérone. Maria Callas est engagée après avoir auditionné (en chantant « *Suicidio* », l'air de *La Gioconda*, l'opéra programmé de Ponchielli) et elle accepte les conditions qui sont très modestes et ne prennent en charge ni son voyage en Europe, ni son séjour pendant les répétitions et les représentations. Elle partira avec Nicola Rossi-Lemeni, lui aussi engagé. Ils chanteront, enregistreront de nombreux opéras, voyageront ensemble par la suite et resteront amis. Nicola Rossi-Lemeni racontera à Nadia Stancioff que leur amitié était très intime. Il surnommait Maria, à cause de ses rondeurs, « Roly-Poly », du nom d'une chaîne de restaurants où l'on proposait des rouleaux de sandwiches. Il se remariera dans les années cinquante avec la soprano roumaine Virginia Zeani qui sera une des rivales de Callas dans le même répertoire et une des stars de l'Opéra de Rome.

Un procès retentissant opposera donc plus tard, en 1954 et 1955, Maria Callas à Richard Eddie Bagarozy, car elle va signer rapidement un contrat draconien qui l'attache à lui pour dix ans à compter de juin 1947 et la contraint à lui verser un pourcentage de ses cachets, ce qu'elle négligera de faire une fois sa notoriété acquise en Italie. En attendant, elle travaille avec sa femme Louise, dont la sœur Adriana est également chanteuse (c'est la voix de Blanche-Neige, dans le dessin animé de Walt Disney). Bagarozy, en effet, profitera d'une tournée de Maria Callas à Chicago où elle chante *Norma, La Traviata* et *Lucia di Lammermoor*, en novembre 1954, et où elle revient en novembre 1955, interpréter *Les Puritains, Le Trouvère* et *Madame Butterfly* (mis en scène par la cantatrice japonaise Hizi Koyke qui avait fait carrière aux États-Unis et notamment chanté à Broadway dans le *Mikado*) pour l'assigner. Il lui réclame 300 000 dollars, correspondant à 10 % de ses cachets depuis 1947, aux États-Unis du moins, où il estime avoir des droits. Poursuivie par l'huissier qui lui tend la citation à comparaître et, parce que la loi exige que l'acte de justice doit être « touché » par l'intéressée, la glisse de force dans le kimono qu'elle porte encore dans sa loge, après la représentation du 17 novembre, elle entre dans une fureur spectaculaire qui sera aussitôt photographiée : le cliché sera reproduit dans le monde entier. On est alors au sommet de la carrière de Maria Callas qui est au cœur de sa période viscontienne.

Elle a pourtant été extrêmement proche de Bagarozy et de sa femme, chez qui, dans leur appartement de la River Drive, à Manhattan, le long de l'Hudson, elle a travaillé. Elle retrouvera, plus tard, avec un autre couple un rapport semblable d'intimité : avec Tullio Serafin et l'ancienne soprano russe Elena Rakowska. La femme de Bagarozy a, elle-même, une grande expérience de la scène. Louise Caselotti, fille de la célèbre Maria Caselotti — elle-même cantatrice italienne émigrée à Los Angeles et professeur de chant de comédiennes de cinéma —, a chanté dès l'âge de dix-neuf ans *Carmen* (à Philadelphie, à Los Angeles, entre autres). Elle a commencé, comme sa sœur Adriana, une carrière au cinéma. Elle est depuis quelques années professeur de chant. Maria Callas, qui selon certains témoins aurait chanté alors pour survivre dans des restaurants italiens de Little Italy à New York, notamment l'Asti, dans la 12e rue East, profite de son oisiveté pour maigrir : elle perd durant l'année 1946, vingt kilos, qu'elle regagnera au début 1949, après son opération d'une appendicite. Mais, comme elle l'a fait à Athènes quelques années auparavant, elle mène de front l'approfondissement de l'étude du chant et des partitions, une pauvre carrière de bars et la construction de son apparence. Son amitié avec le couple Bagarozy-Caselotti fut, en tout cas, assez profonde pour que Louise accompagne Maria en Italie lorsqu'elle prendra le bateau pour Naples en juin 1947.

Bien qu'elle se soit tout d'abord dite « vraiment très heureuse » d'avoir retrouvé l'Amérique (dans sa première lettre à Evangelos Magliveras), elle se sent peu à peu une « émigrée », parce qu'elle n'est pas vraiment accueillie par la communauté artistique, en dépit des quelques amis qui la soutiennent, comme Dino Yannopoulos et son entourage familial. Découragée, elle envisageait, selon Louise Caselotti[3], de chercher un emploi de vendeuse dans la chaîne de grands magasins Macy's, quand Eddie Bagarozy l'en dissuade et l'entraîne dans son projet de l'Opéra de Chicago. Gaetano Merola, chef d'orchestre napolitain qui dirige l'Opéra de San Francisco, et l'ancien ténor italien Giovanni Martinelli, devenu imprésario, entendent Maria Callas, mais pensent qu'il serait préférable qu'elle achève sa formation en Italie. Et c'est, au fond, ce qu'elle va faire en signant son contrat pour Vérone, le 13 juin 1947, et en s'embarquant quatre jours plus tard, avec Nicola Rossi-Lemeni et Louise Caselotti, sur le cargo suédois *Rossiya* à destination de Naples. La traversée inconfortable (Maria Callas se plaindra de n'avoir eu que des pommes de terre aux repas et d'avoir dû partager une cabine à trois) dura douze jours.

Bien entendu, elle ne pouvait retenir de son séjour d'un an et demi à New York qu'un sentiment d'échec. Elle avait pensé pouvoir brûler des étapes, en profitant de la hâte que les opéras américains, après la guerre, avaient de se reconstituer et de faire rayonner de nouveaux talents. L'annulation de la première de *Turandot* à Chicago avait fait scandale et avait ridiculisé ses participants. Car Bagarozy et son associé, l'impresario Ottavio Scotto (qui avait été celui de Caruso et n'était donc pas un inconnu), avaient bel et bien été en rupture de paiement, leur principal financier, un industriel new-yorkais, ayant refusé de rallonger la mise. Un article du *Time*, le 10 février 1947, ironisait cruellement sur cette déroute. Et sur l'espoir des vedettes en puissance : « L'air était empli de promesses dorées, l'Europe d'étoiles dans le besoin. À Milan, à Vienne et à Paris, ils étaient partants. Ils voulaient tous faire fortune et chercher la gloire aux États-Unis. Pour chanter avec l'apparemment officielle United States Opera Company. » Parmi ces « étoiles dans le besoin » se trouvait Maria Callas.

Elle avait trouvé non seulement une conjoncture artistique peu stimulante et protectionniste, mais une situation familiale déplaisante, car elle n'approuvait pas la nouvelle vie de son père, vie dans laquelle elle n'avait pas sa place. Elle avait cru échapper à l'emprise de sa mère mais, épuisée par un an de difficultés, elle avait fini par lui demander de la rejoindre, en empruntant à son parrain l'argent du billet, qu'elle lui envoie. Evangelia était arrivée peu avant Noël 1946, sur le *Queen Elizabeth*. Sans doute, Maria croyait-elle alors l'avoir conviée à assister à son premier triomphe américain dans *Turandot*. Evangelia en voudra toujours à Louise Caselotti, l'accusant d'exercer une mauvaise influence sur sa fille. Comment n'aurait-elle pas tenu rancune au couple Bagarozy-Caselotti d'avoir entraîné Maria dans la débâcle de Chicago ? Comment n'aurait-elle pas été inquiète de voir sa fille partir sur un cargo pour participer à un festival d'été, dans le pays du bel canto où elle devait s'imposer avec le handicap de deux années difficiles de silence et d'obscurité presque absolus ?

Aller chanter à Vérone, surtout en étant engagée par Giovanni Zenatello, qui avait, rappelons-le, tout de même créé le rôle de Pinkerton dans *Madame Butterfly* en 1904, ne pouvait pas apparaître pour Maria Callas un simple lot de consolation. Mais Zenatello était un très vieux monsieur, qui, du reste, allait mourir deux ans plus tard. Or les vieux messieurs qui vont compter dans la vie de Maria Callas sont autres : ils s'appellent Tullio Serafin, le chef qui va la diriger dans *La Gioconda* (et qui est le beau-père de Nicola Rossi-Lemeni) et Giovanni Battista Meneghini.

Plaire

Maria rencontra Giovanni Battista Meneghini le soir même de son arrivée à Vérone. Accueillie par le représentant des Arènes de Vérone, Gaetano Pomari, à la descente du train qu'elle a pris immédiatement à Naples, avec Louise Caselotti et Nicola Rossi-Lemeni, elle loge dans l'Hôtel Accademia. Tout près, se trouve le restaurant Pedavena, sur la piazza Bra. Pomari qui en est le propriétaire loue à son ami Meneghini, entrepreneur mélomane, l'appartement attenant.

Pour le dîner, il l'invite naturellement à se joindre à eux : Meneghini n'est évidemment pas seulement un locataire, mais il fait partie du comité de direction du festival et on lui demande de prendre en charge la jeune soprano qui débarque dans un pays qu'elle ne connaît que par sa langue et son opéra.

Né le 23 octobre 1896, Meneghini possède une importante fabrique de briques et de carreaux. Aîné d'une famille de onze garçons, il a succédé en 1920 à son père à la tête de l'entreprise familiale qu'il a fait prospérer : elle compte maintenant douze lieux de production. C'est un homme riche, laid, sensible, qui a déjà tenté de soutenir l'ascension de jeunes chanteurs, sans grand succès, avoue-t-il, et, selon Nicola Rossi-Lemeni, en particulier une autre cantatrice. Aussi son amour soudain pour la jeune chanteuse gréco-américaine qu'il découvre n'a-t-il rien de surprenant. Au contraire, il a été préparé par une répétition générale, comme la plupart des passions. Il n'est pas de perfection sentimentale ou artistique qui ne soit annoncée par une approximation. « Avant Maria, il y avait Fusinato, une autre soprano. C'était un monstre. Grosse comme Maria, mais avec une tête comme une pyramide et une voix énorme, fantastique. Il a essayé d'aider cette fille parce qu'il était amoureux de sa voix, mais elle était si stupide et antimusicale qu'elle a été très facilement remplacée par Maria [1]. » Dans ses Mémoires, rédigés avec l'aide de Renzo Allegri, et publiés en 1982, un an après sa mort, Meneghini raconte qu'il était arrivé en retard au restaurant et que Maria Callas lui avait proposé de finir son propre plat. Deux jours plus tard, le 1er juillet, Meneghini, agacé par l'éloge des États-Unis qu'aurait prononcé Louise Caselotti, emmène les nouveaux venus à San Marco à Venise pour leur montrer ce que l'Italie a de plus beau. Émue par la splendeur de la ville, Maria se confie le soir même à son guide. « Quand elle parlait de sa carrière et de son avenir, elle n'avait pas l'enthousiasme des jeunes. Elle était triste, pessimiste. Ses mots étaient froids et un peu amers. C'étaient ceux de quelqu'un qui a l'habitude des désillusions, des sacrifices, des humiliations [2]. »

Meneghini écrit qu'il avait le cœur déchiré par la

gaucherie physique de Maria Callas, par la gêne que suscitaient en elle sa pauvreté et son apparence. Il lui propose son aide aussitôt. Il s'agit d'une aide matérielle. Il lui offre une sorte de contrat informel de six mois. « Je prendrai en charge tous vos besoins : hôtel, restaurant, garde-robe, tout. Vous ne vous occuperez que de chanter et d'étudier avec les maestros que je vous choisirai. À la fin de l'année, nous évaluerons les résultats. Si nous sommes tous les deux satisfaits, nous signerons un accord qui concernera nos futures relations professionnelles[3]. » Il la met en contact avec un répétiteur, Ferruccio Cusinati. Mais tout porte à croire que cela relevait précisément de ses fonctions dans le cadre de l'organisation du festival. Ferruccio Cusinati est du reste l'assistant de Serafin et fait également travailler Nicola Rossi-Lemeni : il a été maître des chœurs de nombreuses productions depuis plus de vingt ans. Gigli a répété avec lui. Ce n'est donc en rien un choix personnel de Meneghini, mais une évidence. C'est une figure de la vie musicale de Vérone. Il aidera Maria Callas pour les opéras suivants également. Dont *Tristan*. On a retrouvé une photo dédicacée de Maria qui écrit : « Au Maestro tant aimé Cusinati qui a tellement souffert avec moi dans la préparation du *Tristan*. Avec un infini respect. »

La première lettre qui a été conservée de l'abondante correspondance de Meneghini et de Maria Callas est déjà engagée et engageante. Meneghini, dans ses Mémoires, dit que, au retour de leur rapide visite de Venise, il aurait embrassé Maria dans la voiture, ce qui paraît curieux, car ils n'étaient pas seuls. Tout ce que, vingt ans plus tard, il devait raconter de leur première rencontre est évidemment soumis aux condensations et aux déplacements de la mémoire. Cette lettre du 2 juillet fait allusion à la présence de Louise, puisqu'il parle de « sa très courtoise amie ». C'est une lettre formelle, mais qui exprime fermement la volonté de courtiser et revoir la chanteuse en tête à tête, même s'il s'agit d'une sympathie née dans des circonstances professionnelles. Mais ni lui ni elle n'ignoraient que l'enjeu des répétitions qui commencent est énorme : qu'elles se déroulent dans de bonnes conditions psychologiques est fondamental. Ils ont dû parler du personnage que va incarner Maria, puisque Meneghini promet de lui trouver rapidement le livret (ce qui implique que la chanteuse a appris son rôle sur la partition et n'a pas lu en continuité le livret).

Le surlendemain, Meneghini écrit une lettre où il exprime un vif intérêt personnel. Deux jours plus tard encore, il la tutoie et adopte un ton intime. Nous sommes le 6 juillet. Il n'y a pas une semaine que Maria Callas est à Vérone et Meneghini agit déjà en amoureux.

L'atmosphère musicale de la ville est tendue, non à cause de l'attente que créerait la découverte de Maria Callas, mais à cause de la présence d'une autre gloire montante : Renata Tebaldi, à peine plus âgée que Callas (elle est née le 1er février 1922), répète le rôle de Marguerite dans *Faust*. Elle a déjà enregistré *La Bohème* avec Arturo Toscanini qui lui a demandé d'assurer le concert de réouverture de la Scala en mai de l'année précédente. Elle a un vaste répertoire, qui recouvre celui de Maria Callas : elle a déjà chanté *Lohengrin* et va bientôt être engagée à la Scala pour de nombreux rôles. C'est de cette toute première période que date la rivalité légendaire des deux chanteuses, car Toscanini a déjà remarqué l'une et n'a pas eu l'occasion d'entendre l'autre à New York (qu'il ait refusé d'auditionner une inconnue ou que Nicola Moscona ait estimé déplacé de lui présenter une compatriote qui n'avait fait ses preuves qu'à Athènes et Thessalonique).

Meneghini prétend que Tullio Serafin, qui va jouer un rôle pourtant si important dans la carrière de Maria Callas, n'a pas évalué tout de suite à leur juste mesure les possibilités de la chanteuse, tout en reconnaissant son talent. Les cinq représentations de *La Gioconda* ne provoquèrent pas de stupeur dans le public et la critique. Et, dit Meneghini, aucun autre rôle ne fut proposé à Maria Callas après le 17 août, qui était la dernière. Ce rôle, qu'elle a déjà travaillé à Athènes en 1943, sera attaché au mythe de Maria Callas. Et l'on a retrouvé un papier où elle avait gribouillé, quelques mois avant sa mort, le texte de l'aria « *Suicidio* », qu'elle chantait dans la plupart de ses récitals. Ce papier avait été laissé sans doute par mégarde entre les pages d'un livre de prières. Il était à l'en-tête de l'Hotel Savoy de Londres. On pouvait y lire : « *Estate 1977. A T. In questi fieri momenti, tu sol mi resti. E il cor mi tenti. L'ultima voce del mio destino, ultima croce del mio cammin.* » (Été 1977. À T. Dans ces farouches instants, toi seul me restes. Et tu tentes mon cœur. Le dernier mot de mon destin, la dernière croix de mon chemin.) Meneghini comprit ce message comme un appel qui lui était adressé. T. selon lui signifie « Titta », diminutif qu'elle utilisait avec lui [4]. Elle revint à Vérone en 1952 pour le même opéra qu'elle enregistra alors quelques semaines plus tard à Rome et qu'elle interpréta également en décembre 1952 et en janvier 1953. Elle l'enregistra en 1959, à la Scala. Le metteur en scène est Augusto Cardi, que Maria Callas retrouvera à la Fenice de Venise pour la *Walkyrie* que dirige le même Tullio Serafin, et plusieurs fois par la suite.

C'est certainement pour minimiser le rôle de Serafin dans la carrière de Callas et pour se valoriser lui-même que Meneghini écrit : « Le Maestro Serafin qui dirigeait *La Gioconda* et était un chef expérimenté dans le monde de l'opéra ne s'est pas rendu compte de quoi elle était capable. Il aurait pu l'engager pour d'autres productions, la recommander à d'autres directeurs d'opéra, ou du moins l'encourager. Il n'en fit rien, car il la considérait seulement comme une chanteuse compétente, au même titre que de nombreuses autres [5]. » En réalité, Serafin va très rapidement (un an plus tard) engager Callas dans le rôle de Brünnhilde et écrit immédiatement (le 20 août) à un professeur de chant, Emma Molaioli, pour lui recommander Maria Callas (alors orthographiée par lui Kallas) :

Chère Madame Emma, la porteuse de la présente est Mademoiselle Kallas, une jeune artiste américaine qui a interprété le personnage de Gioconda aux Arènes, obtenant un grand succès. Comme vous pourrez vous en convaincre, Mademoiselle

Kallas est en possession d'une voix vraiment exceptionnelle, qui a toutes les possibilités pour affronter les exécutions les plus difficiles. Des sons forts, puissants et des pianissimi faciles et doux, une agilité naturelle. Une seule chose lui manque : elle a besoin d'être rendue italienne, dans tout le registre. C'est ce qui lui manque, à cause de quelques voyelles qui ne sont pas complètement italiennes. Par conséquent, son émission n'est pas entièrement la nôtre. [...] J'ai la conviction que, une fois obtenu ce petit perfectionnement, dirons-nous « national », nous aurons l'artiste que nous cherchons depuis longtemps[6].

Tullio Serafin touche en effet à un problème vocal qui ne sera jamais résolu par Maria Callas au cours de sa carrière : la correction des voyelles américaines et grecques et l'émission du son, curieusement nasal non pas dans l'aigu, mais dans le grave. Comme on l'aura compris, ce n'était pas une question de prononciation, mais de formation et de projection des sons. Cependant la puissance et la qualité de la sonorité n'étaient pas plus contestées que la musicalité et l'expressivité. Ni, bien entendu, que l'intensité dramatique.

Tullio Serafin a alors soixante-neuf ans. Il a été l'assistant de Toscanini et travaille à Vérone depuis 1913. Il a entre-temps dirigé, entre autres, au Met, il a été le chef principal de la Scala dans les années trente et il s'est marié à la chanteuse polonaise, désormais retirée, Elena Rakowska qui va avoir, elle aussi, une influence déterminante sur les premiers pas de Maria Callas. Son expérience à la Scala et au Met faisait de lui une caution très précieuse pour Maria Callas. Sa recommandation était dotée d'un poids considérable et l'on comprend que Maria Callas lui ait été non seulement redevable mais reconnaissante. Leur entente ne fera que se confirmer au cours d'une longue collaboration, à la scène et en studio. Même si Maria Callas doit chanter avec d'autres grands chefs (de Karajan à Georges Prêtre, en passant par Bernstein et Giulini), c'est à Tullio Serafin qu'elle doit la conduite de sa carrière. On a souvent rapporté le mot de Tullio Serafin à propos des voix « miraculeuses » qu'il a rencontrées dans sa carrière et au nombre desquelles il n'avait pas cité celle de Callas. Il avait énuméré : Rosa Ponselle, Caruso et le baryton Titta Ruffo. Mais l'on omet alors de préciser qu'il avait ajouté : « Bien sûr, ils ont perfectionné leur technique vocale, mais ils ne possédaient pas le génie de Callas et n'ont pas vraiment éclairé leur art sous un nouveau jour. Callas, elle, n'est pas un miracle. Elle aussi avait des dons du ciel éminents, mais qui lui étaient tous donnés à l'état brut. Il lui fallait tout atteindre par le biais d'un travail forcené, d'une détermination et d'un dévouement absolus[7]. » Ce qui se passa durant ces deux premiers mois italiens, où Maria Callas travaille pour la première fois avec un grand chef qui l'admire et se laisse courtiser par un riche protecteur, est-il essentiel ? Maria Callas devait rattraper deux années de désillusion américaine, mais elle n'avait pas entièrement perdu son temps. Et l'on peut, selon le point de vue, considérer même que ces débuts dans les Arènes de Vérone sont l'aboutissement d'une préparation américaine, tant sur le plan musical que sur le plan psychologique. Sans le « sas » des États-Unis, familial, économique, sentimental, qui lui permettait de se reposer des années très dures d'Athènes et de construire d'elle-même une image peut-être plus intériorisée, combative bien sûr, mais renforcée par des certitudes intérieures, peut-être que Marianna Kalogeropoulou aurait rencontré plus de difficultés à s'imposer en Italie. Elle arrivait à Vérone en Mary Callas, une chanteuse américaine, engagée après une audition à New York, en remplacement d'une célèbre cantatrice, et non comme une besogneuse chanteuse grecque qui venait de chanter une opérette. Elle venait de répéter *Turandot* à l'Opéra de Chicago. Certes, la première avait été annulée, mais la production avait été lancée. Psychologiquement, ne fût-ce que pour elle-même, ces éléments ne devaient pas être négligés. Au théâtre, les contrariétés et les faux pas, les différends et les renoncements ne sont jamais totalement vains.

Maria Callas est, semble-t-il, stupéfaite de l'engouement qu'elle suscite auprès de son soupirant. En moins d'un mois, en pleines représentations de *La Gioconda*, il lui propose de l'épouser. Elle n'écrit à Eddie Bagarozy — qui tente, encore, à New York de régler les problèmes nés de la faillite de la compagnie qu'il a créée avec Ottavio Scotto — que le 20 août, trois jours après la dernière. Son silence relativement long s'explique par son travail de répétition et de représentations, mais aussi par le bouleversement qu'a entraîné l'amour de Meneghini. « Grâce à Dieu, lui écrit-elle, Il m'a donné cette personne angélique et pour la première fois de ma vie je n'ai plus besoin de personne. En ce qui concerne mon éventuel mariage avec lui, je réfléchirai longuement, je te le promets[8]. » (Cela signifie donc que Bagarozy avait déjà été mis au courant de leur liaison par Louise). « Mais la vérité est qu'on trouve bien rarement son âme sœur. Toi, qui me connais bien, mon caractère et tout, tu dois savoir que si je suis heureuse avec lui, ce doit être tout ce que je désire. Il est un peu plus âgé que moi, pas mal à vrai dire [9]. » (Il avait vingt-sept ans de plus qu'elle.) « Il a cinquante-deux ans, mais il les porte bien, de tout point de vue. Il est moi-même. Il est moi et je suis lui. Il me comprend parfaitement et je le comprends, lui. Après tout, c'est ce qui compte le plus dans la vie : bonheur et amour. Un amour profondément ressenti vaut plus qu'une carrière écœurante qui ne te laisse rien d'autre qu'un nom [10]. » Le 2 septembre, elle se ravise : elle ne veut plus épouser Meneghini. Un va-et-vient sentimental va se poursuivre pendant plusieurs semaines entre Bagarozy, Callas et Meneghini, avec Louise pour témoin.

Bien que Meneghini propose une version attendrissante de leur amour naissant, la situation se présentait de manière beaucoup plus prosaïque et plus complexe. Pour Maria Callas, il n'est pas question de s'installer en Italie. C'est sur la pression de Meneghini qu'elle le fera, mais elle ne l'avait pas prévu. Ses lettres à Bagarozy prouvent qu'elle avait l'intention de revenir aux États-Unis et de se servir de cette *Gioconda*, comme d'une simple étape. Il y a, de toute évidence, un conflit entre plusieurs pulsions de la jeune femme, qui voit se profiler sa carrière, sa vie de femme, sa revanche, mais qui reste attachée encore aux États-Unis et à Bagarozy, et qui doit rendre compte à sa mère et à sa sœur de ce qui se produit en elle et pour elle. Avant la première de *La Gioconda,* Meneghini lui a offert, le 1er août 1947, un tableau de la Renaissance qui restera le fétiche de la chanteuse dans ses tournées. Il représentait une Vierge avec Joseph (représenté comme un homme mûr, sinon un vieillard, selon la tradition de l'imagerie religieuse) et l'Enfant Jésus qui chevauche un agneau. En la lui offrant, Meneghini écrivait : « Ma Maria adorée, je t'envoie la Madonnina que je t'ai promise pour aujourd'hui, encore aux tout débuts de notre merveilleuse relation et tout en reconnaissant qu'elle est trop peu de chose par rapport à ce que je voudrais t'offrir. Mais elle t'appartient en tout cas et marque pour nous une date inoubliable[11]. » Ce tableau — copie ou réinterprétation d'une *Vierge à l'Agneau* de Raphaël (qui se trouve au Prado à Madrid), par Lorenzo Sciarpelloni (1459-1537), dit Lorenzo di Gredi, élève de Léonard de Vinci et spécialiste des représentations de la Vierge et de la Famille Sainte, dont une est conservée au Louvre — a été mis aux enchères lors de la vente organisée par Calmels, Chambre, Cohen, à Drouot-Montaigne, les 2 et 3 décembre 2000, à Paris. Il s'agissait d'une œuvre de petites dimensions (20 centimètres sur 30) que Maria Callas pourrait emporter et qu'en effet elle emporta constamment dans ses déplacements, durant toute sa carrière. Dans ses lettres, elle fait souvent allusion à cette « Madonnina » dont elle demande l'aide pour ses représentations diverses.

Maria Callas n'épousa pas tout de suite Giovanni Battista Meneghini, mais attendit pour le faire la veille de sa tournée argentine, le 21 avril 1949. Elle partirait alors avec Tullio Serafin et Nicola Rossi-Lemeni (qui serait également le Roi Mark d'un de ses *Tristan*), autrement dit avec ceux qui assistèrent à ses débuts véronais et qui étaient restés très proches d'elle. Elle était en famille, rassurée, entourée. Cela donne une idée de ce qui se passa pendant cet été 1947. Maria Callas fut immédiatement intégrée à un foyer musical très intense auquel elle resta fidèle pendant plusieurs années. L'amour de Giovanni Battista consolidait ces liens, autour de la personnalité de Tullio Serafin et de sa femme Elena Rakowska.

Il paraît ahurissant de dire que Maria Callas n'aurait pas eu, après les Arènes de Vérone, les engagements escomptés, puisqu'elle se mettait immédiatement à répéter un rôle écrasant, celui d'Isolde qu'elle allait chanter à la fin de l'année et au début janvier 1948 à la Fenice, avec Serafin. Ce sont, au contraire, des mois d'une extrême intensité qui se succèdent depuis son arrivée en Italie, mais, étant donné le bouleversement qu'ils constituaient, il est normal que Maria Callas ait eu quelques hésitations sentimentales et professionnelles. S'il est vrai qu'elle avait eu, durant ces dernières années, des liaisons avec des hommes qui n'étaient pas disponibles (Evangelos Magliveras et Eddie Bagarozy), on comprend qu'elle ait cédé aux insistances d'un vieil amoureux, prêt à lui consacrer sa vie, son argent, son temps et, probablement, peu exigeant sexuellement. C'était une façon de clore un chapitre inutilement mouvementé et dérangeant pour sa carrière et de redessiner un environnement familial et protecteur de substitution. Mais l'on comprend aussi qu'elle ait tenté de renouer avec Bagarozy comme si l'amour que lui donnait Meneghini et le succès qu'elle était en train d'obtenir en Italie lui permettaient de revenir en position de force, sur les deux plans, sentimental et musical, aux États-Unis. Les difficultés que posait l'extension de son visa (de trois mois, puisqu'elle était citoyenne américaine) s'ajoutèrent aux complications de sa situation personnelle : il fallait rembourser le prix du billet Patras-New York, qui avait été avancé par les autorités du consulat, ce que fit Meneghini. Il fallut organiser une audition à la Scala (le 17 septembre), mais il était hors de question de l'engager pour la saison qui commençait. Une vague promesse (pour *Un bal masqué*, la saison suivante) ne pouvait pas suffire. L'audition (« *Casta diva* » et un air d'*Aïda*) fut probablement très positive, mais ne résolvait pas les problèmes immédiats de séjour. La menace d'un retour forcé aux États-Unis (faute de visa, faute d'engagement) pesa beaucoup sur les relations avec Meneghini et dut rendre leurs rapports tendus, sinon hystériques. Ruptures, réconciliations, coups de téléphone à Bagarozy, ordres et contrordres, conseils de Serafin, contacts pris avec de petits opéras, recherche de coachs. À cela, s'ajoute une chute au cours des représentations de *La Gioconda* : Maria Callas aura mal à la jambe pendant plusieurs mois. En 1948, elle se plaint encore de douleurs.

Le 22 septembre, surlendemain de l'audition de la Scala, aux conclusions hésitantes, Maria Callas écrit à Meneghini promettant un amour éternel, juste après avoir annoncé qu'elle décidait de rompre et rentrer à New York. Mais la lettre de rupture, Meneghini ne l'a jamais reçue, car Maria l'a déchirée et s'est ravisée. Elle lui envoie celle où elle reconnaît avoir été trop violente, la veille, et où elle déclare son amour réciproque : « Tu as un devoir désormais dans ta vie : vivre et aller bien pour moi. Surtout aller bien. Tu m'as et tu m'auras pour toujours. Souviens-t'en bien. Je m'en suis persuadée hier : je ne vis pas sans toi [12]. » Un mois plus tard, le 25 octobre, elle écrit à Bagarozy à propos de Meneghini :

> Il est plein de tant de raffinements, tellement gentil ! Ce sont les choses que je voulais et que tu ne pouvais comprendre [...] Je finis cette longue lettre par un gros baiser sur tes deux joues et... peut-être sur ta douce bouche tentatrice, mais j'ai peur d'être alors infidèle à Battista, parce que ce serait trop dangereux ! Alors je me rétracte : pas de baiser sur la bouche, mais sur le front. Au revoir et s'il te plaît, Eddie : ne m'oublie pas [13].

Bref, une lettre de coquette, un peu perdue. Pendant ce temps, les auditions continuent. Elle chante pour l'administrateur de la Fenice un extrait de *Tristan*. Elle déchiffre à vue, Serafin est au piano. Elle est engagée. À la fin octobre, elle suit Serafin et sa femme à Rome, pour travailler Isolde. Elle a deux mois pour apprendre le rôle en italien. Elle est séparée de Meneghini pour la première fois depuis quatre mois. Elle lui écrit une série de lettres d'amour, tout en répétant le rôle d'Isolde avec Serafin et Elena (qui, ayant chanté Isolde et Kundry, peut l'aider et, du reste, lui offre la perruque qu'elle a portée dans le premier rôle...).

Ces lettres, même s'il faut en nuancer la sincérité

en les confrontant à celles qu'elle destinait à Bagarozy et s'il faut rappeler qu'elles sont écrites par une jeune femme de vingt-trois ans qui n'a pas une grande expérience humaine malgré une vie sentimentale et professionnelle déjà chargée, sont assez nombreuses (neuf la première semaine) pour prouver qu'elle vivait une période décisive : tout en différant la décision de se marier avec lui, elle entend démontrer à Meneghini qu'il est désormais son appui le plus solide et qu'elle est consciente qu'il doit être fier d'elle, qu'elle mérite sa confiance sur tous les plans. De nombreux détails assez sordides sur son installation matérielle indiquent qu'elle n'était pas encore entourée d'un grand confort financier, malgré l'aisance de son protecteur. Était-ce, de sa part, une marque d'orgueil ? A-t-elle refusé un soutien trop généreux de crainte de trop s'engager ? Le voyage a manifestement été précipité. La pension prévue par Serafin était pleine. Maria Callas a dû frapper à sept ou huit portes avant de trouver une chambre dans de modestes conditions. La désorganisation de ce premier voyage permet de penser que tout s'est fait dans un climat de mésentente probable avec Meneghini qui ne devait pas approuver ce projet. Il espérait probablement que sa protégée reste dans le Nord et soit immédiatement engagée à la Scala. La première lettre (du 30 octobre 1947, le lendemain de son arrivée) indique que Maria Callas a pleuré pendant le voyage. Elle dit qu'elle a les yeux rouges et gonflés, qu'elle ne veut plus manger depuis leur séparation. « Ne me laisse pas sans nouvelles », écrit-elle, ce qui autorise à supposer qu'ils se sont disputés avant le départ. « Je ne veux pas te dire de venir parce que tu sais que je déteste te forcer, faire une chose que tu ne veux pas. Mais je serais si heureuse si tu faisais une escapade, mon amour. Ne m'abandonne pas ici. Je suis très seule, tu sais, si seule[14]. » Mais elle est aussitôt rassurée, le soir même, en recevant une lettre de Meneghini.

Les encouragements de Tullio Serafin et d'Elena Rakowska sont immédiatement fructueux. L'ex-Isolde qu'est la femme de Serafin affirme que Callas est idéale, vocalement et physiquement, pour ce rôle qui sera le véritable lancement de sa carrière italienne. Il est probable que Maria Callas et Meneghini ont été déçus que ces débuts dans un théâtre de grande visibilité (la Fenice à Venise), avec un public plus averti que celui des Arènes de Vérone, dans des conditions, disons, plus musicales que des représentations en plein air, se fassent dans le répertoire allemand et non pas italien, sur une partition qui met à l'épreuve la puissance vocale et l'intensité dramatique, mais non la virtuosité, ni la finesse du timbre. Il n'empêche que les traces que l'on a de l'interprétation de Maria Callas (la mort d'Isolde, enregistrée deux ans plus tard, pour son premier disque de compilation) montrent une intelligence musicale et un contrôle de l'expression dramatique qui rappellent la Germaine Lubin de *Parsifal* ou annoncent la conception de Margaret Price dans le *Tristan* de Carlos Kleiber. Elle voue à Tullio Serafin une confiance absolue. « Il m'a tout expliqué, mot par mot. Mon chéri, si je fais comme il dit, ce ne peut être qu'une merveille[15]. » Cette même lettre (du même jour, mais au soir) contient en germe déjà ce qui sera la cause de sa rupture avec Meneghini, douze ans plus tard : « Tu es amoureux de la Callas, l'artiste, tu oublies mon âme. Par exemple, ta lettre était très belle, tellement aimante, mais je voulais un peu de Battista et de Maria dedans, pas Meneghini face à la Callas [16]. »

« La » Callas : cette manière de se désigner ou d'être désignée n'a rien de singulier en italien, pour une comédienne ou une chanteuse. Mais il est surprenant que Maria Callas soit une des premières à y recourir alors que sa gloire n'est pas installée. Elle le fait ici pour déplorer la distance de Meneghini. Mais cette formulation, en l'occurrence légèrement ironique, a pour mérite de souligner le conflit qui sera la source de tant de souffrances à venir : Maria contre « la Callas ».

Si elle met tant de hâte à user de cette dénomination (qui, répétons-le, n'implique pas, en italien, un culte, mais seulement une distanciation professionnelle, un certain respect anonyme : il est courant de l'employer en milieu non artistique aussi), c'est qu'elle sait qu'elle va désormais beaucoup être jugée et regardée par le monde extérieur. Elle va sortir d'elle-même, elle qui dans ses relations affectives est assez inhibée et se victimise volontiers. L'année qu'elle est en train de préparer, en se rendant tous les après-midi chez les Serafin, 54 via dei Monti Parioli, pour travailler avec le maître deux ou trois heures après avoir tenté de mémoriser son rôle le matin (parfois l'inverse), est très lourde : elle va enchaîner *Tristan, Turandot, La Force du destin, Aïda, Norma* rien qu'en 1948, dans des opéras importants (Venise, Udine, Trieste, Gênes, Vérone,

Turin, Rovigo, Pise, Florence, Rome — aux Thermes de Caracalla avec *Turandot* qu'elle reprend dans les Arènes —, en plein air ou en salle). C'est dire que l'enjeu du *Tristan* de Venise qu'elle répète à Rome est considérable pour cette chanteuse inconnue. Que tant de directeurs d'opéra l'aient aussitôt engagée, certes avec le parrainage d'un chef d'une grande renommée, montre que tout le monde lyrique italien a compris qu'un événement se produisait avec l'arrivée de cette Américaine sur les scènes lyriques italiennes. Elle ne sera toutefois accueillie à la Scala de Milan que le 12 avril 1950 (pour *Aïda*, tout comme, un quart de siècle plus tard, Jessye Norman, dont la carrière fut également européenne, précoce et fulgurante : toutes deux firent leurs débuts milanais à vingt-six ans dans ce rôle) et à la suite de Renata Tebaldi, dont la carrière, lancée, elle, par Toscanini a toujours précédé de quelques mois celle de Callas. Et son premier enregistrement en studio date de la fin de 1949 : il s'agit d'une compilation. Les enregistrements intégraux d'opéras seront plus tardifs, à partir de 1953. Dans ses entretiens, Maria Callas a toujours dit que « chaque rôle servait aux autres rôles », pour expliquer l'enchaînement des engagements. Et qu'elle n'avait « jamais demandé aucun rôle », « sans doute par orgueil, dans la crainte qu'on ne le [lui] refuse [17] », que tout au plus elle avait refusé ou différé une offre.

Si l'on entend les premiers enregistrements, en studio ou pirates, on perçoit ce que sa voix avait de dur et de trop lancé, mais aussi, paradoxalement, sa souplesse dans les vocalises. Les voyelles sont trop rentrées. Son « *Casta diva* » est chanté avec des « o » à la place des « a ». On entend « *costo divo* ». La tonalité plaintive qui sera sa marque fait entendre une sorte de pleur dans l'émission. Les aigus sont en revanche pleinement ouverts et amples, ce qu'elle a en commun avec toutes les grandes voix de sopranos dramatiques. Les suraigus pianissimi sont d'une suavité qu'elle ne retrouvera plus dans la deuxième partie des années cinquante. Ce qu'elle a d'unique est de conserver la force d'intention dramatique dans le registre aigu : qualité indispensable pour le bel canto. Cette qualité, rarissime, qui rend significatives les vocalises (et que tous les chefs lui ont reconnue) et fait totalement oublier la prouesse, pour laisser entendre un moment d'émotion esthétique et psychologique, met le son au service du sens. La capacité d'affiner un son dans une émission surpuissante, sans que la couleur se perde, est également une des marques de la jeune Callas. (Alors que Leontyne Price a une qualité exactement inverse d'augmentation d'intensité et de dureté d'un son émis pianissimo : le son gonfle sans perdre de sa beauté et de sa précision, puis s'arrête pile, sans la moindre traînée de souffle.) Maria Callas organise le chant autour de la plainte. La ligne mélodique manque parfois de netteté (par rapport aux miracles de clarté d'une Régine Crespin), non pas que Callas soit incapable de la dessiner (car elle fera par exemple dans le deuxième acte de *Parsifal* ce qu'aucune autre cantatrice ne sera capable de faire pour le rôle de Kundry : nettoyer le chant pour faire entendre le récit douloureux de la mère de Parsifal, « *Ich sah das*

Kind », en italien : « *Ho visto il figlio* »). Les vocalises des *Puritains* enregistrées dans son premier disque ne perdent jamais la situation. La note aiguë finale (avant-dernière de la phrase mélodique) est non seulement d'une fermeté d'airain, mais bouleversante parce que amenée par les vocalises qui la précèdent. « Souvenez-vous que chanter, c'est beaucoup plus que des notes aiguës, aussi belles soient-elles. Qu'est-ce qu'un contre-mi bémol si tout ce qui précède n'a pas été beau et bien chanté ? La note doit venir comme une conséquence normale de tout le reste [18] », dira-t-elle dans ses *master classes* de la Juilliard School, en faisant travailler l'air « *Vien diletto* », qu'elle a enregistré en 1949. À propos d'une phrase de ce même air des *Puritains*, dans le même cours, Maria Callas dit : « Chantez-la exactement comme un bon pianiste jouerait Chopin [19]. » Il est symptomatique que Maria Callas compare le jeu virtuose de Chopin qui passe souvent pour « dépourvu de sens », animé de pure prouesse de maniérisme musical, à l'interprétation du bel canto de Bellini, qui est son contemporain et auquel des reproches de vide furent également adressés. Claudio Arrau, on le verra, lui retournera la comparaison. Callas insiste sur la respiration (non pas seulement le souffle physique du chanteur, en indiquant les pauses possibles et les articulations qui permettent de suspendre très fugitivement le chant et donc en organisant et parfois en modifiant très légèrement l'écriture musicale, mais sur la constitution même du temps musical), tout comme Maria Joaõ Pires le fera dans ses *master classes* de Chopin, apprenant aux jeunes pianistes à insérer des respirations dans l'interprétation et sans arrêter la ligne ni même altérer la mesure. « Vous avez le temps de respirer », dit la pianiste. Tout comme Callas.

Maria Callas fut, pour rester dans le domaine du bel canto, une interprète incomparable de *Lucia di Lammermoor*, parce que la folie du personnage doit transformer en cris de douleur les voluptueuses vocalises, qui lui font perdre contact avec le réel, mais non avec la musique. L'immense colorature qu'est Natalie Dessay et qui a dit ce qu'elle devait à Callas, avant de triompher au Met dans ce rôle, ne peut pas, vocalement et dramatiquement (malgré la nature de sa voix aux facilités fabuleuses et malgré l'intelligence de son jeu), créer le même effet. Sa « trop » grande aisance dans le registre aigu et son timbre agréable, mais sans mordant, ne peuvent exprimer que peu d'émotion immédiate, ou du moins ne peuvent parvenir à créer une émotion chez l'auditeur par leurs seules qualités. Plus proche de l'interprétation de Maria Callas, Joan Sutherland, dont la technique était beaucoup plus sûre que celle de sa consœur, ne donne pas non plus l'impression, que seule Callas donne, que chaque note est arrachée à une zone inconnue et se dirige vers une autre zone inconnue, où elle peut se briser. Joan Sutherland a pourtant en commun avec Maria Callas que les notes médium vibrent entre les joues en étant légèrement pâteuses et étouffées simulant un pleur, que les notes filées aiguës viennent du fond du diaphragme, plus bas que le larynx. Elle a également en commun une aisance à alléger l'émission dans les vocalises, sans jamais détimbrer les notes. Ce dont hélas (pas plus que Sumi Jo), Natalie Dessay, dont le timbre n'est pas naturellement cuivré, est incapable et qu'elle ne cherche pas, se contentant de la beauté et de la sûreté de son vibrato dans l'aigu et de son art de la courbe mélodique, du glissando, du rubato, du legato, du portamento.

Les notes aiguës sur lesquelles se terminent les airs de Bellini ou Donizetti, de manière générale, ne sont jamais couvertes par Callas. Elle donne le sentiment d'avoir atteint le maximum de hauteur et de puissance possible. Ce qui est évidemment irréalisable, car dans ce cas la note serait fausse et laide, en tout cas très hasardeuse : il s'agit d'une impression, non d'une réalité. Mais ces notes-là semblent fragiles, d'une fragilité que contredisent les vocalises qui précèdent. Le chant de Natalie Dessay enthousiasme le public, parce qu'il exprime toujours une santé, une vigueur, une élégance, une légèreté totalement contrôlées et agrémentées d'une sorte d'ironie folle et triomphante. Le chant de Joan Sutherland allie l'émotion pathétique de Maria Callas aux acrobaties athlétiques de Natalie Dessay. Callas pour créer la sonorité plaintive de certaines phrases mélodiques assombrissait quelques mesures pour les alléger aussitôt après. C'est une technique complexe qui pouvait passer pour immaîtrisée à cause du caractère hétérogène de sa voix ainsi traitée. Cela dit, les enregistrements de la première moitié des années cinquante, période durant laquelle Maria Callas, va enregistrer et interpréter sur scène à la fois Wagner, Verdi, Donizetti, Puccini et Bellini, c'est-à-dire aller de Brünnhilde à Lucia, de Turandot à Norma, de Violetta à Abigaïl, parfois en l'espace de quelques jours, sinon du jour au lendemain, témoignent d'un contrôle stupéfiant de l'émission et du timbre, de la ligne musicale et du vibrato.

On regrette que les lettres de Maria Callas à Meneghini datant de son premier séjour romain soient aussi vagues sur son travail. Mais accomplir le travail ne lui laissait guère le temps de le commenter. Et surtout, si son correspondant est amoureux et mélomane, il n'est pas musicien professionnel et l'on sait que Maria Callas était extrêmement précise quand elle parlait musique : les livrets et les partitions sont si minutieusement analysés qu'il est nécessaire, pour comprendre ses nuances d'avoir sous les yeux les portées. À Meneghini, elle se contente d'écrire : « Quand je chante *Tristan*, je me sens bien. C'est un rôle impétueux qui me plaît[20]. »

Sans doute par coquetterie et pour attiser la jalousie du malheureux Meneghini, Callas signale que l'attention du vieux Serafin, si paternelle soit-elle, dérape parfois vers autre chose : « Pendant que je me reposais un peu, il s'est approché de moi et a tenté de me caresser la jambe, pauvre de lui ! Encore heureux que je sois chez lui et qu'il n'ose pas davantage ! Non mais des fois ! » (lettre du 1er novembre 1947[21]). En réalité, Serafin lui caresse la jambe, parce que Maria Callas souffre toujours de sa chute de Vérone.

Le séjour romain fut abrégé par Tullio Serafin, qui se rendait compte de la rapidité de l'apprentissage de Maria Callas. Il a eu le temps de la présenter au directeur du théâtre de Bari qui, de passage à Rome, après l'avoir entendue chez Serafin, veut l'engager pour chanter Turandot, rôle qu'elle connaît déjà. Elle accepte, mais ne le fera pas. Elle poursuivit donc le travail du rôle d'Isolde à Vérone, où elle retrouve Meneghini et à Venise, où ont lieu les répétitions et où elle séjourne pour la première fois, en décembre 1947, à l'Hôtel de la Fenice.

Dès lors, les succès ne vont plus se démentir. La succession de prises de rôle est accueillie comme une suite ininterrompue de révélations. Après Wagner (*Tristan et Isolde*), Maria Callas confirme son génie dans Puccini (*Turandot*), Verdi (*La Force du destin*, puis *Aïda*), Bellini enfin (*Norma*). « Je suis à toi et n'ai pas d'autre désir que d'être à toi[22] », écrit-elle régulièrement à Meneghini (lettre du 15 novembre 1948, de Pise où elle répète *Turandot*). À la fin de cette année, quand elle travaille ce qui va être son opéra fétiche, *Norma*, qu'elle va chanter pour la première fois le 30 novembre à Florence (c'est sa cinquième prise de rôle en un an et elle s'apprête à chanter *La Walkyrie* un mois plus tard et, mais elle ne le sait pas encore, *Les Puritains* en alternance !), elle se plaint des résistances de sa voix, ce qui sera désormais un leitmotiv :

Je voudrais donner tellement plus dans toutes les choses que je fais. C'est-à-dire dans l'art tout comme dans l'amour que j'ai pour toi. Dans le chant, je voudrais faire que ma voix obéisse toujours comme je le veux —, mais il semble que je veuille trop. Et l'organe vocal est ingrat et ne te rend pas tout. Je dirais qu'il est rebelle et ne veut pas être commandé ou dominé, vaut-il mieux dire. Il veut toujours s'échapper et j'en souffre, de ça. Au point que si je continue à ce rythme, tu auras une neurasthénique sur les bras. [...] Serafin dit qu'il est archicontent de ma Norma. Mais moi, malheureusement je ne le suis pas du tout. Je suis convaincue de pouvoir faire cent fois mieux, mais ma voix ne me satisfait pas et ne me rend pas ce que j'attends[23] !

Tout le reste de la lettre, qui est extrêmement exalté, rappelle du reste parfois le ton de la Duse ou de Sarah Bernhardt, dans l'exigence mystique d'un art comparé à un véritable sacerdoce du surpassement de soi, où se mêle dévotion à un dieu de la création et à un dieu de l'amour confusément mélangés et fusion sacrificielle avec l'objet de l'amour et le but de cette ascèse esthétique. « Je veux le mieux en tout ! Je veux que mon homme soit le meilleur de tous, que mon art soit le premier et meilleur que tout. Bref, je veux avoir tout, que même ce que je porte sur moi soit mieux que tout, si possible. Je sais que je ne peux pas, et je me torture tellement. Pourquoi ? Aide-moi, Battista, et ne crois pas que j'exagère. Je suis faite ainsi, c'est tout[24]. » Il faut tenir compte du fait que ces lignes, écrites à Florence, le sont pendant les représentations de *Turandot* et avant les répétitions de *Norma*, dans une atmosphère de travail survolté. Entre une princesse chinoise meurtrière et tyrannique et une vestale qui, annonçant Médée, perd le sens du sacré en se tournant vers un ennemi pour lequel elle pense devoir trahir son peuple, Maria Callas qui a incarné une série de personnages tragiques et surhumains commence à perdre le sens de la frontière entre la réalité et le rêve artistique. Elle, qui admire tant Norma, exige d'elle-même la même exaltation, contre laquelle bute le réel.

Plaire ? Sans doute, elle doit admettre que c'est ce qui se produit avec Tullio Serafin, avec Meneghini, avec le public et la critique. Mais avec elle-même ? Se plaire à soi-même ? Ce n'est pas une satisfaction qu'elle semble connaître ou devoir jamais connaître. Au même moment, Pasolini qui ne vit pas très loin de Vérone et qui, surtout aurait pu venir voir le *Turandot* d'Udine, dans le Frioul, vit une autre forme de torture. Mais, quoiqu'ils aient le même âge, ils n'en sont pas au même niveau de leurs parcours respectifs. Il a écrit ses premiers poèmes et *Actes impurs*, ses écrits intimes, un journal à peine travesti en roman. Mais il recherche, dans un autre domaine, la même perfection. La sexualité est probablement très secondaire alors dans la vie de Maria Callas. Non l'attachement sentimental. Elle est séparée très souvent de Meneghini. Elle lui dit souvent de ne pas tenter de la rejoindre, qu'elle sera trop occupée et que ce serait pour eux deux un supplice de se voir sans se voir. Contrairement à Renata Tebaldi ou à tant d'autres cantatrices qui se disent enchantées d'avoir reçu du ciel une voix de rossignol, d'ange ou de sirène, pour charmer la terre entière, Callas ne se félicite de rien du tout, jamais. Pourquoi chante-t-elle ? Pour servir la musique, par esprit de discipline, pour réaliser le rêve de sa mère, par orgueil ? Pour être la meilleure, comme elle le dit ici. Comme un jeune soldat qui ne se demande même plus pour quelle cause il se bat.

Meneghini, tout en pestant contre les agents et l'administration de la Scala, qui ont été jusque-là peu engageants, suit Maria dans son avancée vers la gloire. Plusieurs critiques ont entendu dans sa voix « l'instrument splendide, vibrant et chaud, suave et homogène dans tous les registres, la voix idéale pour une Isolde[25] ». Comme le souligne, justement ou pas, Meneghini, personne alors ne trouve sa voix « étrange » : le reproche hypocrite (que va reprendre Renata Tebaldi dans une interview après la mort de Maria Callas) ne sera formulé que quand la Scala, après les lui avoir fermées, lui ouvre pour plusieurs années de suite les portes de sa scène.

Oui, alors, encore, la voix plaît.

Conquérir

Une fois *Norma* conquise, que reste-t-il à l'horizon ? La Scala, bien sûr, *La Walkyrie, Parsifal,* et puis le Teatro Colón de Buenos Aires. C'est-à-dire, plus généralement, les scènes étrangères à elle la plus étrangère et universelle des chanteuses.

Meneghini, dans son autobiographie, signale deux points importants concernant l'année 1948. D'une part, donc, Maria Callas ne passait pas, alors, pour « un cas ». C'est plus tard que sa voix fut analysée et comparée et que l'on estima qu'elle ne correspondait pas aux critères habituels de la « belle voix », ce qui est paradoxal puisque la personne même allait symboliser « la » chanteuse d'opéra du XXe siècle. Mais beaucoup de chanteuses, dans le système publicitaire qui a accompagné leur carrière, ont revendiqué le titre de « la voix du siècle ». Joan Sutherland, Montserrat Caballé, Leontyne Price, Kirsten Flagstad, Birgit Nilsson, Kathleen Ferrier, Jessye Norman, Elisabeth Schwarzkopf, Régine Crespin, Lotte Lehmann : chacune a eu droit, à un moment de son ascension ou de son règne, dans la plénitude de ses moyens, à ce titre. Et la plupart de leurs compilations ont recours à ces superlatifs. Superlatifs à vrai dire tous relatifs. L'absolu étant réservé à la Callas. Mais un absolu assorti de réserves immédiates sur l'étrangeté de son style et de son timbre. Ce n'est qu'en rappelant cette « étrangeté », que ses consœurs, admiratives ou fielleuses, lui concèdent une place de choix. Mais, à la fin des années 1940, on n'en est pas là. Maria Callas est alors seulement une très grande voix venue des États-Unis. Une voix capable de chanter Isolde et Turandot, à quelques semaines d'intervalle. Et qui passe avec succès l'examen à épreuves concentrées que représente la succession de *La Force du destin, Aïda* et *Norma*. D'autre part, Maria Callas redoutait précisément l'épreuve de Verdi. Elle n'était pas certaine que sa voix, très sûre dans Wagner et dans le Puccini wagnérien qu'est *Turandot*, soit assez souple pour le grand lyrisme verdien. Elle allait pourtant être une insurpassable Aïda, une non moins insurpassable Leonora du *Trouvère*.

Ses lettres nombreuses à Meneghini, en 1948 et 1949, sont aimantes, mais aussi déprimées. Une « dépression » assez trompeuse, car Maria Callas est manifestement dotée d'une redoutable énergie, pour pouvoir assurer tant de prises de rôle et résister à la fatigue des voyages. À la fin 1948, elle doit tout de même annuler les *Aïda* de Florence, mais c'est parce qu'elle est opérée d'une appendicite, opération qui ne l'empêchera pas de chanter en alternance, une semaine plus tard *La Walkyrie* et *Les Puritains*, juste après *Norma* qu'elle a interprété à Florence et qui sera « son » opéra. Tullio

Serafin lui apprend le rôle à Rome (juste après l'*Aïda* de Turin). « Je n'ai jamais vu Serafin plus heureux, écrit-elle à Meneghini le 11 novembre 1948. Je ne le suis pas, moi, en tout cas, parce que je demande toujours trop de moi. Si j'avais plus de temps, je pense que ce serait tellement mieux, parce qu'on n'étudie jamais assez *Norma*[1]. » Mais elle est souvent seule et s'en plaint. Les conditions de travail sont en général médiocres dans les théâtres italiens (Maria Callas dit, par exemple, qu'elle est contrainte d'enfiler des costumes puants de sueur). Les mises en scène sont extraordinairement hâtives, car comment expliquer par exemple qu'il n'y ait que deux jours, en février 1949, entre la dernière palermitaine de *La Walkyrie* et la première napolitaine de *Turandot* ? Non seulement les mises en scène devaient être expédiées pour réclamer aussi peu de répétitions, mais la mémorisation des rôles devait exiger des chanteurs des capacités exceptionnelles. Meneghini raconte comment, en janvier 1949, Serafin demande à Maria Callas, qui chante Brünnhilde quasiment tous les soirs, de remplacer, dans le même théâtre de la Fenice, dans *Les Puritains*, autrement dit dans une tessiture sans aucune commune mesure avec celle requise pour *La Walkyrie*, la soprano Margherita Carosio qu'une grippe a rendue aphone. Ce défi fut immédiatement commenté avec ironie par la presse avant la première. L'idée qu'une soprano dramatique chante Elvira paraissait totalement saugrenue. Mais le lendemain de la première, le musicologue Mario Nordio reconnaissait :

Même les plus sceptiques ont dû admettre, certes conscients, dès les premières notes, qu'elle n'était pas le soprano léger convenu de la tradition, que Maria Callas avait accompli un miracle, en large partie dû aux rigueurs de ses études vocales avec Elvira de Hidalgo (peut-être la plus grande Rosine et Elvira de son temps), la flexibilité de sa voix limpide et magnifiquement posée, et ses aigus splendides. Son interprétation présente également une humanité, une chaleur et une expressivité qu'on chercherait en vain dans la froideur fragile et diaphane des autres Elvira[2].

La référence à Elvira de Hidalgo prouve que le critique avait dû parler avec Maria Callas et, en tout cas, lui était par principe favorable, prenant son parti. Comme on le sait, rares furent les chanteuses capables de mener de front une carrière wagnérienne et belcantiste. Si Régine Crespin et Birgit Nilsson excellaient dans le répertoire italien, elles s'en tenaient à *Tosca* et au Verdi le plus lourd. Montserrat Caballé commença elle aussi par Wagner en Allemagne, mais l'abandonna rapidement pour se consacrer au bel canto. Dans l'autre sens, Katia Ricciarelli, sublime belcantiste, perdit sa voix à chanter, pour Karajan, dans *Turandot*, non plus Liù qui était dans son registre naturel, mais le rôle-titre.

Au lendemain de cette double prouesse qu'elle prolonge en chantant *Parsifal* à Rome, Elvira de Hidalgo écrit à son élève : « Comme tu vois, j'avais bien raison, quand je te disais de n'écouter personne, parce qu'avec ma méthode, un jour, tu pourrais chanter n'importe quel opéra ; alors que les autres disaient que tu étais un soprano dramatique à seize ans, je te faisais chanter *La Ceneren-*

tola, et je te faisais faire des gammes comme un soprano léger. Voilà pourquoi aujourd'hui, tu peux stupéfier tout le monde en chantant *Les Puritains* et *Parsifal*. Je suis vraiment fière de toi. [...] Les amis ont été naturellement heureux de tes triomphes et les ennemis en ont eu une jaunisse [3] ! » (Ankara, 18 mars 1949).

C'est par de telles décisions que Maria Callas élabora sa légende croissante. Ce n'était probablement pas une tactique délibérée. Entraînée par sa propre ambition, par la confiance de Serafin et d'Elena Rakowska, par les encouragements de Meneghini et par une logique du travail, elle n'était pas inhibée devant la difficulté. C'est donc en interprétant *Les Puritains*, que Maria Callas fait son entrée dans le bel canto. La voie lui est alors ouverte vers *Lucia di Lammermoor* (qu'elle chantera en 1952, d'abord en extraits en concert, puis intégralement à Mexico) et tous les rôles de colorature, et vers *La Traviata*, qu'elle abordera en janvier 1951 à Florence. En acceptant de chanter *Les Puritains*, Maria Callas, célébrée jusque-là comme soprano dramatique, prenait un grand risque : pour qu'elle l'ait pris, cela signifie qu'elle attendait cette occasion de prouver qu'elle était une experte du bel canto. C'est, comme elle n'a cessé de le répéter par la suite, dans ce répertoire-là qu'elle se sentait à l'aise. Mais en attendant, elle doit honorer ses contrats qui l'orientent, dans l'immédiat, dans d'autres directions : *Turandot* qu'elle continue à chanter et, en février, *Parsifal* qu'elle interprète pour la première fois, à Rome. Quand elle se trouve à Palerme, où elle est la Brünnhilde de *La*

Walkyrie le 28 janvier 1949, et à deux jours, donc, de la reprise de *Turandot* à Naples, elle reconnaît qu'elle a de la peine à apprendre le rôle de Kundry… Mais elle le fait. « Je ne sais pas comment je vais réussir à étudier *Parsifal* que je dois chanter dans un mois », écrit-elle à Meneghini, tout en décrivant les conditions effrayantes de répétition de *La Walkyrie* au Teatro Massimo de Palerme. Elle proteste : « Ce Palerme était inutile. C'est une perte de temps et un grand ennui. » Mais elle ajoute : « L'unique chose est qu'ils me traitent bien, comme si j'étais une déesse ! Tout ce que je fais leur convient[4]. » Maria Callas n'aimait pas beaucoup pendant le travail les compliments paresseux : elle préférait les critiques constructives. Cette hyperactivité, inutile de le préciser, était accompagnée de rétributions de plus en plus élevées. Comme le signale Renzo Allegri, Meneghini « s'était proposé d'appliquer au travail de la Callas les règles du marché dont il usait pour ses usines[5] ». « À mes yeux, Maria était comme chanteuse un produit de valeur. Au lieu de vendre des briques, comme je l'avais fait avec succès durant des années, j'ai commencé à commercialiser une voix. Le réquisit le plus important était que le produit soit de première qualité, et puisque la voix de Maria n'était pas seulement de première qualité, mais unique au monde, je n'ai pas hésité à demander le cachet le plus élevé possible[6]. » De 1947 à 1949, les revenus de Maria Callas sont passés de 160 000 lires à 4 millions de lires. C'est-à-dire qu'elle est devenue la chanteuse la mieux payée de son temps.

Elle n'appréciait pas beaucoup, à en juger par sa

lettre de Palerme, le chef Francesco Molinari-Pradelli (« Tout ce qu'il fait, c'est parler[7] ! »), mais c'est avec lui qu'elle va enregistrer, le 7 mars 1949, son premier disque (trois 78 tours), un récital qui comprend les airs de son répertoire (*Aïda, Norma, Les Puritains, Tristan, La Force du destin*) mais inclut aussi Puccini (*Tosca* qu'elle n'a pas encore chanté en Italie et *La Bohème*) en excluant *Turandot*. Ainsi apparaît toutefois l'étendue de son répertoire. Et sa carrière est définitivement lancée. Ce début d'une très importante production discographique (officielle et officieuse, puisque les disques pirates de Maria Callas ont très vite circulé, tolérés par les législations laxistes et sans doute par elle-même, qui d'ailleurs les collectionnait) est également un événement considérable qui élargit la notoriété de la chanteuse et lui épargne désormais toute audition. Cette carrière, Maria Callas manifestement ne la sent jamais menacée par les risques qu'elle prend dans son répertoire et surtout par le rythme frénétique de ses engagements jusqu'en 1959.

Cette relative sécurité est assise par la décision qu'elle prend d'épouser Giovanni Battista Meneghini avant de partir pour Buenos Aires avec Tullio Serafin, début d'une véritable conquête musicale de l'Amérique latine. L'Argentine et plus tard le Mexique seront, en effet, des étapes déterminantes de sa gloire et c'est dans ces deux pays qu'elle a probablement le mieux chanté, peut-être encouragée par un public moins méfiant, et qui n'avait aucune raison de se montrer chauvin.

Le 21 avril 1949, la veille même du départ du

paquebot du port de Gênes, Maria et Giovanni Battista se marient donc à Vérone, après avoir surmonté des obstacles familiaux de la part des nombreux frères Meneghini, épouvantés de voir leur futur héritage partir en fumée. Dans ses Mémoires, Meneghini affirme, en effet, qu'il n'arrivait pas, depuis plus d'un an, à obtenir ses papiers. Maria Callas étant orthodoxe, la cérémonie n'a pas lieu dans l'église même des Philippins, mais dans la sacristie.

De cette cérémonie, Maria Callas pense envoyer un cliché à Evangelia. Elle a dédicacé la photo affectueusement, mais ne l'expédiera pas. Faute de temps, oubli ? Ce ne pouvait être, de toute façon qu'à son retour d'Argentine, et, entre-temps (le 18 septembre 1949), elle a reçu une lettre très violente de sa mère, à propos de son mariage que Maria lui a annoncé par courrier.

> Ce n'est pas que je n'aime pas ton mari, dont je ne sais toutefois pas quoi penser — je ne sais pas quel genre d'homme c'est, comment sont ses yeux, quelle tête il a. Tu trouves sans doute absolument superflu d'envoyer une photo à tes parents [...] Je te savais égoïste pour tout ce qui touche à ta carrière, mais pas à ta vie privée [...] Quel besoin avais-tu d'épouser qui que ce soit ou de devenir riche — d'ici trois ans, tu aurais été bien plus riche que Battista — et de partir loin de tout en Italie ? Éprouver tant de joie à être célèbre et riche est un péché[8].

Evangelia, à qui Giovanni Battista avait envoyé un télégramme pour annoncer les débuts de Maria dans *Tristan* à la fin de 1947, à Venise, vit toujours à New York et ne rejoindra que l'année suivante (en 1950) Maria à Mexico, où elles ne se réconcilieront pas.

Carrière, argent, célébrité : la mère enferme la fille dans des ambitions où ni l'art ni l'amour ne trouvent leur place. Tout est, à ses yeux, réduit à un calcul mesquin, à des manipulations de proches et du public. On comprend que Maria Callas ait été horrifiée par ce reflet déformé de la réalité, vue par un œil aussi malveillant, aussi rancunier et aigri. Ne pas avoir été consultée par sa fille pour ce mariage paraît à la mère être un scandale inadmissible, irréparable. Pas le moindre signe d'affection ou d'admiration de la part d'Evangelia. Fille indigne, colérique, égoïste, arriviste : tel est le portrait qu'elle trace de Maria Callas, comme si son talent musical n'était qu'une arme de stratégie pour un parcours égocentrique, maléfique, fallacieux, immérité, intéressé. Quant au rôle qu'elle-même a joué pour placer Maria sur cette voie ascendante qu'elle interprète avec autant de fiel et en lui prêtant autant de bassesse, elle l'efface, tout comme elle ignore le mot musique, le mot travail, le mot idéal.

Surpasser

En accompagnant à Buenos Aires Tullio Serafin, qui va la diriger dans *Turandot, Norma* et *Aïda* au Teatro Colón, Maria Callas manifeste clairement qu'elle lui confie sa carrière. C'est un Argentin, le romancier Hector Bianciotti, qui le mieux a décrit le jeu et la voix de Maria Callas — qu'il n'entendra toutefois pas à Buenos Aires, cette année-là, mais six ans plus tard, à la Scala, en 1955, dans *La Traviata* mythique de Visconti et Lila De Nobili.

> Me rappeler cette soirée du 28 mai 1955 équivaut à la réinvention d'un foyer lointain, d'un éblouissement qui n'a cessé de rayonner sur mon existence. Si pendant quelques secondes, la pensée joue à la retrancher de ma vie, celle-ci perd une partie de ses précaires contours : les quatre ou cinq choses qui la soutiennent et, peut-être, ne serait-ce qu'en quelque sorte la justifient, se désagrègent, se disjoignent[1].

Et bien plus tard encore, à Paris, dans cette même *Norma* :

> Archaïque en son profil, elle élude tout vain geste : elle synthétise ses mouvements, définit son personnage en peu d'at-

titudes : elle trace le schéma corporel de sa voix. [...] Non pas le personnage ici, fait de péripéties et de conflits, mais la présence pure sur le fil de l'action et de la forme : conduisant l'action, sécrétant la forme. [...] Voix illuminée ou couverte, tamisée par les tensions qui émanent du centre du corps et se répandent dans les membres, voix régie par un effort voluptueux, voix que dirige la sobre rhétorique des attitudes et des mouvements suscités par les vestiges du drame : des paroles ne reste (ici, le fond est la forme) que la seule valeur de parole : son poids, sa densité, son corps aérien [2].

Et, dans le même livre, comment ne pas penser à Maria Callas quand il décrit cette voix idéale entendue dans son enfance ? « Une voix surgit du magma sonore, absolue, souveraine heureuse dans ses allées et venues aériennes, et soudain atroce, comme un poignard, ou sanglotante [3]. » Le souvenir adulte reconstruit le passé, bien sûr, car il n'est pas possible qu'enfant l'écrivain (né en 1930) ait entendu cette voix. Mais c'est d'elle qu'il se souvient. Ou c'est ce souvenir que ranima la *Norma* de la Scala. Car les plus fortes émotions esthétiques ne sont rien d'autre que la résurrection d'un moment enfoui du passé, moment qui attendait son sens pour pouvoir vivre enfin. Les grands artistes sont ceux qui donnent un sens à des expériences qui leur sont inconnues, mais non étrangères. Leur art leur permet de communiquer au-delà des mots qui le traduiraient. Maria Callas faisait partie de cette catégorie-là.

Le Teatro Colón accueille depuis le début du XXe siècle les plus grands chefs et les plus grands solistes : Toscanini, Saint-Saëns, Richard Strauss, Igor Stravinsky, sont venus y diriger. Beniamino

Gigli, Caruso, Conchita Supervia y ont chanté. Et Maria Callas sera suivie des plus grands noms de l'opéra. C'est en général une consécration d'y être accueilli. On n'y fait pas ses premiers pas. Inviter Maria Callas dans cette salle qui passe pour bénéficier de la meilleure acoustique au monde, c'était la couronner. Le programme et les distributions étaient analogues, en qualité et en prestige, à ceux du Metropolitan de New York.

Cela dit, sur le paquebot, Maria Callas, qui se plaint d'être séparée de l'homme qu'elle vient d'épouser, apprend avec fureur que l'Aïda qui ouvre la série de représentations sera une autre qu'elle pour la première. « Ils m'ont fait un sale coup, au Teatro Colón, qu'ils me paieront ! » (lettre du 26 avril 1949, envoyée de l'escale de Lisbonne[4]). Finalement, en arrivant à Buenos Aires, elle apprendra que c'est bien elle qui va commencer la série avec *Turandot*. Ces lettres nombreuses sont l'occasion pour Maria Callas de répéter son amour pour Giovanni Battista, un amour plutôt « négatif », dans la mesure où elle exprime plus ce qu'elle rejette chez les autres que ce qu'elle recherche en lui :

> Plus je rencontre et fréquente de gens, plus je suis fière de toi et plus je t'apprécie et t'adore ! Je vois tant d'idioties et de superficialités que ça me donne la nausée. [...] Maintenant nous sommes forcément contraints de rester ensemble et je te jure que je vois une telle vulgarité et une telle trivialité que je suis heureuse d'être comme je suis, et je remercie Dieu ! [...] Aucune femme n'est plus heureuse que moi ! Je suis célèbre dans le monde du chant et surtout j'ai l'homme de mes rêves[5].

Dans cette même lettre du 3 mai, elle évoque, après avoir chanté à bord un extrait de *La Force du destin* (monté l'année précédente dans le Frioul et à Trieste), l'éreintement qu'elle a subi avec cet opéra. Tullio Serafin lui affirme que le critique a été corrompu pour le faire. Et que l'attaque le visait lui, plus qu'elle. Avant d'arriver à bon port, ils font escale à Rio, où les directeurs des opéras de cette ville et de Montevideo tentent vainement de l'engager avant son retour en Europe.

À Buenos Aires, elle s'installe près du Colón, dans la calle Carlos Pelligrini, qui est une contre-allée longeant l'avenue principale 9 de Julio. Mais les lettres quotidiennes, bi, tri-quotidiennes qu'elle envoie à son mari n'expriment aucun bonheur des succès obtenus. L'offre d'ajouter des représentations de *Norma*, loin d'être accueillie favorablement par Maria Callas, suscite sa colère, parce qu'elle retarde son retour auprès de lui. Elle essaie d'organiser sa venue en avion. Elle se met à haïr la ville, qui par son atmosphère peut rappeler Athènes et dont elle avait commencé par louer la beauté et la grandeur. Elle n'aime pas l'humidité, le froid, la saleté charbonneuse de l'air pollué (on est, en juin-juillet, en hiver dans l'hémisphère Sud). Elle honnit la présence « fasciste » et déplore que le théâtre soit directement sous la coupe d'Evita Perón. On comprend, d'après les lettres, peu explicites, de Maria Callas que la présence d'une chanteuse moins écrasante, comme Delia Rigal (dont les couacs la ravissent et qui, dit-elle, n'a qu'une seule note aiguë potable dans « *Nei cieli azzurri* » d'*Aïda*), satisfaisait davantage ses collègues qui étaient venus d'Italie avec elle et qui retiraient plus de succès à chanter près d'une terne protagoniste que près d'un monstre comme Callas. Pour soulager Callas, Rigal en effet chantait en alternance dans *Aïda*. Mais la *Norma* assura un tel triomphe à Callas que les chanteurs finirent par se raviser et soutenir tout de même Maria Callas, ou du moins la suivre.

Ces triomphes, Maria Callas les prenait comme des récompenses naturelles et dues. Elle en parlait à son mari avec fierté et un certain amusement (« ils pleurent », « ils sont devenus fous »), mais elle n'y voyait pas une preuve de son génie. Une conséquence de son respect de la musique, sans plus. Elle était en revanche émue de la ferveur du couple Serafin. « Il faut élever une statue à Serafin[6] », écrivit-elle en racontant à Meneghini qu'il était venu l'embrasser en pleurs après la *Norma* qu'il venait de diriger.

La quantité de travail qu'elle doit abattre en si peu de temps, la concentration de ses émotions, la tension que créait une telle attente, les conflits pénibles avec ses confrères et consœurs, plus qu'avec le public et la critique, l'éloignement de son mari exacerbant sa passion pour lui empêchent Maria Callas de décrire l'Argentine ou sa capitale dans ses lettres. Elle n'en dit donc rien, sinon que l'atmosphère climatique et politique lui déplaisent. La ressemblance de Buenos Aires (par son urbanisme, son architecture, son atmosphère, sa verdure) avec Athènes ne devait pas, de fait, la lui rendre très sympathique. Elle se plaint également à Elvira de Hidalgo qui lui répond : « Je comprends ton désir de revenir en Italie près de ton mari qui, d'après ce que je dis dans ses lettres t'adore, mais l'artiste est souvent appelé à accomplir aussi quelques sacrifices pesants. Et je crois que tu en conviendras avec moi[7] » (lettre du 27 juin 1950, Ankara).

La Callas parle d'ailleurs fort peu du travail musical, ce qui ne signifie pas qu'elle s'en désintéressait, mais qu'elle était plutôt saturée et préférait aborder d'autres sujets avec Meneghini qui n'était pas assez musicien. Perruques, costumes, fatigue physique. Ses querelles avec ses partenaires concernent la notoriété qu'elle est en train d'acquérir et qui dépasse toute prévision. Bien entendu, Maria Callas souhaitait que sa supériorité soit immédiatement reconnue. La mettre sur le même pied qu'un partenaire ou une rivale lui semble manquer d'un bon sens élémentaire ou de bonne foi. Elle sait parfaitement ce qu'elle attend de sa voix, mais elle ne sait pas ce que peut sa voix. Elle est consciente à la fois de ses capacités vertigineuses en puissance et en virtuosité et de ses limites. C'est ce qui explique le curieux alliage d'orgueil démesuré et d'insatisfaction. Trait qui n'est pas unique. Car on multiplie les anecdotes concernant d'autres chanteurs qui refusent la commercialisation d'enregistrements qu'ils jugent imparfaits ou qui refusent d'entrer en scène le soir de la première quand les répétitions leur paraissent insuffisantes. Maria Callas n'est pas différente des artistes de cette catégorie. Pour citer une Argentine qui fait ses débuts (quoique beaucoup plus jeune : c'est alors un enfant prodige) au même moment à Buenos Aires : la pianiste Martha Argerich aura une carrière analogue. Le piano est certes moins populaire et directement accessible que le chant, mais la célébrité de Martha Argerich présente des analogies avec celle de Maria Callas. Et l'on peut rapprocher leurs perfectionnismes, leurs insatisfactions, leurs difficultés à répondre à l'attente du public et à leur propre exigence. L'oreille intérieure est impitoyable.

Maria souffre des approximations dont ses collègues se contentent. Elle ironise sur la facilité avec laquelle on se contente de demi-mesures, c'est ce qui la rend méfiante à l'égard de tout compliment. Mais elle se repose sur les Serafin et, de loin, sur Meneghini. « Serafin m'a créée, écrit-elle à Meneghini le 24 juin 1949. Tu sais comment il m'étudie, n'est-ce pas ? Tu as entendu à Rome, chez lui, son *Parsifal* [qu'elle a travaillé en février de la même année 1949, avant de le chanter le 26 février]. Il me donne son âme, parce que je lui réponds musicalement[8]. »

Dans ses lettres enflammées à Meneghini, Maria Callas parle souvent de l'hostilité qu'elle rencontre (« J'ai trouvé une atmosphère hostile[9] », écrit-elle le 3 juillet), mais sans que l'on sache vraiment s'il s'agit de ses collègues, de l'administration du théâtre, du public (« J'ai fait place nette. Le public m'adore[10] », écrit-elle après son *Aïda*) ou de la critique. La presse est élogieuse : Maria Callas l'envoie aussitôt à son mari. Le public est délirant. On lui propose de revenir la saison suivante pour *Les Puritains*. Il ne peut donc, effectivement, s'agir que de ses collègues envieux. Mais elle s'estime récompensée par Dieu, parce qu'elle n'a pas fait de mal. En l'occurrence, Dieu, c'est Evita Perón qui demande à Callas de venir chanter au Palais, en mettant au placard sa rivale Delia Rigal.

Ce qui s'est passé à Buenos Aires pendant les deux mois de son séjour (du 14 mai au 14 juillet 1949) est riche d'enseignements pour l'avenir et pour la psychologie de Maria Callas. On comprend, à la lecture de ses lettres à son mari, que seul *Turandot* était prévu. Le fait que Maria Callas ait alterné avec la star argentine de l'époque, Delia Rigal, a augmenté l'attente, a incité les administrateurs à ajouter des représentations d'*Aïda* avec Callas (pour permettre une cruelle comparaison avec leur vedette qu'ils ont volontairement sacrifiée) et à lui proposer *Norma*. Plus que *Turandot, Aïda* et *Norma* ont emporté l'enthousiasme du public et de la critique. Maria Callas s'est toujours plainte que le rôle de Turandot qui est pourtant, comme les rôles wagnériens, parfait pour sa voix ne permette pas d'avoir une juste idée de ses possibilités. *Aïda* fait entendre sa musicalité, ses pianissimi, ses vibrations émotionnelles et *Norma* donne l'ampleur de sa virtuosité dans le bel canto et surtout dans le jeu dramatique. La lecture qu'elle proposera de « *Casta diva* », aux *master classes* de la Juilliard School (en 1972) montre qu'elle se situe toujours parallèlement sur le plan dramatique et sur le plan musical. L'analyse de la partition est d'une extrême précision : toutes les ornementations sont décrites note par note et l'écriture musicale de Bellini est justifiée. La dureté impériale de « *Casta diva* », qui convenait en effet au tempérament de Maria Callas, est mise, par elle, sur le compte de la situation dramatique (Norma, Callas le résume en trois phrases très claires, « apparaît en dominatrice du peuple féroce et sauvage dont elle est la prêtresse. Ils appellent à grands cris la bataille avec les occupants romains, mais Norma veut à tout prix éviter la guerre. Elle a rompu ses vœux de prêtresse, pris un amant romain, Pollione, dont elle a eu deux enfants. Il lui faut donc éviter un conflit ouvert tout en apaisant son peuple[11] ») et de l'ornementation « par ton » et non pas, comme chez Donizetti et Rossini, par demi-ton. Par ton, cela signifie que l'on passe du la au sol et donc que l'on doit avoir une parfaite attaque, une parfaite justesse, une parfaite homogénéité de couleur. Le passage du sol au la, par ailleurs, crée une impression de douleur déchirante. La répétition de quatre sol, lancinante, au cours de cette ornementation initiale, paraît faire abandonner la mélodie, la dévier, le renier. La musique, autrement dit, porte la marque psychologique du reniement qui caractérise le personnage dans cette scène. Par ailleurs, Maria Callas donne des conseils techniques très sûrs (ajouts de points d'orgue, indications de respiration, de ritardando, de legato). Il ne s'agit là que d'un exemple, car l'analyse qu'entreprend Maria Callas se poursuit sur toute la scène, avec autant de minutie et de cohérence psychologique.

Pendant ces deux mois, Maria Callas n'a pour ainsi dire pas visité la ville. Quiconque a participé à un travail de répétitions et de représentations théâtrales ou lyriques sait qu'il est pour ainsi dire impossible de se soustraire au rythme obsessionnel des allées et venues entre sa chambre d'hôtel et la scène. Dans sa chambre, Callas rédige les trente-deux lettres qu'a reçues Meneghini. Il n'y a guère de place que pour les repas. Elle a beaucoup grossi, dit-elle, durant ces deux mois (elle avait également grossi, précise-t-elle, après son opération d'une appendicite). Elle craignait, par ailleurs, d'être photographiée avec des péronistes et de donner lieu à des commentaires dans la presse italienne devenue très vigilante contre toute résurgence du fascisme.

Sa fatigue a dû être considérable puisque, à son retour, elle refuse tout engagement avant l'oratorio de Stradella à Pérouse. Cela signifie qu'elle ménage sa voix qu'elle a malmenée pendant ces deux mois et ceux qui précèdent. Elle ne chante plus avant la fin septembre. Elle ne participe pas au festival d'été de Vérone, où pourtant elle réside et où elle se contentera de donner un récital, en guise de préparation au premier disque qu'elle va enregistrer. Elle s'est réfugiée avec Meneghini à Venise avant d'installer avec lui leur nouvel appartement véronais : ils laissent celui qu'ils occupaient, via San Fermo, au-dessus des bureaux de l'entreprise, et qui amenait Maria à rencontrer les frères de Giovanni Battista qui la détestaient, pour emménager au dernier étage d'un palais. Outre l'oratorio baroque (qu'elle a accepté de chanter pour des raisons stratégiques parce que Francesco Siciliani, ancien directeur du San Carlo de Naples et, à présent, directeur du Maggio Fiorentino et du Teatro Comunale di Firenze, qui fonde un festival sacré en Ombrie et a besoin de stars — la distribution comptait également Cesare Siepi —, avait des chances de devenir le directeur artistique de la Scala, ce qu'il deviendra, en effet, en 1957, exerçant une influence considérable sur l'évolution de la carrière de la Callas qu'il favorise donc déjà en l'engageant, au Teatro Comunale de Florence, pour de nombreux rôles jusqu'à ce qu'elle entre à la Scala et bien au-delà et en l'empêchant du même coup, à en croire son témoignage, de mettre à exécution son vœu d'aller faire carrière alors aux États-Unis : après *Norma*, viendront, dans l'espace de trois ou quatre ans, en effet *Tosca, Traviata, Aïda, Les Vêpres siciliennes, Les Puritains, Armida, Lucia, Médée*...), un autre rôle écrasant l'attend : celui d'Abigaïl dans *Nabucco*, au San Carlo de Naples, sous la direction d'un autre de ses grands chefs, Vittorio Gui, avec qui commence une collaboration (sans réel plaisir ni admiration de la part de Maria Callas qui ne jure que par Serafin). Maria Callas exprime également, dans une lettre écrite pendant les répétitions, un jugement méprisant sur le metteur en scène, Alessandro Brissoni, qui deviendra réalisateur de téléfilms culturels du milieu des années cinquante jusque dans les années soixante. (« Il ne sait pas ce qu'est Nabucco ! Scéniquement, je n'espère que dans mes inspirations [12]. » Remarque qui deviendra, jusqu'à la rencontre de Luchino Visconti, un leitmotiv.) Ce rôle, l'un des plus difficiles du répertoire verdien, exige du soprano une tessiture très étendue et une puissance wagnérienne. Pour le chanter, Maria Callas utilise sa technique particulière d'émission qui consiste à ouvrir considérablement son gosier, en lançant la voix à pleine puissance et à en affiner, si besoin est, la sonorité sans diminuer la puissance. Ce n'est donc pas un pianissimo, mais un effilement de la voix qui, moins épaisse, paraît plus légère. Elle arrête très brutalement le son, comme le fera Leontyne Price, ce qui donne à l'auditeur le sentiment d'un étourdissement par surprise, une perte soudaine de conscience. L'effet émotionnel est donc immense et prend appui sur un effet strictement physique. Il ne s'agit pas d'un souci de beauté sonore, mais de la création d'un phénomène phonique absolument original, assez violent. Ce rôle d'Abigaïl convient, comme le rôle de Cassandre des *Troyens* de Berlioz, à des mezzos aux aigus faciles et riches, telle Grace Bumbry, ou à des sopranos dramatiques à la voix souple et au timbre chaud. « Beau, mais quelle barbe[13] ! » commente Maria Callas, après la première. Elle y obtient un immense succès, mais ne s'attachera pas à ce rôle dont elle n'enregistrera que le célèbre récitatif redoutable « *Ben io t'invenni* » suivi de l'air « *Anch'io dischiuso un giorno* » en 1952, en 1958 et en 1963, où elle l'interprétera également en concert. En même temps que ce *Nabucco*, le Teatro San Carlo a programmé un événement qui risque de faire de l'ombre à Maria Callas : la création italienne de *Wozzeck*, sous la direction de Karl Böhm, avec Suzanne Danco et Tito Gobbi. Maria Callas, de toute façon, se désintéresse plutôt de l'autre production : manifestement, elle n'a jamais entendu parler de l'opéra d'Alban Berg (elle l'orthographie, non sans quelque doute toutefois, *Vatzek*... mais dans une lettre plus tardive, elle l'orthographiera correctement[14]). Néanmoins, elle assistera à la première avec Meneghini venu la rejoindre pour passer Noël à Naples. L'inculture de la jeune chanteuse, qui compense évidemment ses lacunes par un travail acharné et une très fine intuition musicale et scénique, explique son absence de curiosité ou ses préjugés pour un répertoire où elle aurait pu exceller à la fois vocalement et dramatiquement. Le rôle de Marie lui aurait convenu, tout comme celui de Lulu. On regrette que la différence de génération n'ait pas permis la rencontre entre Callas et Patrice Chéreau qui s'est tourné vers une autre immigrée grecque géniale, Teresa Stratas.

Tandis qu'elle répétait *Nabucco* à Naples, Maria Callas pensait être enceinte de Meneghini. Mais c'était une fausse alerte. Le jour de la première, le 20 décembre 1949, elle écrit à son mari : « Je t'annonce : pas de bébé ! ! J'ai été normalement *emmerdée* le 18. Avec un mal de tête qu'on ne souhaite qu'à nos ennemis ! Là aussi, tant pis[15] ! » Le rapport de Maria Callas à la maternité inspirera divers délires à ses biographes, jusqu'à un enfant imaginaire et mort-né, qui lui est attribué, alors qu'aucune preuve ne figure du lien entre la chanteuse et le bébé. Nadia Stancioff, elle-même, prétend que durant l'automne 1972 Maria Callas vint à Rome pour subir un test de grossesse, convaincue d'être enceinte d'Onassis avec qui elle avait renoué quelques années auparavant et qu'elle revoyait de temps à autre. Elle avait près de cinquante ans. Elle aurait caché sa grossesse à Onassis, qui était toujours marié avec Jacqueline Bouvier, et voulait avorter[16]. Ce témoignage contredit celui de Meneghini qui affirme que, malgré tous les traitements, Maria Callas était stérile et avait refusé de subir, en 1957, l'opération chirurgicale qui lui aurait permis d'être enceinte[17]. Il nie ce qu'écrivit Arianna Stassinopoulos dans sa biographie[18] et que devait confirmer Edith Gorlinsky, femme de son imprésario britannique d'origine russe, à savoir qu'il aurait empêché, en 1957, Maria d'avoir un enfant et qu'Onassis l'aurait contrainte à avorter en 1966. Maria Di Stefano, la femme du ténor Giuseppe Di Stefano dit, dans ses Mémoires, que Maria Callas, à New York, pendant qu'elle donnait ses *master classes* à la Juilliard School, lui aurait avoué : « J'aurais aimé avoir un bébé d'Ari, de lui, oui. Et d'ailleurs, j'ai été enceinte. Mais il m'a fait avorter[19]. » Et Maria Di Stefano ajoute : « Je ne sais pas pourquoi, mais je ne l'ai pas crue. Peut-être que j'ai trop d'estime pour Maria, mais je pense qu'une femme comme elle, avec sa force de caractère, avec son tempérament tenace, une femme qui, tout compte fait, a toujours eu ce qu'elle avait voulu, n'aurait pas accepté cet ordre[20]. » Ce que confirme Meneghini. « Connaissant son caractère et son grand désir de maternité, je suis certain que si elle avait été enceinte, elle n'aurait jamais accepté d'avorter pour aucune raison au monde[21] », aurait déclaré Giovanni Battista Meneghini à Renzo Allegri. En réalité, déjà dans un article du 13 février 1960 dans *France-Soir*, « La Callas m'a dit », les propos suivants sont attribués par la journaliste, Marlyse Schaeffer : « Ça vous amuse peut-être de penser que moi aussi j'ai eu envie un jour d'avoir un enfant, que je l'ai souhaité, demandé à mon mari ? Meneghini m'a répondu : "Cela vous ferait perdre un an de votre carrière." Car lui il y pensait à ma carrière. Bien plus que moi[22]. » Quoi qu'ait écrit Meneghini, on est tout de même tenté de croire la véracité de ces propos attribués à Maria Callas. Car de Mexico, en 1950, elle écrivait à Meneghini — dans un climat hystérique de succès, de frustration amoureuse, de haine à l'égard de sa mère qui était près d'elle — : « J'ai un aveu à te faire. J'ai un grand désir d'avoir un bébé à nous, je crois que ça fera aussi du bien à ma voix et à ma pauvre peau. Qu'en dis-tu ? Tu ne veux toujours pas[23] ? » (6 juin 1950). Peut-être que la question, ainsi formulée et avec de tels arguments qui démontraient le monstrueux égoïsme d'une fille qui avait peu de chances de se montrer une bonne mère, appelait la réponse négative de son mari...

Dans *Onassis et la Callas*[24], Nicholas Gage affirme, sur la base du témoignage de Vasso Devetzi, la pianiste grecque qui fut l'intime de Maria Callas et qui s'est confiée à Vassilis Vassilikos (qui publia le récit de ces confidences dans la nouvelle « Histoire d'une histoire qui faillit ne pas être écrite », *op. cit.*) et de celui de Bruna Lupoli, la gouvernante de Maria Callas, et d'après un document qu'il aurait retrouvé dans les papiers de la chanteuse et dont il publie des photos (mais sans préciser comment il y aurait eu accès) que Maria Callas aurait accouché, le 30 mars 1960, d'un enfant qui n'aurait vécu que quelques heures. Vasso Devetzi aurait dit à Vassilis Vassilikos que l'enfant avait été baptisé Angelos. (Mais l'auteur a changé la plupart des noms propres.) Selon Vassilis Vassilikos, qui a eu accès à tous les documents qu'avait conservés Vasso Devetzi, aucune révélation fracassante ne pouvait ressortir des archives subsistantes, pas même des lettres d'Onassis. Mais « un fait était resté secret : la naissance d'un enfant, mort dans les deux [*sic*] heures qui suivirent, fils de l'Armateur, ce serait l'unique révélation sensationnelle ». Le document retrouvé et cité par Nicholas Gage, en revanche, donne pour prénom Omero et pour nom de famille Lengrini. Il existerait également une photo du petit cadavre. Et le seul lien entre cette photo, ce nom et Maria Callas est, outre le témoignage de Bruna Lupoli et les affirmations réitérées de Vasso Devetzi, l'adresse du photographe, dans la même rue que la villa de Maria Callas, à Milan, 44 via Buonarroti (elle vivait au 40). « Tôt dans la matinée du mercredi 30 mars, la Callas fut admise à la clinique Dezza, au 48 de la rue. Bruna l'accompagnait. Après l'anesthésie, Palmieri pratiqua une incision horizontale, au-dessous du nombril. C'était un garçon. Malheureusement, on découvrit très vite que le bébé souffrait d'une insuffisance respiratoire[25]. » Giuseppe Di Stefano aurait confirmé que Maria Callas lui avait dit, en 1960, avoir été enceinte, à l'insu de tous, et qu'elle avait perdu l'enfant. Il n'en avait rien cru. Mais il est vrai que durant cette période (hiver et printemps 1960) Maria Callas ne se produisit pas. Sa dernière apparition sur une scène lyrique date du 21 novembre 1959, dans *Médée*, à Dallas (où dans le rôle de Neris, Nan Merriman remplace Teresa Berganza qui chantait l'année précédente et que Maria Callas aurait voulu avoir comme Adalgisa pour une future *Norma*). Et la suivante sera le 24 août 1960 à Épidaure, dans *Norma*. Entre-temps, elle enregistre un bref entretien, le 11 février 1960, pour la radio française (avec Charles Trenet !) et quelques airs à Londres pour un disque. Si le fœtus avait huit mois au moment de la césarienne qui a été pratiquée, en effet la grossesse pouvait passer inaperçue pendant l'hiver, du moins du public. Mais la chanteuse fut souvent photographiée durant cette période (à la première de *La Dolce Vita* au Teatro Capitol de Milan, le 5 février 1960, notamment). Et il paraît peu crédible que la journaliste de *France-Soir* n'ait pas remarqué la grossesse de Maria Callas qui justement dit qu'elle veut avoir un enfant et l'espère... À moins que la journaliste n'ait été complice de la chanteuse et n'ait, en quelque sorte, transformé le scoop sur sa pression, en en donnant une version plus floue ? Ce qui suivrait, il est vrai, une certaine logique : remarquant la grossesse de la diva, Marlyse Schaeffer lui aurait proposé un entretien, mais Maria Callas, in extremis, lui aurait demandé d'atténuer la révélation. Ce genre de perversion, entre célébrités et journalistes, est pratique courante. Une vérité se présente sous la forme d'un mensonge ou d'un démenti. Anne Edwards dans *Maria Callas intime*[26], met en doute la validité de cette enquête. De même que Brigitte Panthis, dans un article intitulé « The "Secret Son" of Maria Callas : Facts and Fictions[27] », article qui, lui-même, s'appuie sur la critique formulée par Vassilis Kavathas[28] qui signale que Maria Callas, qui devait dîner quelques jours plus tard avec Meneghini, nia avoir tenu les propos qui lui étaient attribués par *France-Soir* et surtout qui rappelle que, venant de signer son engagement pour la *Norma* d'Épidaure, elle ne pouvait pas annoncer qu'elle quittait la scène. Aux objections de Brigitte Panthis, a répondu un article de Karl H. Van Zoggel[29], qui prouve seulement la véracité de la naissance et de la mort d'un enfant du nom d'Omero Lengrini, de mère inconnue, mais n'apporte pas la preuve que sa mère était bel et bien Maria Callas. Il s'agit d'un enfant né sous X auquel a été donné un patronyme pour des raisons non précisées. Brigitte Panthis réplique aussitôt que le lien entre cette naissance sous X et Maria Callas n'est toujours pas démontré, puisque, pour cela, il faudrait nécessairement un témoin du séjour de Maria Callas dans la clinique, une trace de la demande de baptême, une trace de l'inhumation, etc. Autant de preuves, à ce jour, inexistantes.

Cette légende de la grossesse cachée et de l'enfant mort-né peut avoir sa source dans le désir d'enfant que Maria Callas exprima dans l'entretien de *France-Soir,* cité plus haut. Dans ce très long dialogue, la cantatrice répond à la rumeur de sa liaison avec Aristote Onassis et à la demande de divorce de Tina Onassis et elle annonce qu'elle va cesser de chanter :

> Depuis quelques années, c'est devenu un supplice. On m'attend au contre-ut, on ne me pardonne pas un rhume, une note enrouée. Chanter ? Oui, mais pour moi seule, pour le plaisir. Le public est un monstre. C'est à cause de lui que je ne suis plus pressée de monter sur scène. [...] Je n'ai plus envie de chanter. Je veux vivre, vivre, comme n'importe quelle femme. [...] Je peux durer encore quelque temps avec la vente de mes disques. Ensuite, on verra. Je veux vivre, avoir un enfant ; j'ai trente-six ans, personne dans ma vie, et je ne sais même pas si je suis capable de donner le jour à un être. Vous comprenez,

vous comprenez cela ? Quelle belle histoire à écrire : la Callas voudrait un enfant ! Je ne suis pas Marilyn Monroe, je ne montre pas ma poitrine, moi [30].

Cet entretien qui est un document assez unique, encore qu'on ne puisse pas savoir dans quelle mesure l'article reproduit les propos effectivement tenus par Maria Callas puisqu'elle les a réfutés — mais il n'y a aucune raison de ne pas laisser ce crédit à la journaliste —, a le mérite de souligner la défiance de Maria Callas envers Onassis avec qui elle a une liaison depuis l'été précédent, liaison qui a entraîné le divorce de l'armateur et la séparation d'avec Meneghini. Mais Maria Callas nie en bloc, liaison, divorce, séparation. Elle efface tranquillement la part de réel qui lui déplaît. Puis elle se serait ravisée. Ce type de comportement à l'égard des journaux, utilisés puis reniés, est trop fréquent chez les personnages publics, du monde de la politique et du spectacle, pour qu'on puisse s'en étonner de la part de Maria Callas qui, à partir de son retour de Buenos Aires, a recours à la presse pour appuyer sa carrière et la rendre sensationnelle. Elle peut très bien avoir manipulé une journaliste, pour la démentir aussitôt après, une fois son effet obtenu.

À son retour de Buenos Aires, elle est décidée à franchir la dernière étape, qui n'est toujours pas atteinte : la Scala. Or, c'est le hasard qui l'y amène, plus que l'aboutissement d'une stratégie. En effet, son entrée « définitive » dans ce panthéon n'aura lieu qu'un an et demi plus tard le 7 décembre 1951, avec *Les Vêpres siciliennes*. Mais cette fois-ci, on l'appelle en avril pour qu'elle remplace Renata

Tebaldi dans quelques représentations d'*Aïda* qu'elle a chanté deux mois plus tôt à Brescia, entre *Norma* (à Venise) et *Tristan* (à Rome, où elle enchaîne avec *Norma* qu'elle chante également à Catane).

Les critiques, de plus en plus souvent, soulignent que le caractère phénoménal de sa voix consiste à allier les qualités d'un soprano dramatique et celles d'un soprano léger ou colorature. Elle l'a prouvé en alternant *La Walkyrie* et *Les Puritains* à Venise. Elle recommence la prouesse à Rome en chantant un soir *Norma*, l'autre soir *Tristan*. C'est alors qu'Antonio Ghiringhelli, le surintendant de la Scala, lui propose de remplacer Renata Tebaldi, dans *Aïda*. Cette première apparition dans le temple qui sera son théâtre de prédilection est gâchée par une cabale et par des conditions matérielles méprisantes pour Maria Callas qui est contrainte de demander à Giulietta Simionato de lui prêter un costume qu'elle a en double. Le public qui veut l'acclamer dès son premier air a été intimidé, nous dit Meneghini, par le cri d'un spectateur exigeant que la fin de l'acte soit attendue pour les applaudissements. Ghiringhelli ne vient pas saluer Maria Callas dans sa loge. Les critiques, à l'exception de celle du *Tempo di Milano*, sont mauvaises ou condescendantes. Dans *Il Corriere lombardo*, on peut lire : « Elle possède manifestement du tempérament et une musicalité fine, mais sa tessiture est très inégale. Elle semble improviser différemment, d'une note à l'autre, la méthode et la technique de son émission. Elle n'a pas une diction claire et elle force dans les aigus, ce qui menace sa justesse[31]. »

Heureusement, elle retrouve, juste après, Serafin, dans ce même *Aïda* qu'elle chante au San Carlo de Naples. Les conditions y seront meilleures.

Cette entrée manquée à la Scala, qui confirme et annonce aussi des déboires, ne nuit toutefois pas à la carrière mondiale de Maria Callas. L'avantage du provincialisme de l'Italie est que les cabales ne circulent pas d'une ville à l'autre. De toute façon, Maria Callas va repartir, sans Meneghini ni Serafin, ce qui la rend malheureuse car ses relations avec l'un et avec l'autre sont plus que jamais fusionnelles : elle est appelée à Mexico où elle va atteindre le sommet de son art. Elle s'arrête six heures à New York, où elle va embrasser son père et sa mère qui est hospitalisée pour des problèmes aux yeux et à laquelle, malgré la violence de leur dernier échange épistolaire, elle demande de la rejoindre à Mexico. Elle y chante *Norma, Aïda, Tosca* et *Le Trouvère* — une prise de rôle et elle ne connaît pas encore la partition ! —, en deux mois. On espérait qu'elle accepterait aussi de chanter *La Traviata*. Mais elle ne prendra ce rôle (qu'elle n'a encore jamais interprété) que six mois plus tard, à Florence, avec Serafin et la saison suivante (en juillet 1951) à Mexico. Les Bagarozy se remanifestent pour lui réclamer de l'argent. C'est durant cette tournée que son amitié pour Giulietta Simionato (qui chante Adalgisa, Amnéris et Azucena) se scelle par des confidences. Simionato, qui a failli être empoisonnée à New York, chez le père de Maria, qui lui a fait boire par erreur un verre d'insecticide en pensant que c'était de la limonade, lui vouera une admiration fidèle, assiste aux relations difficiles de Maria Callas avec sa mère. La succession d'opéras aussi différents laisse supposer que les répétitions sont négligées, ce dont se plaint Maria Callas. Le ténor de *Norma* (Kurt Baum, avec lequel elle se disputera) arrive très tard. « Pense que mardi on doit aller en scène et Baum n'est toujours pas arrivé et nous n'avons pas fait une seule répétition avec le chœur et l'orchestre ! Une histoire de fous. Mais je ne me prends pas la tête. Il me suffit de bien assurer mes représentations et d'aller bien. Heureusement, aujourd'hui je me sens bien mieux. Un vrai taureau. Bonne humeur, etc. » (lettre du vendredi 19 mai 1950 à Meneghini [32]). La dureté du climat (chaleur et altitude) l'épuise ainsi que l'obligation de devoir parlementer pour éviter de chanter *La Traviata*. Les lettres qu'elle adresse à Meneghini sont en gros indifférentes aux représentations où pourtant elle se surpasse. Les difficultés que son perfectionnisme rencontre la lassent et elle finit par ne pas plus évoquer que ses satisfactions artistiques. Seulement, en passant : « Ici, le public délire pour moi [33] » (lettre du 2 juin 1950). De ses différends avec sa mère qui l'a rejointe de New York, elle ne dit rien. Giulietta Simionato, en revanche, en témoignera. « Si seulement je pouvais la tuer ! lui dit Maria Callas. Tu ne sais pas, mais un jour je te dirai... Je ne peux pas supporter cette femme, elle a gâché ma vie [34]. » Evangelia réclame à sa fille de l'aide pour l'aînée, Jackie, qui a également des ambitions musicales inassouvies et que Maria n'aime pas davantage. Tout en se querellant violemment avec sa mère, elle envoie des lettres passionnées à Meneghini et voit son triomphe prendre des proportions gênantes pour ses collègues. Le public, dit-elle dans une lettre (5 juin 1950[35]), hurle aux saluts : « *Sola Aida !* » pour la voir seule devant le rideau.

C'est quand elle se trouve à Mexico que Rudolf Bing, le directeur artistique du Metropolitan Opéra de New York, lui propose la Reine de la Nuit. « Il est fou ? » sera sa seule réponse. On ne peut reprocher à Maria Callas d'avoir alors refusé cette offre. Elle n'a pas encore triomphé à la Scala. Son premier engagement ne s'est pas fait dans des conditions satisfaisantes pour elle. Elle craint d'être piégée en apparaissant au Met dans un rôle secondaire, quoique très spectaculaire, et surtout périlleux, qui ne peut être correctement chanté que par une colorature expérimentée aux aigus surpuissants et très faciles. Ces aigus, Maria Callas les a, mais ne les a encore jamais exploités sinon dans des vocalises fantaisistes que parfois elle ajoute aux partitions pour récolter des applaudissements, dans la guerre que se menaient traditionnellement ténors et sopranos. À cette époque-là, elle n'a encore chanté ni *Lucia di Lammermoor*, ni *Traviata*, ni *La Somnambule*. Et elle n'est pas dans son élément avec Mozart. Sans parler de la langue allemande qu'elle ne connaît pas. Et, si jamais *La Flûte enchantée* devait être chantée en anglais, Maria Callas n'aime pas cette langue pour l'opéra. Mais la proposition de Bing donne une idée de la façon dont le phénomène vocal Maria Callas était alors perçu dans le milieu lyrique : une chanteuse inclassable aux prouesses inédites et à laquelle on ne pouvait offrir qu'un rôle acrobatique. Les *master classes* consacrées, en 1972, aux deux airs de la Reine de la Nuit et à celui de Pamina indiquent la connaissance très profonde qu'avait Maria Callas de leur interprétation psychologique et de leur écriture musicale. De toute évidence, elle les avait travaillés et elle avait appris l'allemand entre-temps.

Mais c'est le rôle de Leonora du *Trouvère* qu'elle apprend à Mexico, puisqu'elle est arrivée sans le connaître. Elle l'a donc mémorisé, en quelques jours, alors qu'elle chantait le soir en alternance *Norma, Tosca* et *Aïda* ! Sa rapidité phénoménale d'apprentissage, qui lui avait permis de se familiariser en moins d'une semaine avec le rôle d'Isolde, à la stupéfaction d'Elena Rakowska, est ici confirmée, malgré la chaleur de juin à Mexico et l'altitude épuisante. Elle le fait sans plaisir, car elle aurait préféré chanter *Les Puritains*, dont du reste on a préparé les costumes, mais auxquels on renonce.

Ce rôle de Leonora comptera dans sa carrière. Elle l'enregistrera avec Herbert von Karajan, à la Scala six ans plus tard (en août 1956), mais avant cela, elle l'interprétera à Naples en 1951 avec Serafin, à la Scala en 1953 avec Votto. C'est à ce rôle que, dans un célèbre poème, « *Timor di me* », qui reprend le premier vers du récitatif qui précède l'un des deux airs les plus célèbres de Leonora (« *D'amor sull'ali rosee* »), Pasolini l'identifiera :

Il est vrai que ma terre est petite
Mais j'ai toujours affabulé sur les lieux inexplorés
avec une certaine joie, comme si ce n'était pas vrai
Mais tu es ici, in voce

La lune est apparue ;
Les eaux coulent ;
Le monde ne sait pas qu'il est nouveau et que sa journée nouvelle
finit contre les hautes corniches et le noir du ciel
Qui y a-t-il dans ce VIDE DE L'UNIVERS,
que tu portes dans tes désirs et connais ?
Il y a le père, oui, lui !
Tu crois que je le connais ? Oh, comme tu te trompes[36]...

Il est probable que Pasolini a retenu ces mots « *Timor di me ?* » (« Peur pour moi ? » sous forme interrogative) parce que c'est le sentiment qu'il devait avoir en sa présence, comme s'il devait lui répondre : tu ne dois pas avoir peur pour moi. En effet, ce récitatif qui s'adresse au garde qui a conduit Leonora au pied de la forteresse où est emprisonné son amant Manrico, va donner la tonalité de l'air et la psychologie très complexe de Leonora en cet instant. Elle tente de se donner du courage, parce qu'elle a pris la décision de se sacrifier pour son amant. Pour obtenir la liberté de Manrico, elle va se donner à son ennemi (et frère) Luna et a décidé de s'empoisonner. Dans le récitatif, elle s'adresse, en effet, aussi à la bague qui contient ce poison. C'est donc un air ambigu, qui est suicidaire, désespéré et veut aussi donner de l'espoir à Manrico qu'elle va sauver. Pour l'interpréter, Maria Callas commence par utiliser les couleurs très sombres de sa voix pour l'alléger ensuite considérablement, dans les ornementations alors extraordinairement souples et virtuoses. Les glissandi dont elle abuse sont d'une incroyable volupté et élégance, car ils expriment les tourments de sa conscience, agitée à la fois par la passion pour Manrico et la certitude d'agir héroïquement. Les aigus de Callas (qu'elle ne retrouvera plus par la suite dans cette perfection atteinte miraculeusement à Mexico, telle que les enregistrements en témoignent) ont à la fois fermeté métallique et douceur soyeuse — ou *creamy* (crémeuse), pour reprendre un qualificatif qu'elle utilisait volontiers dans ses *master classes* —, plénitude du timbre et finesse expressive. Quand le son s'arrête, on entend, quelques fractions de seconde, la puissance poitrinée du souffle qui le soutient, ce qui montre qu'elle allait chercher l'aigu tout au fond de son diaphragme. Il ne s'agit pas d'aigus filés et élégants, comme en usent les sopranos lyriques (Kiri Te Kanawa) ou lyriques-coloratures (comme Montserrat Caballé qui peut également aborder le répertoire des sopranos dramatiques — *Salomé* —, mais avec une technique de lyrique), ni d'aigus-javelots comme ceux d'une Leontyne Price ou d'une Birgit Nilsson. C'est probablement dans ces enregistrements de Mexico que l'on mesure la singularité bouleversante de la voix et de l'interprétation de Maria Callas. Non seulement le texte et la situation sont parfaitement interprétés dramatiquement, mais ils sont traduits musicalement avec une admirable cohérence. Pas le moindre instant, on n'oublie que Leonora a décidé de se tuer quand elle chante cet air suave censé réconforter Manrico qui l'entend de sa cellule. Elle laisse percevoir dans les ornementations sublimes une déchirante nostalgie pour un bonheur entrevu, auquel elle renonce, pour sauver la vie de son amant (vainement, du reste). Et il doit y avoir, comme l'a compris Callas, contrairement à la plupart de ses consœurs, dans les trilles et vocalises, une force héroïque, une force à la fois feinte et réelle, de parade, de morgue, de provocation, d'autoconviction, qui trahit sa faiblesse. La virtuosité délirante, telle que l'a écrite Verdi, est à l'image de cette illusion de vaincre ou de détourner le destin. On ne comprend pas autrement l'engagement de la très jeune femme qu'était encore Maria Callas à interpréter ces rôles d'apparente pure virtuosité. Si elle était autant attachée à une interprétation belcantiste de Verdi, si elle faisait bénéficier Verdi de ce qu'elle avait appris avec Elvira de Hidalgo pour l'interprétation de Donizetti et de Bellini, c'est qu'elle lisait dans ce langage l'expression d'une lutte héroïque, surhumaine, lutte qui était le seul sens de son chant.

Ce rôle, elle ne l'a pas préparé avec Tullio Serafin, qui, selon John Ardoin, a refusé de travailler avec elle pour en faire bénéficier un autre chef (Guido Picco). Dans l'analyse qu'il propose de l'enregistrement qui a été conservé de quelques extraits des représentations du 20 et du 27 juin 1950, avec Leonard Warren en Luna, John Ardoin signale que l'influence d'Elvira de Hidalgo est sensible à l'interprétation de Callas :

> [Callas] rend à l'héroïne verdienne sa physionomie belcantiste, ensevelie par les approximations vocales de tant de sopranos dramatiques qui l'avaient précédée [...] C'est comme de voir un vieux tableau, que l'on pensait connaître, nettoyé et restauré dans ses couleurs originales. [...] La Callas non seulement respecte toutes les notes et toutes les pauses, tous les trilles et tous les staccati, mais joue avec la musique, l'emplis-

sant de couleurs irrésistibles, nous rappelant combien l'agilité dans le chant est indispensable pour parfaire le portrait de Leonora [37].

Ce personnage, selon lui, « la plus mélancolique des héroïnes verdiennes » convenait à la « très singulière sensibilité expressive de la Callas [38] ». Sa voix alors répondait pleinement à sa volonté. Mais l'on ne peut s'empêcher de comparer, à ce niveau de virtuosité et d'intelligence musicale, la voix de Callas aux doigts d'Argerich, jouant Scarlatti, Prokofiev, Ravel, Rachmaninoff ou Liszt et arrêtant, à la fin du morceau, ses mains comme Callas arrêtait son souffle à la fin d'un air. Avec une stupeur étourdie, dépassant la volonté, au terme d'une prouesse qui, en quelque sorte, à l'une et à l'autre, leur aurait, lors de l'exécution, échappé, tant la préparation avait été intériorisée. Elles ont alors toutes deux face au public le même sourire hagard, légèrement douloureux. Rien du sourire triomphant, soulagé, heureux ou simplement reconnaissant des autres solistes. On est, avec elles, dans une autre catégorie d'artistes.

À son retour en Italie, Maria Callas se donne quelques semaines de repos, à Vérone, où elle assiste à des concerts, avant de reprendre son répertoire habituel (*Tosca, Aïda*) dans différentes villes et de s'attaquer à une nouveauté, *Le Turc en Italie* de Rossini, à Rome. Mais elle a surtout convaincu, pour pouvoir poursuivre sa carrière à l'étranger en ne souffrant plus de solitude, Meneghini de l'accompagner et donc de renoncer à la direction des affaires familiales pour pouvoir se consacrer exclusivement à sa carrière. Meneghini prétend que désormais ils ne se séparent plus [39]. Il n'est pas une nuit qu'ils ne partageront. On n'a plus retrouvé, du fait de cette vie commune, aucune lettre après le retour de Mexico. Mais en revanche, Meneghini a conservé tous les petits billets quotidiens que Maria lui écrivit jusqu'en mai 1959, deux mois avant sa trahison avec Onassis. Billets immanquablement amoureux et tendres. Ils s'adressent à Meneghini en l'appelant « *Gioia mia* », « *Anima santa* », « *Anima mia* », « *Cara anima* », « *Tesoro mio* », « *Il mio caro e adorato uomo* », « *Sposo mio diletto* », « *Santo tesoro* », « *Pagliaccio* » (parce qu'il l'appelait « *Pagliaccia* » qu'elle orthographiait, imitant l'accent de Vénétie, « *payassa* »). « Est-ce que vous croyez que je pourrais chanter comme je chante si je n'étais pas sentimentale ? » ironisait-elle avec complaisance, dans son entretien avec Marlyse Schaeffer [40] (alors qu'elle avait rompu avec Meneghini et ne reconnaissait pas encore publiquement sa liaison avec Onassis, mais clamait, vaguement, son besoin d'avoir un compagnon... en cela, semblable à d'innombrables actrices et femmes politiques, jouant cette corde-là).

C'est durant l'automne de cette année 1950 que Maria Callas rencontre enfin Arturo Toscanini, qui veut l'engager pour Lady Macbeth. Il a pris contact avec elle par l'intermédiaire d'un admirateur de Maria Callas, un homme d'affaires de Parme, Luigi Stefanotti, qui assiste à la plupart des représentations italiennes de Maria Callas et joue plus ou moins le rôle d'agent officieux et de « scout » pour Toscanini. Wally Horowitz, la fille de Toscanini, convoque par télégramme Maria chez son père au 20 via Durini à Milan. L'entrée en matière n'est pas très flatteuse pour Maria, car Toscanini lui dit d'emblée : « Je veux une Lady Macbeth laide et méchante : elle doit avoir une voix dure, étouffée et sombre. Je n'ai jamais trouvé une interprète avec ces qualités. D'après ce qu'on me dit, vous les avez[41]. » Après l'avoir entendue, le 27 septembre 1950, il porte ce jugement : « Vous êtes la femme que j'ai longtemps espéré trouver. Vous avez la voix que je veux employer pour ce rôle[42]. » Il avertit Ghiringhelli, qui en effet, cinq jours plus tard, envoie, de la part de la Scala, une offre d'engagement pour l'automne suivant, avec répétitions dès août 1951. Mais le *Macbeth* que Maria Callas chantera à la Scala ne le sera que le 7 décembre 1952, sous la direction de Victor de Sabata. Et c'est, comme nous l'avons dit, dans *Les Vêpres siciliennes* qu'elle fera, après son faux départ d'*Aïda*, sa réelle entrée, le 7 décembre 1951, à la Scala. Cela dit, ce que recherchait Maria Callas était probablement plus une porte ouverte par Toscanini, qui en effet l'imposa à Ghiringhelli qui n'aimait pas la voix de Callas, qu'une collaboration avec lui. Toscanini rencontra probablement des difficultés à monter la production de *Macbeth* (qui était initialement prévue à New York et à Busseto). Maria Callas et lui se revirent, d'après Meneghini à plusieurs reprises, notamment, en 1954, pour les répétitions de *La Vestale* (dans la mise en scène de Visconti et sous la direction de Votto) (alors Toscanini n'était que simple spectateur) et, en 1955, aux répétitions de *Carmen*, auxquelles tous deux assistaient. C'est Simionato qui chantait le rôle-titre, que Maria Callas se contentera d'enregistrer en fin de carrière avec Georges Prêtre en juillet 1964. Toscanini sortit furieux de cette répétition, ce que l'on comprend si l'on en juge l'enregistrement catastrophique que fit Karajan de cet opéra avec Giulietta Simionato qui massacre la partition et le livret. Toscanini voulait reprendre, à la Scala, *Le Consul* de Giancarlo Menotti (qui avait été créé le 1er mars 1950 à Philadelphie) avec Maria Callas, peu de temps après leur rencontre : en janvier 1951. Mais Callas, toujours attentive à son image publique, craignait de prendre un trop grand risque avec une création contemporaine et déclina cette proposition ou du moins la soumit à une condition — que Ghiringhelli lui ouvre les portes de la Scala en lui donnant un grand rôle du répertoire en même temps. Le directeur artistique de la Scala ne céda pas à cette exigence. C'est la Roumaine Virginia Zeani (future femme de Nicola Rossi-Lemeni) qui finalement chanta le rôle au Maggio Fiorentino sous la direction de Thomas Schippers, très jeune chef brillant d'une vingtaine d'années qui mourra brutalement quelques mois après Maria Callas en décembre 1977.

L'année 1950 se termine par la prise de rôle du *Turc en Italie* et par un *Parsifal* en version de concert (c'est celui dont on a la trace discographique). Les deux à Rome. Les représentations du *Turc en Italie* n'ont pas lieu à l'opéra, mais dans un théâtre, habituellement réservé à des pièces parlées : l'Eliseo. Selon, Jacques Lorcey[43] et Laurence Schifano[44], Visconti aurait assisté aux répétitions.

C'est lui qui aurait conseillé à l'association d'amateurs d'opéra « Antiparnaso » qu'il finançait[45] d'avoir recours à la chanteuse qu'il admire et qu'il vient de rencontrer grâce à Franco Mannino, compositeur et chef d'orchestre qui a épousé sa sœur Uberta. Mannino a en effet été l'assistant de Serafin durant les répétitions de sa première *Walkyrie* à Venise (janvier 1949). Franco Mannino raconte dans ses Mémoires[46] comment il présenta Visconti à Maria Callas qu'il avait entendue à Florence et à Rome, dans *Parsifal* et dans *Norma*. C'est chez Serafin, aux Parioli, qu'a lieu, sous l'égide de Mannino, la rencontre entre Visconti, Zeffirelli (alors l'amant de Visconti) et Callas, en présence de Nicola Rossi-Lemeni et de sa femme Vittoria, la fille de Serafin. Elena Rakowska aurait commenté cette rencontre en disant à Franco Mannino : « Aujourd'hui, je crois que vous avez combiné une de vos diableries géniales, Mannino ; c'est un jour mémorable. » Après avoir évoqué Puccini qui avait été un ami de Serafin et de la mère de Visconti, Carla Erba, après avoir parlé de Chaliapine (auquel, selon Toscanini, Nicola Rossi-Lemeni pouvait être comparé), Serafin demanda à Maria Callas de chanter *Traviata* qu'ils étaient en train de travailler (pour Florence, où ils le donneront pour la première fois ensemble le 14 janvier 1951).

Maria n'a plus jamais chanté *E' strano* et surtout le *Sempre libera* comme ce jour-là. Lorsqu'elle parvint aux contre-ut répétés de la caballette le grand lustre de Murano au centre du plafond de la salle se mit à tintinnabuler frénétiquement tout comme les verres et les tasses à thé posés sur la table. Nous avions tous le souffle coupé. Dès lors, commença la métamorphose physique et artistique de la Callas, due au magicien Visconti qui, d'une grande chanteuse, la transforma en immense actrice : grassouillette et sans beauté, elle devint mince et très belle[47].

Toute cette scène est confirmée dans *Visconti e la musica*[48] de Franco Mannino. Le *Turc en Italie* sera repris par Callas à la Scala, le 15 avril 1955, dans la mise en scène de Zeffirelli, entre *La Somnambule* et *La Traviata* de Visconti.

Juste après, à Florence, Maria Callas chante donc, sous la baguette de Tullio Serafin, *Traviata* qu'elle n'enregistra en studio qu'une fois en 1953. Le rôle de Violetta qu'elle a abordé plusieurs fois en concert sera, comme on le sait, l'un des plus importants de sa carrière. La mise en scène de Visconti, avec les décors de Lila De Nobili, en mai 1955, en fera une étape essentielle. Puis la Callas reprendra le rôle à travers le monde jusqu'en 1958 dans une mise en scène de Zeffirelli, à Dallas. L'identification évidente de Maria Callas avec Marguerite Gautier (Violetta Valery dans la version lyrique) mettra l'accent sur la fragilité de la chanteuse, son goût de la séduction et de la superficialité, sa propension à l'amour passionnel. C'est probablement l'un des rôles qu'elle a étudiés le plus en profondeur, grâce à Serafin et quatre ans plus tard à Visconti. Elle a comparé le roman et le livret, a analysé très subtilement la partition dont chaque choix est commenté et interprété. Dans son dialogue avec lord Harewood, elle justifie la décision que prit Zeffirelli de construire sa mise en scène comme un flashback, imitant le roman d'Alexandre Dumas fils et s'appuyant sur l'ouverture qui annonce, bien entendu, la mort de Violetta. Elle explique comment elle a élaboré un personnage « en même temps gai et malheureux » qui, pour créer un effet de légèreté et de bonheur naturel dans la tragédie qui l'attend, « bouge le moins possible[49] ». Elle était, bien sûr, attentive aux moindres gestes et aux moindres mimiques, comme le sera Isabelle Adjani en jouant ce rôle au théâtre : tout doit être scrupuleusement préparé, rien ne peut être laissé au hasard. Callas explique comment, pour la mort de Violetta, suivant les conseils de Visconti, elle ne tombe que sur « la dernière phrase, juste à l'instant où elle croit être en train de ressusciter — facteur typique de cette maladie — : parvenir à évoquer le frisson de la mort dans une seule phrase musicale[50] ». Elle protesta toutefois sur deux points : avant le « *Sempre libera* », Visconti voulait qu'elle jette ses chaussures à travers la scène. Et pour le finale, qu'elle arrange son bonnet, dans une sorte de geste mécanique et absent, ce qui paraissait à la Callas déplacé dans ces circonstances dramatiques. À propos de ses intentions de jeu et de phrasé musical, Maria Callas a toujours insisté sur la nécessité de tout clarifier dans son esprit. L'air et l'évolution de l'expression doivent être entièrement préparés mentalement par le chanteur avant leur exécution. À chacun de ses élèves des *master classes*, elle le rappellera. Savez-vous ce que vous voulez exprimer ? Et comment vous allez l'exprimer ? Et, par ailleurs, pour ménager leur voix, elle leur conseille toujours de chanter « mentalement » l'air. Il ne s'agit pas seulement d'économie d'énergie, mais de construction intérieure du développement de l'air. Il faut savoir non seulement ce qu'on va exprimer, mais le chemin que l'on suit dans l'expression du sentiment et des émotions musicales.

Les différents enregistrements, en studio et en *live*, que l'on possède de certains airs ou de la totalité de *La Traviata*, trahissent le progressif affaiblissement vocal de Maria Callas (entre 1952 et 1958) et l'accroissement de son intensité scénique (l'enregistrement de Lisbonne, de ce point de vue, est bouleversant, mais plus contestable musicalement que la perfection de Mexico). Car l'émotion dramatique est obtenue au détriment de la beauté du son. Il est certain que peu à peu, elle perd le contrôle des aigus, qui se durcissent, sont parasités par des vibrations excessives nuisant à la justesse et manquent de rondeur, tout simplement parce qu'elle n'est plus en mesure d'envelopper le son d'un timbre supplémentaire qui l'adoucit. Cette fameuse particularité, remarquée par tous les commentateurs, à toute période de sa carrière, qui donne le sentiment que la bouche est pleine et pâteuse, n'a pas toujours été un défaut, car elle n'empêchait pas la note de se libérer dans une parfaite visée sonore et avec une matière presque tangible et lumineuse. En revanche, avec le temps, l'expressivité émotionnelle a fini par détériorer la qualité du phrasé. Et cette noblesse de la ligne mélodique — que l'on retrouve chez Régine Crespin, Jessye Norman ou Germaine Lubin, ou, chez les mezzos, Josephine Veasey, Yvonne Minton, Shirley Verrett — se désarticule, à cause de l'hétérogénéité excessive de l'émission vocale. On sent, dès la fin des années cinquante, qu'elle cherche un appui pour chaque note. Et le trouve rarement. Shirley Verrett, au timbre toujours somptueux, rencontrera les mêmes problèmes.

Mais pour l'instant, elle est dans la plénitude de ses moyens et ne ménage ni ses forces ni sa curiosité. Elle reprend, dans une autre mise en scène et avec un autre chef, *La Traviata* à Cagliari, en mars 1951. L'année est aussi celle de la rencontre du chef Erich Kleiber, avec qui elle ne s'entend pas vraiment et qui la dirige dans *Les Vêpres siciliennes* et dans l'*Orfeo e Euridice* de Haydn. Les incidents de répétitions, qui lui ont forgé une réputation revêche, ont souvent été minimisés par Callas elle-même, qui n'y voyait que les conséquences inévitables du travail, du tempérament, de la fatigue et de l'exigence. Elle ne comprenait pas qu'on s'en étonne et qu'on les lui reproche, tant il était naturel pour elle comme pour tous les grands artistes d'exprimer fermement son opinion et de n'admettre aucune marque arbitraire d'autorité, d'insolence ou de négligence.

Maintenant que Giovanni Battista Meneghini lui est entièrement dévoué et l'accompagne partout, ayant laissé à ses frères la gestion de l'entreprise familiale, la vie quotidienne de Maria Callas s'est améliorée. Elle n'est toutefois pas nécessairement simplifiée. Elle retrouve la situation de prodige entouré des siens, qu'elle a connue dans son adolescence et sa prime jeunesse. Elle va ignorer la solitude jusqu'à l'été 1959 où, devenant la maîtresse d'Onassis, elle se dirige vers sa mort solitaire, désormais abandonnée de tous et abandonnant tous ses proches, se contentant d'illusions (du point de vue de la passion amoureuse) de rencontres et d'illusions (relativement au passé) de travail.

Il faut imaginer ce qu'ont constitué les années cinquante qui viennent et où Maria Callas maîtrise un gigantesque répertoire qu'elle interprète en mille endroits divers. Ses longues tournées n'ont nécessairement plus le même impact sur son humeur, puisqu'elle n'est jamais seule. Mais elle passe d'une situation de tension constante (les répétitions) à celle d'une exaltation artificielle et de passions exacerbées (les représentations), tout en menant une vie bourgeoise, confortable, grâce à la stabilité de sa relation avec Meneghini. La plupart des autres chanteuses suivront l'exemple de cette première partie de la carrière de Maria Callas, épousant, en général, un homme qui n'appartient pas au milieu artistique et qui leur assure une apparence de normalité familiale et une constance affective. Les couples de chanteurs sont plus fragiles. Elisabeth Schwarzkopf choisira elle la solution équivalente à celle des actrices de cinéma mariées à leur producteur : épouser le directeur artistique d'une des plus grandes maisons de disques. Le mariage, quoi qu'il en soit, a une fonction d'organisation sociale. Mais cette stabilisation est également, pour quelqu'un qui laisse chaque soir se déchaîner des passions, un risque. C'est un confort, en revanche, pour désamorcer les scènes d'hystérie inhérentes à la plupart des productions lyriques : crises d'autorité, rébellions, jalousies, humiliations inutiles.

Réclamée sur toutes les scènes, maintenant qu'au printemps 1951, elle a l'assurance de devenir une habituée de la Scala — son nom, comme le soulignera Marguerite Duras sensible aux pseudonymes, étant, par hasard, une anagramme à une lettre près de « la plus célèbre salle d'opéra du monde[51] » —, elle est libre de choisir ses rôles, encore qu'elle ait prétendu n'avoir jamais rien proposé, mais toujours répondu à des offres. La Scala est censée lui proposer *Don Carlos,* outre *Les Vêpres* et *Norma.* En réalité, Maria Callas faillit refuser de chanter *Norma* à la Scala, quand Antonio Ghiringhelli ne put donner suite à son exigence de monter *La Traviata.* Après Erich Kleiber, Leopold Stokowski rencontre Callas, mais il ne la dirigera pas. Parmi les très grands chefs, il n'y aura, désormais, que Giulini, Karajan et Bernstein qui la dirigeront. Et, en fin de carrière, le jeune Georges Prêtre.

Maria Callas, après sa prise de rôle dans *La Traviata* et dans *Les Vêpres siciliennes,* part donc avec Meneghini cet été 1951 pour Mexico qu'elle retrouve et où elle va interpréter *La Traviata* qu'elle avait refusé d'apprendre l'année précédente.

Elle est maintenant dans son répertoire de prédilection puisqu'elle va, dans sa tournée qui la conduit jusqu'au Brésil, également chanter *Norma.* Mais le double recours, qu'elle a pratiqué, aux techniques du bel canto et à celles de la voix de soprano dramatique a malheureusement, comme on s'en apercevra dans quelques années, abîmé sa voix. Si l'on compare son « *Pace, mio dio* » de *La Force du destin,* opéra qu'elle a peu chanté, mais dont elle a justement, souvent (notamment le 15 juillet 1951 pour la radio de Mexico), interprété cet air qui réclame à la fois agilité vocale, facilité dans les aigus, capacité d'émettre avec intensité de timbre des pianissimi et puissance sonore, à l'interprétation de deux chanteuses à la carrière brève, Katia Ricciarelli et Anita Cerquetti, on constate quelles sont les faiblesses de Maria Callas, faiblesses qui vont expliquer ses défaillances, puis son silence. Même si à cette période de sa carrière, elle domine totalement son instrument, il faut être conscient qu'elle le force en l'utilisant pour des fonctions très différentes (en moins d'un an elle a sauté de *Tosca* à *Norma,* en passant par *Parsifal, Le Turc en Italie, Traviata, Aïda* et *Les Vêpres siciliennes).* Callas va perdre sa facilité dans les aigus en forçant leur intensité et en leur imposant un vibrato pénible. Ce qui est encore, en 1951, d'une beauté insurpassable, un aigu net et soyeux — sans être pourtant velouté —, incisif sans être déchirant, va se fatiguer et progressivement être accompagné d'un souffle sonore, d'harmoniques lourdes, d'un vibrato dissonant, si bien que quatre ans plus tard son « *Pace, mio dio* » se termine sur une note arrachée qui n'a plus rien des élégantes ornementations de la caballette des *Vêpres siciliennes* et de sa délicieuse note finale. Katia Ricciarelli aura un problème exactement inverse de celui de Maria Callas : ses aigus admirables, son timbre merveilleusement rond, son legato maniéré, mais intelligemment musical sont ses atouts, mais elle n'a ni puissance vocale ni intensité dramatique. Elle doit donc pousser terriblement les notes pour les rendre expressives, au risque d'en détruire le timbre. La puissance n'était pas ce qui manquait à Maria Callas, mais ce qui allait lui faire défaut serait l'assurance et la justesse des notes élevées. Anita Cerquetti, à la carrière encore plus brève, avait en commun avec Maria Callas un timbre dramatique et une façon d'utiliser les ornementations en servant la caractérisation du personnage. Seulement ses notes sont toujours droites, puissantes, agrémentées d'un vibrato sans excès. Elle n'a pas besoin de crier pour laisser sortir les aigus, parfaitement puissants et justes. La contradiction entre puissance et hauteur de son créera chez Maria Callas d'innombrables problèmes assez bien résumés, quelques années plus tard par Jacques Bourgeois. On sent comment, chez cet admirateur inconditionnel, des réserves, qu'il reconnaît honnêtement, sont transformées en éloges : « Non seulement sa voix possède une qualité instrumentale qui lui permet d'épouser n'importe quelle subtilité d'écriture, mais encore elle peut prendre les colorations les plus diverses en rapport avec l'expression. Parmi ces colorations, il en est de belles et il en est de laides selon le sentiment éprouvé, mais chaque fois l'effet obtenu témoigne d'une imagination où le dramaturge aussi bien que le compositeur trouvent leur compte[52]. » Mais il parle ici d'un rôle, Médée, qui réclame plus d'expression dramatique que de virtuosité strictement vocale.

L'été 1951 envenime ses rapports avec ses parents. Entre Mexico, où elle a chanté une *Traviata* qui servira de modèle pour toute interprétation à venir et Rio, où elle va rivaliser dans le même rôle avec Tebaldi et triompher dans *Norma*, sa mère lui écrit dans une lettre d'une extrême virulence à l'égard de son mari (qu'elle a enfin quitté, revenant s'installer chez Jackie, à Athènes et qui a entre-temps fondé une nouvelle famille) : « Je ne te reverrai peut-être jamais plus avant de mourir, mais je t'écrirai et je te révélerai un grand secret concernant ton père, un secret que j'ai gardé pour moi pendant toutes ces années » (lettre du 14 août 1951 [53]). Georges Kageropoulos, qui était à Mexico où sa fille l'avait invité, réclame en effet de l'argent, comme toute la famille de Maria Callas ne cessera de le faire.

À São Paulo, son Alfredo dans *La Traviata* est Giuseppe Di Stefano, dont elle fait la connaissance. Elle a eu, jusqu'ici, de très grands partenaires (dont Mario del Monaco), mais Giuseppe Di Stefano aura une place à part et sera, comme l'on sait, son dernier amant, lors de leur tournée mondiale d'adieux. Il aura l'occasion de rechanter avec elle, notamment à Mexico, l'année suivante (toujours dans *La Traviata*, mais aussi dans *Les Puritains, Lucia, Tosca* et *Rigoletto*), à la Scala (dans *La Gioconda*) et à Florence (dans *Lucia*). Ce ténor sicilien a son âge : né le 21 juillet 1921, il mourra longtemps après Maria Callas, le 3 mars 2008. Ils enregistreront ensemble : outre les opéras cités *Cavalleria rusticana, Pagliacci, Le Trouvère, Un bal masqué, La Bohème, Manon Lescaut*. Il sera donc son principal partenaire au disque. Lancé par Toscanini, Giuseppe Di Stefano a fait une carrière plus fulgurante encore que Maria Callas, essentiellement aux États-Unis. C'est une des vedettes masculines du Met. Il est marié avec une ravissante italo-américaine qui se prénomme, elle aussi, Maria. Elle a renoncé à sa carrière de chanteuse. Quand Maria Callas rencontre Di Stefano, sa femme, enceinte de leur premier enfant, n'est pas avec lui. Elle est restée à New York. En revanche, l'année suivante, où Giuseppe Di Stefano retrouve Maria Callas à Mexico, elle sera présente avec leur bébé. Elle décrit ainsi une répétition des *Puritains* (mai 1952) :

La Callas était sur la scène. C'est une femme grande, massive, un peu gauche, elle a les chevilles et les pieds gonflés et elle était habillée en noir. Elle portait des lunettes et pendant qu'elle chantait elle serrait ses coudes en oscillant vers la droite et vers la gauche. Quelle étrange manière de chanter ! L'orchestre l'accompagnait dans la romance « *Alla voce sua soave* ». Sa grande musicalité m'a enthousiasmée. Elle a une voix d'une étrange beauté, dont je ne pourrais pas dire que je l'aime entièrement, mais je suis ébahie devant son extraordinaire agilité et sa puissance. Elle a un phrasé inégalable. Je crois que nous nous trouvons devant quelqu'un de hors-norme. Quand elle a chanté le duo avec Pippo, je me suis rendu compte qu'ils parlaient le même langage musical. Bien que l'orchestre soit nul et que le chef, pauvre malheureux, ait fait des miracles, ils ont chanté comme des anges, ils semblaient en transes[54].

Tout en admirant, comme on le voit, sans mesure, le chant et le jeu de celle qui sera sa rivale sentimentale, vingt ans plus tard, elle est consciente de ses défauts humains et de sa tendance à l'égocentrisme et aux mondanités :

Quel personnage, cette Callas ! Sur la scène, c'est une grande collègue, son respect pour la musique ne lui permettrait pas de commettre d'irrégularités ou d'abus. Mais dès que le rideau tombe, c'est tout de suite quelqu'un d'autre. Fini l'enchantement, elle devient une femme ordinaire et peu agréable. Comme si elle était envieuse du succès des autres et voulait surpasser ses collègues. Elle se transforme vraiment en quelqu'un de désagréable. Cette manière de faire m'étonne et m'intrigue. Je voudrais mieux la connaître[55].

Durant toute la collaboration de son mari avec Callas, Maria Di Stefano a tenu un journal intime qui est une mine de renseignements sur leurs relations et leur façon de travailler.

Pour l'instant, cependant, le problème de la carrière et de la vie sentimentale de Callas n'est certainement Giuseppe Di Stefano, mais Renata Tebaldi qu'elle retrouve à Rio de Janeiro. Maria Callas, dans des propos rapportés par l'un de ses premiers biographes, Stelios Galatopoulos[56], et que cite Jacques Lorcey[57], raconte comment Renata Tebaldi, qu'elle connaissait depuis les premières représentations de *Tristan*, fin 1947, donc presque à son arrivée en Italie, avait profité d'un concert commun au Brésil pour donner des *bis*, contrairement à l'engagement de s'en tenir à un seul air. Mesquinerie qui s'aggrava quand elle accepta de remplacer Maria Callas dans *Tosca*, où cette dernière avait été huée par une partie du public le soir du 24 septembre 1951. Il est certain, à en juger par le récit qu'en fait également Meneghini dans ses Mémoires, que l'atmosphère de ces représentations de Rio et de São Paulo, organisées par Barreto Pinto, homme influent et riche, ancien journaliste, ancien député destitué à la suite d'un scandale (il fut photographié en caleçons par un farceur) et directeur de plusieurs théâtres, fut assez détestable, du fait de la vulgarité de cet organisateur, qui régnait en petit chef. Meneghini raconte même qu'à la suite de la décision de la remplacer, Pinto fut frappé physiquement par Maria Callas qu'il renvoya en Italie par l'avion suivant [58]. Cet épisode est également raconté par George Jellinek [59] et Michael Scott [60]. De la dispute avec Pinto et de ce retour précipité de Rio, d'innombrables versions furent fournies, les biographes s'en donnant à cœur joie dans les broderies. Gifle, coup de genou dans l'estomac, encrier renversé sur le visage : les gestes les plus violents sont attribués à Maria Callas, début de toute une série de caprices dont on la rend responsable dès lors. La légende se substitue à la chronique.

Régner

Maria Callas revient donc à la Scala le 7 décembre 1951 dans *Les Vêpres siciliennes* qu'elle a chanté quelques mois auparavant à Florence et qu'elle mettra en scène avec Giuseppe Di Stefano à Turin en avril 1973. Milan l'acclame avec retard, comme la plupart des institutions : la Scala récupère une gloire qu'elle a méprisée, tenté d'étouffer et devant laquelle, une fois qu'elle s'est forgée avec d'autres appuis, d'autres reconnaissances, elle s'incline. Mais c'est à Milan, tremplin mondial, que se consolidera cette même gloire et surtout que le personnage va se construire autrement, avec l'aide de Luchino Visconti. La période qui précède, essentielle, s'est déroulée sous l'égide musicale de Tullio Serafin. Celle qui vient n'est plus seulement le royaume de la musique, mais celui de la représentation publique. Le jeu dramatique va être affiné par Visconti, mais il n'a pas été inventé par lui. Visconti se sera intéressé au cours de sa carrière, chez les femmes et les hommes, à des tempéraments à la fois bruts, populaires et naturellement dotés de noblesse, soit par la beauté des traits (Massimo

Girotti, Alain Delon, Claudia Cardinale, Burt Lancaster, Helmut Berger), soit par l'intensité de la présence (Clara Calamai, Anna Magnani, Ingrid Thulin, Adriana Asti, Dirk Bogarde, Annie Girardot). Maria Callas présentait la double caractéristique d'être d'origine populaire et d'avoir une noblesse naturelle. Mais elle n'avait pas la beauté. Il fallut l'inventer. Cela se fera pendant l'intense collaboration avec Visconti en 1954-1958, grâce à cinq opéras.

Pour l'instant, elle est engagée pour chanter, après *Les Vêpres*, en 1952 la *Norma* et *Don Carlos* (éventuellement remplaçable par un autre opéra : en effet, elle le chantera trois saisons plus tard et à la Scala fut la Constance de *L'Enlèvement au sérail,* dans des costumes dessinés par Leonor Fini). Mais l'obsession de Maria Callas, selon son mari, était de négocier un engagement pour *La Traviata.* Car, à la saison précédente de la Scala, l'interprétation de Tebaldi avait été assez mal accueillie et Callas sait y être insurpassable. Mais, si ce rôle, désormais, est chanté par elle, pour ainsi dire constamment, en tout cas à chaque saison, ce n'est qu'en 1955 que la Scala accueillera Maria Callas en Violetta, telle que la conçurent Luchino Visconti et Lila De Nobili. Un délai nécessaire : car, entre-temps, Maria Callas aura changé de silhouette.

L'année 1952 offre non seulement la *Norma* (à la Scala et à Covent Garden, dont le directeur, David Webster, sur le conseil de l'impresario Sander Gorlinsky, désormais l'y accueillera régulièrement) et *L'Enlèvement* (à la Scala), mais *Les*

Puritains (à Florence puis à Rome et à Mexico), *La Traviata* (à Catane, à Mexico, à Verone), *La Gioconda* (reprise à Vérone, puis à Milan), *Macbeth* (l'ouverture de la saison suivante à la Scala). Et en milieu d'année, une curiosité : *Armida* de Rossini, mis en scène par le peintre-musicien-écrivain-critique musical Alberto Savinio, frère de Giorgio De Chirico. De cet opéra demeurent des extraits enregistrés où l'on peut évaluer la santé vocale de Maria Callas, incroyable, puissante et légère dans les vocalises de Rossini : deux contre-ré, trois contre-mi, un contre-fa selon Jacques Lorcey[1]. Une tragédie suit la troisième représentation (le 4 mai 1952) : le lendemain, 5 mai, le metteur en scène, Alberto Savinio, meurt.

C'est au moment où elle chante à Milan *La Gioconda* (fin décembre 1952-janvier 1953) qu'elle rencontre Giovanna Lomazzi, dont la famille était liée à Meneghini. Elles deviendront des amies très intimes. Giovanna Lomazzi accompagnera Maria Callas notamment à New York, pour ses débuts au Met. Demeurant très proche d'elle jusqu'à sa mort, elle témoignera de l'inéluctable évolution de sa vie, du désastre douloureux de sa relation avec Onassis, provoquant d'irrépressibles crises de larmes, et de son progressif désintérêt pour sa carrière.

Comme la Callas le dira dans un entretien qu'elle accorde à un critique musical radiophonique du nom de Rodrini, en septembre 1957, elle n'a pas de rivale, quelle que soit l'opinion que l'on peut se faire de sa voix, qu'on l'aime ou qu'on ne l'aime pas : aucune interprète ne peut s'attaquer à un répertoire aussi vaste, aussi varié. Et, ajoute-t-elle,

1

1 Maria à 23 ans à Vérone, en 1947.

2

3

4

5

6

2 La famille Kalogeropoulos à New York en 1924 :
la mère (Evangelia), Maria, la sœur (Yakinthi) et le père (Georges).

3 Maria, sa mère et sa sœur en 1937 à Athènes.

4 À New York en 1945-1946.

5 L'immeuble du 70 de la rue Harilaou Trikoupi à Athènes
où les Kalogeropoulos vécurent de 1938 à 1940.

6 L'immeuble du 61 de la rue Patission où ils vécurent
de 1940 à 1945.

*« Je ne pourrai jamais pardonner à ma mère
de m'avoir dépouillée de mon enfance. »*

*« Dans le chant, je voudrais faire que ma voix
obéisse toujours comme je le veux —,
mais il semble que je veuille trop.
Et l'organe vocal est ingrat et ne te rend pas tout. »*

7

8

9

« Je n'aime pas mon type de voix. Je déteste ça ! J'ai horreur de ça ! »

10

« Il ne suffit pas d'avoir une belle voix. Cette voix, il faut la prendre et la mettre en mille morceaux pour qu'elle devienne capable de servir les besoins de la musique, de l'expression. »

11

7 Maria Callas et son mari Giovanni Battista Meneghini vers 1957.

8 Dans *Mefistofele* d'Arrigo Boito à Vérone, juillet 1954.

9 Dans sa loge de la Scala avant l'interprétation d'*Iphigénie en Tauride* de Gluck, mis en scène par Visconti, mai 1957.

10 La Callas interprète Amina, protagoniste de *La Somnambule* de Bellini, mis en scène par Visconti à la Scala en 1955.

11 Dans *La Traviata* mis en scène par Visconti à la Scala en 1955.

12

« Je suis personnellement incapable d'être contente d'avoir bien travaillé parce que je vois magnifiées les choses telles qu'elles seraient si j'avais été capable de les avoir mieux faites. »

13

14

15

16

12 La Callas dans *Médée* de Chérubini mis en scène par Alexis Minotis et dirigé par Thomas Schippers à la Scala en décembre 1961.

13 Au Metropolitan Opera de New York, Maria Callas interprète la *Norma* de Bellini en octobre 1956.

14 Maria Callas et Luchino Visconti à la Scala en avril 1958. Elle est Anna Bolena dans l'opéra de Donizetti.

15 Maria Callas et Giuseppe Di Stefano en répétition à New York vers 1954.

16 Avec Aristote Onassis vers 1960.

17 Maria Callas et Pasolini à Rome en janvier 1971.

17

« Je ne crois pas
avec Descartes :
Je pense donc je suis.
Avec moi, c'est :
Je travaille
donc je suis. »

18

18 À la Scala après l'interprétation d'*Anna Bolena* le 9 avril 1958.

« Je veux le mieux en tout ! Je veux que mon homme soit le meilleur de tous, que mon art soit le premier et meilleur que tout. Bref, je veux avoir tout, que même ce que je porte sur moi soit mieux que tout, si possible. »

personne ne se « sacrifie » comme elle à son art, par sens du « devoir », pour « faire connaître au monde la musique », « pour partager » ce qu'elle estime être « la perfection de l'art ». Tout en se défendant d'être orgueilleuse, elle affirme sans le moindre doute qu'elle est unique dans la virtuosité. « Ne soyez pas choqué, cher public. Je chante un vaste répertoire de *Norma* à *Pagliacci*. C'est une profanation, dit-on. » Elle prétend travailler beaucoup plus que les autres et, pendant ce travail de préparation, perdre des occasions de chanter ce qui pourrait être une routine. « Le jour où mes prétendues rivales chanteront ce que je chante, travailleront comme je travaille, se sacrifieront comme je me sacrifie, apporteront ce que j'apporte à l'histoire de l'art, je pourrai les considérer comme des rivales. Vous voyez, je n'ai pas de rivales. Je n'en ai pas une seule, grâce à Dieu pour moi et malheureusement pour l'art ! Parce que la musique y perd et le monde aurait besoin d'autres chanteuses. Malheureusement, je ne peux pas tout chanter partout. On m'accuse de vouloir faire tout. Il ne s'agit pas de vouloir tout faire. J'accomplis mon devoir. Plutôt que de s'occuper de moi, mes prétendues collègues devraient travailler davantage. Ma seule arme est d'avoir la santé, un art parfait et la capacité de le prouver[2]. » Cette interview radiophonique en anglais, d'une rare violence, d'une totale arrogance, était destinée à promouvoir la venue de Maria Callas en février 1958 à New York où elle allait chanter *La Traviata*, *Lucia* et *Tosca* (cette dernière dans la mise en scène de Dino Yannopoulos qui la dirigea à Athènes). Certes, on est cinq ans plus tard, mais cela donne une idée de l'état d'esprit dans lequel elle se trouve déjà en 1952 en ayant conquis le public de la Scala et en retournant à Mexico, avant de continuer ses diverses *Norma* et *Traviata*.

À Mexico, Maria Di Stefano, poursuivant son journal intime, note que Callas attache peu d'importance aux difficultés de Giuseppe Di Stefano, trop occupée à son propre travail. La femme du ténor manifeste son antipathie à l'égard de Callas pour laquelle elle n'a qu'une admiration distante :

> Le but de son existence est, je crois, d'accumuler, d'épargner, d'être riche. [...] Tout le monde remarque la mesquinerie et l'avarice de ce couple qui est critiqué dans ses moindres agissements. [...] Et pourtant je suis convaincue que cette Callas si extraordinaire et indéchiffrable montera très haut. Pas seulement par la force de volonté et l'acharnement que je perçois en elle, mais par le caractère atypique du personnage. Dans le monde de l'opéra, il n'y a pas d'interprètes comme elle. En général, une soprano, si elle a une belle voix, une voix extraordinaire, est une hors-classe. Elle est (et le deviendra de plus en plus) une hors-classe non pas parce qu'elle chante mieux que les autres, mais par sa musicalité innée et l'intelligence pour tout ce qui concerne son art [3].

Norma est le triomphe de Callas, *Les Puritains* des deux, *Rigoletto* de Giuseppe Di Stefano, *Lucia* des deux. « Un critique a dit que le "*Caro nome*" [l'air célèbre de Gilda dans *Rigoletto*, « cher nom »] de Maria Callas a coûté trop cher. En effet, le cachet de la Callas est le plus élevé jamais payé à un artiste à Mexico [4]. » Pour expliquer son goût du luxe et des mondanités, Maria Callas, selon la femme de Di Stefano, évoque, dans des confidences, son enfance pauvre à New York et les privations de la guerre à Athènes. Mais ce commentaire trop attendu est peut-être la simple reprise de stéréotypes rapportés par de nombreux journalistes.

Désormais, Maria Callas enchaîne les représentations d'opéras qu'elle connaît, mais dans de nouvelles mises en scènes, et prises de rôles. Après la *Norma* de Covent Garden à Londres, à l'issue de laquelle elle revoit son ancien amoureux anglais du temps de ses débuts grecs, et qui suscite des comparaisons élogieuses avec Rosa Ponselle, elle chante à la Scala, le 7 décembre 1952, le *Macbeth*, prévu initialement avec Toscanini, et, en février 1953, *Le Trouvère*. Cette même année 1953, outre d'innombrables reprises, elle va interpréter l'un de ses grands rôles : *Médée,* à Florence, sous la baguette de Vittorio Gui. Elle retourne en juin à Covent Garden pour *Aïda* et *Norma*. Aux Arènes de Vérone, son programme est lourd, mais pour elle ordinaire : *Aïda* et *Le Trouvère*. Elle enregistre intégralement *Tosca, Cavalleria rusticana* et *La Traviata*. Elle chante à la fin 1953 et au début 1954 *Médée* à la Scala sous la direction de Leonard Bernstein (qui la retrouvera pour *La Somnambule* deux ans plus tard), dans la mise en scène de Margherita Wallmann dont le commentaire n'admet aucune réserve : « Une artiste aussi acharnée au travail, aussi scrupuleuse dans l'interprétation musicale et dramatique, et douée, par sa seule présence, d'un tel pouvoir d'élever le niveau d'un spectacle tout entier, représente pour moi l'idéal[5]. » Elles retravailleront ensemble sur plusieurs productions :

Un bal masqué, Norma, Alceste. Elles se sont connues quand Margherita Wallmann réglait la chorégraphie d'un *Aïda* à Vérone.

L'année 1953 est donc celle de ses premiers enregistrements avec EMI. Mais sa rencontre avec Elisabeth Schwarzkopf (qui sera sa Liù dans l'enregistrement de 1957 de *Turandot*) et son mari Walter Legge, le directeur artistique qui va orienter sa carrière discographique sous cette marque (alors que jusqu'ici elle était sous contrat avec CETRA, dont le directeur artistique Dario Soria est passé chez EMI dont il dirigera le label américain Angel Records) date de 1952, où ils l'ont entendue dans *Norma*. Arianna Stassinopoulos rapporte que Schwarzkopf après l'avoir découverte dans *La Traviata* aux Arènes de Vérone, en août 1952, se serait engagée à ne plus jamais chanter ce rôle[6].

C'est durant cette même année 1953 que Maria Callas maigrit spectaculairement : selon Arianna Stassinopoulos qui certifie que le registre de l'amaigrissement aurait été conservé par Meneghini[7], elle aurait perdu du poids au rythme suivant : *Gioconda* (Scala, décembre 1952) 92 kilos, *Aïda* (Londres, juin 1953) 87 kilos, *Norma* (Trieste, novembre) 80 kilos, *Médée* (Scala, décembre) 78 kilos, *Lucia* (janvier 54) 75 kilos, *Alceste* (Scala, 4 avril) 65 kilos, *Don Carlos* (12 avril 1954) 64 kilos. Et Luchino Visconti lui aurait demandé de maigrir encore pour *La Vestale* en décembre de la même année. Elle y est en effet squelettique. Au point, dit-on, que Toscanini, venu assister aux répétitions, ne la reconnut pas[8]. Il faut dire qu'elle a également teint ses cheveux en blond (pour le rôle de Marguerite de *Méphistophélès* qu'elle a interprété pendant l'été à Vérone) — et pendant quelques mois elle les gardera tels, notamment dans sa *Norma* de Chicago — et qu'elle rectifie également sa dentition (ses incisives étaient, en effet, écartées jusqu'alors).

Mais avant que Visconti ne mette en scène pour la première fois Maria Callas, l'année 1954 voit se multiplier les événements musicaux et exploser d'immenses succès de vente de disques : elle enregistre *Norma* et *Pagliacci* (avec pour partenaire Giuseppe Di Stefano) et un récital Puccini. Walter Legge lui propose de faire la partie de mezzo dans le *Requiem* (avec Schwarzkopf en soprano, sous la direction de Victor de Sabata). Callas, bien entendu, refuse cette proposition indélicate. Elle vient de chanter *Lucia*, dirigée par Karajan à la Scala (et dans deux autres productions à Venise et à Bergame), et *Alceste*, dirigée par Giulini. Et elle est allée chanter à Chicago *Norma*, *La Traviata* et *Lucia* en novembre 1954. Elle a imposé ses conditions aux organisateurs, Carol Fox et Lawrence Kelly (avec qui elle restera liée et qui la soutiendra, notamment quand Onassis l'abandonnera) qui veulent rendre son éclat à l'Opéra de Chicago : non seulement le programme, mais la distribution et, bien entendu, son cachet. Mais c'est là que se manifeste Eddie Bagarozy qui réclame son dû. Nicola Rossi-Lemeni qui avait également signé un contrat d'exclusivité après la guerre accepte un arrangement à l'amiable. Meneghini refuse. Bagarozy a écrit dès avril, en Italie, pour les prévenir de ses revendications. Un procès éclate qui va se prolonger plusieurs années. Pour l'heure, assignée à comparaître, Maria Callas ne se présente pas (le 8 novembre 1954) au tribunal, alors qu'elle doit chanter le soir même *La Traviata*... Désormais à la voix phénoménale de Maria Callas s'ajoute son apparence physique qu'elle doit, du reste, commenter dans de nombreuses interviews. Interrogée sur le mystère de la réussite spectaculaire de son régime, elle répond, sans pudeur, qu'elle avait un ver solitaire qui la faisait grossir et qu'elle a évacué. Meneghini, lui, parle de la guérison d'un trouble hormonal. Devenue mince, elle s'habille avec le plus grand soin, puis avec une élégance très recherchée. Bientôt, elle confiera sa garde-robe à la couturière milanaise Biki (Elvira Leonardi Bouyeure) dont la boutique se trouve via Sant'Andrea. C'est une amie de Wally Toscanini. Maria Callas la connaît depuis 1951. Cette riche héritière de l'empire du *Corriere della Sera* a toujours été liée aux Visconti, aux Toscanini, aux Puccini (c'est le compositeur qui lui a trouvé son surnom). Après avoir créé une ligne de lingerie féminine, « Domina » (le label a été inventé par D'Annunzio), elle a fondé sa propre maison de couture, avec l'aide d'Alain Reynaud, un ex-assistant de Jacques Fath. De Maria Callas, elle devait dire : « Je l'ai rencontrée chez Wally Toscanini. Elle était catastrophique. Une petite-bourgeoise mastodonte qui aimait les vêtements assortis, les chaussures assorties au sac, en vernis voyant si possible. Dès qu'elle a commencé son régime, alors qu'elle était à peine descendue au-dessous du quintal, elle s'est comportée en maigre. Elle prenait l'allure d'une maigre.

Pour qu'elle ne se trompe pas, Alain Reynaud numérotait ses vêtements : la robe du soir 8, avec les chaussures 8 et l'étole 6. Maria était une éponge. Le talent, les antennes sont un grand don : ce qu'on apprend, paraît alors vous appartenir depuis toujours, comme quelque chose d'inné. Par exemple, la grâce avec laquelle s'envelopper dans un châle. Je ne me rappelle qu'une seule personne qui pouvait lui être comparée : le cardinal Montini qui allait devenir Paul VI. Je l'ai connu à l'archevêché de Milan. Il se protégeait des courants d'air avec une grande écharpe. Un chic naturel [9]. » En préface à la biographie apologétique écrite du vivant de Callas par l'anglo-grec Stelios Galatopoulos, Biki devait écrire :

> Maria Callas est un personnage hors-norme : une vie vécue au paroxysme. Elle est comparable à des figures de notre temps telles que Picasso, Cocteau et Chaplin, car dans son art, elle a la même influence révolutionnaire et excitante qu'ils ont eue et ont encore dans les leurs. Et pas plus qu'eux, elle ne juge l'art et la vie selon des critères différents. Dans l'art — comme dans la vie, il n'y a pas de distinction entre des choses moindres ou supérieures [...] Assurément, Maria n'a pas d'autres critères que l'absolu [10].

Plus tard, à Paris, la Callas sera habillée par Yves Saint Laurent qui, à la mort de la chanteuse, dira : « Les dieux s'ennuyaient. Ils ont rappelé leur voix [11]. » (Pour l'enterrement du couturier, le 5 juin 2008, on diffusera à l'église Saint-Roch, « *Casta diva* », interprété par Maria Callas.) Tout comme elle sera coiffée par Alexandre.

Ainsi métamorphosée et vêtue, Maria Callas finit

par avoir une silhouette et un style de mannequin. Ses traits, dégagés de la graisse qui lui donnait un air à la fois fatigué et poupin (et, selon Biki, « *da sciuretta* », terme milanais qui désigne une petite-bourgeoise parvenue et conventionnelle), sont durcis et embellis. Elle est prête à être dirigée par Luchino Visconti.

Visconti, donc. Comme on l'a vu, il connaît le travail de Maria Callas, grâce à son beau-frère Franco Mannino depuis sa *Walkyrie* de Venise. Ils se sont personnellement rencontrés à l'occasion des représentations du *Turc en Italie* chez Serafin à la fin de 1950. Selon Meneghini, Visconti aurait fait une sorte de cour à Maria Callas dès qu'elle entra à la Scala, dans l'espoir de la mettre en scène. Il a été question qu'il monte *Falstaff* avec Toscanini (sans Callas). Mais le projet n'a pas été suivi d'effet. Antonio Ghiringhelli n'aimait pas plus Luchino Visconti que Maria Callas. Il avait toutefois accepté, sur l'insistance de Victor de Sabata, qui est le directeur artistique de la Scala (Ghiringhelli en étant le surintendant) qu'il mette en scène le ballet *Mario et le Magicien*, qu'il a écrit d'après Thomas Mann, pour Franco Mannino. Le ballet devait être créé en 1953. Mais ne l'avait toujours pas été, à la suite du scandale qu'avait suscité la création d'un opéra contemporain sur un livret d'Alberto Moravia, *La Gita in campagna* de Mario Peragallo, avec des décors de Renato Guttuso. Le surintendant craignant une sorte de contagion de scandales pour un ballet contemporain annula la première qui fut repoussée deux saisons plus tard. Mais la Scala se sentait une obligation à l'égard de Visconti qui n'avait encore jamais signé de mise en scène d'opéra, malgré sa grande expérience dramaturgique. Son beau-frère, dans *Visconti e la musica*[12], raconte comment Visconti avait refusé de mettre en scène *Zazà* de Leoncavallo qu'on lui avait proposé à l'Opéra de Rome, trouvant la musique insipide. À vrai dire, Antonio Ghiringhelli lui promet l'ouverture de la saison avec *Norma* ou *Un bal masqué*. Mais ce que souhaite avant tout Visconti, c'est, en réalité *La Traviata* avec Maria bien entendu. Quand il apprend que la télévision italienne projette de filmer en playback l'opéra (avec un autre réalisateur, bien sûr), il écrit aux Meneghini une lettre angoissée : « Et Maria irait anticiper d'une manière aussi barbare et compromettante sa Traviata, nouvelle attendue, importante, en se faisant *télévoir* (quelle jolie parole !) mal photographiée avec des gros plans (qui auraient besoin d'être soignés, bien éclairés, pensés, étudiés) et obligée d'agir en Violetta deux ou trois jours avant, autrement dit en faisant comme un poisson rouge dans son bocal[13] ? »

Mais finalement l'occasion qui s'offre est *La Vestale* de Spontini dont la première ouvre bien la saison, comme toujours le 7 décembre, fête de la Saint-Ambroise. Maria Callas a pour partenaire Franco Corelli. La collaboration de Visconti et de Callas se situe entre le tournage de *Senso* (qui vient d'être présenté au Festival de Venise) et celui des *Nuits blanches*. Mais, durant cette période, il met également en scène des pièces de théâtre (*Les Sorcières de Salem*, *Oncle Vania, Mademoiselle Julie, L'Impresario de Smyrne, Vu du pont*) comme il le fera durant toute sa carrière, de 1945 à 1973. Il montera quarante-deux pièces de théâtre. Et après les cinq opéras de Maria Callas, il en mettra en scène encore quinze. Le faible crédit dont il jouissait auprès du surintendant de la Scala était peut-être explicable par son appartenance au parti communiste. Il venait de monter le *Médée* d'Euripide et le célèbre mélodrame de Giuseppe Giacosa, *Comme les feuilles,* grand classique du théâtre italien du XXe siècle. Il va de soi qu'il jouissait déjà d'un immense prestige national et international. Plus tard, pour expliquer son double intérêt pour le spectacle vivant et pour le cinéma, Luchino Visconti devait dire : « Ce qui m'intéresse surtout, c'est de travailler avec des êtres humains, chercher au fond d'une âme, la vérité qu'elle tente d'exprimer : celle de l'auteur, celle des personnages, des acteurs qui les interprètent, du public. C'est pourquoi il m'est indifférent d'assurer une mise en scène théâtrale ou cinématographique. Le passage d'une forme d'expression à l'autre ne dépend pas de moi. Je prends ce qui vient. Il va de soi, évidemment, que le cinéma est une création. Le théâtre n'est qu'une interprétation. Un texte écrit de manière définitive y est fourni. Au cinéma, en revanche, il faut tout inventer. De ce point de vue, il est plus passionnant. Mais, en tout cas, l'essentiel du travail consiste dans les relations qui s'établissent entre les individus[14]. » Ce langage ne pouvait qu'être compris par Maria Callas. Visconti, en 1969, n'approuva pas sa décision de tourner avec Pasolini qu'il n'aimait guère et dont les conceptions esthétiques, craignait-il, ne pouvaient convenir au jeu de Maria Callas. Mais il exprima ces réserves déplaisantes (en public, au cours d'une émission de la télévision française d'Armand Panigel, « L'invité du dimanche », le 20 avril 1969), quand le tournage n'avait pas commencé : « Je ne suis pas sûr que tu aies fait le bon choix. Parce que le cinéma de Pasolini n'est pas fait pour les grands acteurs. » Maria Callas proteste fermement et courtoisement. Il aurait préféré la voir jouer une tragédie d'Euripide ou de Sophocle à Épidaure (une fois les colonels partis, laisse-t-il entendre...). En effet, ce sera plus tard un des projets de la chanteuse.

Maria Callas était jusque-là assez peu attentive à la mise en scène. Non pas que le jeu dramatique ne l'ait pas passionnée, bien entendu, mais parce que les directives des metteurs en scène étaient, le plus souvent, semble-t-il, inexistantes. À la fin de sa vie, elle partira en guerre contre eux, ainsi que le font la plupart des grands chanteurs, exaspérés que la cohérence des livrets et la musique soient sacrifiées à des modes dominantes et à des fantaisies souvent répétitives ou mimétiques de metteurs en scène qui ne connaissent pas la musique et sont surtout soucieux d'imposer leur autorité aux chefs d'orchestre, d'où découlent d'insolubles conflits. Mais çà et là, déjà, Maria Callas se plaignait, dans ses lettres à Meneghini, avant de devenir la vedette qu'elle est à présent, de cette situation pénible pour les chanteurs. Toutefois, il ne faut pas oublier que dans les précédentes productions, les répétitions étaient réduites, les costumes (et les perruques !) étaient souvent laissés au libre choix et à la responsabilité des chanteurs qui les faisaient faire eux-mêmes et les modifiaient ou les empruntaient à des collègues. L'unité esthétique était rarement assurée. La plupart des partenaires de Maria Callas témoigneront de son souci de trouver le geste juste, geste qui devait être pensé ou improvisé par elle ou conseillé par un confrère ou une consœur, mais presque jamais indiqué par un metteur en scène, sauf Luchino Visconti, justement. Elle disait assister aux répétitions de productions auxquelles elle ne participait pas pour apprendre des autres. Quand elle commentera le tournage du film de Pasolini, elle expliquera que son bonheur a été de pouvoir utiliser les gros plans de la caméra et d'exprimer ainsi visiblement des nuances de jeu qui, sur une scène d'opéra, passent inaperçues. La gestuelle et les mimiques de Maria Callas ont été célébrées par tous ceux qui ont pu la voir sur scène, avant même l'intervention de Visconti. Mais il fut déterminant.

Visconti appartient pleinement au milieu de l'opéra qu'aime Maria Callas. La familiarité de sa mère Carla Erba avec Puccini qui fréquentait leur maison familiale, sa culture théâtrale, sa sensibilité aux acteurs et au chant, sa façon exceptionnelle de les diriger et d'écouter vont être pour la chanteuse, lorsqu'elle sait qu'elle domine musicalement et dramatiquement l'univers lyrique et où elle est bien décidée à devenir un personnage unique dans l'histoire du théâtre musical, des facteurs de séduction, mais aussi une nouvelle stimulation à se surpasser. On peut avoir une idée de ce qu'étaient devenus, à cette époque de sa carrière, la voix et le jeu de Maria Callas en lisant Hector Bianciotti qui, à la mort de Maria Callas, publia un article mémorable (dans *Le Nouvel Observateur*, 26 septembre 1977) où il donnait ses impressions lorsqu'il assista, à son arrivée d'Argentine, à *La Traviata* de Visconti à Milan (en 1955, donc la deuxième année de leur collaboration, mais dans la même saison de la Scala, fin mai, début juin) : « Maria Callas éludait tout geste superflu. Synthétisant ses mouvements, définissant son personnage par quelques attitudes, elle en traçait l'épure en projetant sa silhouette, si l'on peut dire, jusqu'au fond de la salle. Elle commença à chanter, et le miracle eut lieu. [...] La voix de Callas, infiniment plastique, semblait être toujours en quête d'une autre voix, avant de se cristalliser dans le paroxysme d'un sentiment. Elle émanait du centre de son corps, l'emplissant, commandant la démarche, les mimiques, le moindre geste, et jusqu'au regard. [...] Chez Callas, qui était une grande actrice parce qu'elle était une parfaite musicienne, comprenant tout, d'instinct et avec génie — ce qui lui permettait d'incarner avec le même bonheur l'innocente Mimi et la féroce Médée —, on assistait à une lutte permanente entre l'expression et la mélodie. Et il en résultait cet équilibre, dont on rêve et que l'on rencontre une fois par siècle, entre théâtre et musique. Elle ne se contentait pas d'être fidèle à la partition : elle cherchait à donner une épaisseur de chair et de sang à ces créatures à partir desquelles avait été composée la musique qu'elle interprétait. Et, en même temps, il y avait dans son abandon nécessaire à l'emphase du genre comme un désespoir d'y être contrainte — d'être là, réelle — et un désir de transcender son propre corps purement sonore, “musicien”. Personne, avant elle, n’aura fait sentir une telle folie d’exister démesurément mais dans une espèce d’absolu. »

Bien qu’Hector Bianciotti décrive le souvenir de ses impressions de jeune spectateur découvrant *La Traviata*, on peut sans doute imaginer que l’impression aurait été sensiblement la même s’il avait assisté à *La Vestale*, opéra, certes, plus proche de *Norma* et recourant à moins de pathos. Dans cet opéra, Rosa Ponselle avait excellé et l’on peut penser que ce fut une des raisons pour lesquelles Maria Callas a accepté de l’aborder. On a un enregistrement pirate de ces quatre représentations de la Scala (décembre 1954). Et Maria Callas enregistra et chanta en récital trois airs à plusieurs reprises, par la suite. Elle fit également travailler à la Juilliard School « *Tu che invoco* », en rappelant qu’il s’agissait d’un « air lourd » qui réclamait les qualités d’un soprano dramatique [15]. Elle n’avait jamais chanté ce rôle en public. Selon John Ardoin, qui commente l’enregistrement de la Scala : « Dans tout l’opéra, la Callas remplit la musique de Giulia de sonorités vibrantes et d’accents très éloquents. Mais l’attitude du personnage varie si peu — toujours hallucinée et ne sachant pas si elle doit s’adresser à Licinius ou à la Grande Vestale — que, finalement, ce qui frappe est la maîtrise vocale de la Callas plus que son identification interprétative. Une identification que le texte et la musique de cette œuvre franchement ne permettent pas [16]. » Hector Berlioz, admirateur inconditionnel de Spontini, lui consacre sa treizième « Soirée de l’orchestre », où il analyse très précisément l'œuvre, qu'il rattache à Gluck, en la disant plus originale encore. Après un succès foudroyant en Italie et en France, qui la fit représenter d'innombrables fois dans tous les théâtres, elle sombra dans l'oubli. Bien que la Callas l'ait très peu interprétée, elle a permis qu'on la compte parmi les grandes œuvres classiques, mais la difficulté que présente la partie de Giulia interdisait de l'inscrire systématiquement au programme des grands théâtres lyriques. Comme le soulignait déjà Berlioz, il faut une voix exceptionnelle pour l'interpréter, qui ait à la fois des qualités de bel canto et une puissance de soprano dramatique. À propos de sa créatrice, Caroline Branchu, Berlioz écrivait qu'elle avait « le type de ces voix de soprano, pleines et retentissantes, douces et fortes, capables de dominer les chœurs et l'orchestre, et pouvant s'éteindre jusqu'au murmure le plus affaibli de la passion timide, de la crainte ou de la rêverie. Cette femme n'a jamais été remplacée. On avait oublié depuis longtemps l'admirable manière dont elle disait les récitatifs et chantait les mélodies lentes et douloureuses, quand Duprez, lors de ses débuts dans *Guillaume Tell*, vint rappeler la puissance de cet art porté à ce degré de perfection. Mais à ces qualités éminentes, madame Branchu joignait encore celles d'une impétuosité irrésistible dans les scènes d'élan et une facilité d'émission de voix qui ne l'obligeait jamais à ralentir hors de propos les mouvements, ou à ajouter des temps à la mesure, comme on le fait à tout propos aujourd'hui. En outre, madame Branchu était une tragédienne de premier ordre, qualité indispensable pour remplir les grands rôles de femmes écrits par Gluck et Spontini ; elle possédait l'entraînement, une sensibilité réelle, et n'avait jamais dû chercher des procédés pour les imiter[17]. » On peut avoir l'illusion qu'il décrit la voix de Maria Callas dans son interprétation de *La Vestale*. Cet opéra avait été, avant d'être interprété par Maria Callas, à vrai dire redécouvert par Rosa Ponselle qui en avait chanté des extraits au Met dans les années 1920 et qui avait été invitée par le régime fasciste à le chanter en 1938 au Maggio Fiorentino. Il ne faut pas oublier, en effet, que cette œuvre au noble style sacrificiel, qui évoque à la fois l'*Iphigénie en Tauride* et la *Norma*, avait été commandée par le régime napoléonien, comme un écho de la grandeur de Rome. Créée en 1807 en français, elle avait une valeur idéologique autant que musicale. Il peut paraître curieux que la Scala l'ait programmée en 1954 : ce n'était pas vraiment une œuvre du répertoire et ce n'était pas non plus une œuvre inconnue. Plusieurs chanteuses, par la suite, l'interpréteront, sur les traces de Maria Callas, notamment Leyla Gencer (qui eut également Elvira de Hidalgo comme professeur à Istanbul et qui, tout en jouissant d'un grand prestige pour son raffinement et sa force, dans le même répertoire, ne connaîtra jamais la même gloire surtout discographique, avant de mourir, presque oubliée, le 10 mai 2008), Renata Scotto et Rosalind Plowright. La mise en scène de Visconti étonna par son dépouillement. Le critique Fedele D'Amico commenta :

Ses marques prévalentes ont été la modération, le manque d'invasionisme, la pleine respiration laissée à la musique. Contrairement à tous les débutants venus du théâtre, Visconti ne s'est pas laissé surprendre par l'angoisse de remplir la scène de mouvement, sachant bien que dans les opéras la scène le plus souvent est déjà remplie au départ par la musique, pour les neuf dixièmes. En même temps, il a évité l'autre erreur intellectualiste, celle de vouloir détruire la rhétorique du mélodrame, en acceptant, au contraire, franchement la convention en totalité, reconstituant même l'avant-scène, et laissant les ténors faire les ténors. [...] Inutile de s'arrêter sur la protagoniste : la plus grande chanteuse de notre temps démontra plus que jamais, dans les mains d'un metteur en scène hors-classe, ses capacités illimitées d'actrice. Et fut, il n'est pas besoin de le dire, au centre de la soirée [18].

(Précisons, pour en comprendre l'enthousiasme inconditionnel, que ce commentaire très élogieux est signé du mari de la scénariste de Visconti, Suso Cecchi D'Amico…)

L'amitié entre Callas et Visconti, qui, à cette époque, avait une liaison avec Elsa Morante, fut moins intime qu'on le dit. Elle ne répondit à aucune de ses lettres (adressées à vrai dire à Giovanni Battista). Et ils se disputèrent à plusieurs reprises pendant les répétitions de *La Traviata* qui suivirent de près les représentations de *La Vestale*. Meneghini, comme on l'a vu, rapporte une anecdote concernant le bonnet que Luchino voulait que Violetta porte pour sa mort et que Maria Callas trouvait ridicule et inapproprié à la situation. Il raconte également qu'elle lui reprocha d'avoir failli causer la mort de Meneghini à cause d'une indigestion consécutive à un dîner dans un restaurant choisi par Visconti. Les souvenirs de Meneghini sont nécessairement orientés et faussés. La rupture et le temps ont pu obscurcir la mémoire et arranger les faits en défaveur de leur amitié. D'autres témoins assistèrent au désaccord de Callas et de Visconti pour sa dernière mise en scène avec elle : celle d'*Iphigénie en Tauride*. Quoi qu'il en soit, les liens demeurèrent assez forts entre Maria Callas et Luchino Visconti, puisqu'ils montèrent ensemble en tout cinq opéras. Le succès gigantesque de Maria Callas dans ces productions convainquit Renata Tebaldi de ne pas renouveler ses contrats à la Scala dont elle avait été, avant l'arrivée de Maria Callas, la reine. Et elle devança la Callas au Metropolitan, qui était le bastion suivant à conquérir.

La Traviata, qu'a décrite Hector Bianciotti (« On ne pouvait plus douter que Violetta était là ; en chair et en os, mais s'ébauchant et s'effaçant à chaque note comme en rêve, réduite à l'intensité nuancée que la cantatrice imprimait à la phrase mélodique, à la couleur sombre, lumineuse, nacrée de la voix qui modelait les voyelles, patinait les consonnes, s'appuyait sur elles ou les gommait à volonté, obéissant en somme à l'exigence primordiale de la musique[19] »), ne fut pas la seule de Maria Callas, comme on le sait, ni la seule de Visconti qui en proposa deux autres mises en scène, à Spoleto (avec Franca Fabbri, en 1963) et à Covent Garden (avec Mirella Freni, en 1967). Celle du 28 mai 1955 fut immédiatement accueillie comme un événement essentiel de l'histoire de la Scala. Les décors et costumes de Lila De Nobili (qui a situé l'action en 1890, c'est-à-dire dans un style Liberty qu'a toujours aimé Visconti, celui de *Mort à*

Venise, celui de *L'Innocent*) rendirent les déplacements et le jeu très directs et naturels. On reprocha seulement à Maria Callas d'avoir ajouté, par souci de virtuosité, des difficultés vocales inutiles par ses libres ornementations. Elle conseillera du reste ces fantaisies à ses élèves de la Juilliard School, en leur faisant travailler Violetta, en 1972. Pour le « *Sempre libera* », elle leur disait : « Si vous voulez et si vous avez la note, vous pouvez chanter un contre mi-bémol à la fin. C'est un morceau de bravoure, alors pourquoi pas ? Si cette note ne vous est pas facile à faire, chantez si bémol[20] ». Et, bien entendu, la direction orchestrale de Carlo Maria Giulini participa au succès total de cette version qui fut reprise à la saison suivante.

Hector Bianciotti reviendra encore plusieurs fois sur les impressions qui se gravèrent en lui définitivement de cette *Traviata* mythique. Il évoque, dans *Le Pas si long de l'amour*, « la tranquille majesté d'une présence soucieuse de plénitude », « le chant de l'oiseau qui enferme la nuit, le silence de la nuit et, dans la continuité de la mélodie, exprime une douleur impersonnelle, aveugle, de nature désespérée, libérée par la musique, obéissant à la mesure, mais prenant en charge le corps tout entier », « les gestes de la cantatrice, des gestes grecs d'avant notre Grèce à nous : le bras tendu, la main parallèle à la tempe, mais ne l'effleurant pas, dans la désolation ». Et l'écrivain argentin conclut cette magnifique évocation, qui compte sans doute parmi les plus belles pages que la Callas ait jamais inspirées : « Je sais la manière qu'elle avait d'envelopper l'espace où elle se tenait, plus qu'elle ne l'occupait ;

et que le secret de l'artiste dépend de l'intensité de sa présence quand rien ne reste à l'intérieur[21]. »

Au cours de la saison 1954-1955 de la Scala, Maria Callas chanta outre *La Vestale* et *La Traviata, Andrea Chénier, Le Turc en Italie, La Somnambule (*sous la direction de Bernstein et dans la mise en scène de Visconti). Piero Tosi, qui fait les costumes de *La Somnambule*, racontera à Vasso Papantoniou[22] comment la Callas avait hésité à accepter ce rôle qui sera l'une de ses incarnations les plus admirables, parce qu'elle avait entendu l'enregistrement par Toti dal Monte et qu'elle avait trouvé que la musique était écrite pour être interprétée par un « *uccello cretino* », « un oiseau stupide ». Trois jours de lecture de la partition avec Leonard Bernstein la convainquirent qu'elle pourrait en faire autre chose. Piero Tosi disait que la Callas chantait comme en transe, « dans le tunnel de la musique » et que, lorsqu'elle sortait de scène, elle saisissait la première main qu'elle trouvait dans le noir et demandait « Comment était-ce ? ». Ce geste-là, Isabelle Adjani le faisait quand elle interprétait *La Dame aux camélias*, et rentrait en coulisses. Piero Tosi décrivait la scène de somnambulisme dont la magie venait que la Callas marchait sans marcher : « C'est une question d'harmonie et de dimension. C'était comme une danseuse qui, en quelques mouvements, évoquerait une situation entière, alors que tant d'autres, avec des bonds et des jetés et des pirouettes maladroites, ne pourraient rien produire. J'ai habillé beaucoup de belles femmes qui sont apparues sur scène sans que rien ne se produise[23]. »

Pendant l'été, elle enregistra : des extraits de *La Vestale* et de *La Somnambule, Norma, Madame Butterfly, Aïda* et *Rigoletto*, puis elle recommença la saison d'automne avec *Lucia di Lammermoor* (à Berlin avec Karajan), *Les Puritains, Le Trouvère* et *Madame Butterfly* (à Chicago, où eut lieu l'incident de l'huissier de Bagarozy), enfin *Norma* pour ouvrir la saison 1955-1956 de la Scala. Autrement dit elle interpréta treize opéras différents, allant du registre de colorature *(Le Turc en Italie, La Somnambule, Rigoletto* et *Les Puritains*) au registre le plus lourd (*La Vestale, Aïda, Norma*). Elle avait trente-deux ans à la fin de l'année. Qu'était devenue sa vie ? Ce niveau d'engagement professionnel ne permettait plus grand-chose dans son existence personnelle. Elle n'a plus rien à prouver pour conquérir la première place dans le monde lyrique. Ses exigences financières astronomiques limitent, d'une certaine manière sa liberté. Eliette von Karajan raconte, dans ses Mémoires[24], que son mari aurait souhaité poursuivre l'année suivante l'expérience de *Lucia* (qui sera effectivement reprise à Vienne), avec d'autres opéras. Mais Meneghini réclame 75 000 dollars (équivalent de 5 millions d'euros actuels) et les producteurs n'acceptent pas de monter au-delà de 72 000 dollars. Callas doit donc renoncer à des créations avec des artistes pourtant exceptionnels. Elle envahit, par compensation, l'univers du disque qui lui permet de poursuivre sa collaboration avec Karajan (pour *Le Trouvère*). Mais il y a un vide qui se creuse et que viendra bientôt remplir une autre vie, pour laquelle elle n'a en réalité jamais été prête.

La femme qui s'appelle toujours Maria Meneghini-Callas n'est plus celle qui a épousé Giovanni Meneghini. Mais ils l'ignorent tous deux. Pourtant, le public voit bien que c'est une autre personne physiquement. Ses capacités vocales non plus ne sont plus tout à fait les mêmes. Cependant, elles demeurent toujours phénoménales. Walter Legge en fixant officiellement pour le disque des prises de studio à un rythme aussi soutenu prend le risque de ne pas donner de Maria Callas une juste image sonore. Et en effet, l'avenir le prouvera, les enregistrements pirates de piètre qualité seront plus recherchés, car plus émouvants, plus étourdissants.

De *La Somnambule*, fut commentée ironiquement l'idée qu'eut Visconti de rallumer la salle avant la fin de l'opéra et de faire pleuvoir des bouquets sur la chanteuse, comme si le triomphe de la cantatrice était désormais si acquis, si connu qu'il devait, d'une certaine manière, être intégré à l'action, avant même le salut. Une mise en scène, par conséquent, de la condition de Maria Callas interprétant son personnage.

Durant cette saison, Maria Callas a eu pour partenaire à plusieurs reprises Giuseppe Di Stefano (dans *La Traviata* et dans les opéras de Chicago). Selon Maria Di Stefano, son mari, tout en admirant Visconti pour sa culture et sa méticulosité, déplore que ses choix ne soient pas toujours conduits par la musique. Il est évidemment jaloux de l'intérêt exclusif de Visconti pour Maria Callas. « Les répétitions se concentraient toutes sur les déplacements scéniques de Violetta. Même quand elle n'était pas présente sur scène, Alfredo devait être toujours absorbé dans son obsession d'elle, selon Visconti. Ainsi, Pippo devait-il se tenir toujours de dos au public, même dans les duos, au point que, dans un mouvement d'exaspération, il s'est tourné vers Visconti et lui a dit : Écoute, Luchino, je chante avec la bouche, pas avec mon cul[25] ! » Il faut croire que c'est une malédiction inhérente à l'histoire de Marguerite Gautier. Dans les répétitions de *La Dame aux camélias*, mis en scène par Alfredo Arias en 2000 à Paris, Yannis Baraban, le partenaire d'Isabelle Adjani, supporta mal, de la même manière, l'attention portée par le metteur en scène à la comédienne. Les rôles d'Armand Duval et d'Alfredo Germont sont probablement psychologiquement très éprouvants pour ceux qui les incarnent, face à un monstre sacré. Les répétitions furent donc orageuses à la Scala comme elles furent, trente-cinq ans plus tard, tendues à Paris au Théâtre Marigny. Di Stefano contesta les choix de Visconti dans plusieurs scènes. Il se sentait ridiculisé, notamment dans son air « *Dei miei bollenti spiriti* » durant lequel Visconti lui demandait de nettoyer son fusil. Ce geste prosaïque, censé rappeler au public qu'Alfredo est un homme rustre, parut déplacé au ténor dans un air aussi passionné. Mais Visconti savait parfaitement ce qu'il faisait, car, précisément, le contraste accroissait l'émotion, ce qui est un des fondements de la mise en scène psychologique. De la même manière, Yannis Baraban se sentait humilié de devoir s'asseoir sur un pouf aux pieds de sa partenaire. Et, épilogue inévitable, Giuseppe Di Stefano se disputa avec Callas pour des questions de préséances dans les applaudissements. Il menaça d'annuler les représentations suivant la première. La complicité entre la chanteuse et le metteur en scène lui étant insupportable, il se comporta comme on attend qu'un ténor se comporte quand la soprano triomphe. Mais telle est du moins la version de sa femme, qui se souvient après qu'il l'a trompée avec Maria Callas, vingt ans plus tard. À vrai dire, Di Stefano suivra Callas à Chicago et sera, avant cela, son partenaire dans *Lucia*, à Berlin. Leur différend ne devait pas être si grave. Et de l'atmosphère des représentations, Carlo Maria Giulini qui dirigea la vingtaine de représentations en donne, évidemment, une tout autre version, peut-être plus fiable :

> Au lever du rideau, mon cœur cessa de battre : j'étais transporté par la beauté de ce que j'avais devant moi. C'était le décor le plus émouvant, le plus exquis, que j'aie vu de toute ma carrière. Chaque détail du merveilleux travail signé Lila De Nobili me donnait à croire que j'étais vraiment entré dans un autre monde — incroyablement proche. [...] Tout ce qu'il y avait derrière mon dos, le public, la salle, la Scala tout entière, était devenu un rêve. Seul comptait ce qui se passait sur le plateau : c'était la réalité, la vie [26] !

Durant cette saison de la Scala, la rivalité avec Renata Tebaldi fut envenimée par des cabales. Le choix d'*Andrea Chénier* (qui sera l'origine d'un « tube » de Maria Callas, l'air « *La mamma morta* » que l'on entend, comme nous l'avons signalé plus haut, dans la scène larmoyante de *Philadelphia* où Tom Hanks, malade, écoute et commente ce passage devant son avocat Denzel Washington, consterné puis ému, et qu'elle inscrit souvent dans ses récitals depuis toujours), en remplacement du *Trouvère* initialement prévu que son partenaire Mario Del Monaco ne se sent pas en mesure d'assumer, est perçu comme une provocation à l'égard de Tebaldi qu'elle est en train de détrôner et de contraindre à s'installer à New York. Une note ratée un soir et c'est un tollé dans la salle[27]. Désormais, elle devra accepter l'angoisse d'affronter un public en partie hostile, venu la surprendre en flagrant délit de faiblesse vocale. C'est durant cette même saison que Callas s'initie à la comédie en suivant les directives de jeu comique que lui donne l'amant de Visconti, Zeffirelli qui met en scène *Le Turc en Italie*.

D'après Arianna Stassinopoulos, c'est Maria Callas elle-même qui suggéra à Lawrence Kelly venu la réengager pour Chicago de signer également un contrat avec Renata Tebaldi (pour *Aïda*, après la série de représentations de Callas), « afin que le public compare[28] ». Cette psychologie ne paraît pas invraisemblable de la part de Callas, qui avait une personnalité directe et pragmatique. Le séjour à Chicago fut, pour la presse, marqué par l'incident de l'huissier de Bagarozy qui s'est introduit dans la loge (peut-être avec la complicité de Carol Fox, l'associée de Lawrence Kelly et directrice de l'opéra, comme le laisse supposer Arianna Stassinopoulos). Cet incident, pourtant spectaculaire, n'est pas commenté par Maria Di Stefano qui, dans son journal tenu à Chicago où elle a accompagné son mari qui est à la fois son Pinkerton dans *Madame Butterfly* (qu'elle avait jusqu'ici seulement enregistré, mais jamais joué sur scène) et son Arturo des *Puritains* (le ténor du *Trouvère*, pour un rôle qui réclame des capacités vocales plus puissantes, est Jussi Björling, mais Di Stefano enregistrera toutefois ce rôle l'année suivante avec Callas sous la baguette de Karajan), se contente d'écrire : « Pippo et Maria, malgré leurs désaccords, sont un couple gagnant. Chicago est folle de leur *Lucia* et de leurs *Puritains*, qui est une œuvre peu connue aux États-Unis. Avec Di Stefano et Callas sur la scène, on peut dire qu'à Chicago une nouvelle ère a commencé[29]. »

Pour donner une idée de ce que pouvait représenter l'impact de Maria Callas, on disait, à la Scala, qu'il y avait deux périodes : A.C. (*Avanti Callas*, Avant Callas) et D. C. (*Dopo Callas*, Après Callas). C'est toujours Maria Di Stefano qui le rapporte, en ajoutant : « Le talent de Maria Callas a transformé l'art lyrique, une forme d'art moribonde, en quelque chose d'actuel, d'accessible, de vivant, capable de susciter de nouveau l'enthousiasme des fans et l'intérêt des nouvelles générations, celles qui sont nées après la Seconde Guerre mondiale[30]. »

À son retour de Chicago, Maria, qui retrouvera souvent durant les deux années suivantes Giuseppe Di Stefano (à la Scala et à Vienne, ainsi que dans des studios d'enregistrement, notamment pour *La Bohème, Lucia, Un bal masqué, Le Trouvère*, donc et *Manon Lescaut*), doit faire face à un nouveau scandale qui engendre un deuxième procès, plus cocasse, celui-ci. Profitant de la publicité de son amaigrissement spectaculaire, une marque de pâtes « de régime », Pantanella (fournisseurs du Vatican, car son propriétaire est un cousin du pape...), prétend que c'est un régime à base de ces pâtes-là qui en est la cause et fournit le certificat du médecin qui aurait prescrit cette cure miraculeuse : le Dr Cazzarolli n'est nul autre que le beau-frère de Meneghini... Cette plaisanterie de mauvais goût ne plaît guère à Maria Callas qui intente un procès qu'elle gagnera au bout de quatre ans. Le 26 décembre 1955, l'affaire fit assez de bruit pour être rapportée dans une brève ironique de *Time,* où du reste est étayée la légende selon laquelle Maria Callas aurait, à ses débuts, refusé de chanter à New York *Butterfly* pour des raisons de poids. Meneghini dans ses Mémoires raconte que Pie XII aurait reçu en audience pontificale le couple et les aurait assurés de son soutien, malgré son lien familial avec Pantanella. Il admirait, dit Meneghini, Maria Callas qu'il avait entendue dans *Parsifal.*

Les mois suivants sont réservés à la Scala : ouverture avec *Norma*, mise en scène par Margherita Wallmann, reprise de *La Traviata* de Visconti, prise de rôle du *Barbier de Séville*, sous la direction de Carlo Maria Giulini (tout comme *La Traviata*, rappelons-le), prise de rôle de *Fedora* (mis en scène par l'actrice russe stanislavskienne Tatiana Pavlova, installée en Italie depuis les années vingt, où elle fonde une troupe qui permet à Vittorio De Sica de faire ses débuts, et amie de Visconti qui l'avait dirigée dans *La Ménagerie de verre* de Tennessee Williams en 1946). Avec deux brèves interruptions pour chanter *Lucia* (à Naples et à Vienne). Et enregistrements du *Trouvère* (avec Karajan), de *La Bohème* et d'*Un bal masqué.* Cette saison stakhanoviste prépare le retour tant attendu à New York : le triomphe du Metropolitan. Par l'intermédiaire de Zeffirelli, Marlene Dietrich fait savoir qu'elle a réservé ses billets depuis sept mois et grâce à son amitié avec le directeur du Met, Rudolf Bing[31]. Et, note Zeffirelli dont Meneghini cite la lettre à Maria Callas, « elle dit que dans les hôpitaux américains, on joue tes disques constamment parce qu'on a découvert que ta voix aide ceux qui sont malades, leur rendant confiance, les calmant, les aidant à guérir[32]... » Marlene qui elle-même avait commencé dès 1953 ses tours de chant à travers le monde, viendra, en effet, applaudir Callas dans *Norma*. Et l'on prétend qu'elle lui apportait du bouillon. Zeffirelli, que la Scala a mis sur la touche, espère mettre en scène *La Traviata* avec Maria Callas et même tourner un film (qu'il tournera, comme on sait, bien plus tard avec Teresa Stratas). Il la dirigera en effet dans ce rôle ainsi que dans *Lucia*, à Dallas, et dans ses dernières *Norma* (londoniennes et parisiennes) ainsi que dans *Tosca*, pour sa dernière apparition dans un opéra.

C'est durant le printemps 1955 qu'un accord fut signé entre Meneghini et Bing pour la première saison new-yorkaise de Maria Callas au Met. Maria Callas allait débuter dans *Norma*, le 29 octobre 1956. Son arrivée fut accompagnée d'un battage publicitaire sans précédent. Quoique Renata Tebaldi qui triomphe sur la même scène bénéficie elle aussi d'une certaine aura. Elle y chante depuis la saison précédente, notamment Desdémone (d'*Otello* de Verdi), Mimi (de *La Bohème* de Puccini) et plus tard : *Andrea Chénier*, *Tosca*, *Aïda*,

Manon Lescaut, Adriana Lecouvreur, La Traviata, La Gioconda, Falstaff. La confrontation se poursuit donc, même si, à l'exception de *La Traviata*, Tebaldi ne se hasarde pas dans les rôles réclamant une virtuosité de colorature. Renata Tebaldi qui aura à son tour la couverture de *Time*, deux ans plus tard (le 3 novembre 1958), réagit très vivement aux propos de Callas publiés sur elle le 29 octobre dans ce journal. Le journaliste avait en effet écrit : « Elle retourna son aigreur contre son entourage. Sa première victime fut une autre soprano, Renata Tebaldi, favorite du public de la Scala depuis longtemps, voix d'une douceur crémeuse, musicienne d'une sensibilité délicate et tempérament avec lequel rivaliser. Pas pour Callas. Dès le début, les deux femmes se sont lorgnées. Tebaldi s'est éloignée des représentations de Callas. Callas, sur le chemin de guerre, assise dans une loge durant celles de Tebaldi, l'a applaudie avec ostentation, et l'a vue se mettre à trembler… "Elle n'a pas de colonne vertébrale. Elle n'est pas comme Callas[33]. " » Renata Tebaldi envoie à la rédaction une lettre de protestation :

Je suis vraiment étonnée par les déclarations de ma collègue la Signora Maria Meneghini Callas me concernant. La Signora admet qu'elle est une femme de caractère et dit que je n'ai pas de colonne vertébrale. Je lui réponds que j'ai une chose importante qui lui manque : un cœur. Que j'aie carrément tremblé quand j'ai su qu'elle assistait à une de mes représentations, est totalement ridicule. Ce n'est pas la Signora Callas qui m'a fait éloigner de la Scala. J'y ai chanté avant elle et je m'estime une créature de la Scala. Je suis partie de mon propre chef, parce qu'une atmosphère déplaisante y régnait désormais[34].

La Callas, qui, à son tour répond à cette attaque dans son entretien avec Anita Pensotti dans *Oggi* — « Cette phrase, d'ailleurs, était attribuée — et pour quiconque peut lire l'anglais il ne peut y avoir aucun doute — non pas à moi, mais à un tiers. De plus, je ne comprends pas pourquoi Renata est offensée par ces mots inoffensifs. Que devrais-je dire, moi, alors, d'un article qui a abordé un sujet qui ne devrait jamais l'être comme mes relations avec ma mère[35] ? » chantera sur cette même scène du Met *Tosca* et *Lucia*, qu'elle reprend, à la saison suivante en y ajoutant *La Traviata*. Ainsi le public new-yorkais pourra-t-il juger de toute l'étendue de ses capacités vocales : de la colorature de *Lucia* aux grands rôles nobles auxquels elle a toujours tenu. Durant cette période new-yorkaise — Callas y est accompagnée par Meneghini, bien entendu, et par Giovanna Lomazzi, et s'installe avec eux dans un appartement de Park Avenue, au niveau de la 79e rue — qui dure jusqu'en mars 1958 elle ne renonce pas à la Scala. Elle reviendra chanter *Tosca* à New York la dernière année de sa carrière en 1965, toujours dans la production de Yannopoulos qui l'avait mise en scène plus de vingt ans auparavant à Athènes. Peu de temps après, le Met fut transféré de son ancien emplacement (au coin de la 39e rue West et de Broadway) à son nouveau lieu (le Lincoln Center, au coin d'Amsterdam Avenue et de Broadway), décoré par Chagall et inauguré par Leontyne Price dans l'opéra de Samuel Barber *Antoine et Cléopâtre*. Une autre ère commençait. C'est toutefois là que Callas viendra donner ses cours de la Juilliard School. Elle enseignait donc sur une scène où elle n'avait jamais chanté et ne pouvait plus chanter.

Meneghini affirme que sa femme était entourée pour ses débuts new-yorkais d'une « atmosphère d'hostilité. Il semble que tous ses ennemis aient convergé pour s'assurer qu'elle n'aurait pas de succès à New York et que quelque chose de désagréable se produirait[36] ». Au nombre de ces malveillances, Meneghini compte l'article de *Time*... qui est, comme on l'a vu, dithyrambique et qui fait la couverture. Mais c'est surtout aux manigances d'Evangelia que Meneghini fait allusion : en 1960, la publication de son livre confirmera ses craintes. C'est au cours du mois suivant (janvier 1957) que Callas publia son grand entretien biographique avec Anita Pensotti dans *Oggi* (10, 17, 24 et 31 janvier et 7 février 1957), en réponse à ce qu'ils estimaient, son mari et elle, être des calomnies. Durant ces deux mois (décembre 1956 et janvier 1957), on peut dire que Maria Callas a atteint le faîte de sa gloire mondiale. Pas encore de sa notoriété — car manque l'épisode Onassis. Et plus, hélas, de son génie lyrique.

Effacer

Elsa Maxwell assista avec Maria Callas au bal costumé du Waldorf Astoria le 11 janvier 1957. Ce n'est pas leur première rencontre, mais leur première conversation. La cantatrice, en effet, a participé, à la fin de l'année 1956 à New York, à plusieurs soirées mondaines où était invitée la chroniqueuse de Hollywood, au fiel célèbre. Maria Callas avait été l'invitée d'honneur en particulier d'une fête organisée par la branche américaine d'EMI, Angel Records, à l'Ambassador Hotel, après la première de *Norma*, et d'une autre donnée par le milliardaire grec Spyros Skouras. Au Waldorf Astoria, elle apparut en pharaonne Hatshepsout, couverte de véritables émeraudes qui appartenaient au bijoutier Harry Winston, le maître de cérémonie, et qui furent, comme nous l'avons déjà signalé, mises en vente après sa mort, bénéficiant d'une valeur ajoutée pour avoir été portées par elle, tout comme le lit conçu par Larry Hager pour les décors de *La Dame aux camélias* dans la production d'Alfredo Arias avec Isabelle Adjani fut vendu au-dessus de sa valeur parce que l'actrice y avait joué la mort de son personnage. Des photographies posées donnent une idée de ce que fut cette soirée au Waldorf Astoria. Callas, impériale et un peu ridicule, y ressemble aux Turandot qu'elle a incarnées souvent sur scène et dont les costumes la ravissaient. Cette participation aux mondanités américaines est indicative de la mutation essentielle qui s'opère dans la vie de Maria Callas, comme si l'objectif de sa carrière était ce qui l'accompagne. La visibilité hors de la scène devient un élément nécessaire de sa vie. Procès, scandales, sorties, rencontres, commentaires du comportement du public et des journalistes : tout ce qui empoisonne l'existence des personnalités du spectacle ou de la politique apparaît aussi comme ce qui lui donne un sens et parfois même une matière, autrement inexistante. Ce n'est pas le cas de Maria Callas dont les triomphes sur scène la font encore resplendir. Mais bientôt ces succès auront besoin du scandale et des couvertures de magazines. Après avoir subi ces invasions et s'en être défendue, elle les recherche. Luchino Visconti, justement, décrira, dans deux moyens métrages, la vulgarité de ce style d'existence publique, qui le fascinait et qui l'écœurait : dans « Le travail », sketch de *Boccace 70,* et dans « La sorcière brûlée vive », sketch des *Sorcières*. Les deux personnages féminins n'ont d'existence que par les commentaires que les journalistes font de leurs apparitions publiques et de leur vie privée, qui s'entremêlent. L'une est incarnée par Romy Schneider qui elle-même paiera cher sa dépendance à l'égard de la presse. L'autre par Silvana Mangano, dont au contraire la vie privée fut protégée par les conditions bourgeoises que lui avait assurées son mariage avec Dino De Laurentiis et qui lui permirent de s'éloigner et de se rapprocher du cinéma à volonté. Mais l'une et l'autre présentaient des traits communs avec la représentation publique de Maria Callas. Et, certainement, en ce qui concerne Romy Schneider, en termes de sensibilité et de fragilité. Et, en ce qui concerne Silvana Mangano, en termes de rayonnement physique et de noble élégance. Toutes les trois étaient des amies personnelles de Visconti. Dans cette nouvelle vie, commencée alors que la précédente, dominée par la musique et le travail, n'est pas encore achevée, puisqu'on en est, durant l'hiver new-yorkais, au sommet de ses compositions, quelques mois à peine après la reprise milanaise de *La Traviata*, où Lila De Nobili et Visconti lui ont fait un visage merveilleusement innocent avec une petite frange ou les cheveux défaits, Maria Callas a besoin d'un mentor, en la personne d'Elsa Maxwell. Meneghini, qui devra à cette journaliste la destruction de sa vie commune avec Maria Callas, la présente ainsi :

Elsa Maxwell, qui avait alors soixante-trois ans *, était la femme la plus laide que j'aie jamais vue. Elle était une admiratrice de Renata Tebaldi et elle n'avait jamais laissé passer une occasion d'attaquer Maria. Elle avait écrit des articles assassins sur ma femme, lors de ses premières représentations de Chicago. Après la première new-yorkaise de *Norma*, Elsa Maxwell tira sur Maria : « La grande Callas m'a laissée de glace », nota-t-elle dans sa chronique sarcastique. Ses attaques se poursuivirent pour *Tosca* et *Lucia* au Met. J'ai dit à Maria : « On doit la

* En réalité, née le 24 mai 1881 ou 1883 selon les sources, elle en avait plus de soixante-dix.

faire taire. » Mais je ne savais pas comment m'y prendre. Un jour, Maria m'a répondu : « Laisse-moi faire. » Un milliardaire grec avait organisé un bal, au bénéfice de l'American Hellenic Fund, durant notre séjour à New York. De nombreuses personnalités seraient présentes, dont Elsa [1].

Elsa Maxwell, toujours selon Meneghini, aurait ainsi rapporté leur première conversation. Elsa Maxwell : « Madame Callas, j'aurais imaginé que j'étais la dernière personne sur terre que vous souhaitiez rencontrer. » Maria Callas : « Au contraire, vous êtes la première que je souhaitais rencontrer, car, indépendamment de votre opinion sur ma voix, je vous crois une honnête femme soucieuse de dire la vérité [2]. » Il n'en fallait pas plus pour conquérir celle qui présenterait Callas à Aristote Onassis quelques mois plus tard à une fête du Lido, en septembre 1957. L'amitié très intime qui unit les deux femmes et la réputation de lesbienne de la journaliste furent une source de rumeurs sur la nature de leur relation. Au point que cette rumeur finit par convaincre Elsa elle-même de prendre des distances. Mais la rupture n'eut pas lieu. Meneghini raconte avec beaucoup de précision l'évolution de cette amitié houleuse et révèle le rôle important que la journaliste joua pour ranimer à Dallas, où Callas se produisit à la fin 1957, un intérêt faiblissant du public (les salles n'étaient qu'à moitié remplies par les réservations) en multipliant articles et interventions à la radio. Elsa Maxwell suivit un peu partout, durant l'année 1957 et les deux suivantes, Maria Callas dans ses déplacements et apparitions sur scène. Elle était présente à la fameuse *Norma* de Rome en janvier 1958, que Maria Callas, victime d'insuffisances vocales, n'acheva pas malgré la présence du président de la République italienne, incident qui fut le début d'innombrables déboires avec la presse, la justice, les administrations théâtrales et le public. Elsa Maxwell, qui avait quarante ans de plus que Callas, mourra en 1963, sans avoir assisté à la déchéance de son idole ni à la rupture du couple qu'elle avait formé. Mais le mal avait été fait.

Toutefois, Maria Callas poursuit ses représentations : après les trois opéras du Met (*Norma, Tosca, Lucia*), elle donne un concert à Chicago, *Norma* à Londres et y enregistre, pour Walter Legge, *Le Barbier de Séville* qu'elle a chanté la saison précédente à la Scala où elle retrouve maintenant Visconti pour ses deux dernières mises en scène avec elle : après la reprise de *La Somnambule* (production de mars 1955, redonnée le 2 mars 1957), celles d'*Anna Bolena* et d'*Iphigénie en Tauride*. Dans *Visconti e la musica*[3] Franco Mannino raconte que Visconti hésitait à mettre en scène l'opéra de Donizetti, alors tombé dans l'oubli et qu'il demanda, dans sa villa de Cernobbio, à son beau-frère de jouer au piano tout l'opéra. À la fin de son exécution, le jugement de Mannino était qu'il s'agissait d'une œuvre « faible ». Mais il reconnaît s'être trompé, après l'avoir déchiffré sur le Beckstein familial où avaient, précise-t-il encore, joué Verdi et Puccini, amis des ancêtres Visconti. Ces précisions aident à comprendre, peut-être, avec quel naturel Visconti pouvait se fondre dans cette culture musicale et servir de guide à Maria Callas.

Ensuite, l'opéra de Gluck permit à Callas de reposer sa voix, car, écrit pour mezzo, et doté d'une merveilleuse noblesse, il ne réclame de son interprète que musicalité, style et grandeur, fermeté et phrasé, qualités qu'on retrouvera admirablement présentes chez Régine Crespin, Rita Gorr et Shirley Verrett dans ce rôle, mais il n'exige aucune virtuosité acrobatique, contrairement à *La Somnambule* ou à *Lucia*, que Callas chante à la même période. Seulement, des notes aiguës forcent souvent les mezzos à outrepasser leurs moyens et créent une émotion liée à la tension vocale : dans ce registre-là Callas est paradoxalement à l'aise, car c'est désormais quand la fragilité (relative) de ses moyens apparaît qu'elle atteint des zones nouvelles de sensibilité musicale. Et c'est là aussi que se confirme sa réputation, non plus d'une colorature acrobatique, mais d'une chanteuse à la voix déchirante. C'est en italien que Callas chante ce rôle habituellement interprété en français. Arianna Stassinopoulos affirme que la chanteuse n'approuvait pas l'idée que lui imposa Visconti de situer l'opéra au XVIIIe siècle et non pas dans la Grèce antique[4]. Le livret en effet très artificiel, très guindé, rendrait assez absurde une représentation tragique. L'option de Visconti fut, du reste, très souvent imitée par la suite. Maria Callas, si l'on en juge par l'enregistrement pirate de la première du 1er juin 1957, dirigée, à un rythme assez endiablé et avec des accentuations très marquées qui annoncent les modernes interprétations baroques, par Nino Sanzogno, chante avec une force un peu détimbrée et des glissandi exagérés. Cet opéra, qui lui offre un de ses plus beaux rôles, indique les affinités profondes de la chanteuse avec le style musical français, si l'on reconnaît en Gluck l'un des fondateurs de ce style. Mais on doit admettre qu'elle donne de la partition une lecture proche de sa conception du Cherubini de *Médée*. La plupart des grandes Iphigénie furent des berlioziennes. Une fois encore, à cette écoute, on regrette la Cassandre, la Didon, la Cléopâtre qu'elle aurait dû être, dans un autre environnement lyrique.

L'année 1957 est celle de son premier retour en Grèce. Après *La Somnambule* de la Scala, elle est allée à Zurich et à Cologne où elle a donné respectivement un concert et une représentation de *La Somnambule*. Puis elle a retransmis une *Lucia* sur la RAI et enregistré (en deux semaines) *Turandot* et *Manon Lescaut* pour EMI. Avec la Grèce, elle n'a jamais rompu comme on vient de le voir : la communauté grecque de New York l'a « récupérée ». Ces retrouvailles ne sont pas anodines. Elle va donner un récital à l'Odéon d'Hérode Atticus où elle a chanté *Fidelio* autrefois. Elle arrive en pleine crise gouvernementale et économique : les journaux reprochent à l'État de gaspiller son peu d'argent pour un cachet exagéré. Sa mère et sa sœur ont préféré aller à New York pendant son séjour grec. D'après Arianna Stassinopoulos, c'est carrément le gouvernement qui aurait, par crainte d'un esclandre, payé le voyage d'Evangelia et de Jackie à New York[5]. Sous quel prétexte ? On se le demande. D'après Anne Edwards[6] la mère aurait promis à sa fille qui, à quarante ans passés, n'y aurait pas renoncé, de l'aider à faire carrière... de chanteuse, aux États-Unis, profitant de la gloire de sa petite sœur. Evangelia compte également s'appuyer sur la présence de sa fille pour régler le divorce enfin demandé par Georges. On peut s'interroger sur le lien entre cette demande de divorce que réclame Maria depuis plusieurs années et sa présence à New York pendant l'hiver. Probablement a-t-elle insisté pour que son père se décide à franchir le pas.

Contrariée par le refus des organisateurs de donner une partie de la recette pour des organismes de bienfaisance, Maria annule son concert à une heure du début prévu. Elle le repousse cinq jours plus tard, le 5 août 1957. Ce retour probablement trop rapide exigeait plus de sérénité et de préparation psychologique. Le programme est une démonstration des gigantesques capacités de Maria Callas, puisqu'il va de la mort d'Isolde aux vocalises d'Ophélie dans le *Hamlet* d'Ambroise Thomas, en passant par *Le Trouvère, Lucia* et *La Force du destin*. L'excellent enregistrement qui en a été conservé trahit une fêlure et un léger enrouement dans certaines notes. La voix est somptueuse, mais manifestement fatiguée et les notes sont constamment trop basses. Et le vibrato excessif donne la désagréable impression que la chanteuse détonne, particulièrement dans *Le Trouvère*. Puis la voix s'échauffe et, quoique trop lent et un peu sanglotant, le « *Pace mio dio* » manifeste beaucoup plus d'assurance, encore que le défaut « tubulaire » de la voix, comme disait Roland Barthes, se fasse entendre dans le médium. Moins dans l'aigu qui reste cristallin. La prise de son en plein air nuit à l'orchestre, mais non à la voix de Callas, parfaitement audible. Ses glissandi pianissimi restent d'une grande beauté dans les vocalises de *Lucia* (comme dans *Hamlet*, où elle paraît parfaitement à l'aise), mais les notes aiguës isolées et poussées sont maintenant enrouées. Sa mort d'Isolde, moins frappante évidemment que dans son premier disque de 1949, est une curiosité. Le *bis* extraordinaire qu'elle offre (elle répète la deuxième partie de l'air d'Ophélie) prouve son bonheur d'avoir retrouvé sa pleine forme en cours de récital.

Quinze jours plus tard, elle rejoint la troupe de la Scala à Édimbourg pour chanter *La Somnambule*, dans la production de Visconti (dont elle annule la cinquième représentation, provoquant un grand scandale, remplacée par Renata Scotto à laquelle, bien plus tard, elle rendra hommage en allant l'applaudir à la Scala en 1970 dans *Les Vêpres siciliennes*, quand elle-même a quitté la scène et qu'une partie du public hue la malheureuse Scotto et scande « *Brava, Callas !* »), puis avant d'enregistrer *Médée* et d'honorer ses contrats à Dallas, en novembre, elle accepte l'invitation d'Elsa Maxwell qui l'accompagne au piano, à l'hôtel Danieli, pour un récital privé.

C'est au cours de cette soirée que le 3 septembre 1957 Elsa Maxwell lui présente Aristote Onassis, et sa femme Tina, curieux sosie d'Evita Perón. Lui, est né le 15 janvier 1906. Il a donc cinquante et un ans, dix de moins que Giovanni Battista. Il est originaire de Smyrne, en Turquie. Il a fait fortune en Argentine, entre 1923 et la guerre : après y avoir exercé divers métiers (notamment négociant en tabac) et avoir eu une liaison avec d'autres sopranos, une Norvégienne « qui avait la particularité de le faire mettre à genoux pour qu'il lui lèche les orteils[7] », selon Vassilis Vassilikos, et Claudia Muzio, chanteuse italienne qui fit carrière au Teatro Colón et fut, avant Maria Callas, surnommée « La Divina »), il a édifié progressivement un empire d'armateur, en achetant progressivement des bateaux. Il se lie à une héritière suédoise d'armateurs. Il passe la guerre à New York, après un bref séjour à Londres. Il aurait eu, à Hollywood, des liaisons avec Veronica Lake et Paulette Goddard. Et il se marie avec une héritière d'armateurs grecs, Athina Livanos, qui a vingt ans de moins que lui. En 1957, sa fortune a atteint des proportions colossales à la suite de la crise de Suez qui lui a profité. Et il était un des principaux actionnaires de la Société des bains de mer qui possède les casinos de Monaco. Il a alors deux enfants : Alexandre et Christina. Meneghini commente cette première rencontre par une brève remarque : « L'armateur était agréable, mais pas d'une cordialité excessive[8]. » Selon Arianna Stassinopoulos, la fête se poursuivit dans plusieurs lieux vénitiens et à bord du *Christina* qui était ancré dans le Canale Grande, ce qui paraît totalement invraisemblable évidemment[9].

Ils se reverront tous les trois un an plus tard, le 19 décembre 1958, à Paris, pour un concert à l'Opéra de Paris, au bénéfice de la Légion d'honneur, où elle chante un duo de *Norma*, un duo du *Barbier de Séville* et le deuxième acte de *Tosca*. Ce concert fut diffusé en direct à travers toute l'Europe. Ce gala donnait maintenant le ton de la vie nouvelle qui se dessinerait pour Maria Callas.

Toute l'année 1957 avait été fort tumultueuse. Des brouilles avec des partenaires à New York (notamment le baryton de *Lucia*, Enzo Sordello, pour une question de notes tenues trop longtemps : insultes sonores de la part de Callas, ou du baryton, et surprises par le public en cours de représentation), des annulations, des conflits avec les organisateurs pour des cachets, des mésententes renouvelées avec Antonio Ghiringhelli qui après le scandale d'Édimbourg hésite à réengager Maria Callas pour la saison suivante. Mais, après avoir donné un récital à Dallas (presque aussi éclectique qu'à Athènes : de *Sémiramis* à *Macbeth*, en passant par un air de Constance de *L'Enlèvement au sérail)*, elle va assurer les premières représentations d'*Un bal masqué*, en décembre 1957 : une fois encore elle ouvre la saison de la Scala où elle reprendra dans la saison *Anna Bolena* dans la mise en scène de Visconti et chantera, au cours de la même saison, pour la première fois le rôle d'Imogene dans *Le Pirate*. Juste après se produit un autre scandale, celui de la *Norma*, à Rome.

Le 2 janvier 1958, elle interrompt donc la représentation à la fin du premier acte, car, à la fin de « *Casta diva* » où elle a presque brisé une note, un spectateur hurle : « Retourne à Milan ! Tu nous coûtes un million de lires ! Tu ne les vaux pas[10] ! » Sa fatigue s'expliquerait à la fois par des répétitions dans un théâtre insuffisamment chauffé (selon Meneghini) et par un réveillon prolongé : elle a chanté « *Casta diva* » en direct à la télévision le

31 décembre et a fini la nuit dans des night-clubs romains [11]. Pour les représentations suivantes, elle est remplacée par l'émouvante Anita Cerquetti qui chantait le même opéra au San Carlo de Naples. Le retentissement de cette interruption fut considérable, à cause du président de la République. Callas dut se justifier interminablement de cet incident qui demeure l'un des événements les plus commentés de sa vie. Il eut des conséquences pénibles. Meneghini cite les attaques désormais nombreuses dont elle est victime : insultes anonymes au téléphone, excréments laissés sur leur portail du 40 via Buonarroti à Milan, légumes envoyés sur la scène et même un chien mort abandonné sur la banquette de leur voiture. Deux procès s'ensuivirent, que Maria Callas et Meneghini gagnèrent de nombreuses années plus tard, alors qu'ils étaient déjà séparés.

Elle chanta le 25 mai 1958 dans *Le Pirate*, après avoir été opérée des hémorroïdes. C'est son propre mari qui donne ce détail cru, pour expliquer aussi l'état d'épuisement physique et psychologique auquel elle était parvenue au cours de ces deux années fertiles en agitations de toutes sortes et qui préparent leur rupture définitive. Mais entre-temps, elle était retournée aux États-Unis, où elle chante à Chicago (un concert au profit de l'Alliance française) et au Met, sa première *Traviata* américaine, *Lucia* et *Tosca*. Elle refuse de revoir sa mère, maintenant réinstallée à Manhattan, après son divorce. Elle participe à des shows télévisés, puisque c'est maintenant sa nouvelle identité. Elle retourne en Europe, où, après un concert à Madrid, elle donne à Lisbonne ce qui passe pour sa meilleure *Traviata*, avec Alfredo Kraus. Elle retourne à Londres où elle chante également *La Traviata* et enregistre un récital pour EMI. Elle fuit l'Italie où elle ne se sent plus aimée. Aux États-Unis encore : après *La Traviata* et *Médée* à Dallas, sa première tournée (Cleveland, Detroit, Washington, Los Angeles, San Francisco). Yannis Tsarouchis racontera comment il était allé lui présenter les maquettes de ses costumes au Waldorf Astoria, à New York, en octobre[12]. Elle refuse, en effet, de prolonger avec Rudolf Bing son contrat pour l'année suivante : le programme, qui se réduit à un répertoire qu'elle a trop pratiqué, les conditions précaires de répétitions et de représentations du Met ne lui conviennent pas et elle se plaint qu'on lui inflige trop de partenaires différents, d'une représentation à l'autre.

Tout d'abord déconcertée par les maquettes présentées par Yannis Tsarouchis, la chanteuse est finalement conquise. « Je me suis rendu compte, commente le peintre, que j'étais en présence d'une femme qui comprenait parfaitement la période classique et d'une artiste qui possédait une sensibilité et un instinct stupéfiants. Je l'ai observée pendant qu'elle retravaillait les esquisses avec moi et adaptait ce nouveau grand rôle à une nouvelle conception de la mise en scène. Son intuition la guidait sans erreur. Elle savait exactement la chose juste à faire, au juste moment, et elle était tellement excitée par l'idée juste à réaliser[13]. » Elle accepte l'idée que Médée soit dépouillée de tout bijou. Elle veut signifier le caractère « étranger » de son personnage, qui est déplacé parmi les Grecs. (Elle vient de Colchide.) Pour le deuxième acte, Médée porte une cape de lourde soie, couleur brique dorée, sur une robe mauve, rehaussée d'or. Et dans le troisième acte, Tsarouchis l'habille comme « une idole d'argile », ce que la Callas commente : « Médée n'est plus une femme dans cet acte. Elle accomplit des actes qu'aucune femme ne ferait. Elle se transforme en flamme démoniaque, brûlant d'un désir enragé de vengeance passionnelle[14]. »

Bien que ce rôle de Médée, qu'elle reprendra à Londres et à Épidaure, dans la même production, doive compter dans la carrière de la Callas, comme l'un des plus importants, la période des concerts s'est progressivement substituée à celle des opéras. Et la rupture avec l'Italie préfigure celle avec Meneghini. Onassis devient insistant. Durant cette période, Maria Callas est à la une de nombreux journaux, au même titre que Marilyn Monroe. Le numéro du 20 avril 1959 de *Life Magazine* leur est consacré à toutes deux et publie une longue interview de la chanteuse à propos de ses scandales (l'interruption de sa *Norma* de Rome en janvier de l'année précédente et la rupture de son contrat avec le Met, changement qui l'a contrainte à choisir désormais la salle du Carnegie Hall).

Après le gala de la Légion d'honneur, selon Meneghini, Onassis aurait appelé à plusieurs reprises. Il serait réapparu, après une nouvelle tournée américaine (à Philadelphie, à New York où elle chante, en janvier 1959, *Le Pirate* et à Washington). Après avoir enregistré *Lucia* à Londres et avant des concerts en Espagne, Maria Callas aurait revu Onassis à Venise, où il les aurait invités, elle et Meneghini, en croisière sur le *Christina*. Mais Maria, trop occupée par ses futurs concerts, décline la proposition pour l'instant. Après une tournée européenne, elle voit resurgir Onassis à Londres, où elle rechante *Médée* dans la production de l'année précédente à Dallas et avec pour partenaire Jon Vickers. C'est, comme on l'a signalé plus haut, au peintre grec Yannis Tsarouchis que l'on doit le merveilleux tissu noir en plissé accordéon dans lequel Callas se drape en ne laissant paraître que son regard, geste qui pour beaucoup la symbolise. Et la mise en scène est également d'un Grec : Alexis Minotis. Onassis a acheté une trentaine de billets qu'il offre à des amis et organise une soirée après la première, le 16 juin 1959. Il a pris la situation en main. Il a programmé leur croisière commune le 22 juillet 1959. Le yacht partira de Monte-Carlo, où les attend Elsa Maxwell, à l'hôtel de Paris. À bord du *Christina*, se trouvent Winston Churchill et Gianni Agnelli. Maria Callas s'est donné un mois de repos entre deux concerts (à Amsterdam et Bruxelles) et l'enregistrement de *La Gioconda*, à Milan. C'est pendant ce mois qu'elle a décidé d'effacer sa carrière et sa vie commune avec Meneghini. Août 1959. Elle n'a pas trente-six ans. Elsa Maxwell, avant qu'ils ne s'embarquent lui a écrit :

Tu prends la place de Garbo, maintenant trop vieille, à bord du *Christina*. Bonne chance. Je ne me suis jamais intéressée à Garbo et toi, je t'ai aimée. À partir d'aujourd'hui, jouis de chaque instant de ta vie. Prends (et c'est un art délicat) tout. Donne (ce n'est pas un art délicat, mais un art important) tout ce que tu as à donner : c'est la voie du vrai bonheur que tu dois découvrir dans la sauvagerie. Je ne désire même plus te voir. Le monde dira — en fait, on le dit déjà — que tu as seulement voulu m'utiliser. Je le nie catégoriquement. Le peu que j'ai fait, je l'ai fait les yeux grands ouverts, de tout mon cœur, de toute mon âme. Tu es déjà une parmi les grands, et tu deviendras plus grande encore [15].

Plus tard, dans ses Mémoires, la même Elsa Maxwell condamnera Callas... à laquelle toutefois elle dédie son livre : « Elle a le port d'une déesse, mais peut entrer dans des colères d'enfant gâtée et stupide. Elle a tout du génie et de la sorcière [...]. Depuis août 1959, cette fatale croisière où Meneghini et Maria furent invités par Tina à bord du *Christina*, il m'est impossible de la défendre ou d'expliquer sa conduite [16]. » À chaque escale, un premier ministre (Karamanlis en Grèce, Adnan Menderes en Turquie). Le 6 août 1959, sur le mont Athos, le patriarche Athenagoras Ier de Constantinople, le plus haut dignitaire de l'Église orthodoxe grecque, s'adressant en grec à Onassis et à Callas, les bénit comme s'ils formaient déjà un couple. Callas revient à bord dans un état de totale exaltation. Selon Meneghini, c'est dans la nuit qui suivit qu'Onassis et Callas firent l'amour la première fois, sur le yacht, après cette bénédiction [17]. Elle ne rejoint pas son mari dans leur cabine. Le lien sentimental et sexuel qui se noue cette nuit-là modifie définitivement la perception que l'on aura dorénavant de la Callas. Qu'il se noue cette nuit d'août, entre deux Grecs qu'un Grec a bénis, donne à Maria Callas, sans doute, la conscience accrue d'un destin. Elle n'en a jamais douté. Elle décide, à travers la représentation intériorisée de ce destin, que sa vie ne sera pas attachée à un riche industriel provincial et dévoué, qui l'a accompagnée dans son ascension mondiale vers la gloire, mais à un magnat, qui fréquente les « grands » de ce monde, parmi lesquels, de ce fait, elle ne se compte plus, puisqu'elle a besoin de son aide pour les fréquenter. Elle redevient, à sa façon, comme le soulignait Alberto Moravia, petite-bourgeoise : « Vous ne trouvez pas que la Callas avait des goûts petits-bourgeois ? Imaginez que quand, en compagnie de Dacia et de Pasolini, nous sommes allés en Afrique avec elle, la Callas demandait qu'on lui porte ses valises et dans sa chambre elle écoutait des chansons de variétés à la radio. Elle aimait recevoir des bouquets de fleurs dans les hôtels[18]. » Ce n'est évidemment pas comme une conversion à la petite-bourgeoisie que Maria Callas vit sa passion fulgurante pour Onassis, mais comme l'abandon tardif (elle n'a que trente-cinq ans, mais derrière elle un long parcours et une vie conjugale de douze ans) à un amour nouveau. Non pas qu'elle ait, jusque-là, ignoré l'amour. Sa correspondance avec Giovanni Battista témoigne de sentiments violents et sincères. Mais elle a besoin, probablement, d'une autre forme de soutien, dans un monde qui lui est devenu franchement hostile. Durant les deux précédentes années, elle a affronté une grande violence de la part de son entourage professionnel. Ses annulations (à Athènes, à Édimbourg, à Rome) ont été reçues comme des caprices et des insultes. La Scala, humiliée en Écosse, où la Callas en refusant de chanter une cinquième *Somnambule* l'a mise dans un incroyable embarras, ne lui pardonne pas d'avoir été contrainte de faire mauvaise figure à l'étranger (d'autant plus qu'on soupçonne Callas d'avoir annulé la représentation supplémentaire pour pouvoir répondre à l'invitation mondaine d'Elsa Maxwell à Venise) et lui retire le crédit qui lui restait. Devoir faire carrière aux États-Unis n'est pas une consolation, car son pays de naissance, après l'avoir méprisée en 1945-1947, aura attendu presque dix ans, qu'elle se fasse un nom en Europe pour l'accueillir triomphalement. La caution demeure l'Italie qui la rejette. Son retour en Grèce a également été décevant pour elle, malgré la beauté de son concert à l'Odéon d'Hérode Atticus. Il est, assurément, triste de voir qu'elle imite sa sœur, qui a vécu avec Milton Embirikos, un armateur, lui aussi et de penser que la somptuosité de son cheminement a pour dernière étape une telle liaison qui paraît désavouer ce qu'elle a construit jusqu'ici. Il est évident que la rupture qui se consomme a des causes profondes dans sa relation avec Meneghini, moins fusionnelle qu'il n'a paru. Du point de vue de son image publique, elle ne se trompe pas, si elle cherche la notoriété. Car le couple Callas-Onassis va frapper les imaginations beaucoup plus encore que les triomphes lyriques. Une croisière sur un yacht avec l'un des hommes les plus riches du monde parle plus qu'un rubato dans l'air de la folie de *Lucia*. Ce chromo-là en séduira d'autres après elle. Princesses, hommes d'État, actrices. En trahissant Meneghini, rejoint-elle enfin les agissements passionnés des héroïnes qu'elle incarne depuis maintenant vingt ans sur les scènes ? A-t-elle cédé à cette illusion, comme Isolde dont elle vient de rechanter la mort à Athènes et qui sur un bateau trahit celui à qui elle était promise ? Ou, plus prosaïquement, s'est-elle contentée de changer d'agent publicitaire ? Tout cela, en tout cas, se passe sur la Méditerranée. Retour au berceau.

Meneghini affirme que pourtant, dans les jours qui ont précédé, Maria se comportait en amoureuse avec lui et que, à leurs yeux, Onassis n'était qu'un hôte divertissant, qui faisait le pitre et jouait aux cartes avec Churchill. « Un détail qui m'impressionna, ce fut de voir Onassis en maillot de bain. On n'aurait pas dit un homme, mais un gorille. Il était très poilu. Maria riait en le regardant[19]. » Trois jours plus tard, le 6 août, toujours selon Meneghini, une fête eut lieu à Athènes et Maria ne remonta pas à bord à 4 heures du matin avec lui. Au matin, elle lui fit une scène : « Tu es comme un geôlier. Tu ne me laisses jamais seule. Tu me contrôles tout le temps. Tu es un gardien insupportable, tu m'as tenue enchaînée pendant toutes ces années. Je n'en peux plus[20]. » Elle lui reproche son apparence physique, son ignorance, ses négligences vestimentaires. Le drame a été si durement vécu par le malheureux Meneghini qu'il tint un journal (publié deux fois : dans ses Mémoires et dans sa correspondance). Une fois qu'ils ont débarqué à Nice, ils sont rentrés le 13 août à Milan où Maria veut rester, laissant Meneghini regagner seul la maison de Sirmione, presqu'île sur le lac de Garde, qu'ils ont acquise deux ans auparavant. Le 14 août, il rejoint sa mère qui est malade. Le 15 août aux premières heures, Maria l'appelle et lui reproche de ne pas lui avoir téléphoné en arrivant dans leur maison de campagne. « J'ai décidé de te parler et de te mettre au courant de tout. Je ne peux pas attendre. Viens, ta Maria t'attend[21]. » Elle utilise cette formule par habitude, selon Meneghini. Il revient donc à Milan pour le déjeuner, préparé par Maria. « Cette fatalité est tombée sur Ari et moi et nous ne sommes pas capables de nous rebeller[22] », ainsi présente-t-elle les choses pour lui annoncer que leur mariage n'a plus de raison d'être. Onassis les rejoint le soir. Ils pensent, essentiellement, à étouffer le scandale. C'est ce qui les préoccupe tous les trois, habitués depuis de longues années à manipuler la presse, plus que la passion qui est en train de détruire la vie d'un homme. Meneghini lui-même prend des mesures pour résoudre ce problème stratégique. Maria et Meneghini passent tout de même leur dernière nuit ensemble. Il feint de dormir quand elle se glisse sous les draps, après avoir prolongé la conversation avec Onassis, pendant une heure en tête à tête. De retour à Sirmione, Meneghini reçoit des appels de Walter Legge et de Nicola Rescigno (chef italo-américain, né en 1916, comme elle à New York, qui a fondé l'Opéra de Chicago, puis celui de Dallas et qui, depuis 1954, a dirigé très régulièrement Maria Callas, orientant sa carrière américaine, et lui restera fidèle, sans doute à cause de la similitude de leurs parcours et de leurs attaches new-yorkaises, puisqu'il l'accompagnera, jusqu'en 1965, à Londres, au Canada, en Espagne, en Grèce et qu'il alternera avec Georges Prêtre la direction de la dernière *Tosca* parisienne). Bien entendu, ils ne savent rien. Ils téléphonent à propos des prochains engagements de Maria : l'enregistrement de *La Gioconda* et un concert, avec Rescigno, à Bilbao, le mois suivant. Que la Callas ait dû, quand elle abandonnait Meneghini, chanter l'opéra qu'elle répétait quand elle l'a rencontré à Vérone est une de ces plaisanteries dont le destin est coutumier. Cette coïncidence n'échappera pas à Meneghini qui le note à la fin de ses Mémoires[23]. La scène que Meneghini décrit ensuite, le 17 août, où Callas le rejoint à Sirmione avec Onassis, ressemble à un scénario de Suso Cecchi D'Amico ou Giuseppe Patroni Griffi et Luchino Visconti, écrit pour Romy Schneider (« Le Travail », dans *Boccace 70*) ou Silvana Mangano (« La Sorcière brûlée vive » dans *Les Sorcières*). Bref, conforme au milieu de la *jet-set* qu'a photographié Marina Cicogna. Callas et Onassis arrivent saouls. La soirée, sous les yeux des serviteurs (Ferruccio Mezzadri et Bruna Lupoli qui accompagneront plus tard Maria à Paris), est avinée, d'une feinte jovialité, d'une fausse complicité entre « gens du monde » et dérape vite. Insultes, au milieu des aboiements des caniches nains, Tea et Toy, qui deviendront, avec leurs successeurs, les seuls compagnons de Maria Callas dans les années qui viennent. « Seuls mes chiens ne me trahiront pas », aurait-elle dit, si l'on en croit d'innombrables articles et le roman de l'Allemand Helmut Krausser qui s'identifie au caniche noir, Toy[24].

À l'aube du 18 août, Onassis et Callas sont repartis. Dans la journée du 18 août, Callas exprime la ferme volonté d'une séparation. Le 20 août, la procédure est commencée. Callas est partie se « réfugier » à Monaco : elle est surtout allée chercher un public qui pourrait donner un écho à sa nouvelle vie. Un entrefilet de presse dès le 21 août commente sa liaison avec Onassis, car ils sont surpris ensemble par les photographes. Aucune décision privée n'a plus de sens si elle n'est pas amplifiée par le commentaire des journalistes. Le 26 août en téléphonant à son mari d'envoyer toutes ses affaires personnelles, Callas lui dit, en guise d'adieu : « Estime-toi heureux d'être arrivé à ton âge en aussi bonne santé. Maintenant, tu as la vie derrière toi, tu dois accepter de rester seul, de ton côté. Moi, je l'ai devant moi et je veux la vivre. J'ai vécu douze ans près de toi, ça suffit. J'ai le droit de changer[25]. » À Monte-Carlo, Maria Callas participe le 28 août à une fête sur le *Christina* en l'honneur du couple princier. Tina est présente, mais la liaison de son mari avec Callas lui importe peu : elle se trouve, selon Nicholas Gage, avec son propre amant, Reinaldo Herrera, qui a vingt-cinq ans[26], fils d'une riche famille aristocratique vénézuélienne et futur rédacteur de *Vanity Fair*. Elle-même est plus jeune que Maria : elle a trente-trois ans. Le yacht repart pour Venise, en contournant la botte. Garbo est à bord. Les rapports de Maria et de Giovanni Battista s'enveniment. Meneghini pense la poursuivre selon la loi italienne (où le divorce n'est pas encore possible). Mais elle est américaine et échapperait aux chefs d'accusation. Maria menace son mari de débarquer à Sirmione avec un revolver. Paroles en l'air, heureusement. Le 7 septembre, alors que Maria Callas enregistre à Milan *La Gioconda* avec Fiorenza Cossotto sous la direction d'Antonino Votto, avec lequel elle a beaucoup travaillé, tous les journaux révèlent la procédure de séparation. Les choses sont en place : maintenant que la presse s'en est totalement emparée, l'événement existe. La séparation par consentement mutuel sera officialisée par le tribunal de Brescia le 14 novembre 1959. Mais deux ans plus tard, Meneghini fera appel pour tenter d'obtenir que Callas soit condamnée pour faute. De son côté, Athina Onassis réclame le divorce le 25 novembre, pour adultère, mais sans mettre en cause Maria Callas et sans réclamer aucun dédommagement financier : elle exige seulement la garde de leurs enfants, Alexandre (onze ans) et Christina (neuf ans). De la fortune d'Onassis, elle ne conservera que ses propres bijoux et l'appartement de Manhattan. Quant aux infidélités de son mari, elle se contentera de faire allusion à une autre aventure avec une amie d'enfance, stupéfaite d'être mise en cause. Le divorce sera prononcé quelques mois plus tard, le 25 juin 1960[27]. Meneghini, lui, ne concédera jamais le divorce réclamé par Maria Callas. Mais rappelons que le divorce ne deviendra légal en Italie qu'en décembre 1970 et confirmé en 1974 au terme d'un référendum. Autrement dit, Meneghini l'aurait-il accepté, c'était trop tard, puisque Onassis a épousé Jackie Bouvier le 20 octobre 1968. Ce n'est donc que quand Maria Callas renoue avec Onassis que la question aurait pu se poser. Trois mois avant de mourir, Maria Callas, selon le neveu de Meneghini, Pietro Cazzarolli, serait venue à Vérone, dans le dessein de préparer une réconciliation avec son ancien mari. Elle avait, semble-t-il[28], en tête une Fondation Meneghini-Callas. Mais elle ne revit pas Giovanni Battista et mourut à la fin de l'été.

Briller

Après avoir enregistré *La Gioconda* à Milan, Maria Callas donne deux concerts : après Bilbao, Londres. Entre-temps, elle rejoint le *Christina* pour une très brève croisière. Elle a changé de style de représentation. Les photographes sont convoqués et fuis, flattés et insultés, selon l'humeur privée et la stratégie commerciale. Sur le plan vocal, les moyens sont amoindris. La voix est durcie, les aigus difficiles et poussés, le vibrato trop présent. Mais Maria Callas plaçait haut son médiocre enregistrement de *La Gioconda* de 1959, sans doute par orgueil et pour contrebalancer l'image douloureuse qu'elle eut, après coup, de cette année où elle est exclue de la Scala, remplacée par Tebaldi qui y revient victorieuse. « Tout est là, disait-elle à propos de ce disque d'EMI, pour quiconque veut savoir ou comprendre ce que signifiait mon travail[1]. » Le 3 octobre 1959, elle participe à un gala télévisé en direct à Londres, où elle interprète l'air de Marguerite de *Méphistophélès*, où elle a un trou, qu'elle comble par des vocalises improvisées. C'est le début d'un ralentissement volontaire de ses engagements sur la scène, puisque, en 1960, elle va se contenter de deux opéras : *Norma* (à Épidaure, pendant l'été) et *Poliuto* (pour l'ouverture de la Scala qui la récupère à nouveau), en fin d'année.

La vie privée de Maria Callas devient donc le sujet principal des articles qui lui sont consacrés et où l'on remarque seulement, avec discrétion, que la voix n'est pas en excellente santé. Evangelia Kalogeropoulos, qui vit maintenant à New York, accepte d'apparaître dans un talkshow télévisé, avec la mère de Zsa Zsa Gabor, pour commenter l'existence d'une mère de star. « J'ai été la première victime de Maria. Aujourd'hui c'est le tour de Meneghini. Onassis sera le troisième. Maria ne veut épouser Onassis que pour satisfaire son insondable ambition[2]. » Jolie Gabor, séduite par le franc-parler de cette harpie, lui offre aussitôt un emploi dans sa bijouterie.

Après un concert à Berlin (où entre autres, elle chante l'air de Donna Anna, « *Non mi dir* », de *Don Juan* de Mozart), elle part pour les États-Unis où elle est, à son arrivée à l'aéroport, harcelée par les journalistes qu'elle rabroue vertement et où elle honore, non sans difficultés psychologiques et vocales, ses contrats, accompagnée du chef Nicola Rescigno : récital à Kansas City, *Lucia* et reprise de *Médée* à Dallas. Dans *Lucia*, elle a une faiblesse dans une note aiguë (un mi bémol qui doit être répété dans des vocalises), qui lui fait craindre d'avoir perdu ses capacités vocales. « Le public ne s'en aperçut pas, devait témoigner son amie Giovanna Lomazzi qui l'accompagnait souvent dans ses tournées et partageait sa chambre. On l'applaudit et j'allai à sa rencontre dans les coulisses. Elle était bouleversée. Elle me dit, en m'enfonçant ses ongles dans la chair de mes mains : "C'est ici que se termine ma carrière." Je l'ai entendue sangloter dans son lit toute la nuit[3]. » Sa séparation légale la contraint d'interrompre quelques jours sa tournée et d'annuler le *Barbier*, pour assister à l'audience à Brescia. Cette confrontation avec Meneghini dure plus de huit heures. Mais après cette pause, largement répercutée par les journaux, elle retourne à Dallas, pour chanter *Médée*.

Comme nous l'avons déjà évoqué, l'absence de la scène pendant les neuf mois qui suivirent et où Maria se contenta de quelques séances d'enregistrement et d'interviews, a donné lieu aux hypothèses séduisantes, mais fragiles, de différents biographes sur sa grossesse et l'accouchement d'un enfant qui n'aurait vécu que huit heures. Mais il est plus probable que, très angoissée par ses défaillances à Dallas et par son changement de vie, elle se donne plutôt quelques mois de réflexion. Sa relation avec Onassis est sans rapport avec la vie conjugale très fusionnelle qu'elle a connue jusqu'ici, sur tous les plans, avec Meneghini. Et changer d'agent n'est pas sans poser de problèmes. Elle doit négocier son retour à la Scala et au Met, avec la nouvelle identité publique qui est la sienne. Elle doit reconsidérer son répertoire. Il n'est plus possible de chanter à la fois *Lucia* et *Médée*, *Macbeth* et *Hamlet*. Ni d'aller d'un bout à l'autre de la planète d'un jour à l'autre. Elle doit, surtout, mériter sa notoriété par d'autres moyens : ceux pour lesquels elle a opté, le 6 août 1959. L'apparence s'obtient et se maintient dorénavant par d'autres armes, avec lesquelles, certes, elle s'est familiarisée, mais qui lui découvrent d'innombrables rivales, dans le milieu du *show business* et de la politique. Chanteuse exceptionnelle, elle ne sera pas un membre exceptionnel de la *jet-set*, sauf à se satisfaire de beaucoup d'approximations, d'illusions, de vulgarités. Elle est maintenant la partenaire d'un associé en représentation pour un spectacle international dont elle ne maîtrise plus les conventions, les règles, les virevoltes imprévisibles. Il ne s'agit plus que de briller.

L'argent d'Onassis lui permet de se tenir éloignée de la scène, encore qu'il semble qu'Onassis l'ait incitée à ne pas trop se faire oublier. Renata Tebaldi, cependant, est revenue à la Scala, où elle chante l'un des rôles désormais préférés de Callas : Tosca.

C'est cette période qu'Evangelia choisit pour publier son livre, *My Daughter Maria Callas* (Fleet Pub Corp., New York). Les croisières avec Onassis se déroulent moins bien que prévu. Il ne souhaite pas montrer Maria, pour ne pas compliquer son divorce avec Tina et ses rapports avec les Churchill, attachés à cette dernière. En juillet, insatisfaite par leur qualité, Maria n'autorise pas la mise en vente des enregistrements qu'elle réalise alors (des airs de *Sémiramis, Armida, Les Vêpres*). Elle annule son récital d'Ostende, parce qu'elle a pris froid. À moins que ce ne soit par crainte de décevoir dans *Norma* à Épidaure. Mais son retour en Grèce est accueilli avec enthousiasme, d'autant plus que c'est Alexis Minotis qui la met en scène, Yannis Tsarouchis qui fait les décors et costumes et Serafin qui dirige. La première fort attendue (car jusque-là le théâtre antique était réservé à des tragédies parlées) est annulée à cause du mauvais temps : les 14 000 spectateurs doivent repartir. Son Pollione, Mirto Picchi, raconte à Sergio Segalini : « Ce soir-là, le bûcher de Norma ne devait pas s'allumer pour elle. Et elle en fut heureuse. Elle resta quelques minutes dans ma loge, en appuyant sa tête sur mon épaule avec un soupir. Dans ces gestes très humains, elle révélait sa véritable nature de femme très simple qui n'avait rien de cette tigresse dépeinte par la presse à sensation[4]. » Et c'est sous la baguette du même Serafin qu'elle enregistre, juste après, le *Norma* de référence, avec Christa Ludwig en Adalgisa. Alexis Minotis qui a mis en scène la *Médée* de Dallas, de Covent Garden (et l'année suivante, à Épidaure) est un ancien acteur, mari de Katina Paxinou — ancienne cantatrice, grande amie de Dimitri Mitropoulos dont elle a créé, autrefois, à Athènes l'opéra *Béatrice de Tende*, cette célèbre comédienne grecque vient de jouer dans *Rocco et ses frères* de Visconti — et spécialiste du théâtre antique. Tsarouchis, peintre raffiné et érudit, icône de l'esthétique gay, équivalent pictural de Constantin Kavafis (dont il a, du reste, illustré les poèmes), sera, avec Lila De Nobili, l'une des figures les plus marquantes du théâtre lyrique lié à Callas. Il restera, d'ailleurs, proche de la chanteuse dans les dernières années. Onassis, qui n'est pas présent à la première, vient à la représentation suivante. Selon Giovanna Lomazzi, assise à ses côtés, « il ne sut même pas la reconnaître sur scène. Il prit Adalgisa pour elle, à son apparition[5] ». Callas n'a plus un adorateur qui la couve. C'est elle qui poursuit, en s'humiliant et en endommageant son image, un homme qui croit que tout lui est dû. Il avait, dit Meneghini, proposé de lui acheter Callas, par vulgaire provocation. Et il n'a, en effet, finalement rien fait d'autre. Toutefois, malgré l'affaiblissement de ses moyens psychologiques et vocaux, la Callas continue à travailler vaillamment. Son père est venu assister à cette *Norma* légendaire. Ce que sa fille a perdu en moyens, elle le compense par l'intensité du jeu. Les *Médée* de ces derniers mois et de l'année suivante en témoignent. La Callas peut retourner à la Scala, où Visconti devait la diriger dans *Poliuto* de Donizetti. Mais il abandonne la production, car il est en pleine bataille avec la censure : non seulement son film *Rocco et ses frères* est attaqué par des ligues morales, mais il a alors des difficultés à monter *L'Arialda* de Giovanni Testori (qui est l'un des coscénaristes de *Rocco*) à cause des thèmes homosexuels de cette pièce, qui raconte l'histoire d'un jeune gigolo. Durant le début des répétitions, on tente de le contraindre d'enlever des scènes jugées obscènes. La pièce finalement sera créée le 22 décembre 1960 et, après cinquante-quatre représentations à Rome, interdite le 25 février de représentation et de publication. Visconti est remplacé pour la mise en scène de *Poliuto* par Herbert Graf. On remarque que la partition ne pose pas de réelles difficultés à la chanteuse dont le rôle est ici peu brillant et laisse la part belle au ténor, qui, du reste, est une star : Franco Corelli, qu'elle n'aimait guère, à cause de sa beauté physique qui éclipsait la présence scénique de sa partenaire. En 1963, Maria Callas et

Visconti auraient dû se retrouver pour *Le Trouvère* à Covent Garden, mais le projet fut abandonné.

Dorénavant, en dehors de quelques airs en concert, elle ne se hasarde plus dans les rôles acrobatiques. Elle ne chantera plus que trois rôles dans lesquels elle est parfaitement sûre de son jeu et de sa maîtrise musicale : *Tosca, Médée, Norma*, même s'ils appartiennent à des répertoires d'esprit différents et sont rarement chantés par le même type de soprano. Plusieurs films sont proposés (dont *Ann Boleyn* avec Laurence Olivier et *Les Canons de Navarone*, qu'elle n'interprétera finalement pas, laissant son rôle à Irène Papas). L'année 1961 et l'année 1962 sont pauvres en activités musicales, mais riches en apparitions publiques. Photos de yacht, de boîtes de nuit. Callas est entraînée dans un milieu dominé par l'argent, la vulgarité, la trahison, le cynisme.

Elle se lie, toutefois, à l'armateur Panaghis Vergottis, ami d'Onassis, et à Maggie Van Zuylen.

Elle se rapproche alors de la France, par plusieurs réseaux d'amitiés et s'installe tout d'abord avenue Foch. Avant de quitter l'Italie, elle brûle tous les costumes de scène qui lui appartenaient, ce qui alimente la légende d'un reniement de sa carrière à la Scala. Elle est en froid avec Walter Legge depuis qu'il lui a proposé la partie de mezzo du *Requiem* de Verdi en réservant à Elisabeth Schwarzkopf celle de soprano. Elle regrettera toujours de n'avoir pas, malgré de nombreux projets de concerts, chanté en public cette œuvre que, dit-on, elle travailla, chez elle, quelques jours avant de mourir. Elle se tourne alors vers Michel Glotz, conseiller artistique français, pour Pathé-Marconi, une filiale d'EMI. Elle le connaît depuis 1957 et il est venu l'entendre au Met lors de ses représentations de *Traviata, Lucia* et *Tosca*, au printemps 1958. Il la met en contact avec Georges Prêtre qui va diriger ses concerts, ses opéras, ses enregistrements et auquel elle sera amicalement et professionnellement liée pendant plusieurs années. Elle revient à Épidaure pour chanter, le 6 août 1961, *Médée*, toujours dans la même production grecque créée aux États-Unis et reprise à Londres, avec les décors de Tsarouchis, dans une mise en scène de Minotis qui sera redonnée à la Scala le 11 décembre de cette année. Les concerts se raréfient et quand ils ne sont pas annulés, comme en février à Londres, ils sont critiqués. Elle enregistre un disque d'airs de mezzo. En avril 1962, sa mère tente de se tuer. En mai, Maria, venue à New York, sur l'injonction d'Onassis qui a, bien entendu, servi d'intermédiaire avec la Maison Blanche, pour fêter, à Madison Square Garden, le 19, avec Marilyn Monroe l'anniversaire de John Fitzgerald Kennedy, refuse d'aller la voir. Elle chante la séguedille et la « Habanera » de *Carmen*, avant le fameux numéro de Marilyn qui mourra moins de trois mois plus tard. Puis elle rentre à Milan, où elle chante avec difficulté *Médée*. Elle est alors opérée des sinus pour pouvoir assurer la totalité des représentations. On la siffle au poulailler. Mais ce sera sa dernière apparition à la Scala (le 3 juin 1962).

Tous les projets d'opéra sont désormais annulés. Dans ses récitals télévisés, elle chante encore une fois les airs de *Carmen* comme beaucoup de sopranos vieillissantes alors qu'elle n'a que trente-neuf ans. Mais aussi quelques airs de haute virtuosité : *Sémiramis* et *Nabucco*, qui sont là pour prouver l'étendue de son registre. Les critiques les plus admiratifs ont des formules acerbes. Au lendemain du concert qu'elle donne à Paris, au Théâtre des Champs-Élysées, le 5 juin 1963 (dans un programme reproduit à peu près à l'identique dans sa tournée européenne qui a commencé au cours de l'hiver et qui va de « *Casta diva* » à l'air de Musette et à la scie de *Gianni Schicchi*), les commentaires allient l'éloge de la tragédienne qu'elle a été et qui a transformé l'art lyrique, à une grande dureté sur l'état de sa voix. Claude Rostand, dans un très long compte rendu, continue à célébrer le « phrasé si intelligent, si beau, et qui donne à la musique la plus médiocre ou la plus facile une signification essentielle que la plupart des cantatrices accablées par les soucis laryngologiques, ont perdue de vue », « cette si rare qualité de timbre due à la généreuse émission qui a toujours caractérisé son art du chant », mais il ajoute : « Quelle instabilité dans la voix ! D'abord instabilité qui, dans l'aigu, fait naître des sons indéfinissables quant à la hauteur, et qui deviennent souvent des trilles, parfois des trilles à intervalle de tierce. Certains aficionados appellent pudiquement cela du vibrato. Moi je veux bien. Mais quand même, c'est beaucoup de "vibrato"... Au surplus, cet aigu devient assez blanc et plat dans les effets de puissance[6]. »

Désormais, les images publique de Maria Callas, en ville ou sur scène, se confondent. Elle fait bénéficier ses apparitions scéniques d'un éclat mondain où la surexpressivité paraît saugrenue, mais est attendue. Le rôle de Carmen, qu'elle n'a pourtant jamais interprété sur scène (contrairement à ce que représente l'aberrante fiction cinématographique de Franco Zeffirelli, *Callas For Ever*) convient à ce curieux mélange d'émotion canaille et de voix abîmée. Elle brille, mais comme une étoile depuis longtemps éteinte.

Sa mère ayant perdu toute autonomie financière, Maria est contrainte légalement de la prendre en charge. Elle y est forcée, mais présentera, dans les interviews, cette attention comme généreuse, spontanée et naturelle.

Au cours de l'année 1963, où la Callas donne très peu de concerts dispersés à travers l'Europe, Lee Radziwill, la sœur de Jackie Kennedy, actrice obscure, mais protagoniste de la *jet-set*, devient la maîtresse d'Onassis. Meneghini, qui décide de poursuivre Maria pour obtenir une séparation à ses torts, déclare à la presse qu'Onassis va la laisser. Au début octobre, Jackie Kennedy qui, en août, a accouché d'un enfant prématuré qui meurt aussitôt, rejoint sa sœur Lee sur le *Christina*, accompagnée de membres du gouvernement Kennedy, pour faire bonne figure. Le 17 octobre, elle retourne à Washington et voit son mari assassiné sous ses yeux le 22 novembre à Dallas. L'image de Jackie Kennedy à quatre pattes sur le coffre arrière de la voiture blanche cherchant à rattraper des bouts de cervelle de son mari fait le tour du monde. De même que celle de son tailleur rose ensanglanté, qu'elle a tenu à garder, quand elle se trouve près de Lyndon Johnson, à l'instant où il prête serment pour succéder à son mari. Ainsi Jackie Kennedy vit-elle le cauchemar que tant de fois, à travers mille héroïnes sanglantes, de Lady Macbeth à Floria Tosca en passant par Lucia di Lammermoor et Isolde, Maria Callas a représenté sur scène. Elle a trouvé plus forte qu'elle. Onassis rejoint la veuve et dîne le soir de l'enterrement avec la famille Kennedy. Maria Callas est restée à Paris pour enregistrer en d'interminables séances qui durent plusieurs semaines des disques qui ne verront pas le jour, aux programmes totalement incohérents, qui ne correspondent ni à ses possibilités vocales, ni à son tempérament, ni à sa tessiture.

Zeffirelli la persuade toutefois d'accepter la proposition de Covent Garden et de monter une fois encore *Tosca*, à Londres, en janvier 1964, production qui sera reprise en février 1965 à Paris et dont des traces filmées demeurent. Il la met en scène également dans *Norma*, à Paris, en avril 1964. Ces interprétations suscitent des controverses violentes dans la salle et dans les journaux. La Callas, qui a répété chez elle, avenue Foch, sous les protestations des voisins, répercutées dans la presse — Onassis lui achète alors un hôtel particulier, rue Albéric-Magnard, dans le XVIe arrondissement, à la Muette —, a de nombreuses faiblesses, aussitôt accueillies par des huées et des interpellations entre les factions du public[7]. Elle enregistre *Carmen* avec Georges Prêtre. Elle rejoint Onassis à Skorpios et y donne un petit récital de chansons populaires grecques. À Londres, elle enregistre *Tosca*, toujours avec Prêtre, comme pour vainement corriger ses défaillances vocales sur scène. Elle redonne cet opéra l'année suivante, 1965, d'abord à Paris, donc, dans la mise en scène de Zeffirelli, puis au Met, dans celle de Dino Yannopoulos (une reprise).

Jacques Lorcey, qui a assisté à la *Tosca* parisienne en février 1965, est dithyrambique sur son interprétation, mais en insistant, comme la plupart des critiques, plus sur le jeu que sur le chant. « Pareille à Gérard Philipe, dont l'étrange rayonnement physique n'a jamais pu être reflété totalement à l'écran (encore moins au disque), Maria Callas possède une présence d'une intensité exceptionnelle : ceux qui n'ont pu respirer avec elle, sentir leur cœur battre au rythme du sien, ne la connaissent pas — et ne la connaîtront jamais[8]. » Bing commente ainsi sa prestation au Met, à laquelle assiste la récente veuve, Jackie Kennedy : « Elle ne chanta pas bien, mais ça n'avait aucune importance — il n'y avait jamais eu de Tosca semblable[9]. » Après la *Tosca* new-yorkaise, la Callas revient en Europe chanter à Paris et à Londres. Et interrompt définitivement sa carrière de tragédienne lyrique le 5 juillet 1965 à Londres. Elle ne chantera plus d'opéra.

Les *Médée, Norma* et *Traviata*, annoncées à Londres et à Paris sont annulées. De Covent Garden, dernier opéra à l'avoir accueillie pour une représentation lyrique, Maria Callas dira quelques années plus tard (à Kenneth Harris, dans *The Observer*, 15 février 1970, pour la promotion du film de Pasolini) :

Je ne saurais souhaiter chanter devant meilleur public que celui que j'associe à Covent Garden. Mais il faut que je vous prévienne que je peux avoir des préjugés. J'ai eu une histoire d'amour avec Londres. C'est à Covent Garden, en 1952, que j'ai chanté *Norma*. Jusque-là, *Norma* n'avait pas été entendu à Londres depuis que Rosa Ponselle l'y avait chanté en 1930. C'était la plus grande chanteuse de son temps ; et les Anglais ne sont pas faciles à contenter ; après tout, des noms immortels ont été gravés sur les murs de Covent Garden. On a organisé une grande réception en mon honneur. J'ai été acclamée comme la « nouvelle » Norma. C'était un compliment redoutable. Pardonnez-moi si j'ai un préjugé en faveur de Covent Garden [10].

Durant ces années-là, l'image de Maria Callas se durcit. Son vieillissement physique marque son visage, qui reste beau et noble, mais crispé, et sa silhouette, élégante, mais alourdie. La mode des années soixante, plus vulgaire, les ignobles et encombrantes coiffures d'Alexandre, qui aura défiguré d'innombrables actrices et femmes d'hommes d'État de cette époque, la lourdeur du maquillage embourgeoisent la représentation publique de Maria Callas qui multiplie les interviews, à la télévision, à la radio et dans les magazines, où elle donne une impression figée, de femme autoritaire à langue de bois, qui commente avec aigreur la perte d'une tradition lyrique et s'exprime comme si elle régnait encore sur la scène qu'elle est en train de quitter et que dominent maintenant des nouvelles-venues qu'elle ignore, qui ment sur sa vie privée et professionnelle. Sa liaison avec Onassis, de notoriété mondiale, ne correspond à rien de réel, même si, après les infidélités de son amant, elle continue à l'accompagner sur son yacht ou sur l'île de Skorpios qu'il a achetée en 1962. Mais elle n'y est plus seule avec lui. L'a-t-elle jamais été ? De même qu'on applaudit, déjà, sur scène, un passé. Certes, elle est toujours en mesure de se produire en récital et d'interpréter *Tosca*. La voix, à la fois tremblante et métallique, suit parce que la Callas reste capable de contrôler ses défaillances par des effets de notes poitrinées et de vociférations dramatiques, le jeu l'emporte, le regard organise des lignes de force sur scène, dans la salle, les mimiques sont d'un réalisme transfiguré à la Duse, les gestes sont impériaux, extraordinairement pensés, mesurés, efficaces. Elle n'a pas oublié les leçons de Luchino Visconti, ni, surtout, son propre instinct : elle n'a pas effacé la noblesse de sa nature. À Visconti a succédé Zeffirelli, c'est tout dire. C'est le destin de nombreux grands artistes de devenir la proie, à leur crépuscule, de doubles ternis de ceux qui ont favorisé leur ascension. Consciente de ses faiblesses, de ses limites, elle renonce à de nombreux projets d'enregistrements, décline de nombreuses offres (de Covent Garden notamment). Elle commence à enregistrer des duos avec Franco Corelli, mais, découragée par les résultats, elle arrête les séances (dont n'a été retenu qu'un duo d'*Aïda*, commercialisé par EMI après la mort de Maria Callas). Elle envisage *Macbeth* avec lui, *Werther* avec Nicolai Gedda. Ces opéras ne seront pas montés.

Le 29 mai 1965, elle a interrompu la représentation de *Norma* à Paris, comme elle l'avait fait à Rome, le 2 janvier 1958. La représentation londonienne de *Tosca* — un gala de bienfaisance — à laquelle elle ne renonce pas sera, comme on l'a dit, sa dernière participation à une production lyrique. Ce qu'elle a appris, en vingt-cinq ans de carrière, lui permet d'incarner une Floria Tosca émouvante, qui sera décrite avec abondance d'adjectifs et de points d'exclamation par tous ceux qui étaient dans une des salles, à l'Opéra Garnier, au Met ou à Covent Garden, cette année-là. Et les images télévisées donnent une idée de l'intensité de ces représentations, où l'excitation du public était accrue par l'attente d'une nouvelle défaillance, d'un nouveau scandale, d'une manifestation de cabale.

Mais elle a voulu être traitée en star, avec ce que cela comporte de vulgarité de moyens de communication, d'ignorance du travail artistique, de dénaturation de son image, de volonté de lynchage aussi.

Tenter

La dissociation entre la personne et le personnage, entre la femme et l'artiste, entre la chanteuse et le rôle, entre la réalité et l'idéal a été commentée par Maria Callas elle-même et par les critiques musicaux. Elle n'a jamais voulu sacrifier, l'une à l'autre, aucune de ces parts contradictoires qui la constituaient. Toutefois, à partir de juillet 1965, elle doit admettre que sa vie ne peut plus être rythmée par des productions lyriques ni même par des enregistrements. L'hostilité d'un certain public, mais surtout la résistance de sa voix lui font dire, horrifiée par ses propres faiblesses, selon Jacques Lorcey : « Ce n'est pas moi qui chante : j'entends chanter une autre femme[1] ! » John Ardoin, de son côté, affirme, à propos du comportement privé de Maria Callas : « Maria était farouchement jalouse de la Callas. Maria était grosse, dépourvue de charme, sa mère ne l'aimait pas et elle avait plein de problèmes… alors que la Callas était mince, élégante, le monde l'adulait. Elle voulait que Maria pût rivaliser avec la Callas, et Onassis lui en avait donné l'occasion. Jamais avant lui, elle n'avait aimé Maria[2]. »

Pour faire face à cette réalité vocale qui désormais interdit à Maria Callas de se produire sur scène sans risque, elle envisage, avec Onassis, d'autres possibilités, dont le tournage d'un film de Zeffirelli sur *Tosca*. Mais Karajan, qui avait un projet de film, lui aussi, avait acquis les droits qui n'étaient alors pas dans le domaine (Puccini étant mort en 1924). L'abandon de ce projet entraîna sa brouille avec son ami l'armateur Vergottis qui était entré dans la production. Un procès s'ensuivit.

L'année suivante, le 18 mars 1966, Maria Callas renonce à la nationalité américaine pour pouvoir devenir exclusivement grecque et annuler son mariage avec Meneghini. Elle convoque aussitôt la presse pour annoncer la nouvelle et signifier qu'elle est désormais « une femme libre », tout en expliquant minutieusement la législation de la Grèce qui considère comme nul un mariage d'un de ses ressortissants, non célébré à l'église orthodoxe. Elle compte donc encore épouser Onassis. (Mais elle serait alors bigame aux yeux de l'Italie qui n'a toujours pas autorisé le divorce...) Selon Edith Gorlinsky (la femme de son agent Sander Gorlinsky), Maria Callas aurait alors été enceinte et Onassis l'aurait contrainte à avorter. Quoi qu'il en soit, Onassis lui achète un appartement, pour qu'elle s'y installe seule, au troisième étage du 36 avenue Georges-Mandel, entre la Muette et le Trocadéro. (Elle n'en est la propriétaire que pour moitié, à travers une société dont elle a la moitié d'actions.) C'est un immeuble cossu du XIXe siècle sur une avenue arborée et très bourgeoise, assez peu fréquentée sinon par les riverains.

La plupart des biographes de Maria Callas sont ici contraints de s'appuyer sur quelques lettres factuelles qu'elle écrivit alors à Elvira de Hidalgo et qui rendent compte de ses activités, souvent matérielles, liées à l'aménagement de son appartement, de ses déplacements (à New York ou sur le *Christina*), de ses humeurs changeantes dans ses rapports avec Onassis. Elle sort avec lui dans des lieux nocturnes, visibles, susceptibles d'accueillir photographes et journalistes, donc de répercuter des informations sur leur couple. Ayant déserté la scène lyrique, elle s'installe sur une autre scène, qu'elle fréquente depuis de nombreuses années, mais qui devient maintenant la seule : celle des magazines, des interviews télévisées ou radiophoniques, des photos sollicitées ou volées. Onassis, parallèlement, mène une vie analogue, nocturne et visible, dans des endroits coûteux et vulgaires de la *jet-set*, avec Jackie Bouvier, à Manhattan. Les journaux s'en font également l'écho. Si bien qu'il est impossible que l'annonce du mariage de Jackie Bouvier et d'Aristote Onassis ait produit sur Callas l'effet d'une bombe. Elle était, depuis longtemps, au courant de cette liaison.

Il faut se représenter la vie quotidienne d'une chanteuse sans opéra, qui lutte contre la perte de ses moyens, qui reconnaît l'erreur de son choix privé, mais lutte encore pour entretenir l'illusion d'un rapport profond et aimant, qui, en dehors de quelques musicologues fanatiques, est peu aimée du public mélomane, mais a séduit les gens de théâtre par l'intensité de son jeu, rare non seulement chez les chanteurs, mais chez les acteurs, rendue incroyablement célèbre par des aspects latéraux de sa vie publique et épiée par la presse à scandale, qui est harcelée par sa mère, qui n'a plus de rapports de confiance qu'avec Elvira de Hidalgo et Leonidas Lantzounis, son parrain, qui alimente la rancœur de celui qui est toujours légalement son mari, qui doit refuser les propositions nombreuses qui lui sont faites, soit parce qu'elles sont irréalistes par rapport à ce qui lui reste de voix, soit parce qu'elles lui font peur, après les dernières représentations parisiennes et londoniennes, où elle a dû affronter une certaine hostilité, enfin qui a en cours de nombreux procès ou des litiges professionnels et privés (avec Meneghini, mais aussi avec l'Opéra de Rome depuis l'annulation de la *Norma* de 1958, avec Panaghis Vergottis, etc.). Elle a, bien sûr, de nombreux amis, qui la réconfortent et qui témoigneront, auprès de ses biographes, des appréhensions de cette grande artiste brisée, de ses confidences, dans tous les domaines, musical et amoureux, de ses ambitions et de ses revirements, de ses nostalgies, des caprices de la petite fille qu'elle n'a jamais été. Ce sont des relations appartenant à des milieux divers, ou plutôt touchant à ses zones différentes de ses activités. Les projets de disques, un éventuel retour sur scène, des amitiés de soirées partagées, le travail de la voix : chaque domaine lui permet de maintenir des contacts, qui la font écrire. Car Maria Callas, qui parle et écrit quatre langues (le grec, l'anglais, l'italien et le français, et, ainsi qu'on s'en apercevra dans ses *master classes*, elle comprend assez l'allemand pour les livrets d'opéra), est une grande épistolière. On retrouve peu à peu sa correspondance : avec sa famille, son parrain, Meneghini, Pasolini, Elvira de Hidalgo et probablement bien d'autres relations amicales, professionnelles ou mondaines. Elle n'a jamais coupé la communication avec les autres.

Elle voyage mais pour assister à des opéras, non plus pour y participer. En 1968, elle ira même entendre Renata Tebaldi dans *Adriana Lecouvreur* au Met et la saluera. Baisers, flashes, réconciliation. Ses projets sont annoncés pour la galerie, mais non suivis d'effet. Larry Kelly qui dirige toujours l'Opéra de Chicago et le chef Nicola Rescigno tentent de la convaincre. Elle feint de céder.

De Larry Kelly, elle va se rapprocher durant l'année 1968 (pour cette raison, il deviendra l'un des personnages de la pièce de Terrence McNally, *Masterclass*). Car Onassis, retrouvant à New York ou ailleurs Jackie Bouvier de plus en plus souvent, l'invite sur le *Christina* à deux reprises : au printemps et durant l'été. Entre les deux, Bob Kennedy est assassiné (le 6 juin 1968). Maria Callas finit par être exclue du *Christina*, où elle n'est restée qu'en l'absence d'Onassis (qui a rejoint Jackie Bouvier après l'assassinat de Bob) et où elle demande à Larry Kelly de venir lui tenir compagnie. En août, les deux amants, Jackie et Onassis, décident de se marier. Ils signeront en automne, le 20 octobre. Maria voyage aux États-Unis pendant tout l'été qui précède, avec Larry Kelly. Colorado, Santa Fe, Las Vegas, Los Angeles, Cuernavaca, San Francisco, Dallas, New York (selon l'itinéraire transcrit par

Arianna Stassinopoulos[3]). C'est à cette époque qu'elle sympathise davantage avec un ami de Larry, le critique du *Dallas Morning Post*, John Ardoin, qui sera l'un des meilleurs analystes de son art, de son jeu et de sa voix. Arianna Stassinopoulos cite un extrait de la bande enregistrée que lui a confiée John Ardoin. Maria Callas se livre, dans un anglais qui, selon cette biographe, a pâti de sa liaison avec Onassis avec lequel elle a parlé exclusivement grec pendant neuf ans, en évoquant sa relation détruite avec Onassis qu'elle ne nomme pas et dont elle parle au pluriel indéterminé, « ils », à l'italienne :

Si pendant neuf années, vous avez mené une vie cachée et une vie humiliante, ça vous mine et vous n'allez pas guérir en deux mois... quand des gens sérieux et forts vous promettent et vous garantissent un bonheur relatif, alors il faut qu'ils s'y tiennent. C'est trop facile de dire après : *Eh bien, tu sais, je pense qu'on a fait son possible pour être heureux. — Ah bon ? Eh bien, merci beaucoup pour ces neuf années. — C'était chou, non ?* Comme ils disent vulgairement. Qu'est-ce que ça me laisse, à moi maintenant ? Au moins une amitié ? Pas même ça. De la façon dont les choses se sont passées, je ne peux même pas être une amie. Comment pourrait-il être mon ami ? M'humilier comme ça ! C'est tellement facile de dire : *Pas de ressentiment.* Évidemment, le christianisme dit (j'ai lu ça dans des livres) : *Vous devez pardonner, vous ne devez pas avoir de ressentiment.* Je n'ai peut-être pas de ressentiment, mais je souffre[4].

La femme crispée et mondaine qui apparaît sur l'écran grisâtre de la télévision française le 20 avril 1969 semble toutefois relativement à son aise. Elle a quarante-six ans, âge qui lui permet de conserver la finesse de ses traits et la vivacité de son expression sous un maquillage déjà lourd, un vrai masque de kabuki, blême, figé, effrayant. Ses sourires expriment à la fois la décontraction mondaine qu'elle a acquise par sa fréquentation de la *jet-set* et d'Elsa Maxwell, ou plutôt dont témoigne l'intérêt qu'avait manifesté Elsa Maxwell pour elle durant les dix précédentes années et le bonheur de la perspective de retrouver un rôle, fût-il parlé. Mais elle est surtout captive d'une situation typique de la représentation télévisée — qui porte toujours en elle la dissimulation et la falsification : la manipulation autrement dit —, une contradiction entre la certitude qu'elle a que sa voix s'est alors éteinte et le besoin de se convaincre que c'est par choix qu'elle entreprend une nouvelle carrière au cinéma. Curieusement, c'est Luchino Visconti qu'elle a convoqué (avec le musicologue Jacques Bourgeois) et non pas Pasolini, qui va pourtant réaliser le film *Médée* qu'elle a donc accepté de tourner. En ayant choisi ces deux personnes — manifestement assez mal préparées à ce qui est en train de se passer, car elles découvrent une partie des informations que donnent le journaliste Pierre Desgraupes et Maria Callas —, elle entretient une confusion, car ce à quoi elle tient, c'est que l'on évoque son métier de chanteuse : c'est-à-dire le passé. Jacques Bourgeois lui-même, quand Pierre Desgraupes aborde directement le sujet qui a justifié cette émission, croit que *Médée* sera la simple captation d'un opéra… On peut imaginer jusqu'où Maria Callas avait entretenu l'illusion — auprès de ses amis — de sa capacité à remonter sur scène. Il faut préciser qu'elle n'a cessé, depuis 1963 où elle a commencé à enregistrer pour EMI des airs d'opéra français (aux tessitures les plus diverses, comme toujours, qui vont de *Lakmé* à *Werther*, en passant par *Iphigénie en Tauride* et *Samson*) de travailler un possible retour avec Janine Reiss. Ce célèbre professeur de chant, conseillé par Michel Glotz (qui a pris la suite de Walter Legge, quand Callas s'est installée à Paris et a décidé d'enregistrer sous le label français Pathé-Marconi, qui est une filiale d'EMI), a l'habitude de préparer les chanteurs pour les opéras français en général : soit en les aidant pour la diction ou la mémorisation, soit en les orientant dans l'analyse musicale et même l'expression dramatique.

En 1982, Janine Reiss devait raconter sa première rencontre avec Maria Callas, qui lui avait demandé de l'aider à préparer un air des *Pêcheurs de perles* de Bizet. Et, avant de chanter elle-même devant son chef de chant, Maria la prie de déchiffrer et d'interpréter la partition « si elle a une voix ». Janine Reiss s'exécute. Callas l'interrompt quand s'annonce la cadence des vocalises. « Je voudrais que vous m'expliquiez comment cette cadence est construite rythmiquement et harmoniquement, parce qu'on ne peut chanter une cadence que quand on sait exactement comment elle a été écrite[5]. » Et Janine Reiss commente : « Alors, je me suis dit : Eh bien la Callas, c'est la Callas ! Ce n'est pas une femme qui a un yacht, une Rolls, etc. C'est la femme qui réinvente les partitions parce qu'elle les lit, c'est-à-dire qu'elle va à la source de ce qui est écrit, en oubliant ce qu'on appelle tradition. » Il n'est pas sûr que Maria Callas aurait aimé la deuxième partie de la formule de Janine Reiss, car, au contraire, elle retrouvait la tradition oubliée. Sans doute Janine Reiss voulait-elle dire qu'elle oubliait les règles devenues tradition et qui n'étaient que la conformation à un goût abâtardi, mais dominant du chant. Janine Reiss va, en tout cas, être le premier témoin de ce travail discipliné qui doit étayer l'instinct et le don. Travail dont le public, fasciné ou écœuré par l'éclat d'une vie à scandales et à malentendus, n'a pas vraiment idée. Encore qu'elle ait travaillé par le passé, il peut le concevoir. Mais il n'imagine plus désormais qu'elle passe autant de temps à lire et à tenter d'interpréter des partitions. Maria Callas, tout en sachant que sa voix est perdue, pour de multiples raisons physiologiques, psychologiques, techniques, historiques si l'on peut dire (sa précocité), agit comme si elle pouvait revenir. Car, à juste titre, elle affirme que ce ne sont pas les notes qui ont disparu, mais le souffle.

Toujours est-il que ce jour-là, à la télévision, elle laisse parler Luchino Visconti, qui évoque leur rencontre chez Serafin. Sans doute mêle-t-il ses propres souvenirs devenus un peu flous et incertains sur la chronologie d'une longue amitié, à la légende. Il dit qu'il a voulu la diriger quand il l'a vue se débattre avec un petit chapeau qui lui tombait sur le nez dans *Parsifal* (en février 1949 probablement, à Rome) où elle apparaissait, malgré ses rondeurs d'alors, quasi nue sous des voiles. Voiles qu'il avait aperçus chez Tirelli, l'atelier de costumes de tout le cinéma, le théâtre et l'opéra. Mais Visconti proteste surtout contre l'idée que ce soit Pasolini qui la dirige dans *Médée*. Assez brutalement, dans son français parfait, agrémenté d'un immanquable accent de la *jet-set* italienne, il met désagréablement Maria Callas en garde contre quelqu'un qui ne prend habituellement pas des acteurs professionnels dans ses films. Callas ne se départ pas de son sourire de maîtresse de maison pour lui rétorquer qu'il a tort de penser qu'elle fait erreur... ou que du moins elle l'espère. Visconti réplique qu'il aurait plutôt rêvé de la voir jouer une tragédie grecque à Épidaure (mais pas maintenant, ajoute-t-il où « ton pays que j'adore vit des jours terribles » — il fait allusion aux colonels). Rêve qui faillit d'ailleurs devenir réalité.

On s'est beaucoup interrogé sur la rencontre entre Callas et Pasolini. Avant d'entrer dans le vif du sujet, on peut rappeler la situation où Callas se trouve. Onassis s'est donc marié le 20 octobre 1968. Le soir (de l'avant-veille) où l'annonce du mariage a été officialisée par la presse, Richard Burton, ami de Maria, grâce au réseau constitué par Elsa Maxwell, lui conseille d'accepter l'invitation de Rex Harrison, d'assister à la première projection de *La Puce à l'oreille* de Feydeau, réalisé au cinéma par Jacques Charon. Le mariage d'Onassis a été approuvé par le clan Kennedy, et, d'après Nicholas Gage, Onassis aurait tenté de se retirer au dernier moment d'un engrenage incontrôlable, en envoyant un ultime appel à Maria Callas qui aurait orgueilleusement refusé de ravaler son sentiment d'humiliation. Le mariage aurait été décidé pour consolider la présence américaine en Europe, à travers Onassis qui est prêt à investir, grâce à ses amitiés avec les colonels, dans une raffinerie de pétrole russe en Grèce. Ainsi l'influence russe serait-elle surveillée ou contrebalancée. Maria Callas qui s'est depuis dix ans beaucoup rapprochée de la Grèce ne peut plus, pour des raisons sentimentales, envisager d'y retourner maintenant. *Médée*, le film de Pasolini, serait un moyen de poursuivre son dialogue avec ses racines grecques, sans qu'elle soit contrainte d'aller sur le sol grec (le film serait tourné en Cappadoce et sur l'île de Grado au large de Venise). Bien entendu, Médée a été l'un des rôles les plus importants de la carrière de chanteuse de Callas, et c'est avec des Grecs (Tsarouchis et Minotis) qu'elle a triomphé dans ce personnage. La pièce d'Euripide a été, par ailleurs, montée au début des années cinquante (en 1953), peu avant leur collaboration, par Luchino Visconti qui n'en dit rien. Mais les raisons de ce choix sont plus profondes : l'analogie entre la demi-déesse et l'actrice, toutes deux abandonnées de leur art (pour Médée la magie que Pasolini traduit en communication avec le sacré et pour Maria Callas la voix) et trahies par leur amant (Jason et Onassis) pour des raisons politiques (Jason épouse Glauce, fille de roi) permet une réflexion sur l'art, le sacré, la trahison, la passion, la barbarie. Rencontre de deux barbaries, dit Callas rapidement au cours de ces mondanités télévisées. Il est évident qu'elle a déjà beaucoup parlé avec Pasolini.

Dans une interview de Pasolini par Oscar Jahn Montauban[6], le cinéaste explique qu'il avait songé à Maria Callas pour une production des *Troyennes* d'Euripide, puis pour Jocaste dans *Œdipe roi*. Au cours du tournage, Sylvie de Nussac vient interroger le cinéaste et l'actrice[7]. Franco Rossellini, qui produit le film avec, comme on l'a précisé plus haut, la mondaine aristocrate Marina Cicogna, dit à la journaliste que l'atmosphère du tournage est un rêve, que tout le monde est émerveillé de la gentillesse et de la disponibilité de la cantatrice. Pasolini affirme que c'est « l'actrice la plus docile qu'il ait jamais eue. Elle s'est adaptée du premier coup au style intimiste du cinéma. Elle exprime d'un battement de paupières ce qu'à l'opéra elle exprimait par de grands gestes[8]. » La Callas, elle-même, précise que quatre versions successives du scénario ont été écrites, qui se sont éloignées d'Euripide. « Je n'en peux plus des couteaux, de la vengeance, de tout cela. Je voulais une Médée moins sanguinaire, plus humaine. Une femme qui souffre et que l'on peut parvenir à comprendre[9]. » En réalité, le film sera très sanglant. La barbarie y est transfigurée, mais on assiste tout de même au massacre du frère de Médée (interprété par Sergio Tramonti qui deviendra plus tard décorateur) et bien sûr au meurtre des enfants. La journaliste remarque que Callas a gardé des tics d'opéra, en parlant de sa *partition* pour le scénario et de son *ténor* pour son partenaire. Elle dit ici, comme ailleurs, qu'elle a aimé *Œdipe roi* et *L'Évangile*, mais pas *Théorème* qu'elle n'a pas compris et où les gros plans sur les braguettes l'ont choquée. « Mais dans *Médée*, il n'y aura pas de braguettes[10]. » Ailleurs, Maria Callas racontera : « La première fois que j'ai parlé avec Pasolini, il ne m'a pas convaincue : j'ai attaqué les intellectuels, qui sont trop difficiles et enlèvent aux choses leur vérité, vous avez le nez plongé dans vos livres et vous ne voyez pas la vie. Il n'a pas réagi, et en même temps — c'est vrai, il n'a pas pris avec moi une attitude violente, verbalement s'entend. C'est sûr. Alors j'ai compris qu'avec lui le travail serait facile[11]. » Le tournage a commencé le 1er juin à Uchisar. Outre Goreme, Cavusin servit également de décor extérieur. Le reste du film fut tourné en Italie en juillet. Près de Viterbe, où Pasolini vivait (dans sa tour de Chia) et où il fut blessé au cours du tournage, accidentellement par une hache. Sur la plage de Tor Caladara, à Grado, à Pise et enfin à Alep en Syrie. Plusieurs séquences furent également tournées à Cinecittà.

Le tournage du film coïncide pour beaucoup de ses admirateurs avec le début du déclin et l'acceptation de la fin. Ce n'est pas vraiment le cas : Maria Callas ne cesse pas et n'a pas cessé de travailler le chant et la femme quasiment muette et surmaquillée que l'on voit dans le film de Pasolini n'est pas, intérieurement, une cantatrice décidée à se retirer. Pasolini avait-il en tête de représenter la solitude d'une magicienne, et donc sa propre solitude (la sienne à lui, Pasolini) à travers celle d'une sœur que pourtant, contrairement à Visconti, il n'avait jamais admirée sur scène et dont il n'avait pas partagé le monde ? Il est certain que son univers esthétique — qui est ici le même que dans *Œdipe roi*, qu'il vient de tourner — est parasité par celui de Maria Callas. Comme il l'avait été par celui d'Anna Magnani, quand il avait tourné *Mamma Roma*. Toutefois Anna Magnani était profondément Rome, une autre Rome que celle de Pasolini, mais Rome quand même. Avec Callas, la part de la tragédie des drames lyriques était présente, mais aussi cette femme « qui a un yacht, une Rolls[12] » que décrivait Janine Reiss. Nadia Stancioff raconte très précisément le tournage incongru de ce film et ce qu'il a représenté d'efforts psychologiques et physiques pour la chanteuse qui avait une expérience de tragédienne sur scène et n'était pas avare d'expressions pour la représentation d'émotions violentes, mais qui n'avait l'habitude ni des gros plans, ni de telles conditions de travail. Cependant les affinités profondes, artistiques et humaines, dépassant la différence de leurs parcours, tellement éloignés l'un de l'autre, rendirent le travail relativement facile et rapide. Callas, aidée par les conseils de jeux et d'expressions cinématographiques de ses amis Richard Burton et Elizabeth Taylor, accepte sans problème d'avoir un partenaire inexpérimenté, très jeune et intimidé, en la personne de l'athlète, médaille de bronze du triple saut aux Jeux olympiques de Mexico, Giuseppe Gentile (il continuera sa carrière jusqu'aux Jeux de Munich, où il sera éliminé). Il a vingt ans de moins qu'elle. Elle accueille avec défiance, puis tolérance, enfin inconscience, l'homosexualité de Pasolini dont elle tombe amoureuse, avec l'ingénuité que tous leurs témoins auront remarquée en elle, aux diverses périodes de sa vie, tout à fait indépendamment de son parcours artistique. Elle est moins profane qu'on ne l'a prétendu dans les amitiés ou les béguins pour les homosexuels (même si, dans des crises de rage incontrôlée, elle tient des propos antisémites et homophobes à la fin de sa vie, selon certains témoins qui ne sont pas nécessairement fiables) : Visconti et Zeffirelli ont précédé Pasolini et, après eux Lawrence Kelly, directeur de l'Opéra de Chicago, avec qui elle vient de traverser les États-Unis en tous sens. Elle a évolué dans un monde artistique où l'homosexualité masculine n'est pas seulement courante, mais presque dominante, comme le remarque avec une sournoise homophobie perverse Elsa Maxwell, dans un chapitre ahurissant de ses Mémoires :

> C'est aux femmes qu'il incombe d'arrêter les progrès de l'homosexualité. [...] Maintenant ce mal semble prendre la proportion d'une épidémie qui se propage ici, là, ailleurs, encore et partout. [...] Ce genre de compagnie convient exactement aux veuves, aux femmes qui ne se sont jamais mariées et particulièrement à celles qui, seules dans la vie, ne sont plus toutes jeunes et jouissent d'une certaine fortune. Parce que, de nos jours, les femmes vivent plus longtemps et prolongent leur jeunesse au-delà de la séduction physique, elles se réfugient dans la société de ces petits messieurs aux mœurs bizarres qui sont bien souvent des profiteurs[13].

Cet acte d'accusation que, venant d'un personnage comme Elsa Maxwell, il est difficile de lire au premier degré, est suivi d'une nuance, qui est de taille : « Je reconnais mon illogisme. À mon sens, les génies ne relèvent pas des lois ordinaires. La morale rend ma position indéfendable ; cependant j'estime qu'il doit y avoir une règle pour les esprits et une autre pour le commun des mortels[14]. » Si l'on suit la logique illogique de cette extravagante retorse, Maria Callas pouvait très bien être l'amie de ce « génie » qui a droit à la « perversion ». Mais Elsa Maxwell prophétise : « Les hommes anormaux seront un jour aussi désuets qu'un chapeau cloche et leur vice cessera d'être un moyen de réussite dans les affaires, dans les arts et dans le monde [15]. » Dans ces pages délirantes, Elsa Maxwell rend hommage à Oscar Wilde qui, par son procès, a eu le mérite, dit-elle atrocement, d'avoir marqué « ce vice d'un tel opprobre qu'en fait, cette perversion disparaît à Londres pendant près de vingt ans [16] ». Maria Callas ne s'aventure, ni par jeu ni par sérieux, sur le terrain de cette homophobie sociale. Elsa Maxwell était prête à tuer pour un mot d'esprit. L'inventrice de *Joy*, le parfum de Patou, celle qui, avant Callas et Onassis, a provoqué la rencontre (et le mariage) de Rita Hayworth et d'Ali Khan, l'amie de Garbo, de Marlene et de la famille Kennedy, de Toscanini et de Nellie Melba, de Stokowski, Rubinstein et Audrey Hepburn, de la famille princière de Monaco, et de la reine Marie de Roumanie, avait, elle-même, l'habitude des homosexuels, mais d'une autre catégorie que celle à laquelle appartenait Pasolini. Les attaquer était une façon de se moquer d'elle-même et de se protéger des bien-pensants en feignant d'adopter leur point de vue. Maria Callas n'avait pas ce type d'humour ni de parade, comme on ne va pas tarder à le voir.

Elle n'avait d'ailleurs que peu de sens de la dérision, contrairement à des chanteuses qui en ont joué (comme Joan Sutherland ou Montserrat Caballé). En revanche, elle savait, en fréquentant Elsa Maxwell, qui, très musicienne, avait été liée, avant elle, à de nombreuses chanteuses ou chanteurs (Adelina Patti — qu'elle avait rencontrée à l'âge de quatre ans ! —, Caruso et Luisa Tetrazzani, sans compter des chanteuses de music-hall qu'elle avait accompagnées, comme pianiste, en tournée), être un trophée supplémentaire. Mais Callas appartenait — comme en témoigne la lettre déjà citée — à l'espèce des stars où avait régné Garbo, dont Maxwell avait dit : « S'isolant dans un monde irréel, elle espère sincèrement y trouver refuge contre la réalité qui s'impose à tout être humain[17]. » Cette irréalité vers laquelle s'enfuit Callas est, dans un premier temps, celle de la mythologie pasolinienne.

Avec Pasolini, elle pense se reconstruire à la fois une identité de femme entourée d'égards affectueux et admiratifs et de manifestations d'un grand respect artistique. Les poèmes que Pasolini adressera à Maria Callas, sur l'île de Tragonissi dans l'archipel des Petalis, qui appartient à Andy Embirikos — de la vaste famille de banquiers et armateurs à laquelle sa sœur Jackie est liée, et que Maria fréquente à Paris — sont la preuve non seulement de l'intimité qui a eu le temps de s'installer entre eux, mais de la confiance intellectuelle que le poète a placée dans la chanteuse. Il a compris qu'elle cherchait un père, l'avait toujours cherché : en Giovanni Battista Meneghini, en Aristote Onassis, en Leonidas Lantzounis son parrain. Pourquoi pas en un cinéaste homosexuel, qui a une autre homosexualité que Visconti ? Pasolini n'a aucune culture musicale — ou du moins, car dans sa jeunesse il a fait d'intéressantes analyses de partitions de Bach et de Beethoven, il ne manifeste plus depuis longtemps d'intérêt pour la musique, en dehors de celles qu'il utilise pour ses films avec l'aide d'Elsa Morante. Maria Callas est la musique : c'est là qu'elle trouve son assise et son essence. La psychologie sentimentale n'est qu'un substitut de son rapport à la musique : c'est à la musique qu'il faut revenir et de la musique qu'il faut partir si on veut comprendre Maria Callas.

Alors que Pasolini achevait le montage de *Médée*, des musicologues (Rodolfo Celletti, Eugenio Gara, Giorgio Gualerzi, Fedele D'Amico, autour du chef Gianandrea Gavazzeni et de Luchino Visconti) ont tenté de décrire le phénomène de la voix de la Callas. Après avoir rectifié l'image désastreuse qu'a créée sa vie personnelle, ils rappellent que son succès a précédé de nombreuses années sa célébrité internationale, due à ses scandales privés, et bien sûr a précédé aussi sa métamorphose physique. « Le mythe de sa personnalité (avait le besoin de souligner, à cette occasion Fedele D'Amico, le mari de la scénariste de Visconti) n'est pas un mythe vide : il est fondé sur quelque chose de réel[18]. » Ces musicologues sont tous bienveillants, cela va de soi. Pour décrire son timbre, Rodolfo Celletti a des images très justes :

> Il manquait * de ces éléments qui sont décrits — pour suivre le jargon des chanteurs — comme du velours ou du vernis. En compensation, il était incisif. Je dirais que le côté métallique de sa voix avait pris la place du vernis. De plus sa voix était pénétrante [...]. Sa voix avait de telles résonances que l'on pouvait parfois penser que c'est une ventriloque. Ou encore sa voix sonnait comme à l'intérieur d'un tuyau en caoutchouc[19].

Dans leurs éloges, les plus grands admirateurs de Callas émettaient immanquablement des réserves,

* Écrit-il à l'imparfait, hélas, dès 1969.

mais qui étaient représentatives de leur admiration même. Ainsi, Celletti n'hésitait-il pas à ajouter, après avoir signalé que, dès sa jeunesse, Callas avait une vibration désagréable dans les notes très aiguës (notamment le mi bémol) : « La voix de Callas était certainement laide par sa qualité naturelle et pourtant je crois réellement qu'une partie de son attrait était précisément due à ce fait. Pourquoi ? Parce que, par son manque naturel de vernis, de velours et de richesse, cette voix pouvait acquérir des couleurs et un timbre assez reconnaissables pour être inoubliables[20]. » Il précisait que ce fut le cas de Caruso, Schipa et Ruffo (ce qui, en gros, recouvre le choix de Serafin). Quant à son extension, la voix de Callas allait du la naturel en bas au contre-mi bémol, et même au contre-fa (dans *Armide* de Rossini). Et la manière que Callas avait d'atteindre ces notes ne pouvait en rien être comparée avec celle des autres sopranos : « avec bien plus de puissance et une pénétration et un timbre que les sopranos légers n'ont jamais possédés », « avec une qualité plus humaine », « avec la vigueur d'un soprano dramatique[21] ». Il est bon de rappeler que les musicologues proposaient ces analyses de la technique et de l'art de Callas à une période où l'on pensait qu'elle les avait perdus : de son vivant, il y avait donc comme une présence déjà morte de son apport phénoménal à l'art lyrique. Gara (qui était un ami personnel de Callas, à laquelle il avait une dizaine d'années auparavant consacré un essai), disait : « Son secret réside dans son habileté à transférer sur le plan musical la souffrance du personnage qu'elle joue, l'aspiration nostalgique à un bonheur perdu, la fluctuation angoissée entre espoir et désespoir, entre orgueil et supplication, entre ironie et générosité, qui finit par se résoudre en une douleur intérieure surhumaine. » Et Fedele D'Amico enchaîne par une autre remarque d'une grande justesse : « En ce qui concerne les "défaillances", n'oublions pas qu'elles — à savoir les limites de la mécanique vocale — ont toujours constitué à travers l'histoire musicale une puissante stimulation à l'inventivité[22]. » Il est évident que tous — auxquels s'ajoute Visconti qui se souvient de l'extrême précision du jeu scénique de la Callas, en fonction de la musique — ont conscience d'avoir connu l'une des chanteuses les plus phénoménales de l'histoire de la musique.

Callas prit-elle connaissance de ces analyses ? On peut en douter. Et elles n'auraient certainement pas diminué ses appréhensions. À la même époque, répondant à d'autres interviews, la Callas répétait souvent, sous diverses formes, la même sentence : « Je n'aime pas ma voix. Je ne comprends pas qu'on veuille l'entendre », ce qui ne l'empêchait pas de formuler des jugements très sévères sur les autres chanteurs, sur les directeurs d'opéra, sur les metteurs en scène, sur les chefs. Mais, curieusement, sans la moindre vanité et même, pourrait-on parfois penser, sans orgueil. Elle, qui a été huée par une partie du public lors des dernières représentations de ses *Tosca* et de ses *Norma* à Paris, multiplie les interviews pour parler du film qu'elle va tourner et pour évoquer la reprise de ses récitals et opéras. En avril 1969, elle annonce dans *Elle* : « J'ai recommencé à travailler toute ma technique, comme une débutante. Avec mon professeur de mes débuts, ma chère vieille Mademoiselle de Hidalgo. Elle a plus de quatre-vingts ans, malheureusement. Elle ne peut plus quitter Milan[23]. »

Elle annonce une *Traviata* en janvier 1970. Autrement dit, le tournage du film lui donne le sentiment qu'elle est maintenant assez forte pour affronter la scène. Elle a violemment protesté parce que sa participation au *Requiem* de Verdi à Dallas a été clamée à grand renfort de publicité : « Je déteste qu'on profite de moi pour se faire de la publicité ! » ; « J'ai l'obsession de la perfection : si je permettais à mon instinct de travailler sans réflexion, je crois que ce serait créatif. Mais en même temps, mon intelligence critique. Et détruit[24]. » À propos de sa célébrité, elle disait dans le même entretien qu'elle était étonnée et même irritée d'être reconnue dans la rue ou par un chauffeur de taxi. Elle disait vivre dans une sorte de réclusion. Elle se disait « sauvage ». Elle évoquait là, bien entendu, les derniers mois, non les années qui précédaient et avaient détruit sa carrière et sa vie. Mais Giuseppe Di Stefano, dans les entretiens qu'il accorda après la mort de la Callas, prétendra au contraire qu'elle était furieuse qu'on ne la reconnaisse pas dans la rue ou les magasins. Elle, qu'on avait surnommée la « tigresse » — pour son jeu sur scène, mais aussi sa violence hors de scène — préférait dire, en citant un proverbe chinois que lui avait appris Eugenio Gara : « Celui qui chevauche un tigre ne peut jamais être démonté[25]. » Ce tigre était moins sa personnalité que la voix qui l'emportait et à laquelle elle était soumise et même attachée, et qui finalement tout en la dominant la protégeait.

Kenneth Harris, après le tournage, lui demandera si elle est satisfaite de la façon dont elle s'est *adaptée* (au cinéma). Maria Callas répondra : « Je ne suis jamais satisfaite. Du moins, je ne suis jamais satisfaite de mon travail. Je suis personnellement incapable d'être contente d'avoir bien travaillé parce que je vois magnifiées les choses telles qu'elles seraient si j'avais été capable de les avoir mieux faites. Mais oui, dans une certaine mesure, comme vous dites, je suis parvenue à *m'adapter*[26]. »

Durant toute cette période, les musicologues tentent de comprendre, avec ou contre elle, ce qui s'est passé à la fois pour créer un tel phénomène vocal et dramatique et pour le détruire. De son côté, Maria Callas, qui n'a jamais fait l'unanimité, n'a plus la force d'affronter sur scène l'hostilité des cabales ou de mélomanes qui n'aiment ni son style, ni sa voix, ni son jeu, ni la réputation qu'elle s'est forgée volontairement ou pas depuis son arrivée en Italie en 1947, ni de tenter de prévenir les défaillances de sa voix qui l'ont trop souvent forcée à interrompre des représentations ou de les annuler, ni d'y remédier. Elle n'a plus cette force, mais elle n'a perdu ni sa volonté ni ses rêves. Elle parlera jusqu'à sa mort de son travail au présent. Cette irréalité n'étant pas exactement de la même nature que celle où se complaisait Garbo si l'on en croit Elsa Maxwell, elle plonge et entraîne à sa suite ses admirateurs dans une zone ambiguë : on ne sait plus tout à fait ce qui est le passé et ce qui est l'avenir, ce qui est mort et ce qui vit encore, de quels souvenirs alimenter ses rêves ni sur quelle réalité physiologique ou psychologique fonder ses espérances. Il arrive un temps où le raisonnement ne devient évidemment plus cohérent. Mais Callas a dû si souvent protester contre les interprétations erronées de ses faits et gestes, opposer des démentis sur les propos qu'on lui a attribués, rectifier les versions avancées, et parfois manipuler les journalistes ou les directeurs de théâtre, qu'elle a fini par se projeter elle-même dans un monde virtuel, virtualité qui était aussi, du reste, celle de son idéal, qu'on ne pouvait pas dire tout à fait inaccessible puisqu'elle avait précisément atteint par le passé un royaume artistique dont on n'aurait pas soupçonné l'existence possible avant elle. Jean Lacouture résume l'apport de Callas à trois révolutions : l'irruption de la culture de l'opéra dans la conversation de tous les jours, l'abolition des barrières entre les registres et des conventions de styles (une chanteuse capable de chanter Brünnhilde, Turandot et Lakmé !), la réinvention du jeu tragique dans l'expression lyrique. Pour le premier point, il rappelait que le scandale de l'interruption de *Norma* le 2 janvier 1958 à Rome eut les honneurs de la une du *Monde*[27].

Après le premier acte, où l'interprétation de Mme Maria Callas avait soulevé des signes assez vifs de désapprobation, l'entracte se prolongea et le bruit courut dans la salle que la cantatrice abandonnait son rôle. Bientôt, en effet, la direction de l'Opéra annonçait qu'« en raison de circonstances imprévues la représentation ne pourrait se poursuivre ». Le président de la République quitta sa loge et le public manifesta par des cris et des sifflets son mécontentement. [...] Ce nouveau « scandale » a eu un écho au Parlement où M. Luigi Sansone, député socialiste de gauche, a adressé une question écrite au président du Conseil pour « connaître les mesures qu'il entend adopter à l'égard des organisateurs du spectacle de l'Opéra de Rome qui n'ont pas su prendre les dispositions permettant d'éviter un événement si indigne [28] ».

Les scandales sur lesquels Callas s'est trop souvent et trop longuement expliquée dans des entretiens ne sont plus ce qui la préoccupe maintenant. Mais c'est à retrouver avec Médée et Pasolini ce sacré que son nom grec (Kalogeropoulou, qui signifie « le fils du moine » *kalos* + *hieros*, étymologiquement *beau* et *sacré*, voulant dire *moine*) porte en lui, que Maria est attachée. Même si dans l'entretien télévisé avec Luchino Visconti, Jacques Bourgeois et Pierre Desgraupes, elle évoque avec des rires plusieurs incidents notables (dont les radis pourris envoyés par le public au salut de *La Traviata* de 1956 à la Scala), elle a heureusement l'esprit ailleurs. Sur ces incidents, liés à la malveillance d'un certain public ou à la jalousie de ses collègues, la Callas s'est étendue (surtout dans son entretien avec Anita Pensotti en 1957, dans *Oggi*). Elle s'y défend toujours d'avoir jamais manigancé contre l'un ou l'autre. Elle dément notamment (en 1957) toute représaille contre Renata Tebaldi. Elle nie les mots fielleux qu'on lui attribue, les mauvaises intentions. Dans son entretien avec Micheline Banzet (à la radio), elle a eu une formule très Garbo, qui a été souvent reprise pour la représenter : « Après quarante ans, on n'a plus beaucoup d'illusions : on sait que ce n'est qu'un rêve. Vous parlez de volonté de puissance ? Je pense surtout que j'ai réussi à me défendre moi-même, pour ma carrière. Dans la vie, il faut se battre, souvent très dur, pour obtenir quelque chose. On ne devrait pas me le reprocher[29]. » Cette combativité a souvent été admirée et commentée par ses partenaires, dont Tito Gobbi, qui fut son plus célèbre et constant Scarpia. Dans ses Mémoires, il s'exprime avec affection et tendresse sur la vulnérabilité et la solitude fuyante de sa Tosca, sur sa générosité pendant les répétitions pourtant tendues dans la crainte d'une annulation de sa part, à l'égard de tous les autres membres de la troupe[30]. Maintenant, en 1969, c'est la solitude qui domine, même si Callas pense encore réapparaître sur scène.

Nadia Stancioff a raconté précisément le tournage de *Médée* et les scènes auxquelles elle a assisté. Arianna Stassinopoulos, dans sa biographie, prétend que, pour la scène finale, où son visage est filmé à travers les flammes, elle faillit elle-même se brûler. À en croire Nadia Stancioff, il s'agit d'un autre épisode : sa doublure, traversant les flammes à sa place, a pris effectivement feu et a été assez gravement brûlée (tout comme plus tard la doublure de Margareth Clementi). La presse rapporta l'événement avec confusion, si bien que sa mère envoya un télégramme inquiet à Maria qui en fut exaspérée[31]. De même, elle perdit connaissance sur l'île de Grado (elle souffrait d'une mauvaise circulation sanguine et de soudaines baisses de tension) et elle s'en est excusée comme si avoir trop exigé de sa résistance physique était une preuve non de perfectionnisme, mais d'irresponsabilité à l'égard du reste de la troupe, du temps de tournage, des sommes mises en jeu pour la production. En choisissant l'Opéra Garnier pour le gala de première de *Médée* (il ne s'agit pas de la première publique véritable, qui a eu lieu, quelques jours auparavant, le 28 décembre 1969 à Milan, au cinéma Mignon, en l'absence de Pasolini et de Maria Callas qui voyageaient alors en Afrique avec Dacia Maraini et Alberto Moravia), les distributeurs prenaient un risque ridicule de confusion des genres. Ce théâtre n'avait pas laissé d'excellents souvenirs des prestations de la chanteuse et elle-même y avait vécu plusieurs épisodes douloureux. Elle n'y avait pas chanté au mieux de sa forme, ni en Tosca ni en Norma, où elle avait dû, rappelons-le, interrompre la dernière représentation. Presque muette sur l'écran, prêtresse d'un cérémonial qui appartenait à un imaginaire très éloigné des conventions lyriques, elle offrait, par de gros plans trop rapprochés de son visage excessivement maquillé, une image où l'on reconnaissait certes l'intensité de son jeu, mais qui ne permettait pas de ranimer le souvenir d'autres rêveries lyriques. Elle avait été souvent filmée de près lors de captations télévisées de concerts ou d'extraits de la *Tosca*, mais le fait que le chant l'obligeât alors à grimacer donnait un autre sens aux distorsions de ses traits surexpressifs. La noblesse du regard du cinéaste, la profondeur de sa réflexion sur la barbarie, sur le sacré, sur la passion destructrice, la splendeur des paysages admirablement filmés en Cappadoce (dans les villages de Goreme et d'Uchisar), le rythme morcelé de la narration par un montage syncopé qui interdisait toute fluidité

— technique que Pasolini avait faite sienne depuis *Accattone* et qu'il avait particulièrement affinée dans *L'Évangile selon Matthieu* — n'empêchèrent pas la déception d'un public de mélomanes qui *entendaient* le silence de la Callas et refusaient que ce silence lui ouvre la voie d'un cinéma d'auteur. Ces lyricolâtres auraient sans doute préféré les déliquescences d'un Zeffirelli qui prouva, après la mort de Callas, dans son film *Callas For Ever* (2002), jusqu'où peuvent conduire la confusion imbécile et le mauvais goût niais. Qu'un homme aussi étranger à la culture de l'opéra que Pasolini ait gagné la confiance de leur idole dont ils guettaient la déchéance les révolta. On la dit morte doublement. Avec son orgueil habituel et avec son intelligence instinctive, avec sa confiance dans les choix esthétiques de ceux qu'elle admirait avec humilité, Maria Callas ne désavoua jamais ce film qui ne servit pourtant pas sa carrière. L'amitié amoureuse qu'elle avait acquise pendant le tournage s'approfondit pendant la longue promotion qui le suivit et conduisit le couple incongru en Argentine et au Brésil, voyage qui inspira à Pasolini d'étranges poèmes où il tentait d'expliquer — à Callas, à lui-même, au monde — ce qui était en train de se produire en lui, quant à son rapport au monde, et quant à son rapport à ce « petit oiseau à la voix d'aigle / et aigle tremblant — / alliée de ce ciel — / partie d'un univers unique[32] ».

Callas aime en Pasolini un père qu'il n'est pas. « Ta culture est paternelle et tu crois qu'elles le sont toutes. / Ton ingénuité impérieuse, qui ne connaît pas de démentis, / et comme les enfants et les sauvages, ne croit pas aux preuves[33]. » Ni frère ni père, Pasolini refuse de nouer un lien familial et intime avec celle qu'il s'obstine à considérer à la fois comme une petite fille perdue (« et cependant, elle, elle, l'enfant/il suffit qu'un seul instant on ne se soucie pas d'elle,/et elle se sent perdue pour toujours[34] ») et comme une divinité impériale, fragile et solitaire. En particulier la poésie très touffue qu'il écrit le 27 mai 1970 reprend toute la vie de la Callas à travers son système poétique :

« Tu ne fus pas, en débarquant
marquée par les stigmates qui réduisent à la répétition
si merveilleuse, si inestimable, celle
de toutes les filles de la ville et de la campagne.
Et trente ans ont passé vite
Ni la De Hidalgo ni Serafin ne t'avaient enseigné
ce qu'est une fille, et privée de cette connaissance...
Le passage impétueux d'un vent qui se lève
et s'engouffre dans la première route ouverte qu'il trouve,
en se perdant.
Et je sais que le mystère de ta voix
Était bien celui des anges — (...)
Tu étais une fille de la réalité,
Et ton horizon était pratique,
la poésie s'appelait vie et service de l'art...[35] »

Il faudrait citer en entier ce merveilleux poème, qui date du 27 mai 1970, après leur voyage en Amérique du Sud. (Est-ce un hasard, si c'est le lendemain de la « tentative de suicide » de Callas à Paris, ou plutôt de son hospitalisation précipitée et aussitôt présentée comme les conséquences d'une tentative de suicide par toute la presse, que Pasolini ne pouvait pas ne pas avoir lue ?)

Pasolini, dans son poème rétrospectif, décrit la psychologie de Maria Callas, à laquelle ni son professeur de chant ni son chef d'orchestre n'ont appris à vivre ainsi que vivent les filles… Et il dévie alors vers un long portrait d'une fille du peuple, dans laquelle, à vrai dire, c'est l'amie de Ninetto, Patrizia, qui semble apparaître, cette image des filles « qui n'ont pas de freins, et qui ont de gros bassins, des bras ronds, des joues pleines », « la fille brune qui aurait voulu être blonde », « les filles qui ne savent avoir de piété que/dans la famille et dans l'église[36] ». Et suit une énumération de toutes les caractéristiques que n'a pas Maria Callas. Elle est tout sauf cette petite-bourgeoise aux vérités certaines et fausses, au sexe invisible entre les cuisses, cette esclave de l'utilité, des conventions. Elle est tout sauf cette espèce de fille « dont la disparition ne laisse pas de trace ». Et pourtant, fille de la réalité, à l'horizon pratique, Maria Callas était à peine différente de ces filles-là qui ont un « objectif normal ». Mais la différence tenait à son incapacité à s'abandonner à cette illusion. Car le monde de l'art ne pouvait être pour elle que pratique, réel, inébranlable.

Dans ces poèmes, tout à la fois lumineux de perspicacité artistique et psychologique, et obscurs dans leur forme, Pasolini décrit très précisément sa propre volonté de dévorer le monde par son entreprise cinématographique (avec ce qu'il appelle, dans les favelas de Rio de Janeiro, où il va avec Callas, le *Mange-Réalité* ou l'*Œil-de-bouche*) et le désespoir de la chanteuse qui, en quête de survie, va se contenter de succédanés d'amour (par un fantasme de fraternité, de maternité ou de filiation avec lui) ou d'art (par un ersatz de gloire quand le chant maintenant lui fait défaut) : quand — et Pasolini cite Chaucer qu'il lit en préparant *Les Contes de Canterbury* — « le temps de l'herbe est fini » et que « commence le foin » (*my grass-time is done, my fodder is hay*). C'est bien sûr une image de la vieillesse. Mais l'herbe est pour l'art, le foin pour ce qui en prend l'apparence et accorde une notoriété facile. « Ta folie est de ne pas comprendre (emportée par l'Empyrée) / (où se déroulent des histoires sacrées) / combien le foin peut être dédaigné / quel mauvais objet interne, il est pour un mauvais sujet[37]. »

Maria Callas ne peut pas comprendre le contenu trop codé, trop obscurci par des références littéraires et psychanalytiques, de ces vers que d'ailleurs peu de lecteurs comprendront jamais. Ils parlent pourtant du désespoir de Maria Callas, perdue dans cette phase terrible d'abandon et d'aspiration à retrouver le trône auquel elle a été arrachée.

Ils ne se sont presque pas quittés pendant un an (ou du moins n'ont jamais perdu contact), du printemps 1969 où commence le tournage de *Médée* à la mi-août 1970, où ils passent quelques jours sur l'île de Tragonissi. Ils ont parcouru, à la Noël 1969 l'Afrique (la Côte d'Ivoire et le Mali) avec Dacia Maraini et Alberto Moravia, puis ils ont, après la première projection à Paris, voyagé en Amérique du Sud. Maria Callas est allée ensuite sans Pasolini, mais avec son amie la pianiste grecque Vasso Devetzi en URSS pour le concours Tchaïkovski, dont elle était jurée. Vasso Devetzi racontera ce voyage à Vassilis Vassilikos :

Quand nous sommes allées à Moscou, au début, elle avait peur. C'était la première fois qu'elle se rendait dans un pays communiste. Ayant grandi avec la mentalité grecque de la guerre civile, elle croyait que les communistes vous égorgeaient avec des boîtes de conserve. Une fois arrivée là-bas, elle s'était écriée : « Mais ils vivent comme des tsars ici ! » [...] Elle était connue, là-bas. On baisait le bas de sa robe. À Léningrad, au théâtre Kirov, où il y avait quinze mille spectateurs, on la fit asseoir au premier rang. C'était un ballet. À l'entracte, on éteignit toutes les lumières dans la salle et on dirigea un projecteur sur elle en annonçant : « En hommage à la Divina. » Aveuglée par le faisceau blanc, elle me demanda ce qui se passait. « C'est en ton honneur », lui dis-je. Elle se leva. On ralluma. Elle salua. Tout le théâtre était debout. Tout le monde était ému [38].

Maria Callas a été abandonnée par Onassis, Pier Paolo Pasolini, lui, est en train de l'être par Ninetto Davoli qui était son amant depuis le tournage du moyen-métrage *La Ricotta* (à la mi-octobre 1962). Ninetto fait son service militaire et va se marier. Maria Callas accompagne Pasolini qui va rendre visite à son jeune amant dans la caserne où il est prisonnier. L'amitié chez elle peut donc prendre cette forme extrême. Mais ce n'est pas chose nouvelle. Ce qui lui importe, c'est d'être entendue, protégée, aimée par une intelligence supérieure. Ce n'est pas le premier grand créateur qu'elle côtoie, c'est le premier avec lequel elle a le temps d'approfondir un échange sur le plan artistique et affectif, parce qu'ils sont tous deux dans des situations critiques. Elle sait qu'il a écrit pour elle le rôle : « Cette barbarie, écrit-il, qui est ancrée en elle, qui jaillit dans ses yeux, dans ses traits, mais ne se manifeste pas directement, la surface est même presque polie, bref les dix jours passés à Corinthe seraient un peu la vie de la Callas. Elle vient d'un monde paysan, grec, agraire, et puis elle s'est éduquée pour une civilisation bourgeoise. Donc, en un certain sens, j'ai essayé de concentrer dans son personnage ce qu'elle est dans sa totalité complexe [39]. »

Lorsque se répand la rumeur du mariage de Callas et de Pasolini, les amis de ce dernier la prennent au sérieux et le mettent en garde, comme le poète Andrea Zanzotto, qui lui écrit : « On ne doit se marier / ni avec un homme / ni avec une femme / ni avec une créature surhumaine / ni avec un singe brésilien [40]. » Leur lien pourtant ne cesse de se consolider de semaine en semaine. Et lorsque Pasolini révèle à la Callas que Ninetto le trahit pour se fiancer avec une jeune fille de son âge, elle lui écrira, le 31 juillet 1971 (un an après leur séjour commun à Tragonissi, et alors que Pasolini a encore tourné entre-temps, avec son amant, *Le Décaméron*, avant de tourner *Les Contes de Canterbury*) : « La réalité est celle que tu *dois* affronter, mais tu ne peux pas parce que tu ne *veux* pas. Tu y parviendras — j'y suis arrivée, moi — femme avec tant de sensibilité — et pourtant j'ai compris qu'il n'y a que *sur nous* que nous pouvons nous appuyer. Si hélas — ne te moque pas de moi, il est triste, et surtout pour moi, de le dire — sur les autres on ne peut pas se fier longtemps. C'est loi de nature que ça se passerait comme ça [41]. » Dans son italien incertain, hellénisé ou américanisé, Maria Callas s'exprime en amie attentionnée, mais qui a, elle-même, souffert et fait entendre (comme le fera Elsa Morante) la voix d'un bon sens résigné. Elle poursuit en évoquant une conversation qu'ils avaient eue, tous les trois, en voiture, pendant le tournage de *Médée*, deux ans auparavant. Une conversation sur l'amour : « En moi — tu dis mes antennes — me le disaient quand Ninetto disait qu'il ne tomberait jamais amoureux — et je savais qu'il disait des choses qu'il était trop jeune pour comprendre. Et au fond, homme intelligent, tu aurais dû le savoir, toi aussi, en fait tu t'attachais toi aussi à un rêve fait par toi seul[42]. » *Toi aussi*, écrit Maria Callas, comme si Pasolini lui avait adressé une première fois ce reproche, à elle : à propos d'Onassis, ou d'un idéal formé *par elle seule* de son art.

Maria Callas et Pasolini échangeront encore de nombreuses lettres qui prouveront la profondeur et la sincérité de leur amitié, et l'identification qui s'est produite entre eux sur les plans artistique et humain, à cette période de leurs deux vies si différentes, « femme avec tant de sensibilité » et « homme intelligent », qui s'attachent à un rêve formé par eux seuls, qui doivent et ne veulent pas affronter une réalité trop douloureuse. Cette réalité, on l'aura compris, n'est pas seulement une contrariété amoureuse : c'est la résistance à leur volonté de modeler les êtres à leur convenance. « Loi de nature » ? Que Ninetto se tourne vers une fille de son âge et envisage même (ce qu'il ne fera pas, car il ne rompra pas avec Pier Paolo, donnant même à ses deux fils les deux parties du double prénom de son ancien compagnon) d'abandonner le cinéma pour devenir menuisier.

Ninetto, en réalité continuera à tourner dans *Les*

Contes de Canterbury et dans *Les Mille et Une Nuits*, et après la mort de Pasolini, jouera dans des pièces et des films tirés de textes de Pasolini. Pasolini lui consacrera, avant d'être assassiné, une série de sonnets à la manière de Shakespeare et de Michel-Ange. Maria Callas, elle, continuera à poursuivre son rêve formé par elle seule, en travaillant sa voix, en acceptant sa tournée avec Di Stefano, et en renouant avec Onassis, mais pour des rencontres espacées et épisodiques. Or, pour ce rêve, ne fût-il formé que par soi, la vie sans doute mérite-t-elle d'être vécue. Et l'on peut se détourner de la tentation du suicide (l'un et l'autre l'envisagent en effet).

Pourtant, si l'on en croit Arianna Stassinopoulos, Maria Callas a revu à plusieurs reprises Onassis en mai 1970, alors que Pasolini écrivait sa si étrange « Prévoyance ». Onassis, en effet, est bouleversé par la vente de la correspondance de sa femme avec un de ses anciens amants, Roswell Gilpatrick à qui, du *Christina*, elle réitère son amour (lointain, mais constant). « J'espère, écrit Jackie Bouvier-Kennedy-Onassis, que tu sais tout ce que tu as été, et que tu es, et que tu resteras toujours pour moi[43]. » Lettre qui peut être rhétorique, entre d'anciens amants qui tentent le diable, mais dont Onassis peut légitimement s'offenser. Tout cela se produit publiquement : restaurants de haute visibilité, dépêches d'agence, ventes aux enchères. Il s'agit donc de mise en scène, préparant des dossiers de procès et des chantages. Onassis ne dîne avec Callas, semble-t-il, qu'en présence d'amis de la chanteuse (Maggie Van Zuylen, Nadia Stancioff, Francesco Chiarini, Hélène Rochas, Kim d'Estainville) ensemble ou alternativement. Et, après ce va-et-vient de l'une à l'autre, Onassis pousse dans la nuit du 25 au 26 mai Maria Callas à tenter de se tuer. C'est du moins ainsi que la presse mondiale explique son hospitalisation. Mais Maria Callas dément, attaque, gagne son procès contre les journaux qui ont ainsi présenté l'événement. Nadia Stancioff rapporte le démenti de son amie :

> Tu te rappelles le tintamarre qu'on a fait quand j'ai été admise à l'Hôpital américain à cause de mon anémie ? La presse a monté de toutes pièces une histoire dramatique sur une prétendue tentative de suicide. Quelle absurdité, tout ça ! J'étais vraiment malade. Mais ils ne voulaient pas la vérité, ils voulaient un mélodrame. Je reconnais que j'étais déprimée, mais tu sais aussi bien que moi que je n'aurais jamais fait quelque chose d'aussi stupide. Aucun homme ne le mérite. D'ailleurs j'aime la vie ! C'est si inattendu[44] !

C'est à cette époque, que la cantatrice grecque Vasso Papantoniou prend contact avec elle. Cette chanteuse à la voix exceptionnelle, d'élégance, de noblesse et d'agilité, commence à faire carrière en France, en Italie, en Espagne et en Belgique, après avoir été découverte, par le chef Totis Karalivanos, ancien assistant de Tullio Serafin, à Athènes dans *La Somnambule* et introduite en Italie par le metteur en scène Giuseppe De Tomasi et par l'amie de Maria Callas, Giovanna Lomazzi, qui la font auditionner devant Claudio Abbado. Elle va bientôt — en 1973 — triompher dans *La Traviata*, mise en scène par Béjart, au Théâtre des Champs-Élysées, non sans scandale, car un danseur entièrement nu (Jörg Lanner) y apparaîtra. Pour l'heure, elle est présentée comme la « nouvelle Callas ». Elle-même embarrassée par une comparaison excessive, s'est excusée, dans une lettre discrète auprès de son aînée qu'elle vénère. À vrai dire le velouté de sa voix s'apparente plutôt à celui de Tebaldi ou, plus tard, de Susan Dunn, mais elle a une façon très puissante de lancer les aigus, qui peut inspirer le rapprochement avec l'effet Callas. À la différence de sa compatriote, toutefois, elle soutient ses notes par le bas, ce qui les colore agréablement et elle a, dans le registre aigu, un vibrato rapide qui, sans nuire à la justesse, le rend chaleureux et sensuel. Ses extrêmes facilités naturelles et la beauté de son timbre, son tempérament héroïque et la grande variété de son répertoire, qu'autorisent à la fois ses aigus précis et souples et sa force dramatique, annonçaient une grande carrière à laquelle elle renoncera rapidement pour des raisons non pas musicales, mais personnelles, touchant à ses rapports avec son premier mari, la basse bulgare Nicola Ghiuselev. Apprenant la prétendue « tentative de suicide » de la Callas, Vasso Papantoniou décide de lui téléphoner sur l'insistance de la pianiste Vasso Devetzi, qui est une proche des deux chanteuses. Mais la Callas l'accueille froidement. Probablement a-t-elle eu vent de la comparaison. Depuis, Vasso Papantoniou, qui a épousé, en secondes noces, l'écrivain Vassilis Vassilikos, a donc interrompu très prématurément sa carrière fulgurante qui l'avait conduite à interpréter les mêmes rôles que la Callas (des *Puritains* au *Trouvère*, en passant par *Norma, Anna Bolena, Ernani, La Bohème, Lucrezia Borgia* et *La Somnambule*), avec pour partenaires José Carreras, Luciano Pavarotti, Piero Capuccilli, José Van Dam, et, attachée à la mémoire de la chanteuse, elle s'emploie à constituer une Académie de chant Maria Callas à Athènes et à réunir des fonds pour faire construire un nouvel Opéra.

Le 15 août 1970, jour de sa fête (l'Assomption), Maria Callas revoit Onassis à Tragonissi après le départ de Pasolini. Ces brusques réapparitions de son ancien amant se reproduiront durant les dernières années comme en témoignent leurs amis communs. Coups de téléphone attendus par Maria Callas qui se rend disponible non seulement aux appels, mais aux visites de l'armateur. Entre-temps, mondanités, jurys de concours, premières à la Scala dont le public scande : « Reviens-nous, Maria ! » Elle annule l'enregistrement de *La Traviata* à Rome avec Pavarotti et Carlo Maria Giulini (prévu initialement en automne 1968 et repoussé *sine die* jusqu'à son annulation définitive en automne 1970). Aux caniches Tea et Toy ont succédé Djedda et Pixie. À Philadelphie, à New York, elle annonce son retour sur scène dans *Anna Bolena*.

De son amitié pour Pasolini, subsistent quelques lettres écrites par Maria, des États-Unis ou d'avion (cruellement rédigées sur un papier à en-tête d'Olympic Airways, la compagnie d'Onassis) : « Évidemment, n'attends pas de moi des chefs-d'œuvre, je ne suis pas Pasolini [45]. » Un an après leur séjour à Tragonissi, le 21 juillet 1971, elle lui avait écrit de la même île pour le remercier du livre (*Trasumanar e organizzar* dont elle est un des sujets) et, comme on l'a vu, pour le consoler de l'abandon de Ninetto. Le 5 septembre 1971, elle déplore, de New York, qu'il ne l'y ait pas rejointe. Elle répète que l'orgueil est la seule consolation. (« Je n'attends rien de personne — ou rarement rien qu'un peu d'amitié — ce qui est beaucoup — mais je peux rester souvent seule[46]. ») La musique, avant tout : « l'unique chose qui ne me trahit pas ». « Je vis littéralement dans la musique, je suis donc très tranquille[47]. » Enfin, l'année suivante probablement, en allant donner ses cours à la Juilliard, elle écrit, une fois encore de l'avion, pendant qu'il est à sa machine de montage :

> Je tiens à ta vérité et à ta sincérité. Nous sommes très liés psychiquement — j'ose dire comme on le fait rarement dans une vie. C'est rare tu sais et beau. Mais il faut que ça dure. Et qu'est-ce qui dure ? Jusqu'à maintenant je sais qui je suis. Mais plus tard ?... J'avais repris mon envol, mais l'esprit commande tant que le corps suit. Mais là, mon corps m'a donné des coups de bâton et fort. Mais les tragédies on ne doit les faire que sur la scène. On fait sa vie par nous-mêmes, dans les limites de nos possibilités. Maintenant, je sais les miennes. Tu as raison aussi. Celui qui a gagné a gagné pour toujours[48].

Cette très belle lettre, plus dévastatrice que consolatrice fait allusion à une brouille qui opposait Pasolini à Moravia (« il ne m'a jamais convaincue[49] », dit Maria). « Quand est-ce que tu grandiras, P.P.P. ? L'heure n'est-elle pas venue d'être plus riche et plus mûr ? Même si enfants, on l'est toujours, grâce à Dieu[50]. » Cette remarque, Callas la formule en lisant *Trasumanar e organizzar*, et en se justifiant de sa « bourgeoisie » :

Je vis dans la bourgeoisie en me servant d'elle, parce que l'artiste a besoin d'elle. Mais en réalité, je vis *seule*. Dans la foi que je peux — je dois — parce que je suis regardée par tout le monde. Et on a le *devoir* de faire, une fois mise là-haut. On ne peut pas faire ce qu'on voudrait. *Moi aussi je voudrais* — évidemment, mais alors on accepte d'être critiqués, parce que celui qui réussit, les gens le placent haut, et ainsi on a des devoirs. Sinon alors on se lance et on fait ce qu'on veut. On ne nous trouve pas d'excuses, même si les autres ont tort [51].

L'intimité que révèlent ces lettres délicieuses repose aussi sur une confiance et un naturel qui excluent le malentendu amoureux : « Ce qui est sûr, c'est qu'on ne se barbe pas deux minutes ensemble, pas vrai [52] ? »

La dernière lettre retrouvée est celle que Maria Callas a écrite avant ses *master classes* : « Je ne désespère pas encore, tu sais. Je pense que le contact avec les jeunes — perdus dans le noir — sans pouvoir croire — sans beaucoup d'exemples… Si ça se trouve, je pourrai faire du bien. Au moins, j'essaierai. Au retour j'aurai de quoi te raconter [53]. »

Pasolini et Maria Callas forment le projet de tourner ensemble *Sainte Jeanne des Abattoirs* de Brecht. La presse avait répandu le bruit que ce serait *Mère Courage*. Mais Pasolini rétablit la vérité[54]. Ils iraient ensemble à Chicago pour y situer le film. Ville qui compta dans la vie de Maria Callas. Mais pas plus que le *Turandot* de 1947, ce film ne vit le jour. Pasolini, particulièrement tourné vers les États-Unis, avait également envisagé d'y réaliser un *Saint Paul*, qui resta à l'état de synopsis.

Revenir

Quels qu'aient été les malentendus entraînés par la soudaine complicité artistique et par l'intimité qui a réuni ces deux créateurs en crise durant le tournage de *Médée*, les mois qui suivirent le bref séjour de l'été 1970 à Tragonissi ne leur permirent pas de se revoir. Maria Callas avait renoué avec Onassis. Pasolini était emporté par son hyperactivité. Il lui avait offert une bague, à propos de laquelle il écrivit un poème, « L'anneau » (possible allusion à la célèbre fin de *La Somnambule*). « Dans chaque émotion / resurgit le sens que revêt pour nous notre vie entière [1] », y écrit-il. Nadia Stancioff raconte :

> Pier Paolo lui donna une bague : une pièce de bronze antique montée sur de l'argent. D'un côté il y avait les profils usés d'un homme et d'une femme et de l'autre un guerrier victorieux. « Penses-tu que cela veut dire qu'il est amoureux de moi ? » demanda-t-elle, avec une excitation d'enfant. « L'autre jour, il m'a dit que, en dehors de sa mère, je suis la seule femme qu'il ait jamais aimée. Il a même dit que s'il pouvait ressentir du désir pour une femme, ce serait moi. Je pense que je peux l'aider, Nadia, je peux le sauver de l'autodestruction [2]. »

Mais il convient de considérer avec prudence ces confidences ou la véracité du témoignage. Plus crédible, sans doute, cette scène qui semble empruntée à *Sunset Boulevard* de Billy Wilder (Franco Zeffirelli fera, lui-même cette comparaison dans l'entretien du documentaire d'EMI) et où Maria Callas regarde les rushes avec elle et s'exclame à la troisième personne : *Oh, che brava la Callas !*

À un certain moment, elle se retourna dans la salle obscurcie et regarda en direction du projecteur. « Tu vois les deux côtés de ce rayon de lumière, Nadia ? Maria la femme et Callas l'actrice sont comme les deux côtés de cette lumière. Mais c'est ce que cette lumière projette sur l'écran que nous voyons réellement. Et même alors, ce n'est qu'une image [3]. »

Après le tournage, Maria Callas reste à Rome où elle fréquente Audrey Hepburn, Elizabeth Taylor et Richard Burton, Burt Lancaster. Ainsi que plusieurs amis italiens, rencontrés dans l'entourage de Pasolini et de Nadia Stancioff qui, attachée de presse depuis plusieurs années, connaît très bien le milieu. La Callas est tentée de poursuivre sa carrière cinématographique, mais on lui propose des rôles de femme vieillissante et elle pense que c'est un peu tôt pour « être jetée à la poubelle ». À Paris, elle sort souvent avec François Valéry, ambassadeur français à l'Unesco et fils du poète. Elle revoit son père en Grèce. Elle retourne à Milan pour assister à l'ouverture de la Scala, comme nous l'avons vu. Le public l'acclame et la supplie de revenir. Sur scène, Renata Scotto a pris sa place d'autrefois.

Au cours de l'année 1971, elle a rencontré Jerry Lewis à l'occasion du gala de l'Union des artistes auquel elle a participé — en endossant la troublante identité de maîtresse de cérémonie qui fait resurgir, de manière déchirante, le souvenir d'une Lola Montès exhibée au cirque : elle inaugure la soirée et se fait bousculer et renverser par un éléphanteau… —, et elle s'est engagée auprès de lui pour récolter des fonds pour un téléthon sur la dystrophie musculaire, maladie dont, du reste, mourra Aristote Onassis.

Quand on la réclame à la Juilliard School un an plus tard, elle accepte quoique, paraît-il, on ne la paye pas. Après une réunion de travail à New York et des leçons à Philadelphie, au Curtis Institute, en février 1971, elle organisera deux sessions : du 11 octobre 1971 au 19 novembre 1971 et du 7 février 1972 au 16 mars 1972. Pour ses *master classes*, elle devra, selon certains témoignages, empêcher qu'on l'applaudisse : « Ce n'est pas une représentation, c'est un cours [4] », dit-elle. Mais ces leçons sont assez différentes des *master classes* habituelles. Car Callas, contrairement aux autres chanteuses qui donnent de telles prestations pédagogiques, ne prend presque pas en ligne de compte les capacités des élèves et en tout cas ne les commente pas. Ce sont des modèles de lecture. James Conlon qui, jeune chef d'orchestre, assista à ce séminaire décrit la Callas comme « calme, méthodique, scrupuleuse quant au solfège. Elle parlait technique, rythme, construction, le reste ne venait qu'après. Callas expliquait qu'avant d'interpréter un rôle, elle l'apprenait jusqu'à le savoir mécaniquement. Elle menait un travail métronomique, à la table, s'imposant ce qu'elle appelait "une camisole de force" [5] ». L'élève n'existe que comme lecteur d'une œuvre. Peu importe à Maria Callas, s'il ou si elle a des possibilités vocales ou une personnalité intéressante. Elle se sert d'eux pour lire elle-même les partitions. Ce qui compte, ce sont les notes, le texte, l'œuvre à interpréter. Elle n'encourage personne, ne formule ni compliments flatteurs, ni reproches humiliants. Schwarzkopf adorait humilier ses élèves pour s'affirmer : l'abus de pouvoir d'une vieille femme surdouée, mais désormais dépouillée de moyens, sur de jeunes talents encore inconnus lui permettait de combattre la conscience de la vieillesse. Callas ne se pose ni en enseignante, ni en vieille femme. Elle lit avec les autres le texte. Chaque précision est remarquable de rigueur, d'efficacité, de justesse psychologique. À vrai dire, on n'a pas le sentiment d'être en présence du génie que fut Callas sur scène, mais plutôt d'être face à une musicologue érudite, intuitive, rigoureuse. Elle ne peut certes pas communiquer aux élèves ce qui relevait de son destin : la qualité très étrange de sa voix parfois dédoublée (qui donne, dans certains passages, l'illusion hallucinante que l'on entend un duo...), sa force névrotique de travail, son ambition, sa lutte contre l'obscurité et contre un entourage ambigu. Ce qui est viscéral, dira justement Vasso Papantoniou, ne se transmet pas. Mais la Callas peut enseigner, en revanche, une manière de lire ce qui est écrit dans une partition. Il y a des règles minimales à respecter. La plupart des génies ont en eux cette part de simple rigueur. Et — c'est également vrai des grands écrivains —, leur conversation s'en tient, sur leur travail, souvent à des principes de base. Leur particularité est de les connaître et de les appliquer avec une constante rigueur. Un génie n'est pas un être libre qui s'affranchit des règles auxquelles sont soumis les êtres plus ordinaires. Souvent, il a plus de rigueur qu'eux, plus de discipline, plus d'humilité. Schwarzkopf en humiliant ses élèves pensait leur enseigner l'humilité alors qu'elle se contentait de leur imposer une humiliation qui la valorisait à ses seuls yeux. Callas enseigne à être humble devant la partition, le librettiste, le compositeur, l'histoire à raconter, les sentiments à exprimer. Il ne s'agit pas pour elle de montrer qu'elle est supérieure aux autres. Elle connaît trop ses propres défauts. Elle écrivit dans sa jeunesse (au sommet de sa carrière, quand elle signait encore Meneghini Callas) : « Où cesse la langue, commence la musique, a dit le fantastique Hoffmann. Et vraiment la musique est une chose trop grande pour qu'on puisse en parler. Mais on peut la servir toujours, en tout cas, et toujours la respecter avec humilité. Chanter pour moi n'est pas un acte d'orgueil, mais seulement une tentative d'élévation vers des cieux purs où tout est harmonie[6]. » Elle aurait eu alors, si l'on en croit Nadia Stancioff (mais Arianna Stassinopoulos, pourtant à l'affût de ce genre d'hypothèses ne reprend pas cette information), un flirt avec Peter Mennin, le directeur de la Juilliard School. Peter Mennin était un compositeur d'origine italienne (Mennini), de l'âge de Maria Callas. Il prit la direction de l'école en 1968 et devait mourir en 1983. Maria Callas aurait dit à Nadia Stancioff : « Je ne sais pas quoi lui dire. C'est un homme sympathique, mais je ne ressens pas pour lui ce qu'il ressent pour moi. Je ne veux pas avoir une fois encore une histoire avec un homme marié. Alors, dicte-moi quoi lui écrire et je note[7]. » C'est à l'automne 1972, après un nouveau bref séjour sur l'île de Tragonissi chez les Embirikos, que se situe l'étrange événement raconté par Nadia Stancioff : Callas aurait cru être enceinte d'Onassis. Cet épisode hystérique, tout au plus, révèle le rapport obsessionnel que Maria Callas aurait eu avec la maternité. Elle n'a pas cessé en tout cas de vouloir chanter et enregistrer, puisque des séances sont prévues par Philips avec le London Symphony Orchestra, sous la direction d'Antonio De Almeida, avec Giuseppe Di Stefano. Mais Callas interdit leur commercialisation.

Depuis quelques mois, Maria Callas a donc renoué avec Di Stefano. Elle a eu des rapports très contrastés avec lui. Dans son « autobiographie » (l'interview d'Anita Pensotti dans *Oggi*), elle avait « écrit » :

> Mortellement fatigués, nous sommes arrivés à la première [de *La Traviata* de la Scala, mise en scène par Luchino Visconti, le 28 mai 1955] et, une fois que nous avons salué tous ensemble devant le rideau, je me suis présentée seule, à l'invitation du Maestro Giulini et de Luchino Visconti. Alors, Di Stefano est parti, claquant la porte de sa loge. Le lendemain, il est allé dans sa villa de Ravenne, et, nous nous retrouvions sans ténor. Heureusement, Giacinto Prandelli a accepté gentiment de le remplacer au pied levé et nous avons pu (personne n'est irremplaçable) continuer notre série de représentations[8].

Maria Di Stefano, qui rapporte également l'incident commente : « Je me demande : qu'y a-t-il, chez Maria Callas, qui la conduit à se comporter ainsi ? Elle est célèbre, une star, elle a du charisme, et tout le monde est à ses pieds. Que veut-elle de plus ? Qu'est-ce qui la rend si envieuse de ses collègues[9] ? » Mais Callas et Di Stefano n'avaient pas rompu pour autant. Ils travaillèrent ensemble jusqu'à la dernière d'*Un bal masqué* de la Scala (en décembre 1957) qui a précédé le scandale de la *Norma* de Rome. Ils ont toutefois réenregistré ensemble, après *Manon Lescaut*, un concert télévisé (avec d'autres artistes) en novembre 1962 à Londres, avec Georges Prêtre. En 1967, Maria Di Stefano écrit, dans son journal, qu'elle suit, avec Pippo, « les événements amoureux de Maria Callas » :

Je continue à dire à Pippo que j'éprouve beaucoup de peine pour elle. Il y a maintenant six ans qu'elle est avec Onassis. Elle a abandonné le chant et qui sait dans quel état se trouve sa voix miraculeuse ? Je demande à Pippo ce qu'il en pense. Il me répond : « Dommage. » Le besoin de mondanités, d'un milieu VIP, l'a toujours attirée. Mais que sont devenues ses folies, ses batailles pour être la première ? Est-ce que l'amour pour un homme et l'ambition mondaine peuvent faire oublier la vocation pour l'art ? [...] Maria a enfin trouvé cette dimension sociale à laquelle elle a toujours aspiré, et que, d'une certaine manière elle méritait. Mais il faut penser aux dépens de qui. D'une épouse et de deux enfants. En parlant d'elle, Pippo m'a dit que cet Onassis est arrivé à point nommé. Ses capacités vocales étaient en déclin, ses dernières représentations, à la Scala (regardez *Médée*) étaient à la limite du scandale. Elles avaient révélé une fatigue vocale dont le public s'était tristement aperçu. Ces fans déçus sont appelés aujourd'hui les « veufs de la Callas » [10].

Il est désolant de lire ici que Giuseppe Di Stefano, dès 1967, estimait la voix de Callas détruite. Que devait-il penser en 1972 quand il la pousse à l'accompagner dans sa tournée internationale de duos ? Bien entendu, sa femme réécrit peut-être ces lignes fielleuses et faussement compassionnelles, après coup, quand la trahison a déjà eu lieu et les a antidatées. Quelques mois plus tard, elle écrit : « Si Onassis sort de sa vie que lui reste-t-il [11] ? »

En 1971, le couple Di Stefano s'est aperçu que la seconde de leurs enfants, Luisa, souffrait d'une maladie incurable : une forme très grave d'asthme, en réalité consécutive à un cancer généralisé, un réticulosarcome. Et c'est cette maladie qui convaincra Maria Callas d'aider Di Stefano à récolter des fonds pour la recherche. C'est donc une sorte d'entreprise humanitaire.

Callas, Pippo et sa femme se sont retrouvés à New York en 1972. Callas prétend qu'Onassis l'a contrainte à avorter. (Le journal de Maria Di Stefano est une des sources de cette rumeur reprise par plusieurs biographes et que confirme, comme on l'a vu, Edith Gorlinsky dans le reportage d'Alan Lewens et Alastair Mitchell, commercialisé par EMI en 1987.) Mais Maria ne croit pas Maria…

Giuseppe Di Stefano propose donc à Maria Callas de chanter avec lui pour une tournée que le Japon lui proposait (avec Anna Moffo ou Renata Tebaldi). Maria Callas accepte avec joie, tout en doutant de pouvoir retrouver son souffle. Giuseppe va de Milan à Paris en avion chercher son ancienne partenaire et ils reviendront en Italie dans la Mercedes qui appartient à la Callas. C'est alors qu'ils entreprennent à Rome d'enregistrer le disque proposé par Philips. Ils commencent à vivre tous ensemble (avec deux de leurs trois enfants). Maria Callas a, durant ces mois, une santé fragile. Les premières alertes d'un glaucome sont diagnostiquées. Sa vue, malgré l'intensité de son regard, a toujours été mauvaise : sa myopie légendaire l'avait contrainte, on l'a déjà dit, à une sûreté métronomique, puisqu'elle ne voyait pas le chef à partir de la scène. Et l'on prétend qu'à la Scala, pour les mêmes raisons, elle bougeait peu sur scène et avait repéré un endroit d'où sa voix était particulièrement bien entendue du public. On le nomme, depuis, « *il punto Callas* ». Désormais, elle va être asservie à des soins quotidiens (des gouttes dans les yeux toutes les deux heures) qui accroissent l'angoisse du vieillissement.

Le 2 décembre 1972, elle fête à Londres son anniversaire avec Ava Gardner (à laquelle elle était liée et qu'elle retrouvera deux ans plus tard à Los Angeles) et Rudolf Noureev à Londres. Sa sœur l'appelle d'Athènes pour lui dire que leur père mourant veut lui parler. Maria refuse de répondre. Mais Giuseppe Di Stefano la convainc de prendre l'appareil. Georges Kalogeropoulos meurt dans la nuit. Le 23 janvier 1973, Maria Callas est toujours avec la famille Di Stefano, à New York, où elle apprend la mort accidentelle, en vol, d'Alexandre, le fils d'Onassis. « Bien fait pour lui », est, selon

Maria Di Stefano le requiem de la Callas. « Elle se réfère au père, évidemment[12]. »

Ils prennent la décision de mettre en scène à Turin *Les Vêpres siciliennes*, créées en avril 1973. Raina Kabaivanska, qui est la protagoniste (Elena) racontera :

> Maria ne cessait de me dire : « N'assombris pas, éclaire, ouvre les voyelles. » Jusqu'au jour où j'ai explosé : « Mais puisqu'on vous adore et on vous admire pour votre voix sombre, pour votre manière rentrée de poser votre voix. » Et sa réponse me serre encore le cœur. D'une voix d'enfant perdue, elle m'a dit : « C'est justement à cause de ça que je ne chante plus, c'est à cause de ça que j'ai perdu ma voix ! »[13]...

Le résultat décevant ne les engagera pas à poursuivre dans cette voie.

Toujours inséparable, le trio (« ibsénien », pour reprendre le qualificatif que lui attribue Vassilis Vassilikos) va au Japon pour attribuer un prix « Madame Butterfly » dans la ville de Nagasaki et donner une *master class* à la lauréate (Eugenia Moldeveanu) que Callas prend aussitôt en grippe. Cette cantatrice roumaine, un peu vociférante, fera une brillante carrière dans son pays. La Callas plante un olivier grec devant le monument à la cantatrice japonaise (qui a souvent chanté le rôle de Ciociò-san) Tamaki Miura. À leur retour en Europe, Di Stefano tente de faire répéter Maria, mais elle a perdu son souffle et est incapable de remettre en place sa technique. En septembre 1973, ils apprennent que leur tournée de duos sera doublée (dans d'autres théâtres, bien entendu) par une autre tournée de Tebaldi et de Corelli, organisée par Sander Gorlinsky, l'impresario même de Callas, ce qui les met en fureur. La tournée, sur laquelle le pianiste écossais Robert Sutherland a écrit un livre entier[14] en en révélant les conditions désastreuses, liées au piètre état des voix de l'un et l'autre et aux rapports totalement hystériques qui vont se développer entre Maria et « Pippo », commence à Hambourg, le 25 octobre 1973 (la première londonienne ayant été annulée). C'est d'abord le pianiste Ivor Newton qui les accompagne. Mais lui-même, très âgé, présente des défaillances (des trous et des incertitudes rythmiques) dans l'interprétation : sur la demande des deux chanteurs et sur l'ordre de Gorlinsky, il sera remplacé, après la tournée allemande et les concerts londoniens, par Robert Sutherland, qui jusque-là s'était contenté de participer aux répétitions et avait suivi tous les récitals.

Giuseppe, qui a pourtant organisé la tournée, est payé trois fois moins que la Callas. Maria Di Stefano veut être optimiste :

> Maria a chanté avec tout ce qu'elle avait dans le corps. On l'entendait. Ce n'étaient pas que de beaux sons. Vocalement, il y avait beaucoup à redire. On sentait l'effort, les hésitations, les faiblesses, à cause du peu de temps de préparation. Mais aussi, il sortait des phrasés et des couleurs qui ne pouvaient qu'être à elles. Beaucoup de celle qu'elle avait été autrefois était encore là[15].

La tournée se poursuit à Berlin, Düsseldorf, Munich, Francfort, Mannheim. La femme de Di Stefano remarque que la Callas ne la supporte plus. Giuseppe, lui, manifeste une patience admirable, selon elle, pour une cantatrice devenue désastreuse et nerveuse.

Robert Sutherland racontera comment les récitals sont quasiment improvisés devant le public, en fonction des faiblesses de l'un ou de l'autre, les changements de programme étant commandés par l'arbitraire et le caprice de Giuseppe Di Stefano ou l'humeur de Maria Callas. Consciente d'avoir perdu tous ses moyens, elle se fie aux conseils de Giuseppe Di Stefano qui tente de lui inculquer sa technique, en la forçant à « ouvrir le gosier ». Elle est, fugitivement, tentée de s'aventurer dans le domaine des *lieder*. Mais elle n'est pas familière de ce répertoire et refuse de l'interpréter en allemand ou même en anglais. L'opérette qu'on lui propose (*La Veuve joyeuse*) lui fait horreur. Elle s'en tient donc aux rôles qu'elle connaît, mais qu'elle n'a plus la capacité d'assumer. Parfois le pianiste baisse la tonalité pour éviter des couacs à l'un ou à l'autre. Le livre de Robert Sutherland abonde en détails sur les innombrables scènes très violentes qui opposent les deux solistes dans cette tournée épouvantable. Ils sont souvent hués, trouvent parfois des salles (certes toutes immenses et prestigieuses) à moitié vides, ils interpellent le public, sont carrément insultés, puis ovationnés (ils seront chaleureusement accueillis surtout à Hambourg, Londres, Paris, Montréal, Séoul et Tokyo, mais la tournée américaine sera très pénible). La critique est unanimement impitoyable sur l'état auquel est réduite la voix de la Callas et sur les vociférations de Di Stefano, mais rappelle leurs carrières. Robert Sutherland raconte comment Maria Callas se dérobe aux séances de travail et aux répétitions que pourtant elle sollicite et que souvent elle remplace par la simple audition de ses enregistrements pirates qu'elle collectionne. Pour préparer ses concerts toutefois, elle s'essaye à de nombreux airs que lui conseille le pianiste, mais qu'elle n'interprétera pas en public. Elle renonce au disque de mélodies françaises et de *lieder* allemands qu'EMI voulait enregistrer en janvier 1974, au milieu de la tournée. Au sommet de ses possibilités, elle avait déjà des difficultés à dompter sa voix qu'elle a toujours considérée comme une étrangère sinon une ennemie. Que dire alors de la situation où elle se trouve ?

Sa jalousie à l'égard de Maria Di Stefano, son illusion de vivre un nouvel amour et de renouer avec une carrière depuis longtemps morte, ses problèmes de santé (son glaucome et une tension très basse qui la conduit sans cesse au bord de l'évanouissement) sont, pour la Callas, les ferments d'une angoisse récurrente. Souvent, le concert est complété par un demi-récital de pianiste invité pour que le public ne se plaigne pas de la brièveté des duos et des solos. Plusieurs représentations furent annulées, notamment aux États-Unis où l'hystérie atteignit son sommet entre les deux chanteurs. Parfois l'un ou l'autre s'interrompt et recommence. Mais c'est finalement Giuseppe Di Stefano qui se révèle plus lunatique et plus fragile, et qui supporte le moins bien l'épreuve dont il a été l'instigateur. Leurs difficultés relationnelles, leurs défaillances vocales, leurs incertitudes musicales, sa situation familiale, sa blessure d'amour-propre (il est souvent ignoré par la presse, les directeurs de salle et le public) font pour lui de cette tournée un vrai cauchemar.

À Hambourg, Elizabeth Taylor assiste au premier concert. Puis, le pianiste chilien Claudio Arrau, grand admirateur de Callas (dont il donne en exemple les interprétations de Bellini à ses élèves pour… jouer Chopin), vient l'applaudir. Bien entendu, tout au cours de ce voyage d'adieu de nombreux artistes viendront encourager la Callas. Elle-même regarde souvent la télévision dans les chambres d'hôtel en tentant de s'inspirer, dit Robert Sutherland, de la splendeur des films de Sternberg construits autour de Marlene Dietrich qu'elle a bien connue en 1956-1957 à New York et dont, prétend-elle, elle fuyait les avances, et du *Roman de Marguerite Gautier* où rayonne Greta Garbo qu'elle a croisée autrefois sur le *Christina*.

Durant une pause de leur tournée, elle retourne à Paris, où elle reçoit, en novembre 1973, Onassis qu'elle veut présenter à Pippo. Maria Di Stefano se plie à ce caprice dangereux. « Je pense qu'elle a une tactique précise. Je jurerais qu'elle veut rendre jaloux son ex-amant en lui montrant qu'elle n'est pas seule, qu'elle a un partenaire à ses côtés, même si ce n'est que sur le plan artistique : beau, plus jeune que lui, célèbre [16]. » À Londres, pour son anniversaire, entre deux concerts, elle reçoit de Luisa Di Stefano une tasse chinoise, mais la refuse : « Ça ne vaut rien [17]. » Ils poursuivent désormais seuls, Callas et Pippo, leur tournée américaine. C'est là que commencera leur liaison, en l'absence de la femme de Di Stefano. À la télévision new-yorkaise, elle dit qu'elle a trois hommes dans sa vie :

Meneghini, Onassis et... Elle ne termine pas et montre son partenaire. Maria Di Stefano les rejoint alors. Le 16 février 1974, la Callas tente de se suicider dans sa chambre d'hôtel, la veille du concert de Carnegie Hall, qui est annulé et repoussé le 5 mars. Callas ordonne à la femme de Di Stefano de rentrer à Milan. Elle fait intervenir son agent américain. Épuisé, Di Stefano la laisse continuer seule la tournée, qu'elle assure, en effet, à Boston sans lui. Elle improvise alors un récital en demandant à Vasso Devetzi, son amie pianiste grecque, de le remplacer au pied levé. Durant toute cette crise, elle enregistre ses conversations téléphoniques avec son accompagnateur, Robert Sutherland. « Dans cet enregistrement, témoigne Vassilis Vassilikos qui l'a entendu, elle parle rapidement, hardiment, clairement, d'un air affligé, blessé, du ton d'une collégienne amoureuse. Sa voix a les inflexions d'une Grecque d'Amérique[18]. »

Le jour du concert de remplacement de Carnegie Hall, Sol Hurok, leur tourneur américain d'origine ukrainienne, meurt d'un infarctus, juste après avoir déjeuné avec le guitariste Andrés Segovia. Le soir, Maria, en apprenant que les recettes iront à l'Association des Amis du Met, semble perdre la tête et improvise une diatribe interminable contre le Met et l'Opéra en général. Le public proteste et la hue : « Ne parlez pas, chantez plutôt ! » Quelqu'un pour la dissuader de poursuivre son attaque contre les Opéras en général, hurle : « Mais vous êtes, vous, l'Opéra ! » Finalement, la femme de Di Stefano rentre en Italie et laisse les deux amants seuls.

En cours de tournée, Di Stefano tente d'échapper à l'enfer : il rentre à son tour précipitamment en Italie pour tout arrêter. Mais les organisateurs le menacent d'un procès et il est contraint de revenir aux États-Unis. La première saison se termine à Montréal, où la soirée est enregistrée, le 13 mai 1974. Le public ovationne les chanteurs, ignorant les mélodrames quotidiens qui accompagnent cette entreprise aberrante. La voix éraillée de Callas et les vociférations détimbrées de Di Stefano sont un supplice pour l'auditoire qui feint de ne pas remarquer le désastre. Tous les deux détonnent et lancent leurs voix au petit bonheur la chance, avec un épouvantable vibrato. Sans parler du pianiste affolé qui tente de les suivre.

Giuseppe impose à sa femme les caprices humiliants de Maria Callas, qui exige de pouvoir l'appeler chaque nuit. Il va dormir dans un studio pour attendre ses appels. Callas, elle, dort à Menton, pendant que le couple est à San Remo. En automne, avant de poursuivre leur cauchemar en Corée et au Japon, ils répètent ensemble des duos que Di Stefano doit enregistrer… avec Montserrat Caballé (l'une des rares chanteuses que Callas admirait et sur lesquelles elle aurait dit, à Robert Sutherland : « Pourquoi vouloir continuer à chanter quand Caballé le fait si bien[19] ? ») à Barcelone. Avant de partir pour la Corée et pour le Japon, la Callas apprend la mort de son ami Larry Kelly, le 16 septembre, date qui sera, trois ans plus tard, celle de sa propre mort.

La tournée se termine, devant une salle courtoise mais froide, le 11 novembre 1974 à Sapporo (après

Tokyo, Fukuoka, Osaka et Hiroshima). Robert Sutherland continue avec Di Stefano en Australie et la Callas rentre seule à Paris après cette expérience abominable. Pendant la tournée asiatique, entre la Corée et le Japon, Callas, le 10 octobre 1974, apprend l'hospitalisation d'Aristote Onassis (pour la myasthénie dont il mourra) et la mort de Tina Onassis, qui s'est remariée deux fois, la deuxième avec l'armateur rival d'Aristote, Stavros Niarchos, le mari de sa sœur Eugenia, elle-même décédée.

Quand Di Stefano rentre, Callas le harcèle toutes les nuits à 3 heures du matin. « Elle grommelle des phrases incohérentes, incompréhensibles [20]. » Le 15 mars 1975 Onassis meurt. Le 19 mars 1975, Luisa Di Stefano meurt. Callas envoie une lettre jugée infâme par la mère de Luisa, mais il s'agit seulement de froideur, non de malveillance. De Palm Beach, où elle se rend de plus en plus souvent et où elle a même imaginé d'établir sa résidence officielle, Callas appelle Di Stefano qui la rejoint. La grande confusion de leurs rapports se poursuit pendant plusieurs mois. Di Stefano toutefois continue sa carrière : il met en scène *La Bohème* à Spolète. Ils s'apprêtent à aller chanter *Tosca* à Tokyo. Ils répètent avec orchestre à Rome. Ils essaient les costumes. Mais Maria Callas (qui dès le 27 août 1975 a écrit à Robert Sutherland qu'elle ne pensait pas être en mesure de chanter Floria Tosca au Japon) se rétracte officiellement la veille du départ en novembre : elle vient d'apprendre la mort de Pier Paolo Pasolini, assassiné par Pino Pelosi (comme le remarque Vassilis Vassilikos, « tous les amoureux de la star, l'Armateur, Pasolini, Visconti — quelques mois plus tard, le 17 mars 1976 — meurent en même temps, comme frappés par le mauvais œil[21] »). C'est Caballé qui remplace Callas au Japon.

À la fin décembre, Di Stefano avoue l'adultère à sa femme, mais ils continuent à se voir à trois avec Callas qui les invite à Paris, puis à Palm Beach où différents psychodrames éclatent. C'est un an plus tard seulement (décembre 1976) que Di Stefano rompt avec la Callas, en jurant à sa femme qu'il n'a cédé aux pressions de la chanteuse déchue que par pitié.

Mourir

Les derniers temps, Maria Callas avait donc pour amie intime la pianiste grecque Vasso Devetzi (avec qui elle fonde, peu avant sa mort, la Fondation Maria Callas et qui mourra dix ans après elle, en 1987, laissant la direction de cette œuvre au patron de presse Christos Lambrakis). Cette musicienne, née en 1925, était une amie de Rostropovitch et de Sviatoslav Richter et avait interprété les œuvres d'Henri Sauguet, dont elle était proche. C'est elle qui, dit-on, procurait à Maria Callas des pilules de Mandrax pour dormir. Elle l'accompagnait au piano sur scène ou en répétition. Elle lui faisait travailler encore quelques jours avant sa mort le *Requiem* de Verdi. L'été qui a précédé, elles se sont rendues ensemble à Ouranoupoulis pour nager. Elles y ont passé quelques jours tranquilles, avant d'être repérées par des paparazzi.

C'est elle qui, avec son compagnon Jean Roire — directeur des éditions musicales « Le Chant du monde », affilié au Parti communiste et essentiellement consacré à des enregistrements russes —, organisera la crémation. Vassilis Vassilikos donne de Jean Roire le portrait suivant : « L'un des hommes les plus doux et les plus sages que j'aie jamais rencontrés. C'était un ancien communiste qui n'avait jamais exprimé à voix haute son désaccord avec le parti. [...] Il était le gazoduc de la musique reliant Moscou au bruyant Paris[1]. » Selon Nicholas Gage, c'est la lecture de la décomposition de Marguerite Gautier, dans *La Dame aux camélias*, qui persuada Maria Callas de réclamer l'incinération de son cadavre. N'ayant pas laissé d'autre testament que celui qu'elle avait rédigé en 1954 en faveur de Giovanni Battista Meneghini, Maria Callas faisait de son mari légitime son héritier. Vassilis Vassilikos parle d'un « chiffon de papier, un tout petit billet écrit à une date lointaine : "Je lègue à mon mari Giovanni Battista Meneghini tout ce que je possède", signé par la Diva[2]. » Finalement sa famille se partagea avec lui ses biens : non seulement son appartement et ce qu'il contenait, mais l'énormité des droits de ses enregistrements. Michael Scott évalue à douze millions de dollars sa fortune à sa mort, sans compter les futurs droits d'enregistrement. Cela dit, la situation légale est extraordinairement compliquée à la mort de la chanteuse. Car, selon Vassilis Vassilikos, « dans le système des sociétés à filiales, chaque société est imbriquée dans l'autre et aucune n'appartient à personne[3] ». L'appartement de l'avenue Georges-Mandel, en effet, appartient à une société fictive qui elle-même appartient à une autre qui appartient, dit Vassilis Vassilikos, à celle de son imprésario (Sander Gorlinsky) dont Maria Callas était déclarée « l'employée ». Au moment de la mort d'Onassis, nous apprend le romancier grec, la Callas dut justifier sa résidence française, car son adresse fiscale était située à Monaco, chez Onassis qui n'y avait plus de logement officiel. Par ailleurs, elle meurt en léguant des actions (51 %) d'un cargo qui a perdu toute valeur (le *Artemision II* qui se trouvait par hasard à Yokohama lors de la tournée japonaise de Callas et de Di Stefano) et sera soldé, en Suisse, au seizième de son prix. Les bijoux sont également partagés sommairement par Meneghini et Jackie.

Le 20 septembre 1977, sans leur mère, Jackie Callas se rendit de mauvaise grâce à l'enterrement de sa sœur, morte le 16 septembre au matin, car elle n'avait jamais été aimée d'elle et n'avait même jamais franchi la porte de son appartement. Elle trouva absurde de feindre un chagrin qu'elle n'éprouvait pas, alors qu'elle n'avait pu assister aux funérailles de Milton Embirikos, l'homme qui avait été son amant et qu'elle n'avait jamais pu épouser.

Mais, une fois dans l'appartement du 36 avenue Georges-Mandel, devant le cadavre de sa sœur, elle est saisie de nostalgie :

> Quel dommage que nous n'ayons pas pris conscience de notre solitude, que nous n'ayons pas décidé de nous réunir de nouveau. Nous aurions pu chanter ensemble. J'aurais aimé l'accompagner comme je le faisais, durant notre enfance. Les sœurs Callas s'exhibant dans les spectacles de jeunes talents. La petite Mary Callas chante *La Paloma* et sa grande sœur est au piano[4].

En se remémorant, plus de dix ans après sa mort, l'évolution de leurs relations, Jackie Callas relate avec sécheresse et amertume la dureté et l'égoïsme de Callas, à l'égard de leur mère et bien sûr à son propre égard. Quand Maria Callas, dans une lettre cinglante, refuse toute aide, au début des années cinquante, malgré l'ascension de sa notoriété et l'augmentation spectaculaire de ses cachets, Jackie, qui espérait faire carrière également avec le soutien de sa célèbre sœur, écrit :

> Je n'avais plus de sœur. Je le sus dès que je lus cette lettre. J'étais une fille unique, seule avec Mère. Parfois elle pleurerait, mais je ne pourrais pas avoir pitié d'elle. Et je ne la blâmai pas pour autant. Mère l'avait rendue telle qu'elle était, dure et ambitieuse, habituée à exclure tout ou quiconque ne favoriserait pas son succès. Elle avait eu besoin de Mère à Athènes, et encore durant ces premiers mois difficiles à New York, mais qu'est-ce que Mère connaissait de l'Italie et du monde des grands opéras [5] ?

Le livre que Jackie consacre à sa sœur se transforme rapidement en tableau redoutable de la folie de leur mère. Quand Maria exprime clairement que sa famille n'a aucune existence à ses yeux, la mère et la sœur construisent un monde de délire autour d'elle. Milton Embirikos, gravement malade, est opéré du visage et défiguré. Jackie se sent plus seule encore et pour se désennuyer se met à chantonner le répertoire de sa sœur. Evangelia l'entendant veut la convaincre de prendre des cours de chant à plus de trente ans ! « Tout me sembla totalement irréel. Voilà Maria qui se transformait en mannequin ravissant pendant que Mère m'envoyait suivre des cours de chant. C'était comme si la vie était retournée vingt ans en arrière et que nos rôles avaient été inversés[6] ! » Elle prend des cours avec un professeur de chant, Vithinos, qui lui fait travailler tout le répertoire de sa sœur ! Elle finit par donner un concert à Athènes, en janvier 1957. Sa mère l'entraîne à New York. Sol Hurok lui propose de s'occuper de sa carrière. Mais évidemment cela ne donne rien. Elle va participer à un concours de jeunes chanteurs (elle a trente-neuf ans !) à Vercelli, en Italie, incognito, en prenant un pseudonyme italien (Elena Montesanto). Elle est éliminée. À son retour en Grèce, elle renonce à cette carrière fantasmatique dont elle parlera également à Raina Kabaivanska, en 1992 encore, en lui faisant entendre ses propres enregistrements. « Jackie m'a confié qu'elle aussi était destinée au chant. Et même, elle soutenait qu'elle était plus douée que Maria. C'était sans doute une famille de fous[7]... » Quand Maria vient chanter à Épidaure *Médée*, accompagnée d'Onassis, des amis maladroits lui révèlent les tentatives de Jackie. La réaction de Maria ne se fait pas attendre : « Les ânes braient et pensent qu'ils ont une voix. C'est ta folle de mère qui a pensé que tu avais une voix. Elle était derrière tes leçons. Tu ne te rends pas compte de l'âge que tu as ? Tu ne sais pas que tu es trop vieille pour travailler ta voix ? Le chant c'est pour les jeunes, il faut des années d'études, pas se contenter de braire comme un âne[8] ! » Après cette atroce semonce, Jackie rappelle que de toute façon elle a tout laissé tomber en apprenant le cancer de Milton Embirikos. Mais ces confidences trop tristes agacent Maria qui rabroue sa sœur plus qu'elle ne la console, avant de repartir sur le yacht d'Onassis.

Un mois avant de mourir, Maria a appelé Jackie et lui a dit : « Je veux mourir. Depuis que j'ai perdu ma voix, je veux mourir. Sans ma voix, qu'est-ce que je suis ? Rien. Je ne vais plus nulle part. On m'invite mais je ne supporte plus d'être importunée [9]. » De même dans les entretiens radiophoniques qu'elle accordait, elle disait, à la fin, se plaignant, avec un rire amer, que ses collègues ne lui demandent pas au moins conseil : « Je suis devenue complètement inutile [10]. »

Jackie raconte comment, après la mort de Maria, grâce à l'insistance de Vasso Devetzi, elle obtint de Meneghini, pour sa mère et pour elle, la moitié de l'héritage à condition d'en donner une partie à la fondation pour les jeunes chanteurs que Vasso créait au nom de Maria Callas. Et Jackie affirme avoir exigé qu'une partie de l'héritage aille à Bruna Lupoli et Ferruccio Mezzadri, les deux serviteurs oubliés — en faveur de qui, pourtant, Maria Callas aurait rédigé mais non signé un testament les faisant ses uniques héritiers. Selon Vassilis Vassilikos, ils ont assisté au pillage des vêtements, des papiers et des bijoux de leur maîtresse, comme dans la fameuse scène de la mort de Bouboulina, dans le roman *Alexis Zorba* et le film qui en est tiré. Ferruccio deviendra, par une étrange farce du destin, le chauffeur de la fille d'Onassis, Christina, en Suisse, pour quelques mois.

Evangelia décide alors de s'installer à Paris avec Jackie, puisque c'est là que régnait Maria. Vasso Devetzi, qui à cause d'une grave arthrite doit interrompre sa carrière de concertiste, les installe à Neuilly. Leur héritage fond peu à peu et elles retournent à Athènes. Le 20 août 1982 Evangelia meurt, laissant enfin seule Jackie. À soixante-cinq ans passés, Jackie continue à prendre des leçons de chant, comme une ombre immortelle de la morte, comme un enfant inachevé et condamné à vivre le simulacre d'une vie mutilée. Chez son professeur de chant, elle rencontre un jeune médecin, Andreas Stathopoulos, qu'elle épouse le 16 décembre 1983, et avec qui elle va s'installer à Londres avant de s'apercevoir que Vasso Devetzi a détourné les fonds que sa mère et elle lui avaient régulièrement versés pour une fondation fantôme. Vasso Devetzi mourra d'une crise cardiaque au cours de la projection, à l'Opéra Garnier, d'un documentaire de Franco Rossellini sur le tournage de *Médée*, en hommage à Maria Callas dont on célébrait le dixième anniversaire de la mort. C'est pour cette date anniversaire que Vasso Devetzi avait demandé à Vassilis Vassilikos de rédiger son témoignage sur son amitié pour la Callas. Mais refusant que l'auteur de *Z* l'enregistre et recopie les lettres qu'elle possédait, elle l'avait mis dans l'impossibilité totale de mener à bien sa tâche, comme il le racontera dans *L'Éviction* (et dans sa réédition sous le titre *Diva*).

Ce long épilogue d'une fausse mort — car la voix de Maria Callas n'a cessé de retentir après le 16 septembre 1977 — est à l'image, mystérieuse, distordue, d'une vie mise en scène par une mère et animée par un tempérament phénoménal. Jackie se compare, en terminant son livre, à la sœur de la Malibran. Mais, contrairement à ce que croit Jackie, Pauline Viardot n'avait pas renoncé au chant pour l'amour d'un homme. Elle chanta et composa pour Tourgueniev.

Vingt ans après la mort de Maria Callas, Hector Bianciotti rappelait la cérémonie de l'enterrement, à l'église grecque de la rue Georges-Bizet.

> Alors le pope est entré par l'ouverture noire du fond du chœur, suivi de deux acolytes. Le pope était jeune, et je ne me souviens pas qu'il y eût un lutrin, ni qu'il eût un bréviaire dans ses mains. Il chantait, il psalmodiait. C'était une mélopée très monotone, bien plus simple, plus archaïque que le chant grégorien. Il avait une voix sombre, d'un beau timbre : malheureusement, et c'était un double malheur en l'occurrence, il détonnait. [...] Quand, parmi les mots grecs, il prononçait le prénom, Maria, des gens pleuraient. Deux syllabes, Maria, si familières, si réelles, qui trouvaient leur place, se mêlaient aux paroles séculaires du rite. [...] À la faveur d'une bousculade, je ne sais pas comment, je me suis trouvé hissé sur un socle en haut des marches, juste au moment où le corbillard démarrait. On entendit alors quelqu'un crier « bravo », en applaudissant. Les gens furent déconcertés, puis ce fut comme une traînée de poudre tout au long de la rue [11].

Après la crémation, selon le témoignage de Vasso Devetzi, rapporté par Vassilis Vassilikos, « l'évêque orthodoxe de Paris, Mgr Meletios, avait refusé de bénir les cendres de la Diva, parce que l'Église orthodoxe interdit formellement l'incinération, qu'elle juge contraire au dogme de la résurrection des corps. Il s'était déplacé pour offrir ses condoléances, mais il abandonna Vasso à la porte, au moment du départ pour la chambre d'incinération [12] ».

Giuseppe Di Stefano ne put pas entrer dans l'appartement le jour de la mort de Maria. Peut-être que Bruna et Ferruccio, dans l'affolement et devant la cohue des importuns, ne surent pas vraiment filtrer les visiteurs. Franco Zeffirelli lui-même ne semble pas avoir pu entrer. Mais il y avait Sander Gorlinsky, l'agent anglais d'origine russe des dernières années et Vasso Devetzi. À Rome, le jour de l'enterrement de la rue Georges-Bizet, Nadia Stancioff organisa une cérémonie parallèle à l'église orthodoxe S. Andrea. Dans l'assistance choisie, quelques amis proches, et son Jason (l'athlète Giuseppe Gentile), son Adalgisa (Giulietta Simionato), son costumier (Pierino Tosi).

La nuit qui précéda sa mort, entre le jeudi 15 et le vendredi 16 septembre 1977, selon Bruna Lupoli, la Callas s'était plainte d'une douleur aux reins et lui avait demandé de la masser. Vasso Devetzi se trouve depuis le mardi précédent à Athènes où elle donne un concert, malgré les reproches de la Callas qui lui a dit, avant son départ : « Pourquoi vas-tu en Grèce ? Tu joues pour rien. Les Athéniens finiront par t'injurier. N'y va donc pas[13]. »

Mais, selon Robert Sutherland, Maria Callas avait acheté la veille un maillot de bain et comptait rejoindre son amie en Grèce, ce qui exclurait l'hypothèse du suicide prémédité. Au matin du 16 (à 11 h 30, car elle s'était endormie à 3 heures), elle avait bu son jus d'orange. Bruna, après avoir ouvert les rideaux, était allée chercher le café. Et en revenant dans la chambre, elle l'avait trouvée par terre, mais encore consciente. Maria Callas dit qu'elle avait eu un vertige. Elle se sentait mieux. Elle tenta de se relever, retomba, ses lèvres bleuirent, elle suffoqua. Elle eut le temps de dire : « Je souffre, je crois que je souffre[14] », en italien. Ferruccio appela leur médecin habituel, puis l'Hôpital américain qui ne répondirent pas. Le médecin prit enfin l'appel. Bruna glissa des cuillerées de café entre les lèvres de Maria Callas qui sembla se ranimer. Elle mourut à 13 heures avant l'arrivée du médecin. Selon Andreas Stathopoulos, le mari de Jackie Callas, les symptômes correspondent à une embolie pulmonaire consécutive à une thrombose, elle-même due à la tension trop basse, à une mauvaise circulation sanguine et à une vie trop sédentaire, passée trop souvent au lit.

Dans ses cours de la Juilliard, elle raconte à Sheila Nadler, l'une de ses élèves, qui travaillait un air d'Amnéris, le 25 octobre 1971 :

> Le Maestro Serafin m'a dit un jour « Il arrive un temps où vous devez oublier le travail, oublier qu'il y a des phrases difficiles, des aigus difficiles. Vous devez vous laisser aller et aimer la musique, aimer vos phrases, savourer les mots. » Si vous êtes stimulée, mais sous contrôle, vous donnerez vie à vos partitions, et la musique deviendra vivante. C'est vers cela que doit tendre tout musicien[15].

De Visconti, n'avait-elle pas appris, en Violetta, à mourir sur la dernière phrase du chant, au moment où elle croyait ressusciter ?

ANNEXES

REPÈRES CHRONOLOGIQUES

La chronologie qui suit est bien sûr sélective. Ne sont données que des indications et quelques dates qui nous ont paru éclairer le parcours de la chanteuse, tant sur le plan professionnel que sur le plan privé. Mais il va de soi que des enregistrements importants, des représentations qui auront marqué l'histoire de l'opéra peuvent ne pas figurer ici. Les nombreux voyages que Maria Callas fit (notamment aux États-Unis, entre New York, Dallas, Chicago, Palm Beach) ne sont pas tous signalés. La totalité du répertoire n'est pas non plus indiquée ici.

1923. *2 décembre* : naissance de Sophia Cecilia Maria Anna Kalogeropoulou, fille de Georges Kalogeropoulos et d'Evangelia Dimitriadou, à New York. Ses parents sont arrivés en août à Manhattan. Elle a une sœur Yakinthi, dite Jackie, de six ans son aînée. La famille américanise le nom en Kallas, Kalos, Calas ou Callas. Georges est pharmacien, mais n'ouvrira que quelques années plus tard sa pharmacie. Ils s'installent à Astoria, dans Queens, sur Long Island, puis, plus tard dans le quartier hispanique au nord de Harlem.

1926. *26 février* : Maria est baptisée à la cathédrale orthodoxe grecque Holy Trinity de New York (319 East 74th Street). Son parrain, un chirurgien, le docteur Leonidas Lantzounis, sera son confident jusqu'à sa mort.

1929. *24 octobre* : le krach boursier force le père de Maria à fermer sa pharmacie et à devenir représentant de commerce. Maria prend des leçons de musique, tout comme sa sœur. Ses dons pour le chant sont rapidement remarqués. Elle chante dans diverses réunions scolaires ou associatives.

1935. *7 avril* : Maria aurait participé à un radio-crochet sous le nom de Nina Foresti en interprétant « *Un bel dì vedremo* » de *Madame Butterfly*. De cette même année, daterait un enregistrement d'« *O mio babbino caro* », de *Gianni Schicchi* prétendument retrouvé dans l'appartement de Maria Callas après sa mort, et « authentifié » par Vasso Devetzi, par Simone Benmussa (qui le fit entendre au cours de l'exposition qu'elle organisa en 1979 au musée Carnavalet, « L'opéra secret de Maria Callas »), et Bruno Tosi. Mais Jackie Callas contesta l'authenticité de ce document sonore.

1936. Représentation amateur du *Mikado*, où elle tient un petit rôle.

1937. *20 février* : Maria et sa mère partent pour Athènes où les a devancées Jackie.

Été : Maria commence à prendre des leçons avec une ancienne chanteuse italienne, Maria Trivella. Recalée au conservatoire de la Ville d'Athènes (*Odeon Athenon*, qui ouvrait les portes de l'Opéra), pour son trop jeune âge, elle entre au Conservatoire national (*Odeon Ethnikon*, moins prestigieux) et bénéficie d'une bourse.

1938. Après avoir chanté aux concours internes des extraits du *Freischütz* et de *Tosca*, elle est remarquée par la cantatrice espagnole Elvira de Hidalgo qui décide de la prendre sous son aile.

1939. *2 avril* : sous le nom de Marianna Kalogeropoulou, elle chante pour la première fois un opéra en entier, dans le cadre de ses études. C'est *Cavalleria rusticana* où elle incarne Santuzza, la protagoniste, pour un spectacle du Conservatoire national.

Automne : elle entre officiellement dans la classe d'Elvira de Hidalgo au conservatoire municipal (*Athenon Odeon*), juste après le début de la guerre.

1940. *Juin* : elle est engagée dans les chœurs du Théâtre national lyrique (l'Opéra) d'Athènes. Elle prépare des rôles, mais poursuit ses études.

1942. *7 juin* : elle donne un récital pour les troupes italiennes occupant le pays à Thessalonique.

10 juillet : elle est engagée pour le rôle-titre de *Tosca* qu'elle va chanter, pour la première fois le 27 août, jusqu'à la fin de l'été à l'Opéra d'Athènes. Elle est désormais professionnelle. Elle a dix-huit ans et demi. Elle rencontre le metteur en scène Dino Yannopoulos avec lequel elle ira aux États-Unis.

1943. Elle chante, à l'Opéra d'Athènes, le rôle principal de *Tiefland* et reprend *Cavalleria rusticana*.

1944. Elle chante *O Promastoras*, opéra grec, et *Fidelio* à l'Odéon d'Hérodc Atticus. À la fin de l'année, quand le pays est libéré, elle rencontre une certaine hostilité de la part de ses collègues qui la traitent de collaboratrice. Elle décide de retourner aux États-Unis dès que possible.

1945. Elle chante dans *L'Étudiant pauvre*, une opérette viennoise. Elle donne un récital d'adieu, en louant spécialement une salle.

1945. *Décembre* : dès son retour à New York, elle auditionne au Met, mais tout en remarquant la qualité exceptionnelle de sa voix, on ne l'engage pas. Elle prend des cours avec Louise Taylor et rencontre la contralto Louise Caselotti et son mari Eddie Bagarozy qui va devenir son agent américain.

1946. Elle répète *Turandot*, prévu pour la réouverture du théâtre de Chicago en janvier 1947, mais des problèmes syndicaux et financiers vont faire tomber la production. Grâce à la basse Nicola Rossi-Lemeni, gendre de Tullio Serafin, elle auditionne, devant Giovanni Zenatello à New York, pour chanter à Vérone *La Gioconda*, et elle est engagée.

1947. *Juin* : elle prend le bateau pour Naples, en compagnie de Nicola Rossi-Lemeni et Louise Caselotti. Dès son arrivée à Vérone, elle rencontre Giovanni Battista Meneghini, industriel mélomane, qui devient son amant, puis son agent.

Août : elle obtient un triomphe dans *La Gioconda* à Vérone, sous la direction de Tullio Serafin qui décide d'orienter sa carrière et d'en faire une vedette.

Automne : elle auditionne à la Scala, mais le surintendant, Antonio Ghiringhelli, n'est pas convaincu.

Décembre : elle chante Isolde, dans l'opéra de Wagner à la Fenice à Venise.

1948. Elle enchaîne des rôles lourds et très différents dans divers théâtres italiens, où sa célébrité s'enflamme. *Turandot, La Force du destin, Aïda*. Et surtout, sa première *Norma*, à Florence.

1949. *Janvier* : à la Fenice, elle fait la prouesse d'alterner *Les Puri-*

tains et *La Walkyrie*. Franco Mannino, assistant de Serafin, fait venir son beau-frère Luchino Visconti qui n'a plus qu'une idée en tête : la mettre en scène.

7 mars : elle enregistre son premier récital.

21 avril : elle épouse Giovanni Battista Meneghini avant son départ pour Buenos Aires, où elle va chanter au Teatro Colón. *Turandot, Aïda* et *Norma*.

1950. Elle chante *Nabucco* à Naples et se rend compte qu'elle n'aura pas d'enfant de Meneghini.

Avril : elle remplace Tebaldi à la Scala dans *Aïda*.

Été : à Mexico, elle triomphe dans plusieurs opéras. *Norma, Tosca, Le Trouvère, Aïda*. Elle commence à passer pour la chanteuse du siècle, même si le couronnement de la Scala ne s'est pas encore produit, malgré un premier pas.

Automne-hiver : elle chante à Rome *Parsifal* et *Le Turc en Italie*. Elle fait la connaissance de Luchino Visconti et de Franco Zeffirelli. Elle rencontre également Arturo Toscanini qui veut l'engager pour *Macbeth*, à la Scala. Il réussit à la faire engager à la Scala, pour l'année suivante, mais ce sera dans *Les Vêpres siciliennes* et avec un autre chef.

1951. Elle triomphe dans l'un de ses rôles fétiches : *La Traviata*, à Florence. Meneghini abandonne ses responsabilités professionnelles pour se consacrer entièrement à la carrière de sa femme et surtout l'accompagner dans ses voyages où elle ne supporte pas la solitude.

Été : nouvelle tournée latino-américaine : Mexico, São Paulo, Rio. Elle fait la connaissance de Giuseppe Di Stefano dont elle sera, un quart de siècle plus tard, la maîtresse. Premières brouilles graves avec Renata Tebaldi, qui est de la même tournée.

7 décembre : *Les Vêpres siciliennes* à l'ouverture de la saison de la Scala. Début d'une longue collaboration. Elle devient la star de la Scala, détrônant provisoirement Tebaldi. Elle chante la *Norma*, qui va devenir son grand rôle, non seulement à la Scala, mais à Covent Garden, où cet opéra avait été chanté par Rosa Ponselle en 1930 pour la dernière fois.

1952. *Mai-juin* : *Les Puritains, La Traviata, Lucia di Lammermoor, Rigoletto, Tosca* à Mexico.

8 novembre : *Norma* à Covent Garden, à Londres.

7 décembre : elle ouvre la saison de la Scala avec *Macbeth*. L'année 1953 sera l'année de ses grands enregistrements en studio avec EMI. Plusieurs opéras s'enchaînent. Durant cette année, elle maigrit spectaculairement et son apparence se métamorphose totalement. Elle chante *Lucia di Lammermoor*, sous la direction de Karajan.

1954. Lors d'une tournée aux États-Unis, à Chicago, elle est assignée à comparaître par Bagarozy son ancien agent qui lui réclame des sommes fabuleuses, pour des contrats dont il s'estime responsable aux États-Unis, alors qu'elle ne l'a plus revu depuis 1947.

7 décembre : première collaboration de Visconti avec Callas. Il monte *La Vestale* de Spontini à la Scala. Suivent *La Traviata* et *La Somnambule*, durant cette même saison 1954-1955.

1955. *29 septembre et 2 octobre* : *Lucia di Lammermoor* à Berlin, sous la baguette de Karajan.

Novembre : à Chicago, un huissier, mandé par Bagarozy, entre de force dans la loge de Maria Callas qui sort de scène où elle a chanté *Madame Butterfly*. L'esclandre est rapporté dans le monde entier.

7 décembre : elle ouvre la saison de la Scala dans *Norma*. *La Traviata* de Visconti y est reprise. Suivent *Le Barbier de Séville* et *Fedora*.

1956. *Juin* : *Lucia* repris à Vienne, sous la baguette de Karajan.

Été : elle enregistre *La Bohème* et *Un bal masqué*.

29 octobre : elle ouvre la saison du Met, à New York, dans *Norma*. Sa gloire est désormais mondiale. Sa mère se répand en calomnies sur elle. La brouille avec Tebaldi, qui régnait cette fois-ci à New York, s'aggrave, à travers les journaux.

1957. *11 janvier* : elle rencontre la mondaine Elsa Maxwell, dans un bal costumé à Manhattan. C'est cette vieille femme extravagante et intrigante qui lui présentera Aristote Onassis neuf mois plus tard.

Hiver-printemps : elle chante *Iphigénie en Tauride* et *Anna Bolena*, dans la mise en scène de Visconti à la Scala, tout en reprenant *La Somnambule*. Ils ne collaboreront plus ensemble, malgré plusieurs projets avancés.

5 août : premier retour en Grèce où elle donne un récital à l'Odéon d'Hérode Atticus, au pied de l'Acropole.

19-29 août : *La Somnambule* à Édimbourg (quatre représentations). Maria Callas refuse de chanter une cinquième représentation et provoque un scandale largement répercuté par la presse.

3 septembre : elle rencontre Aristote Onassis et sa femme Tina à l'hôtel Danieli à Venise, dans une soirée organisée par Elsa Maxwell.

1958. *2 janvier* : elle interrompt, en présence du président de la République italienne, Gronchi, une représentation de *Norma*, à la fin du premier acte. Le scandale est énorme. Procès.

Février-mars : au Met à New York, *Traviata, Lucia, Tosca.*

Mars-mai : à la Scala, *Anna Bolena, Traviata, Le Pirate.*

19 décembre : écho considérable donné par la presse et en particulier la télévision au gala de la Légion d'honneur dont elle est la vedette à l'Opéra Garnier. Elle revoit Onassis.

1959. *Janvier-juillet* : tournée mondiale de concerts (Philadelphie, Madrid, Barcelone, Hambourg, Amsterdam, Bruxelles). Mais elle donne également *Le Pirate* à Washington (en janvier) et *Médée* à Covent Garden (en juin).

16 juin : Onassis organise une soirée après la première londonienne de *Médée* mis en scène par Alexis Minotis.

6 août : au cours d'une croisière sur le *Christina*, yacht d'Onassis, elle devient sa maîtresse.

18 août : elle annonce à son mari qu'elle veut se séparer de lui.

Septembre : malgré son drame conjugal, elle continue sa tournée (Bilbao, Londres, Kansas City) et chante *Lucia* et *Médée* à Dallas en novembre.

25 novembre : Tina Onassis demande le divorce et l'obtiendra le 25 juin 1960.

1960. Maria Callas décide de ralentir ses activités, tant au concert qu'à l'opéra. Sa vie privée a remplacé sa carrière dans les journaux. Ses défaillances vocales sont de plus en plus nombreuses en public. Sa mère publie un livre assez violent contre sa fille, *My Daughter Maria Callas*.

30 mars : naissance et mort à Milan d'Omero Lengrini. Certains biographes prétendent que sous ce faux nom, Maria Callas aurait accouché d'un enfant d'Onassis. Mais aucune preuve n'a été donnée de l'identité réelle de la mère de ce bébé, mort quelques heures après sa naissance.

Été : elle chante *Norma* à Épidaure et y remporte un triomphe. Elle y reviendra l'année suivante pour *Médée*. Tournée américaine et anglaise.

7 décembre : *Poliuto* à la Scala.

1961. *30 mai* : concert à Londres.

Août : *Médée* à Épidaure.

7 décembre : *Médée* à la Scala.

1962. *Février-mai* : série de récitals (Londres, Allemagne dont celui de Hambourg est filmé).

19 mai : elle participe avec Marilyn Monroe à la fête organisée pour l'anniversaire de Kennedy, à Madison Square Garden.

3 juin : elle chante pour la dernière fois à la Scala, dans *Médée*.

1963. Elle raréfie ses participations à des opéras, mais donne des concerts et enregistre pour Pathé-Marconi (EMI), à Paris et à Londres. Série de récitals en Allemagne, Angleterre, Danemark, et, le 5 juin, à Paris.

Été : Jackie Kennedy devient une habituée du *Christina*.

22 novembre : assassinat de Kennedy.

1964. *Tosca* à Londres, mise en scène par Zeffirelli qui mettra également en scène *Norma* à Paris, en mai. Elle enregistre au cours de l'année *Carmen* et *Tosca* avec Georges Prêtre.

1965 *Février-mars* : *Tosca* à Paris, New York.

29 mai : elle interrompt la représentation de *Norma* à Paris.

5 juillet : elle chante pour la dernière fois un opéra sur scène : *Tosca* à Londres.

1966. *8 mars* : elle renonce à la nationalité américaine dans l'espoir d'annuler son mariage et de pouvoir épouser Onassis.

1967. Elle espère retourner sur scène et répète *Traviata* avec un chef de chant.

1968. *2 février* : mort de Tullio Serafin.

Été : Jackie Kennedy ne quitte plus Onassis, après l'assassinat de son beau-frère Bob.

19 octobre : Maria Callas accepte de tourner *Médée* avec Pier Paolo Pasolini.

20 octobre : Onassis épouse Jackie Kennedy.

1969. *Juin-juillet-août* : tournage de *Médée* en Cappadoce, en Syrie, à Viterbe, Pise et dans le nord de l'Italie.

Décembre : elle voyage en Afrique avec Pasolini, Moravia et Dacia Maraini.

1970. *9 janvier* : première de *Médée* à l'Opéra Garnier. Après quoi elle voyage en Amérique du Sud avec Pasolini, pour la promotion du film.

26 mai : elle est hospitalisée et la presse diffuse la nouvelle d'une tentative de suicide, qu'elle dément.

Août : elle reçoit Pasolini à Tragonissi et, après son départ, revoit Onassis.

1971. *Février* : préparation des *master classes* de New York et leçons au Curtis Institute de Philadelphie.

Novembre : début des *master classes* de la Juilliard School.

1972. *Février-mars* : *master classes* de la Juilliard School.

Novembre-décembre : enregistrements à Londres avec Di Stefano (jamais commercialisés). Ils décident d'une tournée commune. Elle s'installe pour ainsi dire chez le couple Di Stefano et devient la maîtresse clandestine du ténor.

Dans la nuit du 2 au 3 décembre : Georges Kalogeropoulos meurt à Athènes, après avoir téléphoné à sa fille qui se trouve à Londres pour ses enregistrements avec Di Stefano.

1973. *Avril* : Callas et Di Stefano mettent en scène *Les Vêpres siciliennes* à Turin, pour l'inauguration du Teatro Reggio.

25 octobre : première à Hambourg de la série de récitals Callas-Di Stefano. La tournée va se poursuivre une année entière, à travers toute l'Europe (Berlin, Düsseldorf, Munich, Francfort, Mannheim, Madrid, Londres, Paris, Amsterdam, Milan, Stuttgart), les États-Unis (Philadelphie, Washington, Boston, Chicago, New York, Detroit, Dallas, Miami Beach, Columbus, Brookville, Cincinnati, Seattle, Portland, Los Angeles, San Francisco), le Canada (Toronto, Vancouver, Montréal), la Corée (Séoul) et le Japon (Tokyo, Fukuoka, Osaka, Hiroshima, Sapporo). Ils voyagent avec les pianistes Ivor Newton et Robert Sutherland. Le premier accompagne les chanteurs jusqu'à Londres, le second assure les concerts à partir de celui de Paris. Ils sont suivis par deux femmes de chambre de Maria Callas, Consuelo et Elena, qui alternent pour remplacer Bruna Lupoli, rentrée à Milan pour l'agonie de sa mère.

1974. *16 février* : elle tente de se tuer à New York la nuit qui précède son concert de Carnegie Hall.

10 octobre : mort de Tina Onassis.

11 novembre : dernière prestation publique de Maria Callas, avec Giuseppe Di Stefano, à Sapporo, dans l'île septentrionale du Japon, Hokkaido.

1975. *15 mars* : Aristote Onassis meurt à Paris d'une dégénérescence musculaire.

19 mars : Luisa, la fille de Di Stefano meurt d'un cancer.

2 novembre : Pasolini est assassiné. Maria Callas annule la *Tosca* qu'elle devait chanter avec Di Stefano à Tokyo. Elle est remplacée par Montserrat Caballé.

1976. *17 mars* : Luchino Visconti meurt. Durant toute l'année et jusqu'en août de l'année suivante, Maria Callas répète à titre privé, chez elle ou au Théâtre des Champs-Élysées, pour des récitals qu'elle ne donnera pas. Entre son dernier concert et sa mort, elle séjourne longuement à Palm Beach. Elle craint de perdre la vue.

Fin décembre : Giuseppe Di Stefano décide de mettre un terme à leur liaison, n'ayant pas l'intention d'abandonner sa femme, malgré l'insistance de Maria Callas.

1977. *12 avril* : surprise par un photographe en train de travailler avec Jeffrey Tate au Théâtre des Champs-Élysées « *Ah, Perfido !* » de Beethoven, elle interrompt ces séances régulières d'exercice dans ce théâtre.

16 septembre : elle meurt à la suite d'une soudaine faiblesse cardiaque à son réveil. Il s'agirait selon Andreas Stathopoulos d'une embolie pulmonaire consécutive à une thrombose, elle-même liée à l'abus de sédatifs et d'excitants et à sa tension très basse.

20 septembre : elle est incinérée.

26 décembre : ses cendres, déposées au Père-Lachaise, seront volées par un inconnu (Meneghini selon Evangelia Kalogeropoulou...) et restituées le lendemain.

1979. *3 juin* : ses cendres sont dispersées dans la mer Égée. Elle est morte sans avoir refait le testament qu'elle avait rédigé en 1954. Sa fortune (12 millions de dollars) revient à son mari, qui en donne la moitié à la mère et à la sœur de Maria, qui elles-mêmes sont, en partie, spoliées par la pianiste Vasso Devetzi au nom d'une fondation Callas (par un acte notarié daté du 2 février 1979). Après la mort d'Evangelia et de Jackie Callas, c'est le mari de cette dernière qui hérite des droits, ainsi qu'Emma Roverselli-Brutti, la compagne de Giovanni Battista Meneghini (d'après Anne Edwards, *op. cit.*, Nadia Stancioff, *op. cit.*, et Nathalie Krafft, « Callas, une voix toujours en or, trente ans après sa mort », *Rue 89*, 3 septembre 2007). Chaque année, un concert commémoratif est donné à l'Odéon d'Hérode Atticus d'Athènes, le 16 septembre. L'*Athenaeum* (ancien Conservatoire d'Athènes, l'*Odeon Athenon*) a institué un Grand Prix Maria Callas biannuel (pour le chant et pour le piano), sous l'égide de l'Unesco et de la Maria Callas Foundation sous la direction de Christos D. Lambrikis. Le concours a lieu en mars.

1980. *21 janvier* : mort d'Elvira de Hidalgo.
1981. *21 janvier* : mort de Giovanni Battista Meneghini.
1982. *20 août* : mort d'Evangelia Kalogeropoulou, mère de la Callas.
1987. *1er novembre* : mort de Vasso Devetzi.
1994. *19 mai* : mort de Jackie Onassis.
2004. *3 mars* : mort de Jackie Stathopoulou-Callas, sœur de Maria, à Athènes.
2008. *3 mars* : mort de Giuseppe Di Stefano.

SOURCES

Il convient, pour orienter le lecteur, de donner un ordre de préférence aux documents, écrits, sonores et visuels, qui ont permis d'écrire ce livre et de les organiser selon leur fiabilité très variable. Nous nous contentons de citer ici les livres qui nous ont été utiles, en français, et, pour les plus précieux, en anglais et en italien.

Les sources « directes » sont elles-mêmes sujettes à caution. Car, en dehors des entretiens radiophoniques ou télévisés, les propos de Maria Callas sont, le plus souvent, réécrits et transformés. Elle peut, elle-même, être trompée par sa mémoire ou souhaiter présenter la réalité à sa manière, bien qu'elle ait clamé : « Je n'ai trompé personne. Je ne le fais jamais. Je suis une femme très simple, et je suis une femme très morale. Je ne prétends pas, par là, être une femme "bonne", car c'est aux autres d'en juger. Mais je suis une femme morale dans la mesure où je vois clairement ce qui me convient et ce qui est juste ou ce qui est mauvais à mes yeux. Je ne les confonds pas et je ne les élude pas. Quand je dis oui, je veux dire oui. Je n'ai pas besoin de signer un contrat quand j'accepte de faire quelque chose. En principe, je n'aime pas l'idée d'un contrat, car un contrat implique que votre parole peut être mise en question. » (*The Observer*, 15 février 1970, interview par Kenneth Harris, citée par David A. Lowe, *Callas as They Saw Her*, The Ungar Publishing Company, New York, 1986, p. 157.)

De sources directes, outre, précisément, cette interview, il existe également l'entretien avec Anita Pensotti, publié par *Oggi*, en 5 épisodes en janvier et février 1957, et repris dans ce même ouvrage de David A. Lowe. Les lettres de Maria Callas viennent d'être rassemblées : *Lettere, Scritti, Interviste, Pensieri*, Pantheon,

2008. Mais cette compilation ne précise aucune référence de leur origine. Les lettres de Callas à Meneghini sont intégralement reproduites dans le livre de Renzo Allegri, *Maria Callas : Lettere d'amore*, Mondadori, 2008. Celles à Pasolini et Elvira de Hidalgo dans le catalogue *Maria Callas, Une femme, une voix, un mythe*, salle Saint-Jean, Hôtel de Ville de Paris, Association pour la promotion des arts, 27 mars-28 juin 1998. Quatre lettres et un télégramme écrits par Elvira de Hidalgo sont mis en vitrine au musée Maria Callas d'Athènes, à Technopolis. Bien entendu, très précieux sont les deux livres où sont transcrites ses analyses musicales : les *master classes* de la Juilliard, Maria Callas, *Leçons de chant*, transcrites par John Ardoin, traduit par Gérard Mannoni, Fayard-Van de Velde, 1991 et ses entretiens avec lord Harewood, *Seducenti voci*, Bulzoni 2006. À quoi l'on doit ajouter l'essai de John Ardoin, *L'eredità Callas, guida completa, La cantante, la diva, le incisioni*, Il Saggiatore, Milan, 1997.

On peut compter parmi les « sources directes », le livre de sa sœur, Jackie Callas : *Sisters*, Macmillan, Londres, 1989. Celui de Giovanni Battista Meneghini, *My Wife Maria Callas*, Farrar Straus & Giroux, New York, 1982. Mais posthume, il a été en partie réécrit par Renzo Allegri et utilise donc des informations qui n'appartiennent pas à la mémoire du veuf de Maria Callas. Celui de la mère de Maria Callas, Evangelia Kalogeropoulou, *My Daughter Maria Callas*, Fleet, New York, 1960 (des extraits sont traduits dans *L'Avant-Scène Opéra*, octobre 1982, « Maria Callas, Ses récitals 1954-1969 », n° 44, par Huguette Coupié). Celui de Nadia Stancioff, l'attachée de presse de la chanteuse, lors du tournage de *Médée* : *Callas Remembered, An Intimate Portrait Of The Private Callas*, Da Capo Press, 1987-2000. Le témoignage de Maria Di Stefano (avec l'aide de Francamaria Trapani) : *Callas nemica mia*, Sonzogno editore, Milan, 1992-2002, abonde en détails sur les rapports de son mari et de sa rivale. L'ouvrage de l'accompagnateur de la dernière tournée, Robert Sutherland, *Maria Callas, Diaries of a Friendship* (Constable, Londres, 1991), confirme le portrait psychologique que trace Nadia Stancioff, d'une femme angoissée, tour à tour futile, sentimentalement hystérique et artistiquement exigeante, mais perdue dans ce terrible crépuscule précoce, peu cultivée (sur un plan autre que musical), péremptoire et simpliste dans ses jugements psychologiques, sociaux ou politiques, détruite par la perte de son instrument, de son identité, de sa vie affective, par le souvenir obsessionnel de son enfance rendue douloureuse par une mère autoritaire et par sa jeunesse, par les choix de sa vie sentimentale et par ce qu'elle pensait être son destin. Et enfin, les Mémoires de Franco Mannino, *Genii... VIP e gente comune,* Bompiani, Milan, 1987, ainsi que *Visconti e la musica,* Akademos & Lim, 1994, donnent une image élogieuse d'une très grande musicienne et d'une tragédienne exceptionnelle.

Nos conversations avec Vassilis Vassilikos et Vasso Papantoniou nous ont permis d'éclairer plusieurs points sur les relations de Maria Callas avec Vasso Devetzi et, de manière générale, avec la Grèce. La lecture de la traduction française inédite de « Histoire qui faillit ne pas être écrite », cinquième partie de *L'Éviction* de Vassilis Vassilikos (*To sphrato,* Gnossi, Athènes, 1989, traduit du grec par Gisèle Jeanperin), rééditée séparément sous le titre *Diva* (Elektra, Athènes, 2009), a fourni des précisions sur la dernière tournée mondiale de la Callas avec Giuseppe Di Stefano et sur les conditions de la mort et de l'héritage de la chanteuse.

En ce qui concerne les biographies, la plus rigoureuse et la plus précise est incontestablement celle de Nicolas Petsalis-Diomidis, *La Callas inconnue*, traduit du grec par Anne-Fleur Clément et Jeanne Roques-Tesson, Plon, 2002. Mais elle s'arrête en 1945, puisqu'elle ne concerne que les années grecques. Elle contient toutefois des informations sur les années suivantes. On ne peut faire l'impasse sur celle d'Arianna Stassinopoulos, *Maria, beyond the Callas Legend*, Weidenfeld and Nicolson, Londres, 1980, bien qu'elle ait été écrite trop peu de temps après la mort de Maria Callas et ne bénéficie pas des recherches ultérieures. Il faut citer aussi le panégyrique émouvant de Stelios Galatopoulos, *Callas Prima Donna Assoluta*, avec un avant-propos du directeur de Covent Garden, John Tooley, et une préface de Biki (W.H. Allen, Londres, 1976). Ce livre publié du vivant de Callas accompagnait une réédition de quatre microsillons d'EMI. Il s'agit donc d'un texte promotionnel, probablement approuvé par elle. Écrit par un sincère admirateur qui l'avait entendue, enfant, à la première de *La Gioconda* à Vérone et l'avait suivie à travers le monde, dans cent vingt représentations, cet essai vaut plus par son aspect analytique qu'événementiel. Et en général, l'auteur s'en tient au point de vue officiel de Callas ou du moins à celui qui peut lui être favorable. Il laisse entendre que Callas pouvait envisager en 1976 de revenir sur scène. Plus dure (notamment sur les dernières années) est la biographie rédigée par l'impresario anglais Michael Scott, fondateur de la London Opera Society, *Maria Meneghini Callas,* Northeastern University Press,

1992. Il y écrit notamment : « Il y avait une contradiction entre la profondeur de la musicalité extraordinaire de Maria Callas et l'étroitesse de son intelligence. » Mais cette étude, très précise dans ses données et ses analyses, demeure très admirative des capacités artistiques phénoménales de la chanteuse et s'en tient à la période « active », qui précède donc la rencontre d'Onassis, en évacuant l'aspect sensationnel de la vie mondaine et sentimentale de la chanteuse. Il s'agit d'une biographie essentiellement musicale qui rend compte avec une extrême minutie des différentes représentations auxquelles participa la Callas, en s'appuyant sur les enregistrements pirates et sur les critiques parues en leur temps. De même, l'ouvrage de George Jellinek, *Callas, Portrait of a Prima Donna*, Dover, New York, 1986, et la biographie de Jacques Lorcey, *Maria Callas : d'art et d'amour*, PAC, Paris, 1977, qui est plus musicologique que biographique, et contient de nombreuses citations d'entretiens et d'articles critiques divers. Enfin, sur le rapport avec Onassis, l'ouvrage de Nicholas Gage, très contesté, fournit quelques repères essentiels : *Onassis et la Callas. Une tragédie des temps modernes*, traduit de l'américain par Bella Arman et Catherine Vacherat, Robert Laffont, 2000. Tout comme la biographie de Jacqueline Bouvier, par Donald Spoto, *Jackie, le roman d'un destin*, traduit de l'anglais par Carole Reyes, Le Cherche Midi éditeur, 2001, et Le Livre de poche, 2003.

Les ouvrages d'Anne Edwards, *Maria Callas intime* (traduit de l'anglais par Marie-Claude Elsen, L'Archipel, 2002, et J'ai Lu, 2005), de Madeleine Chapsal, *Callas l'extrême* (Michel Lafon, 2002, et Le Livre de poche, 2004), de Pierre-Jean Remy, *Callas, une vie* (Ramsay, 1977, Albin Michel, 1998, 10/18, 2002), de Claire Alby et Alfred Caron, *Passion Callas* (Les Mille et Une Nuits, Arte éditions, 1997), d'André Tubeuf, *La Callas* (Éditions Assouline, 1998), de Giandonato Crico, *Maria Callas* (Gremese editore, 2000), d'Ève Ruggieri, *La Callas* (Michel Lafon, 2007) sont, comme des dizaines d'autres publications aux titres approchants et rédigés dans toutes les langues, des commentaires plus ou moins bien informés, des paraphrases plus ou moins habiles et élégantes, selon la rigueur et l'érudition de leurs auteurs et de leurs nègres, et de style plus ou moins romancé et fantaisiste.

À cela, on peut ajouter des tentatives romanesques : *Yo, María Callas* de M.A. Martínez Pujalte (Huerga & Fierro Editores, Madrid, 1998), *La Rivale* d'Éric-Emmanuel Schmitt (in *Le Monde de la musique*, septembre 2007), *Le Caniche noir de la diva* d'Helmut

Krausser (traduit de l'allemand par François Mathieu, Jacqueline Chambon, 1998, « Points », 2002), *The Autobiography of Maria Callas, a Novel* d'Alma H. Bond (Birch Book Press, Delhi, New York, 1998), *Moi, la Callas* de Mélisande Chauveau (Scali, 2007), *Troppo fiera, troppo fragile* d'Alfonso Signorini (Mondadori, 2007), *Il poeta-regista e la meravigliosa soprano* de Dacia Maraini, *Corriere della sera*, coll. « Corti di carta », 2008. On peut citer, dans cet ordre d'idées, la pièce de Terrence McNally, *Masterclass* (1995), le film de Franco Zeffirelli, *Callas For Ever* (2002), le téléfilm italien de Giorgio Capitani, *Callas et Onassis* (2006). Tentatives, à vrai dire, hasardeuses de reconstitution d'une personnalité, réduite à une caricature. On a peine à croire que Zeffirelli, le mieux informé, le plus familier de son sujet, ait côtoyé Maria Callas et travaillé avec elle, tant le portrait qu'il nous offre d'elle ressemble à celui d'une chanteuse stéréotypée. Fanny Ardant, dont les parents, ayant assumé des fonctions officielles au palais princier de Monaco, ont eu l'occasion de croiser la Callas, a été chargée au théâtre et au cinéma de prêter son apparence stylée à ces ombres. On ne peut pas demander l'impossible même à une bonne comédienne, dotée de charisme et animée de ferveur. Elle devait avouer, en 2002, à David Lelait-Helo (*Maria Callas*, Petite Bibliothèque Payot, 2007) qu'elle n'avait pas encore eu le courage de voir le film terminé. On la comprend.

Nous avons tenté, nous-même, dans « Une intime absence » (*in Le Mot Amour*, Gallimard, 2005) de rendre compte de la relation amicale et artistique de la Callas et de Pasolini, sous la forme d'un dialogue, essentiellement constitué d'extraits d'interviews, de lettres, de poèmes. Ce dialogue est situé en août 1970, sur l'île de Tragonissi, dans l'archipel des Petalis. Il a été interprété par Francesca D'Aloja et Francesco Siciliano, à l'Hôtel de Galliffet, à Paris, le 28 septembre 2005 et la semaine qui suivit, dans une mise en scène de Guido Torlonia. Et repris à Montréal, à la place des Arts, le 13 septembre 2006, par Brigitte Paquette et Didier Flamand, dans une mise en scène de Nadine Eghels.

Les plus belles pages qu'un écrivain ait consacrées à l'art de Maria Callas se trouvent indubitablement sous la plume d'Hector Bianciotti dans ses articles du *Nouvel Observateur* (« Une fois par siècle, le miracle », 26 septembre 1977, et « La plus mélodieuse des dévoyées », 17 janvier 1986), du *Monde* (14-15 septembre 1997), de *L'Avant-Scène Opéra* (« Une voix et son corps », octobre 1982, « Maria Callas, Ses récitals 1954-1969 », n° 44) et dans ses deux livres autobiographiques : *Le Traité des saisons* (Gallimard, 1977) et *Le Pas si lent de l'amour* (Grasset, 1995). On peut également signaler les critiques lyriques d'Eugenio Montale. Notamment son portrait, où il écrit : « Partout où se trouvait une scène de folie, son triomphe était inévitable » (*Il secondo mestiere*, Mondadori, 1996).

De nombreux albums de photographies (souvent très belles) sont consacrés à Maria Callas. Citons les fondamentaux. *Callas by Callas* de Renzo et Roberto Allegri, Mondadori, 1997-2002. *Callas, Les images d'une voix*, de Sergio Segalini, Van de Velde, 1987-2002. *Callas* d'Attila Csampai, Rizzoli, 2001. *Maria Callas, les images d'une vie* de Yann-Brice Dherbier, YB éditions, 2007. *Pasolini, Callas e « Medea »*, de Roberto Chiesi, FMR-ARTE, 2007, catalogue publié à l'occasion de l'exposition de la cinémathèque de Bologne, 18 octobre-8 décembre 2007, Tà Matete, Bologne. *La Divina in Cucina, Il recettario de Maria Callas* de Bruno Tosi, Trenta Editore, Milan, 2006. *Maria Callas, Souvenirs d'une légende, Paris 2 et 3 décembre 2000,* Calmels Chambre Cohen, 2000. *Maria Callas, Une femme, une voix, un mythe*, salle Saint-Jean, Hôtel de Ville de Paris, Association pour la promotion des arts, 27 mars-28 juin 1998. *Callas, La Divina, La Musica*. Direction éditoriale Astrid Fischer, Tanja Ohde, Fritz Bauer. Edel Entertainment GmbH, « Earbooks », 2008, avec quatre CD de compilations, Verdi, Puccini, Bellini, Donizetti, Ponchielli, Cherubini. *Ston asterismo Maria Callas, He katagogê henos muthou* [Constellation Maria Callas, généalogie d'un mythe], Athènes, Association pour la construction de l'opéra et de l'Académie d'arts lyriques Maria Callas, catalogue de l'exposition, sous la direction de Vasso Papantoniou, 28 avril- 20 mai 2004.

La discographie de Maria Callas est bien sûr beaucoup trop importante pour qu'elle soit intégralement citée ici. Les ventes étant constantes, mais les droits changeant fréquemment d'un label à l'autre, avec des titres de compilations trop éphémères et irrégulièrement disponibles, même si EMI a récupéré les pirates les plus intéressants, il serait inutile de donner ici des références. Nous renvoyons aux principaux sites Internet (en anglais et en italien) qui fournissent l'actualité des mises en vente et des disponibilités, ainsi que de précieux documents biographiques, sonores et iconographiques :

— http ://www.frankhamilton.org/mc/ (site musicologique, en anglais, qui contient la plus complète des discographies et le décompte très détaillé de toutes les représentations publiques de la Callas) ;

— http ://callas.free.fr (site français qui donne l'actualité des publications et événements) ;

— http ://www.callas.it/ (site italien officiel de Bruno Tosi, président de l'Associazione Culturale Maria Callas, fournit de nombreux liens avec d'autres sites) ;

— http ://www.divinarecords.com/ (site argentin, en anglais, qui commercialise des CD et des DVD rares) ;

— http ://www.orama-opera.gr (site grec de l'Association de Vasso Papantoniou pour la fondation d'une Académie d'arts lyriques Maria Callas) ;

— http :// www.callasintclub.com (site anglo-néerlandais du Maria Callas International Club de Karl Van Zoggel et John Pettit, qui réunit de nombreuses informations et dossiers photographiques et publie un trimestriel *Maria Callas Magazine*, accessible en format « pdf » sur Internet aux membres du club et existant également sur papier. Une recension générale des ouvrages et des articles parus dans le monde entier est proposée en néerlandais ou en anglais).

Sur Internet, de très nombreux documents visuels sont proposés sur le site Youtube, par *dural*, un internaute portugais.

Nous pouvons du moins conseiller l'intégrale des enregistrements studio : Maria Callas, *The Complete Studio Recordings, 1949-1969* (70 CD, avec 11 récitals et 23 intégrales d'opéras), EMI Classics.

Ainsi que : Maria Callas, *Entretiens avec Micheline Banzet-Lawton*, Archives sonores de l'Ina, Les Grandes Heures, Radio France, Harmonia Mundi distribution.

Il existe, bien entendu, d'innombrables captations pirates, notamment de Mexico, de Lisbonne, de Buenos Aires, de Dallas, de Berlin, de Vienne qui sont des témoignages exceptionnels de l'art de Maria Callas et dont plusieurs ont été « officialisés » par EMI. Ainsi que son *Parsifal* de la RAI en 1950, son *Iphigénie en Tauride* de la Scala, en 1957, son *Turandot* de la Scala en 1957, son *Médée* de Covent Garden, en 1959, ses *master classes* (*Leçons de chant*, EMI Classics) et son récital avec Di Stefano dont la soirée de Montréal a été commercialisée (*Montréal 1974*, Membran Music). Mais les labels sont rarement autorisés et les disques restent peu de temps disponibles. Les enregistrements ont fait l'objet de remises en vente successives depuis ses débuts, sous forme de 78 tours, de microsillons, de CD et même de DVD. La notoriété de Maria Callas (et la rentabilité de ses enregistrements) connut une (relative) éclipse dans les années quatre-vingt où furent soldés dans des sous-marques ses enregistrements pirates (notamment dans une collection de microsillons). Mais dès le milieu des années quatre-vingt-dix avec l'avènement du CD et la reprise en main par EMI de la quasi-totalité des enregistrements officiels ou non, Callas redevint une valeur rentable. Les ventes confondues de ses enregistrements représentèrent, certaines années, selon Alain Lanceron, 10 % de la totalité des ventes de musique classique. Trente ans après sa mort, trente millions de ses disques avaient été vendus selon EMI. Les opéras qu'elle a le plus chantés sont *Norma* (89 fois), *La Traviata* (63 fois), *Tosca* (55 fois), *Lucia di Lammermoor* (46 fois), *Médée* (31 fois), *Turandot* (24 fois), *La Somnambule* (22 fois) et *Le Trouvère* (20 fois). Selon Michael Scott, elle aurait participé, du temps de sa vie commune avec Meneghini (entre 1947 et 1959) à 475 représentations et du temps de sa liaison avec Onassis (entre 1959 et 1965) à 48 représentations.

Ses principaux partenaires furent Giuseppe Di Stefano, Mario Del Monaco, Kurt Baum, Carlo Bergonzi, Nicolai Gedda, Franco Corelli, Jon Vickers, Richard Tucker, Cesare Valletti, Renato Cioni, Albert Lance, Francesco Albanese, Gino Penno, Mirto Picchi, Gianni Raimondi, Tito Gobbi, Boris Christoff, Nicola Zaccaria, Giacomo Lauri Volpi, Cesare Siepi, George London, Enzo Mascherini, Nicola Moscona, Rolando Panerai, Nicola Rossi-Lemeni, Enzo Sordello, Ettore Bastianini, Rolando Panerai, Giulietta Simionato, Ebe Stignani, Fedora Barbieri, Fiorenza Cossotto, Christa Ludwig, Elisabeth Schwarzkopf, Teresa Berganza, Renata Scotto, Anna Moffo, Joan Sutherland.

Et ses chefs (sur la scène ou au disque) : Tullio Serafin (*La Gioconda, Parsifal, Turandot, La Walkyrie, Les Puritains, Norma, Aïda, Tristan et Isolde, La Traviata, Les Puritains, Le Trouvère, Armida, Lucia di Lammermoor, Cavalleria rusticana, Paillasse, La Force du destin, Rigoletto, Manon Lescaut*), Antonino Votto (*Turandot, Norma, Tosca, La Gioconda, Le Trouvère, Don Carlos, Mefistofele, La Vestale, Andrea Chénier, Un bal masqué, La Somnambule, Le Pirate*), Victor De Sabata (*Les Vêpres siciliennes, Macbeth*, *Tosca*), Vittorio Gui (*Nabucco, Norma, Médée*), Guido Picco (*Norma, Aïda, Le Trouvère, Lucia di Lammermoor, Tosca*), Nicola Rescigno (*Norma, Traviata, Lucia, Les Puritains, Madame Butterfly, Médée, Le Pirate*), Herbert von Karajan (*Lucia di Lammermoor, Madame Butterfly, Le Trouvère*), Carlo Maria Giulini (*La Traviata, Alceste, Le Barbier de Séville*), Georges Prêtre (*Tosca, Norma, Carmen*), Leonard Bernstein (*Médée,*

La Somnambule), Gianandrea Gavazzeni (*Le Turc en Italie, Lucia, Fedora, Anna Bolena, Un bal masqué*), Rafael Kubelik (concert), Erich Kleiber (*Les Vêpres siciliennes, Orfeo e Euridice* de Haydn), Dimitri Mitropoulos (*Tosca*), Francesco Molinari-Pradelli (*La Walkyrie, La Force du destin, Aïda, La Traviata, Le Trouvère, Lucia di Lammermoor*), Gabriele Santini (*San Giovanni Battista* de Stradella, *Les Puritains, La Traviata, Norma, Le Trouvère, Médée, Norma*), Nino Sanzogno (*Turandot, Iphigénie en Tauride*), Thomas Schippers (*Médée*), Alberto Erede (*Aïda, Le Trouvère*), Fausto Cleva (*Norma, Lucia di Lammermoor, Traviata, Tosca*).

Les sites frankhamilton et Divinarecords donnent la liste exhaustive des concerts et des enregistrements, pirates et légaux, des documents télévisés et radiophoniques.

Citons également le DVD *Callas, Une vie d'art et d'amour produit* par EMI en 1987 et réalisé par Alan Lewens et Alastair Mitchell, avec des documents rares, des extraits d'interviews et de concerts (dont la dernière tournée en 1973-1974 et le récital de Hambourg en 1962) ainsi que des entretiens avec notamment Giuseppe Di Stefano (dont le témoignage est, bien sûr, de première importance), Carlo Maria Giulini, Sander et Edith Gorlinsky, Robert Sutherland, Franco Zeffirelli, lord Harewood, Yannis Kambanis, Peter Andry qui tentent de tracer un portrait collectif de la personnalité psychologique et artistique de leur amie dix ans après sa mort. Et l'excellent documentaire réalisé par Philippe Kohly pour la télévision, *Callas Assoluta* (Arte, Swan, Ert, 2007, 1heure 38), diffusé le 19 septembre 2007 sur Arte à 20 h 40, pour le trentième anniversaire de la mort de la chanteuse. Bien que ce dernier film soit affligé d'un ton mélodramatique et entaché de quelques inexactitudes, confusions, imprécisions, omissions ou approximations (notamment dans le montage, dans la chronologie et dans les illustrations visuelles des commentaires sonores), il contient des documents d'archives exceptionnels (mais dont certains sont également dans le précédent DVD) : des entretiens de Maria Callas (en français, anglais, italien et grec) à toutes les époques de sa carrière. Ainsi que des captations d'extraits de représentations et de répétitions, de saluts, de sorties en coulisses, des émissions télévisées (de chaînes françaises, américaines et anglaises) et des images de New York, d'Athènes, de Milan, de Vérone. Seules les tournées sud-américaines ont été plutôt négligées dans cette biographie filmée extrêmement soignée et presque exhaustive. Un témoignage d'Elvira de Hidalgo, datant des années soixante, complète cette enquête.

En ce qui concerne la mémoire de l'art et de la vie de la cantatrice, outre l'existence du Maria Callas International Club de Karl Van Zoggel et du concours Maria Callas de la Maria Callas Foundation de Christos D. Lambrakis, qui a lieu chaque printemps et couronne alternativement un chanteur et un pianiste, signalons plusieurs expositions conçues par Vasso Papantoniou qui a fondé l'Association pour la construction d'un nouvel Opéra national et la création d'une Académie d'arts lyriques Maria Callas à Athènes et espère installer cette académie et un musée Maria Callas au 61 rue Petassion (rebaptisée rue du 28-Octobre) dans l'immeuble qui est en cours de réfection.

Il existe actuellement un petit et très pauvre musée Maria Callas, à Technopolis, 100 rue Piréos, Gazi, dans la proche zone industrielle d'Athènes, qui propose quelques vitrines, avec des lettres et un télégramme d'Elvlra de Hidalgo, des lettres de Maria Callas en grec à ses parents, son manteau Biki en chinchilla et en soie verte, une paire de gants Hermès, sa perruque rousse de *Médée* et des photos officielles et privées dans leurs tirages d'origine et dans des agrandissements. Les différentes expositions d'objets personnels et professionnels, de costumes de scène et de vêtements de ville, d'accessoires, de partitions et de photos, de livres et de disques, organisées pour les ventes aux enchères et pour les commémorations diverses à travers le monde, notamment à Athènes, Londres, Paris, Vérone, Venise, Milan, Rome, ont été éphémères.

Bien entendu, à toutes ses sources, il faut ajouter le seul film que Maria Callas ait tourné, *Médée* de Pasolini (1969-1970), dont Carlotta a commercialisé le DVD, accompagné de témoignages sur le tournage et de scènes inédites. (Il s'agit de la version italienne sous-titrée en français, on n'y entend pas la voix de Maria Callas, mais celle de la comédienne qui la double.)

Ma passion pour Maria Callas est ancienne. Elle a été ravivée par mon intérêt pour Pier Paolo Pasolini et par diverses amitiés avec des admirateurs de la cantatrice : Nathalie Castagné, Hector Blanciotti, Pierre Miscevic, Claude Delay, Vasso Papantoniou.

RÉFÉRENCES BIBLIOGRAPHIQUES

EN FRANÇAIS

Jacques Lorcey, *Maria Callas : d'art et d'amour*, PAC, Paris, 1977.

L'Avant-Scène Opéra, n° 44, « Maria Callas, Ses récitals 1954-1969 », octobre 1982.

Maria Callas, *Leçons de chant*, transcrites par John Ardoin, traduit par Gérard Mannoni, Fayard-Van de Velde, 1991.

Maria Callas, Une femme, une voix, un mythe, catalogue de l'exposition de la salle Saint-Jean, Hôtel de Ville de Paris, Association pour la promotion des arts, 27 mars-28 juin 1998.

Nicholas Gage, *Onassis et la Callas. Une tragédie des temps modernes*, traduit de l'américain par Bella Arman et Catherine Vacherat, Robert Laffont, 2000.

Nicolas Petsalis-Diomidis, *La Callas inconnue*, traduit du grec par Anne-Fleur Clément et Jeanne Roques-Tesson, Plon, 2002.

Sergio Segalini, *Callas, Les images d'une voix*, Van de Velde, 1987-2002.

Anne Edwards, *Maria Callas intime*, traduit de l'anglais par Marie-Claude Elsen, L'Archipel, 2002, et J'ai Lu, 2005.

Yann-Brice Dherbier et Axelle Emden, *Maria Callas, Les images d'une vie*, YB éditions, 2007.

EN ITALIEN

Attila Csampai, *Callas*, Rizzoli, 1994.

John Ardoin, *L'eredità Callas, guida completa, La cantante, la diva, le incisioni*, Il Saggiatore, Milan, 1997.

Renzo et Roberto Allegri, *Callas by Callas*, Mondadori, 1997-2002.

Maria Di Stefano et Francamaria Trapani, *Callas nemica mia*, Sonzogno editore, Milan, 2002

Lord Harewood, avec une préface de Raina Kabaivanska, *Seducenti voci*, Bulzoni 2006.

Maria Callas, *Lettere, Scritti, Interviste, Pensieri*, Pantheon, 2008.

Renzo Allegri, *Maria Callas : Lettere d'amore*, Mondadori, 2008.

EN ANGLAIS

Evangelia Kalogeropoulou, *My Daughter Maria Callas*, Fleet, New York, 1960 (des extraits sont traduits dans *L'Avant-Scène Opéra*, octobre 1982, « Maria Callas, Ses récitals 1954-1969 », n° 44, traduit par Huguette Coupié, p. 115-117).

Stelios Galatopoulos, *Callas Prima Donna Assoluta*, avec un avant-propos du directeur de Covent Garden, John Tooley, et une préface de Biki, W.H. Allen, Londres, 1976.

Arianna Stassinopoulos, *Maria, beyond the Callas Legend*, Weidenfeld and Nicolson, Londres, 1980.

Giovanni Battista Meneghini, *My Wife Maria Callas*, Farrar Straus & Giroux, New York, 1982.

George Jellinek, *Callas, Portrait of a Prima Donna*, Dover, New York, 1986.

David A. Lowe, *Callas as They Saw Her*, The Ungar Publishing Company, New York, 1986

Jackie Callas, *Sisters*, Macmillan, Londres, 1989.

Robert Sutherland, *Maria Callas, Diaries of a Friendship*, Constable, Londres, 1991.

Michael Scott, *Maria Meneghini Callas,* Northeastern University Press, 1992

Nadia Stancioff, *Callas Remembered, An Intimate Portrait Of The Private Callas*, Da Capo Press, 1987-2000.

EN GREC

Vassilis Vassilikos, « Histoire d'une histoire qui faillit ne pas être écrite », cinquième partie de *L'Éviction, To sphrato*, Gnossi, Athènes, 1989, traduction inédite du grec par Gisèle Jeanperin. Nouvelle édition : *Diva*, Elektra, Athènes, 2009.

Vasso Papantoniou (sous la direction) *Ton asterismo Maria Callas, He katagogê henos muthou* [Constellation Maria Callas, Généalogie d'un mythe], catalogue de l'exposition, 28 avril-20 mai 2004, Ethniko Idryma Ereunon, Athènes, texte bilingue grec-anglais.

DISCOGRAPHIE

Pour ceux qui ne souhaiteraient pas acquérir le coffret complet d'EMI Classics (70 CD), nous proposons, par ordre préférentiel, le choix suivant. Les références des prises pirates ne sont données qu'à titre indicatif, car il en existe d'innombrables, toutes éphémères, avant qu'elles ne soient récupérées par le seul éditeur officiel de Maria Callas, qui est à présent EMI, quoiqu'elle ait aussi enregistré, à ses débuts, pour Cetra dont les contrats restants durent être honorés, en croisant ceux d'EMI, ce qui explique la multiplication des enregistrements à une certaine période :

RÉCITALS

De la liste qui suit, seuls les quatre premiers titres donnent une idée juste de l'art de Maria Callas dans la plénitude de ses moyens. Mais chacun des suivants offre des documents passionnants sur ses interprétations.

The First Recital (Les Puritains, Tristan, Norma), Orchestre de la RAI, direction Arturo Basile, EMI, 1949.

Puccini Heroines (Manon Lescaut, Madame Butterfly, La Bohème, Suor Angelica, Gianni Schicchi, Turandot), Philharmonia Orchestra de Londres, direction Tullio Serafin, EMI, 1954.

Lyric & Coloratura Arias (Le Barbier, La Wally, Les Vêpres siciliennes, Andrea Chénier, Lakmé, Adriana Lecouvreur, Dinorah, Mefistofele), Philharmonia Orchestra de Londres, direction Tullio Serafin, EMI, 1954.

Callas at la Scala (Médée, La Vestale, La Somnambule), Orchestre de la Scala, direction Tullio Serafin, EMI, 1955.

I Concerti « Live » di Maria Callas, Athènes, Odéon d'Hérode Atticus, 5 août 1957 (Great Opera Performances) *(Le Trouvère, La Force du destin, Lucia di Lammermoor, Tristan et Isolde, Hamlet, L'Enlèvement au sérail, Les Puritains, Macbeth, La Traviata, Anna Bolena),* Orchestre du Festival d'Athènes, direction Antonino Votto, EMI, 1957.

Mad Scenes (Anna Bolena, Hamlet, Il Pirata), Philharmonia Orchestra de Londres, direction : Nicola Rescigno, EMI, 1958.

Callas à Paris I (Orphée, Carmen, Samson et Dalila, Roméo et Juliette, Mignon, Le Cid, Louise), Orchestre national de la Radiodiffusion française, direction : Georges Prêtre, EMI, 1961.

Callas à Paris 2 (Iphigénie en Tauride, La Damnation de Faust, Les Pêcheurs de perles, Manon, Werther, Faust), Orchestre de la Société des Concerts du Conservatoire, direction : Georges Prêtre, EMI, 1963.

Mozart, Beethoven & Weber (« Ah ! Perfido ! », « Ocean ! Thou Mighty Monster », « Porgi Amor », « Or sai chi l'onore », « Non mi dir », « Mi tradì quell'alma ingrata »), Orchestre de la Société des Concerts du Conservatoire, direction : Nicola Rescigno, EMI, 1964.

OPÉRAS INTÉGRAUX

Il va de soi que les captations pirates — celles qui n'ont pas le label EMI — sont les plus intéressantes, parce que prises sur le vif dans des conditions d'intensité dramatique exceptionnelles, mais elles présentent des qualités phoniques défaillantes. Du reste, certaines d'entre elles (jusque-là commercialisées par Divina, sous le label Marcal, pour Maria Callas) ont été reprises par EMI. Maria Callas aimait beaucoup enregistrer en studio. Quand elle en avait encore la possibilité, elle mettait dans ces séances toute son énergie. Très exigeante, elle interdit de nombreuses commercialisations à la fin de sa vie. Mais le caractère toujours passionnant de ses interprétations, même défaillantes, a poussé les directeurs artistiques à outrepasser sa volonté après sa mort. L'ordre que nous avons choisi correspond, selon nous, à la représentativité des rôles dans l'art de Maria Callas et à sa capacité à les incarner. *Traviata, Norma, Tosca, Macbeth, Médée, La Somnambule* et *Lucia* auront été ses grands opéras.

Verdi, *La Traviata*

Maria Callas, Alfredo Kraus, Mario Sereni. Chœurs et Orchestre de l'Opéra de San Carlos de Lisbonne, direction Franco Ghione, EMI.

Et : Cesare Valletti, Giuseppe Taddei, Opera Nacional de Mexico, direction Oliviero De Fabritiis, Fono Enterprise.

Bellini, *Norma*

Ebe Stignani, Mario Filippeschi, Nicola Rossi-Lemini. Chœurs et Orchestre de la Scala de Milan, direction Tullio Serafin, EMI.

Et : Giulietta Simionato, Kurt Baum, Nicola Moscona, Opera Nacional de Mexico, direction Guido Picco, Fono Enterprise.

Et : Ebe Stignani, Mirto Picchi, Joan Sutherland, Covent Garden, direction Vittorio Gui, EMI.

Et : Franco Corelli, Miriam Pirazzini, Giulio Neri, Opéra de Rome, direction Gabriele Santini, Melodram.

Puccini, *Tosca*

Giuseppe Di Stefano, Tito Gobbi. Chœurs et Orchestre de la Scala de Milan, direction Victor de Sabata, EMI.

Et : Mario Filippeschi, Robert Weede, Opera Nacional de Mexico, direction Humberto Mugnai, Fono Enterprise.

Verdi, *Macbeth*

Enzo Mascherini, Italo Tajo. Orchestre de la Scala, direction Victor de Sabata, Myto.

Cherubini, *Médée*

Ginno Penno, Fedora Barbieri, Maria Luisa Nache, Giuseppe Modesti. Orchestre de la Scala, direction Leonard Bernstein, EMI.

Et : Carlos Guichandut, Gabriella Tucci, Fedora Barbieri, Maggio Musicale Fiorentino, direction Vittorio Gui, Melodram.

Et : Jon Vickers, Elisabeth Caron, Nicola Zaccaria, Teresa Berganza, Dallas Civic Opera, direction Nicola Rescigno, Melodram.

Bellini, *La Somnambule*

Nicola Monti, Nicola Zaccaria, Eugenia Ratti, Fiorenza Cossotto, Nicola Monti, Giuseppe Morresi. Chœurs et Orchestre de la Scala de Milan, direction Antonino Votto, EMI.

Donizetti, *Lucia di Lammermoor*

Feruccio Tagliavini, Piero Cappuccilli, Bernard Ladysz, Philharmonia Orchestra de Londres, direction Tullio Serafin, EMI.

Et : Giuseppe Di Stefano, Piero Campolonghi, Roberto Silva. Opera Nacional de Mexico, direction Guido Picco, Archipel.

Et : Giuseppe Di Stefano, Rolando Panerai, Nicola Zaccaria, Orchestre de la Scala, direction Herbert von Karajan (EMI)

Puccini, *Turandot*
Elisabeth Schwarzkopf, Eugenio Fernandi, Nicola Zaccaria, Piero De Palma, Giulio Mauri, Chœurs et Orchestre de la Scala, direction Tullio Serafin (EMI)
Et : Virgilio Tavini, Juan Zanin, Mario Del Monaco, Helena Arizmendi, Teatro Colón, direction Tullio Serafin, Divina.
Spontini, *La Vestale*
Franco Corelli, Enzo Sordello, Nicola Rossi-Lemeni. Orchestre de la Scala, direction Antonino Votto, Melodram.
Gluck, *Iphigénie en Tauride*
Francesco Albanese, Anselmo Colzani, Fiorenza Cossotto, Dino Dondi. Orchestre de la Scala, direction Nino Sanzogno, Myto.
Wagner, *Parsifal*
Africo Baldeli, Boris Christoff, Rolando Panerai, Giuseppe Modesti. Orchestre de la RAI, direction Vittorio Gui, Membran.
Verdi, *Le Trouvère*
Giuseppe Di Stefano, Rolando Panerai, Fedora Barbieri, Nicola Zaccaria. Orchestre de la Scala, direction Herbert von Karajan, EMI.
Et : Ebe Stignani, Jussi Björling, Ettore Bastianini. Lyric Theater of Chicago, direction Nicola Rescigno, Divina.
Verdi, *La Force du destin*
Richard Tucker, Carlo Tagliabue, Nicola Rossi-Lemini, Elena Nicolai, Renato Capecchi. Chœurs et Orchestre de la Scala de Milan, direction Tullio Serafin, EMI.
Donizetti, *Anna Bolena*
Gianna Raimondi, Nicola Rossi-Lemeni, Giulietta Simionato. Orchestre de la Scala, direction Gianadra Gavazzeni, Myto.
Verdi, *Un bal masqué*
Giuseppe Di Stefano, Tito Gobbi, Fedora Barbieri, Eugenia Ratti. Orchestre de la Scala, direction Antonino Votto, EMI.
Ponchielli, *La Gioconda*
Fiorenza Cossotto, Irene Companeez, Pier Mirando Ferraro, Piero Cappuccilli. Orchestre de la Scala, direction Antonino Votto, EMI.
Verdi, *Nabucco*
Gino Bechi, Amalia Pini, Gino Simberghi. Teatro San Carlo, direction Vittorio Gui, Fono Enterprise.
Verdi, *Aïda*
Richard Tucker, Fedore Barbieri, Tito Gobbi, Giuseppe Modesti, Nicola Zaccaria. Orchestre de la Scala, direction Tullio Serafin, EMI.

Et : Giulietta Simionato, Kurt Baum, Robert Weede. Opera Nacional de Mexico, direction Guido Picco, Fono Enterprise.

Verdi, *Rigoletto*

Tito Gobbi, Giuseppe Di Stefano. Orchestre de la Scala, direction Tullio Serafin, EMI.

Puccini, *Madame Butterfly*

Lucia Danieli, Nicolai Gedda, Mario Borriello. Chœurs et Orchestre de la Scala, direction Herbert von Karajan, EMI.

Rossini, *Armida*

Francesco Albanese, Mario Filippeschi, Alessandro Ziliani. Teatro Comunale di Firenze, direction Tullio Serafin, Divina.

Bizet, *Carmen*

Andrea Guiot, Nicolai Gedda, Robert Massard, René Duclos, Jane Berbié, Nadine Sautereau, Jacques Mars. Orchestre de l'Opéra de Paris, direction Georges Prêtre, EMI.

Gluck, *Alceste*

Renato Gavarini, Rolando Panerai, Nicola Zaccaria. Orchestre de la Scala, direction Carlo Maria Giulini, Melodram.

Rossini, *Le Turc en Italie*

Nicola Rossi-Lemeni, Nicolai Gedda, Jolanda Gardini. Orchestre de la Scala, Gianadrea Gavazzeni, EMI.

Puccini, *La Bohème*

Giuseppe Di Stefano, Rolando Panerai, Anna Moffo, Orchestre de la Scala, direction Antonino Votto, EMI.

Rossini, *Le Barbier de Séville*

Tito Gobbi, Luigi Alva, Orchestre de la Scala, direction Carlo Maria Giulini (Myto).

NOTES

COMPRENDRE

1. Michel Foucault, *Le Gouvernement de soi et des autres*, Seuil, 2008.

2. Ingeborg Bachmann, *Werke*, IV, 1978, cité par Attila Csampai, *Callas*, Rizzoli, 1994.

3. Roland Barthes, dans *Le Nouvel Observateur*, 17 décembre 1973, in *Œuvres complètes*, tome IV, Seuil, 2002.

4. Marguerite Duras, publié en anglais dans *Vogue*, 1er octobre 1965 et repris dans *Outside*, Albin Michel, 1985, puis publié en français dans *Les Nouvelles littéraires*, décembre 1965 et repris dans *Le Monde extérieur*, POL, 1993.

5. Dans l'article « La voix, hors du feu », repris dans le recueil *Articles intrépides*, Gallimard, 2008.

6. *Arts*, 10 décembre 1958, repris dans *L'Avant-Scène Opéra*, octobre 1982, « Maria Callas, Ses récitals 1954-1969 », n° 44.

7. Maurice Fleuret, dans *Le Nouvel Observateur*, 26 septembre 1977.

8. Marguerite Duras, *Le Monde extérieur*, P.O.L., coll. « Fiction », 1993.

NAÎTRE

1. Montage de citations figurant dans Maria Callas, *Lettere, Scritti, Interviste, Pensieri*, Pantheon, 2008.

2. *Ibid.*

3. Cité par Nicolas Petsalis-Diomidis, *La Callas inconnue*, traduit

du grec par Anne-Fleur Clément et Jeanne Roques-Tesson, Plon, 2002.

4. D'après Michael Scott, *Maria Meneghini Callas*, Northeastern University Press, 1992.

5. Nadia Stancioff, *Callas Remembered, An Intimate Portrait Of The Private Callas*, Da Capo Press, 1987-2000.

6. Des extraits, traduits par Huguette Coupié figurent dans *L'Avant-Scène Opéra*, octobre 1982, « Maria Callas, Ses récitals 1954-1969 », n° 44.

7. Jackie Callas, *Sisters*, Macmillan, Londres, 1989.

8. Giovanni Battista Meneghini, *My Wife Maria Callas*, Farrar Straus & Giroux, New York, 1982.

9. Vassilis Vassilikos, « Histoire d'une histoire qui faillit ne pas être écrite », cinquième partie de *L'Éviction, To sphrato*, Gnossi, Athènes, 1989, traduction inédite du grec par Gisèle Jeanperin.

10. *L'Avant-Scène Opéra*, octobre 1982, « Maria Callas, Ses récitals 1954-1969 », n°44.

11. *Ibid.*, traduction par Huguette Coupié.

12. Parue d'abord dans *Vogue*, et republiée dans le volume *E tu chi eri, Interviste sull'infanzia*, Bompiani, 1973, du vivant, donc, de Maria Callas.

13. *Ibid.*

14. *Ibid.*

15. *Ibid.*

16. *Ibid.*

17. Cité par Nicolas Petsalis-Diomidis, *La Callas inconnue, op. cit.*

18. Parue d'abord dans *Vogue*, et republiée dans le volume *E tu chi eri, Interviste sull'infanzia, op. cit.*

19. Reproduite par Eugenio Gara, *Maria Callas*, Ricordi, Milan, 1957 et, trad. française, chez René Kister, Genève, 1957, et par Nicolas Petsalis-Diomidis, *La Callas inconnue, op. cit.*

20. John Ardoin, *L'eredità Callas, guida completa, La cantante, la diva, le incisioni,* Il Saggiatore, Milan, 1997.

APPRENDRE

1. Lord Harewood, *Seducenti voci*, Bulzoni, 2006.

2. *Ibid.*

3. Maria Callas, *Leçons de chant*, transcrites par John Ardoin, traduit par Gérard Mannoni, Fayard-Van de Velde, 1991.

4. Lettre conservée dans une vitrine du musée Maria Callas de Technopolis, à Athènes.

5. Lord Harewood, *Seducenti voci, op. cit.*

6. Nicolas Petsalis-Diomidis, *La Callas inconnue, op. cit.*

7. *The Observer*, 15 février, 1970, cité par David A. Lowe, *Callas as They Saw Her*, The Ungar Publishing Company, New York, 1986.

CHANTER

1. David A. Lowe, *Callas as They Saw Her, op. cit.*

2. Lettre citée par Nicolas Petsalis-Diomidis, *La Callas inconnue, op. cit.*

3. Nadia Stancioff, *Callas Remembered, An Intimate Portrait Of The Private Callas, op. cit.*

PLAIRE

1. Nadia Stancioff, *Callas Remembered, An Intimate Portrait Of The Private Callas, op. cit.*

2. Giovanni Battista Meneghini, *My Wife Maria Callas, op. cit.*

3. *Ibid.*

4. *Ibid.*

5. *Ibid.*

6. Cité par Renzo et Alberto Allegri, *Callas by Callas*, Mondadori, 2002.

7. Cité par Anne Edwards, *Maria Callas intime*, traduit par Marie-Claude Elsen, J'ai lu, 2005.

8. Renzo Allegri, *Maria Callas : Lettere d'amore*, Mondadori, 2008.

9. *Ibid.*

10. *Ibid.*

11. *Ibid.*

12. *Ibid.*

13. *Ibid.*

14. *Ibid.*

15. *Ibid.*

16. *Ibid.*

17. Entretiens à la radio : *Entretiens avec Micheline Banzet-Law-*

ton, Archives sonores de l'Ina, Les Grandes Heures, Radio Fra. Ibidce, Harmonia Mundi distribution.

18. Maria Callas, *Leçons de chant*, transcrites par John Ardoin, traduit par Gérard Mannoni, Fayard-Van de Velde, 1991.

19. *Ibid.*

20. Renzo Allegri, *Maria Callas : Lettere d'amore, op. cit.*

21. *Ibid.*

22. *Ibid.*

23. Lettre du 18 novembre 1948. *Ibid.*

24. *Ibid.*

25. Beppe Broselli, *Il Corriere del Popolo*, cité par Giovanni Battista Meneghini, *My Wife Maria Callas, op. cit.*

CONQUÉRIR

1. Renzo Allegri, *Maria Callas : Lettere d'amore, op. cit.*

2. Giovanni Battista Meneghini, *My Wife Maria Callas, op. cit.*

3. Lettre conservée dans une vitrine du musée Maria Callas de Technopolis, à Athènes.

4. Renzo Allegri, *Maria Callas : Lettere d'amore, op. cit.*

5. *Ibid.*

6. Giovanni Battista Meneghini, *My Wife Maria Callas, op. cit.*

7. Renzo Allegri, *Maria Callas : Lettere d'amore, op. cit.*

8. Citée par Nicolas Petsalis-Diomidis, *La Callas inconnue, op. cit.*

SURPASSER

1. Hector Bianciotti, *Le Pas si lent de l'amour*, Grasset, 1995.

2. Hector Bianciotti, *Le Traité des saisons*, traduit par Françoise-Marie Rosset, Gallimard, 1977.

3. *Ibid.*

4. Renzo Allegri, *Maria Callas : Lettere d'amore, op. cit.*

5. *Ibid.*

6. *Ibid.*

7. Lettre conservée au musée Maria Callas d'Athènes.

8. Renzo Allegri, *Maria Callas : Lettere d'amore, op. cit.*

9. *Ibid.*

10. *Ibid.*

11. Maria Callas, *Leçons de chant, op. cit.*

12. Renzo Allegri, *Maria Callas : Lettere d'amore, op. cit.*
13. *Ibid.*
14. Cité dans Renzo Allegri, *Maria Callas : Lettere d'amore, op. cit.*
15. *Ibid.*
16. Nadia Stancioff, *Callas Remembered, An Intimate Portrait Of The Private Callas, op. cit.*
17. Renzo Allegri, *Maria Callas : Lettere d'amore, op. cit.*
18. Arianna Stassinopoulos, *Maria, beyond the Callas Legend*, Weidenfeld and Nicolson, Londres, 1980.
19. Maria Di Stefano et Francamaria Trapani, *Callas nemica mia*, Sonzogno editore, Milan, 2002.
20. *Ibid.*
21. Renzo Allegri, *Maria Callas : Lettere d'amore, op. cit.*
22. Cité par Jacques Lorcey, *Maria Callas, d'art et d'amour,* PAC, Paris, 1977.
23. Renzo Allegri, *Maria Callas : Lettere d'amore, op. cit.*
24. Nicholas Gage, *Onassis et la Callas. Une tragédie grecque des temps modernes,* traduit par Bella Arman et Catherine Vacherat, Robert Laffont, 2000.
25. *Ibid.*
26. Anne Edwards, *Maria Callas intime, op. cit.*
27. Sur le site argentin divinarecords.com, 2005.
28. Dans *Callas : ta epigeia pathè mias theas* [Callas : la Passion terrestre d'une déesse], Stachi, Athènes, 2001.
29. Dans *The Maria Callas Club Magazine*, n° 49, novembre 2006.
30. *France-Soir*, 13 février 1960.
31. Cité par Giovanni Battista Meneghini, *My Wife Maria Callas, op. cit.*
32. Renzo Allegri, *Maria Callas : Lettere d'amore, op. cit.*
33. *Ibid.*
34. Cité par Nicolas Petsalis-Diomidis, *La Callas inconnue, op. cit.*
35. Renzo Allegri, *Maria Callas : Lettere d'amore, op. cit.*
36. Pier Paolo Pasolini, *Trasumar e organizzar*, traduit par Nathalie Castagné, in *Poésies 1943-1970*, Gallimard, 1990.
37. John Ardoin, *L'eredità Callas, guida completa, La cantante, la diva, le incisioni, op. cit.*
38. *Ibid.*
39. Renzo Allegri, *Maria Callas : Lettere d'amore, op. cit.*
40. *France-Soir*, 13 février 1960.

41. Cité par Giovanni Battista Meneghini, *My Wife Maria Callas*, *op. cit.*

42. *Ibid.*

43. Jacques Lorcey, *Maria Callas, d'art et d'amour*, PAC, Paris, 1977.

44. Luchino Visconti, *Les Feux de la passion*, Perrin, 1987.

45. Selon Giovanni Battista Meneghini, *My Wife Maria Callas*, *op. cit.*

46. Franco Mannino, *Genii*, Bompiani, 1987.

47. *Ibid.*

48. Franco Mannino, *Visconti e la musica*, Akademos & Lim, Lucca, 1994.

49. Lord Harewood, *Seducenti voci, op. cit.*

50. *Ibid.*

51. *Les Nouvelles littéraires,* décembre 1965, in Marguerite Duras, *Le Monde extérieur, op. cit.*

52. « Callas en grande forme ressuscite la *Médée* de Cherubini », in *Arts*, 1er juillet 1959, cité par Jacques Lorcey, *op. cit.*, p. 259.

53. Lettre citée par Nicolas Petsalis-Diomidis, *La Callas inconnue*, *op. cit.*

54. Maria Di Stefano et Francamaria Trapani, *Callas nemica mia*, *op. cit.*

55. *Ibid.*

56. Stelios Galatopoulos, *Callas Prima Donna Assoluta, op. cit.*

57. Jacques Lorcey, *Maria Callas : d'art et d'amour, op. cit.*

58. Giovanni Battista Meneghini, *My Wife Maria Callas, op. cit.*

59. George Jellinek, *Callas, Portrait of a Prima Donna*, Dover, New York, 1986.

60. Michael Scott, *Maria Meneghini Callas*, Northeastern University Press, Boston, 1991.

RÉGNER

1. Jacques Lorcey, *Maria Callas, d'art et d'amour, op. cit.*

2. Interview radio pour une chaîne de Philadelphie, Milan 1957. Cet entretien d'une vingtaine de minutes a été reproduit sur CD, *Maria Callas RAI Recordings 1949-1956*, Gala, 1997.

3. Maria Di Stefano et Francamaria Trapani, *Callas nemica mia*, *op. cit.*

4. *Ibid.*

5. Citée par Jacques Lorcey, *Maria Callas, d'art et d'amour, op. cit.* : *Les Balcons du ciel*, entretiens avec Bernard Gavoty, Laffont, 1976.

6. Arianna Stassinopoulos, *Maria, beyond the Callas Legend, op. cit.*

7. *Ibid.*

8. Jacques Lorcey, *Maria Callas, d'art et d'amour, op. cit.*

9. Propos rapportés par Guido Vergani, *Dizionario della moda*, Baldini, Castaldi, Dalai, 2004.

10. Stelios Galatopoulos, *Callas Prima Donna Assoluta*, W.H. Allen, Londres, 1976.

11. Cité par David A. Lowe, *Callas as They Saw Her, op. cit.*

12. Franco Mannino, *Visconti e la musica, op. cit.*

13. Lettre du 19 mai 1954, citée dans Renzo Allegri, *Maria Callas : Lettere d'amore, op. cit.*

14. *Cinema nuovo*, 173, janvier 1965, cité dans *Luchino Visconti* d'Alessandro Bencivenni, La Nuova Italia, Florence, 1982.

15. Maria Callas, *Leçons de chant, op. cit.*

16. John Ardoin, *L'eredità Callas, op. cit.*

17. Hector Berlioz, *Les Soirées de l'orchestre*, Gründ, 1998.

18. *Il contemporaneo*, 18 décembre 1954.

19. *Le Nouvel Observateur*, 26 septembre 1977.

20. Maria Callas, *Leçons de chant, op. cit.*, p. 207-208.

21. Hector Bianciotti, *Le Pas si lent de l'amour*, Grasset, 1995.

22. Entretien cité dans le catalogue de l'exposition *Ston asterismo Maria Callas, He katagogê henos muthou* [Constellation Maria Callas, généalogie d'un mythe], 28 avril-20 mai 2004, Athènes, Association pour la construction de l'Opéra et de l'Académie d'arts lyriques Maria Callas.

23. *Ibid.*

24. Eliette von Karajan, *À ses côtés*, L'Archipel, 2008.

25. Maria Di Stefano et Francamaria Trapani, *Callas nemica mia, op. cit.*

26. Cité par Jacques Lorcey, *Maria Callas, d'art et d'amour, op. cit.*

27. *Ibid.*

28. Arianna Stassinopoulos, *Maria, beyond the Callas Legend, op. cit.*

29. Maria Di Stefano et Francamaria Trapani, *Callas nemica mia, op. cit.*

30. *Ibid.*

31. Giovanni Battista Meneghini, *My Wife Maria Callas, op. cit.*

32. *Ibid.*

33. *Time,* 29 octobre 1956.

34. *Time*, 26 novembre 1956.

35. Cité par David A. Lowe, *Callas as They Saw Her, op. cit.*

36. Giovanni Battista Meneghini, *My Wife Maria Callas, op. cit.*

EFFACER

1. Giovanni Battista Meneghini, *My Wife Maria Callas, op. cit.*

2. *Ibid.*

3. Franco Mannino, *Visconti e la musica, op. cit.*

4. Arianna Stassinopoulos, *Maria, beyond the Callas Legend, op. cit.*

5. *Ibid.*

6. Anne Edwards, *Maria Callas intime, op. cit.*

7. Vassilis Vassilikos, *To sphrato* [L'Éviction], *op. cit.*

8. Giovanni Battista Meneghini, *My Wife Maria Callas, op. cit.*

9. Arianna Stassinopoulos, *Maria, beyond the Callas Legend, op. cit.*

10. Giovanni Battista Meneghini, *My Wife Maria Callas, op. cit.*, et *The Observer,* 8 février 1970, rapporté par Maria Callas elle-même à Kenneth Harris, cité par David A. Lowe, *op. cit.*

11. Arianna Stassinopoulos, *Maria, beyond the Callas Legend, op. cit.*

12. Dans son livre, *Pierre rejetée par les constructeurs, Lithon on apedokimasan oi oikodomountes,* Kastaniotis Press, Athènes, 1989, cité dans le catalogue de l'exposition *Ston asterismo Maria Callas, He katagogê henos muthou* [Constellation Maria Callas, généalogie d'un mythe], Ethniko Idryma Ereunon, Athènes, 2004.

13. *Ibid.*

14. *Ibid.*

15. Citée par Giovanni Battista Meneghini, *My Wife Maria Callas, op. cit.*

16. *The Celebrity Circus*, Appleton Century, 1963, cité par Nicholas Gage, *Onassis et la Callas. Une tragédie grecque des temps modernes, op. cit.*

17. Giovanni Battista Meneghini, *My Wife Maria Callas, op. cit.*

18. Alain Elkann, *Momo,* Bompiani, 2003.

19. Renzo Allegri, *Maria Callas : Lettere d'amore, op. cit.* Voir aussi Giorgio Pecorini dans *L'Europeo*, 1961, n° 42 (repris dans *L'Europeo*, octobre 2008, n° 9).

20. *Ibid.*

21. *Ibid.*

22. *Ibid.*

23. Giovanni Battista Meneghini, *My Wife Maria Callas, op. cit.*

24. Dans *Der Grosse Bagarozy* (*Le Caniche noir de la diva*, Jacqueline Chambon, 1998, et « Points » Seuil, 2001).

25. Renzo Allegri, *Maria Callas : Lettere d'amore, op. cit.*

26. Nicholas Gage, *Onassis et la Callas. Une tragédie grecque des temps modernes, op. cit.*

27. *Ibid.*

28. Selon Renzo Allegri, *Maria Callas : Lettere d'amore, op. cit.*

BRILLER

1. Cité par John Ardoin, *L'eredità Callas, op. cit.*

2. Nicholas Gage, *Onassis et la Callas. Une tragédie grecque des temps modernes, op. cit.*

3. *La Repubblica*, 16 septembre 2007, propos recueillis par Leonetta Bentivoglio.

4. Sergio Segalini, *Callas, Les images d'une voix*, Van de Velde, 1987-2002.

5. *La Repubblica*, 16 septembre 2007.

6. *Le Figaro littéraire*, 15 juin 1963, cité par Jacques Lorcey, *Maria Callas, d'art et d'amour, op. cit.*

7. Jacques Lorcey, *Maria Callas, d'art et d'amour, op.cit.*

8. *Ibid.*

9. Rudolf Bing, *5000 nuits à l'Opéra*, Robert Laffont, 1972, cité par Jacques Lorcey, *Maria Callas, d'art et d'amour, op. cit.*

10. Cité par David A. Lowe, *op. cit.*

TENTER

1. Jacques Lorcey, *Maria Callas, d'art et d'amour, op. cit.*

2. Cité par Nicholas Gage, *Onassis et la Callas. Une tragédie grecque des temps modernes, op. cit.*

3. Arianna Stassinopoulos, *Maria, beyond the Callas Legend, op. cit.*

4. *Ibid.*

5. *L'Avant-Scène Opéra,* octobre 1982, n°44, propos recueillis par Alain Duault.

6. Publiée dans *El Nacional*, 29 mars 1970, et reprise dans Roberto Chiesi, *Pasolini, Callas e « Medea »*, FMR-ARTE, 2007, catalogue publié à l'occasion de l'exposition de la cinémathèque de Bologne, 18 octobre-8 décembre 2007, Tà Matete, Bologne.

7. *L'Express*, 28 juillet 1969, repris dans le même catalogue.

8. Roberto Chiesi, *Pasolini, Callas e « Medea », op. cit.*

9. *Ibid.*

10. *Ibid.*

11. Roberto Chiesi, *Le alchimie di « Medea »*, préface *Pasolini, Callas e « Medea »*, FMR-ARTE, 2007.

12. *L'Avant-Scène Opéra,* octobre 1982, *op. cit.*

13. Elsa Maxwell, *J'ai reçu le monde entier,* traduit par le duc de Noailles, Le Meilleur Livre du mois, 1955.

14. *Ibid.*

15. *Ibid.*

16. *Ibid.*

17. Giovanni Battista Meneghini, *My Wife Maria Callas, op. cit.*

18. *Radiocorriere TV*, 30 novembre 1969, *in* David A. Lowe, *op. cit.*

19. *Ibid.*

20. *Ibid.*

21. *Ibid.*

22. *Ibid.*

23. *Elle*, 28 avril 1969, n°1219, entretien avec Marlyse Schaeffer.

24. Cité par David A. Lowe, *Callas as They Saw Her, op. cit.*

25. Entretien avec Anita Pensotti dans *Oggi*, janvier-février 1957, *ibid.*

26. *The Observer,* 8 février 1970, *ibid.*

27. *L'Avant-Scène Opéra*, octobre 1982, « Maria Callas, Ses récitals 1954-1969 », n°44.

28. *Le Monde*, 4 janvier 1958, article non signé.

29. Cité par David A. Lowe, *Callas as They Saw Her, op. cit.*

30. Tito Gobbi, *My Life*, Doubleday, New York, 1980, cité par David A. Lowe, *op. cit.*

31. Nadia Stancioff, *Callas Remembered, An Intimate Portrait Of The Private Callas, op. cit.*

32. Pier Paolo Pasolini, *Poésies*, traduit par Nathalie Castagné, Gallimard, 1990.

33. *Ibid.*

34. *Ibid.*

35. Pasolini, « La Prévoyance », *Poesie*, II, Mondadori, « I meridiani », 2003.

36. *Ibid.*

37. Pier Paolo Pasolini, *Poésies, op. cit.*

38. Vassilis Vassilikos, *To sphrato* [L'Éviction], *op. cit.*

39. Cité par Nico Naldini, *Pier Paolo Pasolini, 1922-1975*, Gallimard, 1991.

40. *Ibid.*

41. *Ibid.*

42. Lettres fac-similées dans le coffret conçu pour l'exposition *Maria Callas, Une femme, une voix, un mythe*, salle Saint-Jean, Hôtel de Ville de Paris, Association pour la promotion des arts, 27 mars-28 juin 1998.

43. Arianna Stassinopoulos, *Maria, beyond the Callas Legend, op. cit.*

44. Nadia Stancioff, *Callas Remembered, An Intimate Portrait Of the Private Callas, op. cit.*

45. Lettres fac-similées dans le coffret conçu pour l'exposition *Maria Callas, Une femme, une voix, un mythe, op. cit.*

46. *Ibid.*

47. *Ibid.*

48. *Ibid.*

49. *Ibid.*

50. *Ibid.*

51. *Ibid.*

52. *Ibid.*

53. *Ibid.*

54. Dans l'entretien avec Oscar Jahn Montauban, cité par Roberto Chiesi, *Pasolini, Callas e* Medea, *op. cit.*

REVENIR

1. Pier Paolo Pasolini, *Poésies (1943-1970)*, Gallimard, 1990.

2. Nadia Stancioff, *Callas Remembered, An Intimate Portrait Of The Private Callas, op. cit.*

3. *Ibid.*

4. John Ardoin, Maria Callas, *Leçons de chant*, Fayard / Van de Velde, 1991. Voir aussi *Diapason*, n° 483, juillet-août 2001, ainsi que le CD : *The Callas Edition*, n° 7, Master Classes, Callas Edition.

5. Propos recueillis par Sylvain Fort dans *Diapason*, n° 549, juillet-août 2007.

6. Texte manuscrit sans date, reproduit en fac-similé dans le catalogue de l'exposition *Maria Callas, une femme, une voix, un mythe* [citée plus haut] de l'Hôtel de Ville de Paris, 1998.

7. Nadia Stancioff, *Callas Remembered...*, *op. cit.*

8. Cité par David A. Lowe, *Callas as They Saw Her*, *op. cit.*

9. Maria Di Stefano et Francamaria Trapani, *Callas nemica mia*, *op. cit.*

10. *Ibid.*

11. *Ibid.*

12. Maria Di Stefano et Francamaria Trapani, *Callas nemica mia*, *op. cit.*

13. Dans sa préface à l'édition italienne du dialogue avec lord Harewood, *Seducenti voci*, *op. cit.*

14. Robert Sutherland, *Maria Callas, Diaries of a Friendship*, Constable, Londres, 1991.

15. Maria Di Stefano et Francamaria Trapani, *Callas nemica mia*, *op. cit.*

16. *Ibid.*

17. *Ibid.*

18. Vassilis Vassilikos, *To sphrato* [L'Éviction], *op. cit.*

19. Robert Sutherland, *Maria Callas, Diaries of a Friendship*, *op. cit.*

20. *Ibid.*

21. Vassilis Vassilikos, *To sphrato* [L'Éviction], *op. cit.*

MOURIR

1. Vassilis Vassilikos, *To sphrato* [L'Éviction], *op. cit.*

2. *Ibid.*

3. *Ibid.*

4. Jackie Callas, *Sisters*, *op. cit.*

5. *Ibid.*

6. *Ibid.*

7. Lord Harewood, Préface de Raina Kabaivanska, *Seducenti voci*, *op. cit.*

8. Jackie Callas, *Sisters, op. cit.*

9. *Ibid.*

10. *Ibid.*

11. « Derniers applaudissements », *Le Monde*, 14-15 septembre 1997.

12. Vassilis Vassilikos, *To sphrato* [*L'Éviction*], *op. cit.*

13. *Ibid.*

14. Robert Sutherland, *Maria Callas, Diaries of a Friendship, op. cit.*

15. Maria Callas, *Leçons de chant, op. cit.*

ANNEXES

FOLIO BIOGRAPHIES

Dernières parutions

87. *Gene Kelly*, par ALAIN MASSON
88. *Debussy*, par ARIANE CHARTON
89. *Jimi Hendrix*, par FRANCK MÉDIONI
90. *Flaubert*, par BERNARD FAUCONNIER
91. *Chaplin*, par MICHEL FAUCHEUX
92. *Dostoïevski*, par VIRGIL TANASE
93. *Martin Luther King*, par ALAIN FOIX
94. *Lawrence d'Arabie*, par MICHEL RENOUARD
95. *Jim Morrison*, par JEAN-YVES REUZEAU
96. *Verdi*, par ALBERT BENSOUSSAN
97. *Kennedy*, par VINCENT MICHELOT
98. *George Sand*, par MARTINE REID. Prix Ernest Montusès 2013.
99. *Édith Piaf*, par ALBERT BENSOUSSAN
100. *Saint-Exupéry*, par VIRGIL TANASE. Prix de la biographie de la ville d'Hossegor 2013.
101. *Mermoz*, par MICHEL FAUCHEUX
102. *Bach*, par MARC LEBOUCHER
103. *Madame de Sévigné*, par STÉPHANE MALTÈRE
104. *Alexandra David-Néel*, par JENNIFER LESIEUR
105. *Jules Vallès*, par CORINNE SAMINADAYAR-PERRIN
106. *Churchill*, par SOPHIE DOUDET
107. *Magritte*, par MICHEL DRAGUET
108. *Alain-Fournier*, par ARIANE CHARTON. Prix Roland de Jouvenel 2015.
109. *Goethe*, par JOËL SCHMIDT
110. *George Gershwin*, par FRANCK MÉDIONI. Coup de cœur du prix des Muses 2015.
111. *Darwin*, par JEAN-NOËL MOURET
112. *Joseph Conrad*, par MICHEL RENOUARD
113. *Man Ray*, par SERGE SANCHEZ
114. *Lafayette*, par BERNARD VINCENT

115. *Henry David Thoreau*, par MARIE BERTHOUMIEU et LAURA EL MAKKI
116. *Jack London*, par BERNARD FAUCONNIER
117. *Alexandre Dumas*, par SYLVAIN LEDDA
118. *Bougainville*, par DOMINIQUE LE BRUN
119. *Truman Capote*, par LILIANE KERJAN
120. *George Washington*, par LILIANE KERJAN
121. *Lord Byron*, par DANIEL SALVATORE SCHIFFER
122. *Che Guevara*, par ALAIN FOIX
123. *George Orwell*, par STÉPHANE MALTÈRE
124. *Saint François d'Assise*, par VIRGIL TANASE
125. *Beaumarchais*, par CHRISTIAN WASSELIN
126. *Voltaire*, par FRANÇOIS JACOB
127. *Carlo Goldoni*, par FRANCK MÉDIONI
128. *Thomas More*, par MARIE-CLAIRE PHÉLIPPEAU
129. *Tocqueville*, par BRIGITTE KRULIC
130. *H. G. Wells*, par LAURA EL MAKKI
131. *Malraux*, par SOPHIE DOUDET
132. *Abraham Lincoln*, par LILIANE KERJAN
133. *Saint-Simon*, par MARC HERSANT. Prix de la biographie littéraire de l'Académie française 2017.
134. *Mohamed Ali*, par CLAUDE BOLI
135. *Delacroix*, par FRÉDÉRIC MARTINEZ
136. *Ravel*, par SYLVAIN LEDDA
137. *Frank Zappa*, par GUY DAROL
138. *Buffalo Bill*, par MICHEL FAUCHEUX
139. *Trotsky*, par MICHEL RENOUARD
140. *Montesquieu*, par CATHERINE VOLPILHAC-AUGER
141. *Richelieu*, par SYLVIE TAUSSIG
142. *Victoria*, par PHILIPPE CHASSAIGNE
143. *Homère*, par PIERRE JUDET DE LA COMBE
144. *Klimt*, par SERGE SANCHEZ

Composition Bussière
Impression Maury-Imprimeur
45330 Malesherbes
le 1er février 2018.
Dépôt légal : février 2018.
Numéro d'imprimeur : 224716.
ISBN 978-2-07-034855-8./Imprimé en France.

334569